六世达赖喇嘛仓央嘉措诗意三百年

传奇

情诗
古今藏汉英
最全文本

秘传

赞辞

根据黄颢 吴碧云《仓央嘉措及其情歌研究资料》新编

中国藏学出版社

新编前言

六世达赖喇嘛仓央嘉措（1683—1706）是个颇具传奇色彩的历史人物，才华横溢，风流文采，他创作的诗歌深为西藏民间所爱，并不胫而走，广为流传，几乎人人皆可吟咏背诵，穿越时空三百年而传唱不衰。但是直到20世纪初，六世达赖喇嘛仓央嘉措及其诗作在藏地之外还是少为人知。于道泉教授在上个世纪二三十年代将《仓央嘉措情诗》译为汉文、英文，使这些美丽诗篇不仅风靡全国，而且远行海外，引起国内外人士的激赏和赞叹。之后，五言、七言、自由体，仓央嘉措情歌汉译本迭出，对其人其作的研究由此开启，成为现当代中国文坛上一个特别的亮点。

上世纪80年代初，黄颢、吴碧云所辑《仓央嘉措及其情歌研究》一书将民国以来仓央嘉措情歌的各种版本及研究文章合集，引起热烈反响。该书出版于中国改革开放后的1982年，是当时国内外第一部全面展现仓央嘉措生平、诗作及对其研究、评论文章的集著。所辑录的诗歌译作及论文，均为汉文世界最早发现情歌、最早翻译情歌、最早评论研究仓央嘉措情歌和生平的作品，新鲜、生动，有思想、有见地，以后蜂拥而起的大量介绍、研究乃至译作等各类作品大多不脱是书窠臼。不论从版本种类的绍介和研究的深广度，可说无出其右者。三十年过去，这部汇编本仍在被持续地复印和传播，借助互联网，聚集了众多的追星一族。鉴于此，我社以此为底本重新编辑，在基本保留了原书样貌的基础上，新增了当代学界专家与新人的评述、译作，并对诗歌的藏、汉、英几种文本做了勘误，对民国时期译文中用典之处尽可能地做了注释。在形式方面也予以较大改观，使其更符合现代读者阅读习惯。过去的版本是一道令人流连的风景，新的作品更熔铸了当代人的感悟和情思——超越了时空、地域、民族、语言，仓央嘉措和他的诗作不朽，为全人类所共享。

总之，尽心尽力为读者奉上有关六世达赖喇嘛仓央嘉措传奇、情诗、赞颂等林林总总、内涵丰富的这样一部合编，集百年诗文、诗情、诗意之大全，可谓一书在手，情诗流传三百年之风情尽现。以不同的语言文字传诵的诗句，共同地洋溢着诗人的情怀和诗意，伴随着六世达赖喇嘛仓央嘉措转世、废黜、诏解、道死、圆寂，直至众说纷纭的风雪夜遁、不知所终的传奇，在三百年历史风云中流动，展现着永远的魅力。

2010 年 11 月

目 录

1920年代首译仓央嘉措情歌始末
　　——代序 ·· 于道泉（2）
汇编初衷 ·· 黄颢　吴碧云（8）

仓央嘉措情歌汉译文本

第六代达赖喇嘛仓央嘉措情歌 ·· （3）
　　译者小引 ·· 于道泉（3）
　　第六代达赖喇嘛仓央嘉措情歌 ·· 于道泉译（8）
西藏情歌 ·· 刘家驹译（27）
六世达赖情歌六十六首 ·· （51）
　　仓央嘉措略传 ·· 曾缄（51）
　　六世达赖情歌六十六首 ·· 曾缄译（53）
仓央嘉措情歌 ·· 刘希武译（72）
仓央嘉措情歌 ·· 苏朗甲措　周良沛译（88）
仓央嘉措情歌 ·· 王沂暖译（96）
《西藏文艺》载仓央嘉措情诗译文 ·· （114）
仓央嘉措情歌 ·· 庄晶译（123）
仓央嘉措情歌新译 ·· 陈庆英　张子凌译（153）
第六代达赖喇嘛仓央嘉措的歌 ·· 龙冬译（184）

仓央嘉措情歌藏文辑录本

于道泉拉萨木刻版 1930 年整理本 ……………………………………（201）
青海人民出版社 1980 年整理本 …………………………………………（224）
庄晶 1981 年整理本 ………………………………………………………（249）
附：达斯 1915 年辑本
　　——摘自《西藏文法初步》附录 …………………………………（291）

仓央嘉措情歌英文译本

于道泉 1930 年刊出之译文
　　——The Love-songs of 6th Dalai Lama Tsangyang Gyatso ………（309）
W. 泰霖英文新译
　　——Love-songs of Tsangyang Gyatso ………………………………（324）
仓央嘉措情歌
　　——写在英译文后 ……………………………………… W. 泰霖（338）

仓央嘉措生平及情歌研究

一个宗教叛逆者的心声
　　——略论六世达赖喇嘛仓央嘉措及其情歌 ………………葛桑喇（347）
仓央嘉措情歌的思想性和艺术特色 …………………………降大任（366）
西藏仓央嘉措情歌的思想和艺术 ……………………………段宝林（375）
试谈仓央嘉措情歌 ……………………………………………毛继祖（392）
门巴族民间情歌与仓央嘉措 …………………………………于乃昌（407）
仓央嘉措和他的情歌 …………………………………………王振华（413）
仓央嘉措情歌艺术谈 …………………………………………杨恩洪（421）
从《仓央嘉措秘史》看仓央嘉措的生平 ……………………李学琴（427）
六世达赖喇嘛仓央嘉措的诗化人生 …………………………马丽华（435）

附 录

《仓央嘉措情歌及秘传》导言 ················· 庄 晶（443）
仓央嘉措秘传 ············· 阿旺伦珠达吉著 庄晶译（450）
《隆德喇嘛著作集》中关于仓央嘉措之记载 ········ 于道泉（502）
布达拉宫辞 并序 ························· 曾 缄（505）
仓央嘉措雪夜行（套数）有序 ················· 卢 前（509）
南怀瑾先生论六世达赖喇嘛仓央嘉措 ·········· 健一摘编（511）
六世达赖仓央嘉措 ····························· （516）

1920年代首译仓央嘉措情歌始末

——代序

于道泉

当我知道这本《仓央嘉措及其情歌研究资料汇编》（以下简称《汇编》）①，由中国社会科学院民族研究所黄颢、吴碧云两位同志着手编辑时，我感到很高兴。

作为社会科学研究可以从多方面进行，汇编研究资料是其中重要方面之一。

《汇编》本的编者诚恳地要求我写一篇序言，并希望我回忆一下五十年前我是怎样开始翻译六世达赖仓央嘉措的情歌的。

盛情难却。我经过考虑，同意为之作序。我感到青年们在努力从事科研工作时，是需要老一辈人的鼓励和支持的，加之，让他们了解一些旧时代的情况，还是有意义的。所以，我理应尽到我的责任。

半个多世纪以前，更确切地说1922年前后，当时燕京大学的许地山——就是经常在《小说月报》上写小说的"落花生"先生——到山东济南齐鲁大学暑期学校去讲学，那时候我正在齐鲁大学半工半读，许先生的讲稿就是由我负责往油印室送的，因此认识了他。有一天我问许先生说："您所写的《空山零雨》我喜欢极了，有人把它翻译成英文没有？"他说："没有。但是有人写信给我说，他把它翻译成世界语了，写信给我的人我还没给他回信呢。"我说："给您写信的人就是我。"

---

① 《汇编》一书初编于1980年，于道泉先生为该书写了序言。此次新编时，仍以此篇代序。——编注

我于 1920 年到齐鲁大学读书,那时候我对用英语听课已经没有多大困难,便利用课余时间学习世界语。因为世界语比英语容易学,我学了不到两年时间,就把许先生的一些散文诗和《空山零雨》译成世界语寄给上海胡愈之先生主办的一份世界语刊物《绿光》(Verda Lumo)。胡愈之先生居然把我那份译稿登了出来,并且写了一封热情洋溢对我鼓励的信。因为许先生和胡愈之都是当时中国文学研究会的发起人,彼此都认识,从此以后许地山先生也对我非常热情,并且还介绍我加入了文学研究会。

我于 1924 年从济南到了北京,跟着当时在北大任教的帝俄科学院的院士钢和泰(Baron Alexander A·von Stael–Holstein)学习梵文和藏文。那时许地山先生正在英国留学,过了两年他便回到北京的燕京大学担任教学工作,此后,我能与他经常见面。

当时,我对藏文发生了极大的兴趣,设法认识了雍和宫东侧北大门住的几位藏胞。他们借给了我一间房,要我搬到他们那里去住,《仓央嘉措》(Tshang dbyangs rgya mtsho)这本书是我在那里住的时候见到的几本使我感兴趣的藏文书之一。我到许先生那里去聊天的时候,同他谈到了这本书,他便动员我把书翻译出来,并说他可能替我找到发表的地方。这本书是藏族民间通俗读物的一种,里边佛教术语和文学典故不多,经过藏族朋友的讲解,内容大部分我可以理解,可是还有不少的地方我一直无法搞懂。虽然我把我能懂的翻译了出来交给了许地山先生,并且请他对译文做了一些润色修改,可是把这样一份我自己都对它没有信心的译稿拿去发表,总觉得不太合适,因此这份译稿被搁置了很长的时间。

借给我雍和宫北大门房子住的那几位藏族朋友,到北京来以前都是达赖喇嘛跟前的僧官。因为很多年以前清代的朝廷就有一种规定,要达赖派三位僧官经常住在北京。他们的职位,一位是 Mkhan chung(小堪布);一位是 Mgron gnyer(知客);一位是 lo tsa ba(翻译官)。我没到北京以前,达赖派住北京的僧官是在西藏寺院住过多年的蒙古族喇嘛。我于 1924 年到北京来的时候,从西藏派来的三位僧官刚到北京不久。当时的"小堪布"我同他不熟,因此他的名字已经记不太清楚,只记得他的名字里有顿珠(don grub)二字。"知客"是降巴曲汪(byams pa chos dbang),当时的"翻译官"是楚称丹增(Tshul khrims bstan vdzin)。

在这期间,我已由袁同礼先生推荐,到当时的北海图书馆(即今北京图书馆的前身）去担任满、蒙古、藏文书的采访和编目工作。因为当时我感觉自己的学识太浅，年岁也小，才二十几岁，愿意保留一点学习进修的时间，因此宁愿少拿一点工资，每周只工作三天。

又过了一段时间，我的家庭情况发生了变化。我的经济负担加重了，每周自学三天的计划无法继续下去，乃由清华历史系的陈寅恪教授介绍到当时新成立的中央研究院历史语言考古研究所历史组担任助理研究员的工作。也是每周工作三天。当时历史组的主任是傅斯年兼任，考古组的主任是人类学考古学家李济之先生，语言组的主任便是赵元任先生。我向傅斯年申请要用历史语言研究所的名义出版这本《第六代达赖喇嘛仓央嘉措情歌》汉译文之后，赵元任先生对藏语的发音产生了兴趣，他把楚称丹增的随从、我最熟悉的藏族好友罗藏桑结（Blo bzang sangs rgyas）请到他家对藏语进行了多次记音。赵先生在这本书里边所写的《记音说明》，是用现代语音学的方法和理论阐述藏语语音的第一篇文章。早已为国际语言学界所普遍采用的"四段五点字母式声调符号"，就是赵先生在为这本书中的歌词标音的时候所设计创造的。现在回想起来这都是很值得纪念的一些往事。在这里我要讲一点和这事有关的情况。当时在这本书付印的时候，我只在我所写的汉文和英文的"译者序"里边说这本书中关于藏语语音的部分都是赵先生写的，可是，赵先生把他写的《记音说明》的汉文稿和英文稿交给我的时候，没有在文章标题下面署名。我把那份稿件送去排印的时候也忘记了把赵先生的名字添上。以致后来不少的人在引用这本书的语音部分的时候，就把我当做曾经在国际语言学界发生过不小影响的这篇文章的作者。每当在外文书中看到如此引述就使我局促不安。甚至有的外国学者访华，和我谈起五十年前出版的这本《第六代达赖喇嘛仓央嘉措情歌》时，特别提到"我"的《记音说明》一文"写得很好"。这都是由于我当时的疏忽大意，在读者中造成思想混乱。在五十年后的今天，我还是应该向赵元任先生道歉，向这本书的读者道歉。

在这期间，我曾替北京图书馆买到一些蒙藏文书，其中最大的一批蒙藏文书，就是由地处原沙滩北京大学一院后身、嵩祝寺天清番经局所印的那批书。在这批书里边有一部《隆多喇嘛全集》（Klong rdol bla ma ngag dbang blo bzang gi gsung vbum），此书中有一卷是《噶当巴及格鲁巴喇嘛著作集约略若干种目录》（Bkav gdams pa dang dge lugs pa bla ma rags rim gyi gsung vbum mtshan tho）。这时，藏族地区以外研究藏文的人对藏文图书目录还知道得很有限，陈寅恪教授给我安排的研究任务就是整理这本藏文书目。当时国内还没有一本藏汉词典，我学藏语的时候所用的几本辞书都是英文的，这些辞书里边佛教的名词术语非常少，里边所有的佛教术语也没有汉文译文，所以对我也毫无用处。但是在上述那部书目里边，佛教的术语却占很大的比例。我曾多次向傅斯年先生申请，要他准许我做编写汉藏词典的工作。可是我每次为这件事去见他，他一听到我提词典两个字不等我把话说完，就对我说这事没有商谈的余地，我只好"知难而退"。但当我回到办公的地方以后，对上边交给我的研究任务怎样进行却一筹莫展。有一段很长的时间，白天我在坐办公室的时候，感到无所事事，盼望早点下班；下班回家后为了整理一份有一万多张卡片的"藏—梵—汉佛教名词术语词典"的资料却工作到深夜。我在这样的情况下工作，当然做不出成绩。过了一年多，历史语言研究所的领导就开始对我表示不满，就是在这样的情况下，我才把我未到研究所以前所写的这份我认为还有很多问题的旧稿，拿出来交给了傅斯年，当做我在研究所的工作成绩。随之，由赵元任记音，由我注释并加汉英译文的《第六代达赖喇嘛仓央嘉措情歌》，作为国立中央研究院历史语言研究所单刊甲种之五，于1930年，在北平出版问世了。

现在回想起来，若是我在山东齐鲁大学暑期学校没有结识许地山这位朋友，可能没有人动员我翻译这部《情歌》。再者，若是我编写藏汉佛学词典的申请很顺利地得到批准，那么很可能从此以后我便把我的全部精力和时间投入这一工作，而把这份我认为不成熟的《情歌》译稿搁置起来。

当时傅斯年再三催促我到国外去进修，而我对出国留学并不感兴趣。我感兴趣的，乃是编写藏文词典，因为它对研究藏族的语言、历史是迫切需要的。我认为，世间最痛苦的事莫过于在自己面前摆着许多自己非常想看的书而又无法看懂；使我最感幸福的就是，使自己得到一种便利条件经过一番努力之后可以把自己这种痛苦解除，同时也解决别人这一类的许多痛苦。傅斯年当时所以不同意让我编写词典，并不是他个人的意见。这主要是陈寅恪教授的意见，陈教授对这件事的想法我也有所理解。他认为由历史语言研究所出版的书要有一点学术水平，要编写一部有学术水平的藏—汉佛教词典，应该由一位不但对佛学有所造诣，而且对印度的梵文也要精通的人担任。我当时对梵文刚学会字母，对佛教更是一知半解，那么，当然不能让我这样的人去做这样的工作。

这都是四五十年以前的往事，在这四五十年的期间，全世界和全中国都发生了翻天覆地的变化。现在国内已经有了好多部藏汉词典，但是对研究藏文的人来说，上述那种有书看不懂的痛苦仍然没有减少。有一件事是五十年前所没有的，就是对各种词典的编写工作，现在已经有了一种前人所无法想象的新工具——电子计算机，用这样的新式工具可以比旧办法提高效率几十倍。但是需要一批年富力强、对此事具有热心的人，肯下一番功夫，掌握这种新技术、新工具，那么再过七八年国内藏学界的情况可能来一次前所未有的大变化。

上述是我对翻译《第六代达赖喇嘛仓央嘉措情歌》过程的几点补充回忆。同时也对怎样以更先进的方法从事今后的藏学研究，谈了自己的设想。

时间飞逝而过，藏学的发展是很快的，在《情歌》的翻译研究方面也同样取得了可喜的成就。我感到《情歌》是具有强烈感染力的，这种力量曾促使不少人去从事对它的研究。我们可以从这本《仓央嘉措及其情歌研究资料汇编》中看到这点，而且研究水平也日益提高，这正是我国广大藏学研究者勤奋研究的结果。事物总是在不断向前发展的，而发展又总是程度不同地受到过去的影响，因此，为了有利于今后对仓央嘉措及其情歌的进一步深入研究，趁西藏社会科学院成立之际出版此书，我想，这是一件值得高兴的事，希望它能为有志于此项研究的同志起到某种借鉴作用。

我特别高兴的是，久已盼望的西藏社会科学院即将成立，这对西藏的理论建设无疑是一件好事。我在此致以最衷心的祝贺！并坚信在党的领导下，藏学研究工作者和全国各族社会科学研究工作者团结一致，定会取得更加可喜的成就！

1982 年

附:于道泉简介

于道泉(1901—1992.4.21)字伯源,山东临淄区齐都镇葛家庄人,是著名教育家于明信先生的长子。从小受其父的熏陶和影响,养成了凛然正气和笃学精神。季羡林曾评论其"是一个有天才的人,学富五车,满腹经纶,淡泊名利"。于道泉先生还是语言奇才,掌握了十三种语言,有藏、蒙古、满,以及英、法、德、日、俄、西班牙、土耳其、世界语等。

于道泉1924年毕业于山东齐鲁大学社会学系,通过考试获得公费留美资格,后放弃留美,计划随印度诗圣、诺贝尔文学奖获得者泰戈尔去印度学习梵文和印度古宗教史,又因国内政治原因未能成行。后由泰戈尔推荐在北京大学担任钢和泰(俄国东方语文学博士)随堂英语翻译,同时跟钢学习梵文和藏文。1926年去北海图书馆(今国家图书馆前身)担任满、藏、蒙古文书籍的采访和编目工作,并负责善本部,收集满、蒙古、藏以及其他各兄弟民族文字和文献。今天国家图书馆特藏部民族文字古籍的三分之二以上都是当年于道泉先生和彭色丹喇嘛等人采集来的。于道泉多次发表有关三种语言的研究论文,在学术界崭露头角,并受聘在中央研究院历史语言研究所兼职。在业余时间,曾经开始编纂汉、藏、梵三种文字对照的佛学辞典。《第六代达赖喇嘛仓央嘉措情歌》也是在这段时间里翻译成书的。

1934年5月至1935年7月,于道泉在法国巴黎大学官费留学,学习法语、土耳其语,并师从巴考教授学习藏文,与石泰安相识结为挚友。且曾受杜奇邀请去意大利与罗马大学合作,因公费留学身份而未果。1935年8月至1937年在德国柏林学习德语,因未获中研院同意,遂自谋生活及经费来源,曾为印度友人担任德文翻译。1937年下半年回到巴黎,半工半读,在巴黎大学图书馆编写中文图书目录,兼在东方语言学校教授汉语。1939年至1949年,在英国伦敦大学东方学院担任高级讲师。此10年间,虽身居海外,但十分关心国内局势,与在延安的妹夫陈云及妹若木等常互通音问;北大校长胡适之亦曾于1946年来函聘请于先生回国担任藏、蒙古语文教授,因内战又起,未能成行。1949年,于道泉先生放弃国外优厚待遇,满怀赤子之心,毅然回国,到北京大学东方语系任藏、蒙古语文教授。期间胡乔木亲自点名邀其筹备中央人民广播电台藏语广播,1950年5月23日第一次正式播音。同时受聘于北京图书馆担任特藏部主任。此后直至其逝世,一直兼顾北京图书馆善本部的工作,被称为国家图书馆"不拿工资的馆员"。1951年受聘国家民委筹办中央民族学院语文系藏语班,任教授及藏语教研组组长。在教学中不忘科研,专门设立了字典小组编写拉萨口语字典,延聘安多、康、卫藏和嘉戎等各方言区藏族学者,组织从事方言的调查与研究,实际上为后来展开的全面藏语调查做了准备。安多、康、嘉戎和卫藏多种方言字典的出版问世,许多研究专著得以发表,于先生功不可没。

"文革"期间,于道泉先生自然是厄运难逃,先是游街、批斗,后是下放劳动。于先生"处变不惊,心若止水"(季羡林《牛棚杂记》),整天摆弄他的"数码代音字"以自娱,后来这种方法竟成了他的一大发明。1969年到湖北潜江县"五七干校"劳动。1972年由外交部借调回京,受命解读伊朗大使转来的一卷在伊朗发现的古藏文文书,有机会了解国外同行学术进展情况,又借机抄录国外藏学研究论著目录卡片,供同好传阅,以解当时处于文化沙漠中的饥渴。以后又回到中央民族学院,一直在学院工作到83岁。1992年4月12日于道泉先生走完了他人生的道路,学界共同哀挽这位语言巨星的陨落。

汇编初衷

黄颢* 吴碧云**

一

《仓央嘉措及其情歌研究》是关于西藏六世达赖仓央嘉措情歌的原文译文及论文辑录等。六世达赖全名是普慧洛桑仁青仓央嘉措，他所著的情歌也称《仓央嘉措情歌》。

六世达赖仓央嘉措是西藏史上具有特殊地位的历史人物。其情歌脍炙人口，名驰遐迩。

仓央嘉措于1683年（清康熙二十二年，藏历阴水猪年）生在门隅的宇松③。《隆多喇嘛全集》说，此地属"门措纳"。父名扎西丹增，信仰红教；母名才旺拉姆。系一贫苦农民家庭。据有关调查，仓央嘉措一家先居该地的派嘎，

---

* 黄颢（1933—2004），男，汉族，1933年生于北京。1955年，受其外公、著名语言学家罗常培先生的指点，入中央民族学院（今中央民族大学）少数民族语文系藏语班学习藏语文。1959年毕业后入中国社会科学院民族研究所（现在改名为人类学与民族学研究所）历史室藏族史组工作，直到退休。他十分重视藏文原始典籍的发掘和运用，在翻译藏文史籍的同时，对西藏历史进行认真的研究、对比、考据，因此，标明大量注释是黄颢译著的学术特色，为学界同仁所看重。其专著与译著有《新红史》、《活佛转世》（合著）、《在北京的藏族文物》、《青海史》、《贤者喜宴》，以及《贤者喜宴》译注、《新红史》译注、《佛历表》译注，合作编纂史料集《仓央嘉措情歌及其研究》、《格萨尔研究论文集》、《藏文史料译文》《中国西藏文化大图集》等多部，发表论文《唐代汉藏文化交流》、《略述历代中央政府对西藏的主权管辖》等总计80篇。黄颢毕生从事藏族历史研究，为藏学研究事业的发展做出了积极的贡献。

** 吴碧云：女，汉族，1936年生于安徽芜湖。研究馆员。1958年毕业于北京大学图书馆学系。同年秋，供职于中国科学院哲学社会科学部（今之中国社会科学院）民族研究所；1984年调至民族文学研究所任图书资料室主任。四十余年一直从事图书管理工作，除编辑专题目录、索引外，还参与编写《中国少数民族风情录》《藏事论文集》《格萨尔研究文集》等专著并已正式出版。1993年10月荣获国务院颁发的"为社会科学事业作出突出贡献"证书，享受国务院特殊津贴。

③ 《六世达赖秘传》木刻版，10页上。

后因亲戚迫害弃家出走，即居达旺的乌坚林。

仓央嘉措年幼即被当时任第司（或第巴）的桑结嘉措认定为五世达赖的转世灵童。五世达赖阿旺洛桑嘉措系于仓央嘉措降生的前一年（1682年）去世，第司桑结嘉措是在五世达赖死后立即认定仓央嘉措为转世灵童的，这从第司桑结嘉措在康熙三十六年（1697年）给康熙的密奏中可看出："为众生不幸，第五世达赖喇嘛于壬戌年（1682年，阳水狗年）示寂，转生静体，今十五岁矣"。① 仓央嘉措在十五岁前，一直处于桑结嘉措的严密控制之下，这同对五世达赖之死"秘不发丧"一样，都是秘密进行的。《秘传》说仓央嘉措"生后一年，被秘置于本地"。《噶伦传》亦载："五世达赖喇嘛圆寂一事，第司桑结嘉措长期隐匿"。② 桑结嘉措何以如此？史书记载不一，有的说"其时第司桑结嘉措因新修布达拉宫和建造大灵骨塔，故无空暇"③。但较多的史料表明桑结嘉措是出于政治原因。第司桑结嘉措是在五世达赖死前三年，亦即1679年出任第司的。④ 在五世达赖的信任和委任下，桑结嘉措对于政务"事多专决"⑤。五世达赖死后的1694年（康熙卅三年），康熙还诏封第巴桑结为土伯特王⑥。显然，桑结嘉措是握有实权的人，加之有皇帝诏封的和达赖生前委任的等头衔，遂其言行举足轻重。然而继承和硕特汗位的拉藏汗又对西藏起着监护作用，因此桑结嘉措与拉藏汗间在政治上发生矛盾。虽然这种政治上的相互牵制而引起的矛盾早在达延汗、达赖汗时业已存在，但在五世达赖圆寂之前后日趋尖锐。这实际上是一种权力之争，非同一般。又因当时拉萨当局与拉达克部落有战事，等等。这些可能是桑结嘉措所考虑采取"秘不发丧"的原因。

桑结嘉措在政治上和才华上颇为不凡，康熙对此知之，但从桑结嘉措在西藏政局中的处理过程，也觉察到"第巴桑结实倾险"⑦。这里的所谓"实倾险"，亦即康熙后来所指的"第巴欲专国事"⑧。因此，桑结嘉措所采"秘不发丧"，是企图稳定五世达赖死后的政局，大体如他在给康熙密奏中所说：

---

① 《圣武记》第5页。
② 《噶伦传》木刻版，45页下。
③ 《六世达赖秘传》木刻版，11页上下。
④ 《嘉木样协贝金吉年表》木刻版，25页下。
⑤ 《圣武记》8页上。
⑥ 《圣武记》5页下。
⑦ 《圣武记》8页上。
⑧ 《圣武记》7页上。

"前恐唐古特（即西藏）民人生变，故未发丧"①。显然，这里隐去了桑结嘉措"欲专国事"的意图。既然不敢公开五世达赖死讯，也就不能公开仓央嘉措为转世灵童。但桑结嘉措又暗中选定仓央嘉措，其目的无非是将仓央嘉措作为他的政治筹码，继续掌权。这种做法，在康熙觉察后，桑结嘉措密奏原委，并"求大皇帝勿宣泄"，康熙经考虑，"上许为秘之"②。由此看来，康熙是权衡了五世达赖圆寂后西藏的复杂政局而"许为秘之"的。

仓央嘉措一开始就在上述政治斗争背景中被人推上了复杂的政治舞台，当然，他自己并未觉察。仓央嘉措作为转世灵童的公开，是在康熙征噶尔丹的1696年（康熙卅五年），与公开五世达赖死讯同时。桑结嘉措公开上述两事是被迫的，是在康熙觉察并经指责下公开的。首先，桑结嘉措的使者在密奏康熙后，自京返藏途中向策妄阿拉布坦首先"宣言达赖已厌世"，继之康熙"以第巴始终反复持两端，乃追还其使，传集各蒙古宣示密封"③。在这种情况下，桑结嘉措政治上尽处于困境之中。仓央嘉措就在这种政治风浪中被公诸于世，其处境可想而知。

仓央嘉措在1697年（康熙卅六年，火牛年）9月17日在浪卡子随五世班禅洛桑益西出家，取名为洛桑仁青仓央嘉措。同年10月25日，迎仓央嘉措在布达拉宫内的司西平措殿堂坐床。④康熙虽对桑结嘉措事先不报朝廷而立新达赖，甚为动怒，但出于大局，当时仍予以承认，并亲派章嘉呼图克图参典。史书载："康熙皇帝亲派章嘉呼图克图等至藏，迎至布达拉坐床，御赐珍物甚多。"⑤看来，这时康熙及蒙古汗等是承认仓央嘉措的正式转世身份的。

仓央嘉措坐床后的政治气候，表面较平静，他在桑结嘉措的严格监督下开始了学经活动。仓央嘉措的经师除班禅五世之外，还有促陈达杰、格隆嘉木样查巴及格列绎措。"桑结嘉措严令嘉木样查巴根本经师等，督促六世达赖精进奋学。"自由生活惯了的仓央嘉措，有时厌学而去散步，经师们尾随，恳求他坐下听经，唯恐桑结嘉措追究责任。⑥仓央嘉措往往为经师及自己这种心惊不

---

① 《圣武记》6页上。
② 《圣武记》6页上。
③ 同上。
④ 《六世达赖秘传》木刻版，11页上下。
⑤ 《西藏喇嘛事例》清钞本第1册。
⑥ 《六世达赖秘传》木刻版，15页上—16页上。

安的学经活动流下凄然之泪。但是，他仍被迫学了许多经典，诸如经咒方面的《根本咒》、《菩萨随许法》、《秘诀》、《供咒经》、《续说》、《生满诫》；经藏方面的《菩提道广略教诫》等。为了督促仓央嘉措学经，第司桑结嘉措还亲自讲授。史书载，桑结嘉措本人"博学并精通五明，医药及历算等著述颇多"。因此，这对仓央嘉措学好经典极为有利。《甘珠尔》经典要学三遍，一遍先从桑结嘉措学，又分别随嘉木样查巴及德顿日甸林巴学两次。所学内容不分派别，诸如萨迦、格鲁、宁玛等各种有成就的经藏、密咒、教规等等无所不学。仓央嘉措还随以热强巴查巴群佩为主的格西，学习因明、诗歌和历算。此外，在冬季仓央嘉措还在雪地上学跳各种金刚舞。据载，他还是射箭能手。据此可见，仓央嘉措纵使所学非所愿，但毕竟从这些学习中获益匪浅，这对仓央嘉措情歌的写成在知识上、技巧上打下了深厚的基础。

除去上述学经之外，仓央嘉措还参加宗教活动。据《西藏喇嘛事例》载："随在三大寺（高僧）登座讲经，又于前藏大招楼顶，新建金顶及佛尊甚多。"

并非自愿成为达赖喇嘛的仓央嘉措，十五岁以前的生活给他思想打下了深深的烙印，怀念家乡的一切。虽然高墙深院、戒律森严的宫廷生活、宗教学习频繁，似乎都未能从根本上束缚住他的思想。看来正好相反，正如恩格斯所说："历史的'有神性'越大，它的非人性和牲畜性也就越大"[1]。宗教的虚无主义、神秘主义和禁欲主义等等，都增加了他对现实的不满。这些原因之外，又加之围绕他的政治角逐，等等。这样，生活迫使他逐渐成为一位风流倜傥的人物。白天仓央嘉措以密法佛徒出现，夜晚则以宕桑旺波化名潜游于酒肆、民家及拉萨街头。以至后来竟在布达拉宫内"身穿绸缎便装，手戴戒指，头蓄长发，醉心歌舞游宴"[2]。更有甚者，1702年（康熙四十一年，水马年）他竟在巡游日喀则时，向其师班禅罗桑益西送回僧衣以示退戒，只保存世俗之权[3]。

仓央嘉措的生活，为桑结的政敌提供了可供攻击的口实。围绕仓央嘉措展开了激烈的斗争。首先策妄阿拉布坦奏："第巴奸谲及所立新达赖之伪"[4]。

---

[1] 《马克思恩格斯全集》第1卷，恩格斯：《英国状况——评托斯·卡莱尔的过去和现在》。
[2] 《列隆吉仲日记》。
[3] 松巴堪布：《青海史》，7页下。
[4] 《圣武记》6页上。

同时，拉藏汗"以议立新达赖喇嘛故，与第巴交恶"①。 在这种情势下，第司桑结嘉措于1702年卸任，由其子阿旺仁青继任第巴。 桑结嘉措的卸任是以拉藏汗撤出拉萨回青海为交换条件②，可见其时在掌握西藏权力上的斗争之烈。

  桑结嘉措的卸任并不意味斗争的结束或缓和，所不同者是桑结嘉措由台前退到台后，新第巴阿旺仁青只不过是其代言人。《松巴堪布全集》载："第司桑结嘉措与最高首领拉藏汗争辩不和"，在1705年（康熙四十四年）"第巴谋毒拉藏汗不遂"，原因是"桑结以拉藏汗终为己害"③。据藏籍说"丹增旺杰（桑结买通的拉藏汗的内侍）以毒杀之"④。 对桑结嘉措与拉藏汗间的矛盾，康熙最初是采取调和态度，藏籍载："拉藏汗曾向皇帝奏书，书内对仓央嘉措是真达赖化身表示怀疑。 皇帝乃遣精明之善察使者前来。 使者至，即请仓央嘉措裸体坐于座上，细观其前后左右，以察征兆。 随后使者谓：'此喇嘛不知是否是五世达赖化身，但确有圆满圣体之法相'，言罢礼拜而回，返归内地。 此后，动乱日烈，皇帝洞悉，特派恰纳喇嘛及阿南卡二人，对第司和拉藏汗二人进行调停。 但当二使者行将抵达之际，第司已被拉藏汗所杀"⑤。 在西藏内部，亦多主张桑结与拉藏汗和解，1703年新年和1705年初的双方两次军事冲突，都是经三大寺代表和嘉木样协巴的调停而暂缓下来。 但是，权力问题是难以调和的。 正如上节所说，1705年初双方议定，拉藏汗退往青海，桑结嘉措退至山南。 而拉藏汗佯退青海，实集结兵力于黑河。 当年六月拉藏汗以三路大军直取拉萨，桑结嘉措逃往贡噶宗，被杀于久垄⑥。

  对于桑结嘉措，康熙虽斥责他"屡唆噶尔丹兴戎乐祸"、"袒庇噶尔丹"等等，但并不打算除掉他。 所以，前述康熙特使恰纳喇嘛闻桑结被杀，立即追问。 据藏史记载："两位金字使者抵藏，对于如何杀死桑结一事，拉藏汗闪烁其词，不知所措。"⑦但对于在噶尔丹事件上站在清廷一边的拉藏汗，康熙亦未指责，并遣护军统命席柱等，"往封拉藏汗为翊法恭顺汗"，看来康熙承认了既成的事实。

---

① 《圣武记》8页上下。
② 《松巴堪布全集》。
③ 《清史稿》卷五二五，列传三百十二，藩部八——西藏。
④ 松巴堪布：《青海史》。
⑤ 《六世达赖秘传》木刻版，16页上—17页上下。
⑥ 《松巴堪布全集》。
⑦ 《六世达赖秘传》木刻版，16页上—17页上下。

在第司桑结嘉措被杀后，厄运也随之降临到仓央嘉措头上。拉藏汗首先斥责仓央嘉措行为不轨，继而召开三大寺会议，企图贬掉六世达赖，但遭抵制，甚至为仓央嘉措辩护，说他仅是"迷失菩提"而已。当时无一人认仓央嘉措为伪。此事充分地说明，拉藏汗欲废达赖仓央嘉措，是违背西藏广大僧俗之意志的，可谓一意孤行。古人和今人都可以看出，拉藏汗执意贬废由桑结嘉措所立的仓央嘉措，实际上是为了彻底消除桑结嘉措的势力与影响，以此来巩固其地位与权力。

为了搞掉仓央嘉措，拉藏汗进一步向康熙奏"废第巴所立假达赖"[1]。康熙对此颇有一番考虑，他深知达赖在蒙藏地区的地位与影响，"朕意以众蒙古俱倾心皈向达赖喇嘛，此虽系假达赖喇嘛，而有达赖喇嘛之名，众蒙古皆服之"。所以对达赖之立废均关系重大。同时，康熙从桑结嘉措立仓央嘉措中也认识到带有明显的政治色彩。这点，拉藏汗与策妄阿拉布坦同样心中有数。面对这种情况，当时的主要问题已不是达赖之真伪问题，而是如何处置的问题。

对于仓央嘉措的处置，从藏汉文史料看，说法不尽相同。汉文云康熙下令将仓央嘉措"执献京师"[2]，并遣护军统领席柱前往"拎假达赖喇嘛及第巴妻子"[3]。之所以如此，康熙唯恐有人再利用仓央嘉措做政治角逐，他主要担心的就是"叵测"的策妄。康熙已觉察到其野心，说："倘不以朝命拎之，若为策妄阿拉布坦迎去，则西域蒙古皆向策妄阿拉布坦矣。"[4]正如康熙所料，席柱"方到其地，果有策旺阿拉布坦令人来迎"[5]。此外，汉文史料又载，仓央嘉措赴京非"执献"而行，而是仓央嘉措奉旨朝觐，"年至廿五岁，钦遵大皇帝谕旨，由藏起身亲往京都朝觐"[6]。当时，对于康熙谕旨，拉藏汗怎样办呢？可能他曾顾虑西藏之人心所向，最初"拉藏以为执送假达赖，则众喇嘛心至离散，不从"。但后来可能认为留之不利，故"拉藏起解假达赖喇嘛赴京"[7]。

在藏文史料中，一种认为仓央嘉措赴京是奉旨；另一种认为是未得康熙同

---

[1] 《圣武记》6页上。
[2] 《圣武记》6页上。《圣祖实录》第二二七卷,9页。
[3] 《东华录》第20页。
[4] 《东华录》11页上下。
[5] 《圣祖实录》第二二七卷,9页。
[6] 《西藏喇嘛事例》清钞本第2册。
[7] 《圣祖实录》第二二七卷,24—25页。

意强行执送。前者与《西藏喇嘛事例》所说同，"仓央嘉措与第司桑结嘉措之子，奉康熙皇帝之旨，被迎往下部汉地"①。后者强行一说，《秘传》、《七世达赖传》都执此论。即使文中有时用"请"字，实际是执送。《七世达赖传》指出："拉藏汗等施以种种诡计，将达赖喇嘛仓央嘉措'迎请'到汉地。""火狗年（1706年，丙戌）五月十七日，当仓央嘉措从拉鲁嘎才出行时，无数信仰达赖的众生，信仰之力使他们眼泪涌出，泪洗面颊。当在人们请求达赖为一切众生祈祷之乞求声中，达赖身前供满了数不尽的洁白哈达"②。继之，"当走到哲蚌寺时，僧侣们含着眼泪，在一片祈请声中，舍命从蒙古人手中抢走仓央嘉措，迎至甘丹颇章。拉藏汗闻之，即调兵攻打。其时，仓央嘉措生起不忍之心，说'生死对我已无什么损失'。言罢，无所畏惧地径直前往蒙古军之中"③。由此看来，仓央嘉措是在失去人身自由的情况下，由蒙军带往内地的，并非什么欢送仓央嘉措赴京朝觐。

再者，藏文史料又说，仓央嘉措赴京是拉藏汗及金字使者尚未得到康熙谕旨时擅自决定的，因此曾遭到康熙的严斥。《秘传》载："火猪年（1707年、康熙四十六年、丁亥，此说较《七世达赖传》说法晚一年）秋天，将二十五岁的仓央嘉措迎往内地，……当行至兑如错纳时，康熙皇帝谕旨，严斥金字使者喇嘛及阿南卡：'汝等曾否思之？所迎之六世达赖喇嘛将置何处?！如何供养?！'金字使者及诸首领惊恐万分，预感生命难保，乞请仓央嘉措遁身逃走，想以此卸责。但仓央嘉措怒斥道：'你等与拉藏汗当初是如何商议的?！如今我如不抵达文殊皇帝皇宫的金门槛亲觐皇帝，我绝不返回！'"④

综观汉藏文献，仓央嘉措赴京，其被强制成分较大。

关于仓央嘉措的终局，汉藏文献众说纷纭。多数说死于青海湖附近。松巴堪布的《青海史》说：仓央嘉措在赴京途中，"死于青海上部的衮嘎诺尔湖（按：即清季所称之功额池，见《大清一统志》卷411。《青海史》7页上）"；亦说："仓央嘉措被携到多伦诺尔湖。"⑤《噶伦传》说："六世达赖喇嘛在打算前往汉地的途中，逝世于衮嘎诺尔。"《七世达赖传》亦循此说：

---

① 松巴堪布：《青海史》。
② 《七世达赖传》10页上。
③ 《七世达赖传》10页下。
④ 《六世达赖秘传》木刻版，21—69页。
⑤ 松巴堪布：《青海史》。

"……路上仓央嘉措曾受到汉藏蒙数万信徒顶礼,……后到衮嘎诺尔",并在此地"去世,其属下人等念其功德及恩惠,含泪为之祈祷。仓央嘉措尸体被迎往西宁,数日内信徒献供祈祷"①。《隆多喇嘛全集》说得具体一些:"二十五岁,十月十日死于蒙古地区之衮嘎诺尔。"上述说法与汉文正史记载相同。《圣祖实录》:"康熙四十五年(1706年)理藩院题,驻扎西宁喇嘛商南多尔济报称,拉藏送来假达赖喇嘛,行至西宁口外病故。"②《西藏喇嘛事例》所载与正史亦同:"于四十六年(1707年)行至青海工噶落地方圆寂。"③上述诸说,均指仓央嘉措1706年死于青海,时年24岁(或25岁)。

但《秘传》所载与上述迥异,该书指出,当仓央嘉措到衮嘎诺尔后,经过与身边的毕督本波、两个知宾和两个汉地首脑商谈,并对他们做了教导,然后于夜晚初更时分,彼此洒泪而别④。从此,仓央嘉措云游国内外,国内到了金川、擦哇绒、康定、四川峨眉山、巴塘、拉萨、山南、桑鸢、昌珠、工布、定日、门隅、达波、措卡、色科、阿拉夏(即阿拉善)、察隅、恰绒……⑤其间特别提到,仓央嘉措到了北京皇宫,并在北京见到了第司桑结嘉措的儿子第巴阿旺仁青、第巴玛索次仁、第巴阿旺尊珠、第巴桑结之女以及近侍、仆人等二十三人。后来,仓央嘉措除了收到桑结之女托人送来的一枚戒指以求为她死后祈祷之外,他们未能再见⑥。在国外,他曾到过尼泊尔和印度。

仓央嘉措在上述的云游中,晚年主要住在阿拉夏,其间在返回拉萨时曾被拉藏汗兵捉后逃脱;经过许多疾病、野兽的侵袭幸存下来。他一路上为人治病、救人,赢得人们的爱戴。他在阿拉夏被人认出后,便讲经收徒,曾做岱兑、楚古等十三座寺院的堪布,他还建造了脱桑达吉林寺。据《秘传》载,此寺建于雍正五年(藏历火羊年)至乾隆八年(藏历水猪年),即1727—1743年。仓央嘉措死于阿拉夏,时年64岁(1746年,藏历火虎年,乾隆十一年)⑦。

另外,又有著作说,仓央嘉措被直接带到五台山观音洞。

仓央嘉措圆寂后,西藏政局依然波动,值得寻味的是,其斗争继续带着仓

---

① 《七世达赖传》11页上—12页上。
② 《圣祖实录》第二二七卷,28页。
③ 《西藏喇嘛事例》清钞本第2册。
④ 《六世达赖秘传》木刻版,21—69页。
⑤ 《六世达赖秘传》木刻版,84页。
⑥ 《六世达赖秘传》木刻版,84页。
⑦ 《六世达赖秘传》木刻版,88—89页。

央嘉措的影子。 拉藏汗从仓央嘉措事件中深感达赖在蒙藏人民心中的地位，人们对其思念之情有增无减，于是拉藏汗在1707年（藏历火猪年；康熙四十六年），又"立博克达山之伊西嘉穆措为第六世达赖喇嘛"[①]，以图消除藏中不满，并望借此政治旗帜以巩固自己的权力。 但是"青海诸蒙古复不信之，而别奉理塘之噶尔藏嘉穆措为真达赖"[②]。"而青海实不之信，与藏中所奏互相是非"[③]。 虽然康熙在1709年册封了拉藏汗所立的达赖为六世达赖，但蒙藏之人均不认可。 藏史称这位新六世达赖阿旺益希嘉措为"门巴喇嘛"、"先生"、"阁下"或"执白莲者"[④]，甚至直称"门巴人"。 并对蒙藏人普遍承认的仓央嘉措转世的格桑嘉措（七世达赖），则用达赖的一般尊称"杰旺"，意为"圣王"或"佛王"。 据此等等，足见对仓央嘉措之人心向背。 一位达赖喇嘛的废立在藏族史（也涉及蒙古史）上引起如此轩然大波者，还仅见于仓央嘉措。 最后康熙也进退维谷，认识到"拉藏毫而醴饮"，难掌日益尖锐的政局，不得不承认格桑嘉措"实系达赖后身"[⑤]。 由于蒙藏均认格桑嘉措系仓央嘉措化身，所以，康熙承认格桑嘉措也就实际上承认了仓央嘉措，应该说康熙的这种转变是识时务的。 继之，"诏加封宏法觉众第六世达赖喇嘛，于九月登座，按藏史称为七世达赖"。 并"取拉藏所立博克达喇嘛归京"，[⑥]予以贬废。 至此，仓央嘉措生前死后所引起的政治风波始告平息。

综上所述，仓央嘉措的一生是坎坷不平的，几乎始终处于政治旋涡之中，纵使几度挣扎企图摆脱宗教、政治的困扰和迫害，但在当时的尔虞我诈的农奴主统治阶级权力角逐中，仓央嘉措最终成了政治牺牲品。 仓央嘉措本来不应得到的悲惨后果，无论其生前死后，都引起蒙藏各阶层人士的广泛同情，并为之大鸣不平，这不仅表现在最终确认格桑嘉措为其真化身和否定拉藏汗所立的益西嘉措，从而在政治上曲折地为仓央嘉措洗刷了不白之冤；而且还表现在藏族人民以广泛长期地吟咏仓央嘉措情歌，来寄托对他的同情和怀念。 由于情歌引起劳动人民的共鸣，这种交织起来的感情更加历久不衰。

---

① 《圣武记》6页上。
② 《圣武记》6页上。
③ 《清史稿》列传三百十二，藩部八——西藏。
④ 《嘉木样协贝多吉年表》木刻版，25页下。
⑤ 《清史稿》列传三百十二，藩部八——西藏。
⑥ 《圣武记》9页下。

二

  仓央嘉措颇具才华，饶有风采。如前所述，他在学识上颇下了一番苦功，并有著述行世。据《隆多喇嘛全集》载，其著述是："色拉寺大法会供茶如白莲所赞根本及释文"；"色拉外院马头观音供养法及成就诀"；"答南方藏人阿衮果所问马头观音供养法"；无生之"缬唎"法；信札和歌曲等；桑结嘉措所辑之《黄金穗传》。（按：据于道泉教授在《仓央嘉措情歌》小序及附录中说：《黄金穗传》一书在北京版作《趣闻选》）

  在仓央嘉措著述中，流传最广者首推其所著情歌。今所称之《仓央嘉措情歌》，以手抄本和木刻本传世，至今二百余年。鉴于仓央嘉措情歌不少源于民歌，反过来又影响民歌，不少出色的民歌，人们也往往认为原出于仓央嘉措之手，故此，在今日已较难统计仓央嘉措情歌的确切数字。一般认为六十首左右，于道泉教授在《第六代达赖喇嘛仓央嘉措情歌》中共收 66 首，印度人达斯（Das）在《藏文文法》（An intro-duction to the Grammar of the Tibetan Language）中收有 61 首，曾缄收 66 首，刘希武收 60 首，刘家驹在《西藏情歌》中收 100 首（按：作者在序中说其中有一般民歌，但没有按序中所说，在其翻译他所认为的这些仓央嘉措情歌中哪些是一般民歌）。1958 年王沂暖编译的《西藏短诗集》中指出，其中一至五十七首是据木刻版的原文译出的，可见应是仓央嘉措情歌的木刻版中的原诗数目。1980 年最新出版的《仓央嘉措情歌》共收 74 首（按：该书前 57 首与 1958 年王沂暖教授所收的前 57 首相较，除一首外，余者一致）。在木刻版本中有一种小型梵筴式版本，携带甚便，藏族人往往将其置于怀中，或步行诵读，或马背吟咏。

  如果说仓央嘉措情歌风靡全藏，家喻户晓，绝非夸张，在藏族的歌坛上尚未见有任何一位诗人的作品有如此巨大的魅力。穷其源，最主要的就在于情歌所具有的人民性。诗人以诗歌的形式，将自己——一位出身贫苦家庭曾在民间生活中的乐与苦、爱与憎，以及被统治阶级政治角斗和宗教戒律束缚所带来的心灵中的损害与苦闷，等等，均形象地表现出来，而这类情歌正好客观上反映了当时农奴制下广大农奴（也包括贫苦的底层僧侣）的心声。因此，其诗歌深为藏族人民所爱，广为流传，不胫而走。

例如："心爱的意卓拉姆，为我猎人所获，却被显赫君主，诺桑国王抢去!"此诗应认为是对横征暴敛的农奴主一类恶势力的抨击。显然，人民诵此歌时自然也就抒发了心中的愤懑。

又如："背后的凶恶龙魔，没有什么可怕；前边的香甜苹果，一定要摘到它!"看来，此歌既揭露了罪恶势力，又影射了时弊，同时也鼓舞人们不要在邪恶面前低头。

再如："默想的喇嘛面孔，并不显现在心上；没想的情人容颜，却在心中明明朗朗。"不言而喻，那些被迫离家而入寺门的劳动人民子弟，当读此歌时难道能不引起共鸣吗？

诗中还有最为藏人欣赏的大量爱情诗，如："问问倾心爱慕的人儿，愿否作亲密的伴侣？回答除非死别，活着永不分离！"诗中所歌颂的这种纯洁坚贞的爱情，正是劳动人民最为喜爱的。这类格调高的诗所占比例极多，因为它普遍地反映了人民的高尚情操和理想，所以才赢得了众口传颂。

当然，从非主流方面看，仓央嘉措诗中也有某些宗教迷信以及不健康的作品，这也正是仓央嘉措本人政治、经济、地位转变的历史反映和受到的社会局限。指出这点是必要的，但是瑕不掩瑜，仓央嘉措情歌中的精华是尽人皆知的。

仓央嘉措情歌的生命力，首先固然在其所具有的人民性，但其高度熟练的写作技巧，又为诗的传播添上了羽翼。

如前所述，他15岁以前成长于美丽的门隅，而门隅又是诗歌之乡，因此受到民歌影响极深。他借助民歌或取材民歌，从中汲取无穷营养，从形式到内容，都给他写诗以启发，可以说，民歌是仓央嘉措写诗的第一位无名老师。因此，其诗具有浓厚的民族特点，这也是它所以成为人们喜闻乐见的原因之一。此外，其诗之成功，亦与他的深厚的文学修养和驾驭语言的非凡能力分不开。上述诸说，还可以从以下的例子得到说明。

例如，门巴地区有一首民歌："你是洁白的雪峰，耸立高山之顶；我是洁白狮子，绕着雪山转行。"①

我们再看仓央嘉措情歌："中央的须弥山王呵，请你坚定地耸立着，日月绕着你转，方向肯定不会走错。"

---

① 《门巴族民歌与仓央嘉措》载《西藏文艺》1980年第1期。

上述两诗相较,其手法何其相似! 比兴手法,是藏族最常用、最喜爱的手法。 形象生动,比拟间发人深省,玩味无穷。 仓央嘉措用这种手法写了不少名诗。 另外,他还善于把民间俗语引入诗中,如"把帽子戴在头上"这首诗,语言生动至极,构思奇异。 此外还必须提到的一点是,仓央嘉措广泛采用人们最喜爱的格律,即四句六言诗,这便于记忆,但又不完全拘泥于此,所以他的诗形式活泼。 再者,仓央嘉措的诗注重诗韵,极富音乐感,既便于朗诵,又便于歌唱。

仓央嘉措的情歌,因抒发了人们心中之情,故得到人们的热爱,人们广泛传颂,又加强了他诗歌的流传。 他的情歌不仅是藏族人民的宝贵财富,而且是我国各民族文化宝库中的一颗灿烂的明珠。

三

仓央嘉措情歌,受到我国各民族的尊重和喜爱,不仅藏族研究它,各民族都在研究,甚至国外学者也争相研究探讨,所以他的情歌闻名中外。

我国最早研究并翻译仓央嘉措情歌者,首推于道泉教授。 于老精通藏文、英文,热爱藏族文化,他在 1930 年于北京,经过刻苦的钻研,精辟的推敲,编译出《第六代达赖喇嘛仓央嘉措情歌》一书,开我国研究仓央嘉措情歌之先。由于该书同时又译成英文流传国外,因而引起了国际藏学界的高度重视,为我国藏族文化的传播做出了宝贵的贡献。 于老此著,由藏文原文、汉译文、国际音标注音(由著名语言学家赵元任标音)和英译文四部分组成。 此外,书之前后尚有序言、附录,其内记述译著始末、介绍仓央嘉措其人其事以及藏族诗歌特点等等。 像如此详细、形式多样地介绍仓央嘉措情歌者,不仅前此无有,至今亦未再见。

继于老之后,研究仓央嘉措情歌者接踵而至,迄今仍方兴未艾。 其中有 1937 年刘希武的《仓央嘉措情歌》,1937 年曾缄的《六世达赖情歌六十六首》,1932 年刘家驹的《西藏情歌》。 新中国成立后,对仓央嘉措情歌的研究,更进一步开展起来。 1956 年苏朗甲措及周良沛在《藏族情歌》中选译了32 首仓央嘉措情歌;1958 年王沂暖教授在他编辑的《西藏短诗集》中较全面地搜集并翻译了仓央嘉措的情歌;1959 年《西藏歌谣》出版,在其中第十二辑中，有傅师仲、王沂暖、何良俊和九光等人选译的部分仓央嘉措情歌。1979年至1980年两年间，有关仓央嘉措事迹及其情歌的文章和专著层出不穷，其中1980年由王沂暖教授翻译的《仓央嘉措情歌》（内有藏文原文及汉译文两种，并附彩色插图）是近期的突出成果。此外，《西藏文艺》杂志，还以《仓央嘉措情诗译集》为题，选登了一些仓央嘉措的情诗。

综观历年有关文章和专著，可以看到我国有志于此者，从不同角度并以多种形式研究这部情歌，可谓百花纷陈。于老首先以白话新诗体将此情歌译出，嗣后曾缄以七言古诗译就，而刘希武又以五言古诗译后刊印。此后至今，在前人的基础上，又使白话新诗体形式的译文大大地推进到一个新的水平。不难看出，著译者们努力挖掘情歌之奥妙，表达其情趣，这可从《从东方山顶》一首各种译文看出：

"心头影事幻重重，化作佳人绝代容，恰似东山山上月，轻轻走出最高峰。"（旧体格律诗——曾缄）

"明月何玲珑，初出东山上，少女面庞儿，油然萦怀想。"（旧体格律诗——刘希武）

"从东边的山尖上，白亮的月儿出来了，'未生娘'底脸儿，在心中已渐渐地显现。"（新诗——于道泉）

"从东方山顶，出来白白的月亮，未嫁少女的面容，显现在我的心上。"（新诗——王沂暖）

上述诸例，使我们看到汉文译者在翻译这部杰作时，是不断发展、提高和刻意求精的，无论从形式到词语的表达，译者均努力体现原诗的风貌、情调和汉藏两族的民族特点，努力使这部藏族著名的诗歌能为汉文读者广为传吟，以增进藏汉暨各族人民的友好团结。再者，我们从选录的四种藏文原文中，经过比较，还可以发现，藏文原文得到了不断校刊和订正，尤其是1980年青海所刊原文，显然日趋准确，这对于完整表达原诗原意是至关重要的。

与翻译和介绍《仓央嘉措情歌》同时，译者们就注意对仓央嘉措生平及当时历史背景的研究，他们翻检汉藏两种文献（有的还参考国外的有关文章），以求弄清仓央嘉措情歌产生的社会背景对其情歌的影响。许多译者以历史唯物主义的观点阐述仓央嘉措情歌的社会意义，予以正确评价。在本辑所集的论文中，可以看到相关研究者在这方面所作的可贵努力。

为了介绍和推动有关仓央嘉措及其情歌的研究，在西藏社会科学院的鼓励

和赞助下，我们将我国这方面的研究专著和论文汇辑成册，旨在为研究这部情歌的诸位提供基础资料，这对评论这部诗歌的人民性、艺术性等方面或许是不无意义的。由于新中国成立前后的时间较长，刊物甚多，虽经努力查找搜集，仍难免有漏，尚祈见谅！

最后，这项工作曾得到中央民族学院于道泉教授的鼓励、关怀和指导。于老年迈，工作繁忙，但仍应我们之请，以掖奖后进的诚意，不仅抽出宝贵时间为本辑作序，而且在本辑中，又将他以前发表的仓央嘉措情歌英译文，在国际友人的协助下予以重译发表。在此，我们对于老致以崇高的敬意。我们还必须提到，中国社会科学院民族研究所李有义教授积极鼓励我们搞好这项工作，并为我们创造条件，从而增强了我们的工作信心。此外，王尧副教授还具体地为我们提供有关线索，热心支持，使我们少走弯路。再者，开斗山、陆红妹等同志也对这项工作给予了多方支持。在此向他们一并表示衷心谢意。我们还向《西藏研究》编辑部的同志们致谢，由于有了他们的热情支持，本书始能与读者见面。

我们尝试编辑了这本资料汇编，由于我们能力所限，其中错漏之处在所难免，恳请读者提出宝贵意见。

（1982年）

仓央嘉措情歌

汉译文本

第六代达赖喇嘛仓央嘉措情歌

译者小引*

于道泉

  下边这六十二节歌,据西藏朋友说是第六代达赖喇嘛仓央嘉措所作。是否是这位喇嘛教皇所作,或到底有几节是他所作,我们现在都无从考证。但是藏族人民既一致地承认这位神圣的教皇是这些〔爱情之歌〕底作者,那么这位怪人底事迹一定是读者所愿意知道的。不过关于这位喇嘛生平底事迹我费了许多工夫只找到了一些零星的记载和传说。因为关于他底专书在藏文中虽有几种,只是在北平我还一种也未能找到。在北平印行的西藏文书关于仓央嘉措的记载较多的只有《隆德喇嘛著作集》一种。中文书中关于这位喇嘛的记载极少;《西藏图考》和《卫藏通志》都未有只字说到他底事。《东华录》、魏源底《圣武记》和张其勤先生底《西藏宗教源流考》关于他有一点记载,可是也不过寥寥数语。西文书中记载他底事迹较详的有:(1)德国舒尔曼底《历代达赖喇嘛史》,(2)美国罗克希尔底《1644 至 1908 年间拉萨达赖喇嘛与满洲皇帝之关系》,和 (3) 英国贝尔氏底《西藏之过去及现在》。下边即根据以上这几种书为这位喇嘛作一个传略。

  仓央嘉措全名为罗桑瑞晋仓央嘉措,于康熙二十二年(西历1683年)正月十六日在西藏南部寞地一信奉红教的世代名门家降生。父名吉祥持教;母名自在天女。他降生的时候,第五代达赖喇嘛阿旺罗桑正脱缁不久。他很小的时候

---

 * 摘自《第六代达赖喇嘛仓央嘉措情歌》。原载:国立中央研究院历史语言研究所,单刊甲种之五,1930 年北平。

即被第巴桑结找到认为达赖喇嘛的转生。他早年是在聂塘附近的纳尔布康受的教育。年十三即从班禅罗桑伊喜在纳尔布康受戒。据《东华录》和《圣武记》说当时世人还不知道第五代达赖喇嘛已去世，因为第巴桑结不愿意失却第五代达赖在蒙古和内地所有的威望，还密不发丧，用他底名义独揽政权。自然认仓央嘉措为达赖转生的事也未对外宣布。直到康熙三十六年（西历1697年）皇帝遣使往拉萨命桑结使达赖与使臣相见，桑结不得已乃将实情秘奏康熙。不过罗克希尔说，这乃是清朝政府当时有意诬蔑事实。据藏文记载认仓央嘉措为达赖转生的事并未守过这么长久的秘密。西藏史书说康熙三十五年（西历1696年）仓央嘉措到了坐床的年岁即从班禅罗桑伊喜行坐床的典礼。那时班禅三十五岁，清朝皇帝曾特派章嘉呼图克图善意具法到拉萨去参与这次典礼。

仓央嘉措年岁渐长以后，乃成了一位多情多欲放荡不羁的风流少年。他不安于遵守清规，却去修饰布达拉底官室林苑，并沉湎于醇酒妇人。有时变装易名，到拉萨城中去寻芳猎艳，即在布达拉山后新建的寨后龙官游苑中也做出了不少的风流事。

几年以前就有人疑惑仓央嘉措不是达赖喇嘛底转生。据说桑结之所以未将奉仓央嘉措为新达赖的事早向世人宣布，这也是原因之一。他长大后之放荡不羁和任性妄为，越发使人疑惑他不是真达赖。拉藏汗和康熙帝以为若使他继续作黄教教主恐怕西藏要发生变乱，乃于康熙四十年（西历1701年）同伊犁的厄鲁特王策妄那布坦同时声明不承认他为真达赖。他乃毫不抗争，即在班禅喇嘛面前声明情愿放弃黄教教主的尊位，却保留教主在现世所享受的特权。从此以后乃公然花天酒地地闹了起来，康熙皇帝、拉藏汗和蒙古王公等三番五次地警告，他都置之不理。

在数年中，拉藏汗即以立新达赖的缘故和第巴桑结交恶。桑结曾有两次想毒杀拉藏汗，并曾想用武力将拉藏汗逐出西藏之外，都未成功。康熙四十四年（西历1705年）拉藏汗乃率兵攻第巴宅，第巴桑结逃至城外一堡寨中固守。拉藏汗假借达赖喇嘛底命令使之投降旋又杀之。以后拉藏汗想用和平手段废新达赖，欲使各大寺喇嘛审判仓央嘉措犯戒的罪状，乃召集了一个喇嘛会议。但参加会议的喇嘛，意见多不一致。大多数的喇嘛只说仓央嘉措行为不检，乃因"迷失菩提"之故，却无一人敢表示愿意废新达赖之意，且无一人以新达赖为伪。

和平方法既失败，拉藏汗乃取得康熙皇帝之同意，决以武力废新达赖而置之死地。即以皇帝诏，使仓央嘉措往北京，而以蒙古卫兵及一心腹大臣伴行。路过哲蚌寺前，寺中喇嘛出卫兵之不意，将仓央嘉措劫去。卫兵遂与寺中喇嘛开战，攻破哲蚌寺，复将仓央嘉措夺回，带往纳革雉喀。康熙四十五年（西历1706年）仓央嘉措年二十五岁，在纳革雉喀被杀，而依照汉文的记载则说他到纳革雉喀与青海间患水肿病而死。

以上都是史书中所载，比较可信的事实。现在更将在西藏流行的关于仓央嘉措的神话，写在下面，以补中、西文书中记载的不足。

据我底西藏友人说，仓央嘉措手脚都戴了全副刑具，走到青海札什期地方忽然失踪。这乃是他用神通力脱身，脱身后即往山西五台山。在五台山住了好几年，现在五台山的观音洞即系他当年底住所。现在那里还有他底许多遗迹。洞中有一幅观自在底画像，据说是当年观自在菩萨化作一位汉族女子送与他的。现在且将这个故事写在下边。

有一天他在洞中闲坐，忽然来了一位汉族女子，问他是否需要什么；若有需要，伊愿布施。他说：他想要一幅观自在底画像。那女子应了，到明天即送了一幅极精致的观自在底画像来。他谢了谢那女子，将画像接过去挂在洞中石壁上，即打算为那幅画像诵"安像总持"。忽然那女子离地而起，冉冉走入像中；那像随即发声说道："不必诵〔总持〕我已到像中来了"。他乃猛然醒悟，那女子即是观自在底化身。因此那幅画像乃叫做"说过话的像"。

以后他从五台山到了蒙古阿拉善旗，为蒙古人牧羊。有许多羊被狼吃了，他也全不在意。他底主人知道了以后，大加申斥。他乃到山中将吃羊的狼找来，领到主人面前说道："羊是它们吃的，请向它们理论罢。"主人大奇，乃知他是有来历的人。日后他底来历被人知道了，阿拉善旗的人以为这样慢待了他们底教主，罪业非轻，乃从那事以后每年集款万余两，送往拉萨分给各寺的喇嘛，用作"忏罪的布施"。据说这件事至今还未废除。

他以后的行踪有两种说法：一说他即在牧羊者中间示寂；一说他从阿拉善又回到西藏，在拉萨南方一个山洞中修习静业，在那里坐化。

在西藏最初虽因仓央嘉措放荡不羁的行为，有些人疑惑他不是达赖转生，但是等到拉藏汗率兵到拉萨以武力行废立的时候，西藏人民却都为他不平。等他被掳去以后，西藏人民都怀想他。大概因为他虽行为不检，为当时禁戒清净的喇嘛所不喜，一般人对他却无甚恶感。加之他又有过人的天才——从他底情歌中即可看出他是一位有文学天才的人。据一位西藏人说他乃是历代达赖喇嘛中博学者之一，在情歌以外还有许多"正经的"著作，都是些有价值的书。从这些书中处处可以看出他是一位博学多才的人。因此当他被掳去的时候，在西藏几乎没有人疑惑他是假达赖了。甚至有人说他底放荡的生活，乃是"游戏三昧"，并未破戒体。据一位西藏友人说有一本仓央嘉措传中有"没有女子作伴，从来未曾睡过；虽有女子作伴，从来未有沾染"的话。有许多西藏人民都信以为真。所以拉藏汗废了仓央嘉措立伊喜嘉措为达赖时，西藏人民都十分反对。后来一听说达赖已在理塘转生，乃欢喜踊跃，以为仓央嘉措"我也不到远处耽搁，到理塘走一遭即回来"的话已应验了。

仓央嘉措底情歌乃是西藏最流行的歌谣之一。我所遇见的西藏人民大半都能将歌词成诵。大概第一因为歌中的词句，几乎全系俗语，妇孺都能了解；第二因为歌词多半是讲爱情的，又写得十分佳丽，人人都感生兴趣，所以能传得普遍。

虽说歌词易解，却不是个个藏族人都能将各节底意义完全了解的。我常见有西藏人民口里能将歌词背诵得很熟，等到问他每节底意义，他却有许多不知道的。有时乍问他，他还以为能完全了解，待仔细问下去，他才发现自己完全不能了解。我想这样的经验在我们以"不求甚解"为高的汉族人中，也或者不是稀罕事吧。

据西藏友人说西藏的歌曲普通有下列几种：

（1）gral-glu，意为"排歌"。歌者都坐下，摆列成排，同声和唱。歌词多吉祥语，新年或婚嫁时用以祈福，平时无人唱。（2）bshad-chen 意为"大歌"。乡间农民农事毕后，宴乐时用之。以歌词冗长故名。（3）sgor-bshad 意为"环歌"。唱时男女携手成一大环，左右旋转，同声合唱。（4）ka-bshad 意为"字母歌"。乃以藏文之三十字母，依次作歌词中各句之第一字，故歌词以三十字句为限。在西藏爱人间的唱和，多用此种歌。故歌词多男女相慕之语。（5）gtang thung-bshad 意为"短歌"。普通每节四句，每句六个缀音。藏族人民日常口头随便唱的，及跳舞时普通所唱的歌曲，都是这一种。仓央嘉措底情歌即系此种。

最初翻译时所用的原文，是一位西藏友人从拉萨带来的一个梵式小册子。全书共有歌词237句。原文只每两句分为一段，并不分节。为读时方便起见，我乃照歌词中的意思分为54节。后面自第一节至第54节全系从拉萨本抄出。我译完了拉萨本以后，从一位友人处借到了一本达斯底《西藏文法初步》，乃见该书附录第33页中，也有仓央嘉措底情歌。我将两本对照着看了一遍，彼此微有不同，拉萨本共有237句，达斯本共有242句。现在为比较时的方便，也将达斯本分划成节，则拉萨本共有54节，达斯本共有55节；而拉萨本中又有6节和达斯本不同。拉萨本底第11、23、24、26、27、45，此6节为达斯本所缺，而达斯本在54节以后多出了7节。今合两本所有，共得61节。据一位西藏友人说，全本还不止此数，至少比这还多四分之一。他说在第29节后，应有："第一最好是不相见，如此便可不至相恋；第二最好是不相识，如此便可不用相思"一节。今将此节写在第61节后，作补遗。

  拉萨本中错字非常多，54节中没有错字的只有7节。有时一节中有错字七八，因此翻译时非常困难。因为西藏字虽系用字母拼音，但是拼法不同，意思不同，而读音却完全相同的字非常多。比如：vdre〔魔〕；vdres〔混合〕；vbras〔果〕，vbral〔分离〕；vbrad〔撕〕；sbrel〔连合〕；dgrad〔铺〕；bgre〔老〕；vgre〔滚〕，vgrel〔求〕；sgre〔敞〕都读作 dre。此外依文典中规则读音本不应相同，而在拉萨人底读音中都常相混的还有许多。如后边第44节中 khu byug 误作 khu-chug 即是一个证例。因此在翻译时若原文中遇有错字，须在字典中遍查同音和在拉萨读音中声音相似的字，看哪一字与上下文底意思相合，方可断定全句底意义。因为我在翻译时未能早得到达斯本，因此费了不少的憨力气。待得到达斯本时，我已借西藏友人的助力，将拉萨本译完了。不过得到达斯本后我也借它改了几处错误，如第八节中第二句，西藏友人向我说的解释，很恍惚，得到达斯本后乃知 rkyang 系 skyeng 之误，那一句底意义乃觉了然。

  现在虽已找到了错误极少的达斯本，我在后边还是依照拉萨本一字不改地抄了出来。只将正误附在后面。因为第一借此可使读者知道西藏印书的真相，第二从这些错误中可以找出一些研究拉萨人读音的好材料。

  据我所知，只有英人贝尔氏曾将后边的第1、第3、第4、第5、第6、第57各节，及第50节中间的四句译为英文，载在《西藏之过去及现在》第38、39两页。此外还未见有别人译过。贝尔氏说西藏原文词简意丰，不容易以同样简洁的文字译为英文；我在翻译时乃只求达意，文词的简洁与典雅非我才力所能兼顾。

第六代达赖喇嘛仓央嘉措情歌[*]

于道泉 译

一

从东边的山尖上，
白亮的月儿出来了。
"未生娘"① 底脸儿，
在心中已渐渐地显现。

二

去年种下的幼苗，
今岁已成为禾束；
青年老后的体躯。
比南方的弓②还要弯。

三

自己底意中人儿，
若能成终身的伴侣，
犹如从大海底，
得到一件珍宝。

---

* 于道泉：《第六代达赖喇嘛仓央嘉措情歌》，1930 年国立中央研究院历史语言研究所单刊甲种之五，共 62 首。
① "未生娘"系直译藏文之 ma-skyes-a-ma 一词。系"少女"之意。
② 制弓所用之竹，乃来自南方不丹等地。

四

邂逅相遇的情人,
是肌肤皆香的女子,
犹如拾了一块白光的松石①,
却又随手抛弃了。

五

伟人大官的女儿,
若打量伊美丽的面貌,
就如同高树的尖上,
有一个熟透的果儿。

六

自从看上了那人,
夜间睡思断了,
因日间未得到手,
想得精神累了吧!

七

花开的时节已过,
"松石蜂儿"② 并未伤心,
同爱人的因缘尽时,
我也不必伤心。

---

① "松石"乃是藏族人民最喜欢的一种宝石,好的价值数千元。在西藏有好多人相信最好的松石有避邪护身的功用。
② 据藏族人民说在西藏有两种蜜蜂。一种黄色的叫作黄金蜂 gser-sbrang,一种蓝色的叫作松石蜂 gyu-sbrang。

八

草头上严霜的任务①,
是作寒风底使者。
鲜花和蜂儿拆散的,
一定就是"它"啊。

九

野鹅同芦苇发生了感情,
虽想少住一会儿。
湖面被冰层盖了以后,
自己的心中乃失望。

十

渡船②虽没有心,
马头却向后看我,
没有信义的爱人,
已不回头看我。

---

① 这一句意义不甚明了,原文中 Rtsi-thog 一字乃达斯氏《藏英字典》中所无。在库伦印行的一本《藏蒙字典》中有 rtstog 一字,译作蒙文 tuemuesue(禾)。按 thog 与 tog 本可通用,故 rtsi-tog 或即 rtsi-thog 的另一拼法。但是将 rtsi-thog 解作(禾)字,这一行的意义还是不明。最后我将 rtsi 字当作 rtswahi 字的误写,将 kha 字当作 khag 字的误写,乃勉强译出。这样办好像有点过于大胆,不过我还没有别的办法能使这一行讲得通。

② 在西藏的船普通有两种:一种叫作 ko-ba 是皮作的,只顺流下行时用。因为船身很轻,到了下游以后撑船的可以走上岸去,将船背在背上,走到上游再载着客或货往下游航行。另一种叫作 gru-shan 是木头作的,专作摆渡用。这样的摆渡船普通都在船头上安一个木刻的马头,马头都是安作向后看的样子。

十一

我和市上的女子，
用三字作的同心结儿，
没用解锥去解，
在地上自己开了。

十二

从小爱人的"福幡"①，
竖在柳树底一边。
看柳树的阿哥自己，
请不要"向上"抛石头。

十三

写成的黑色字迹，
已被水和"雨"滴消灭。
未曾写出的心迹，
虽要拭去也无从。

十四

嵌的黑色的印章，
话是不会说的。
请将信义的印儿，
嵌在各人的心上。

---

① 在西藏各处的屋顶和树梢上边都竖着许多印有梵、藏文咒语的布幡，叫做 rlung-bskyed 或 dar-lcog。藏族人民以为可以借此祈福。

十五 A

有力的蜀葵花儿,
"你"若去作供佛的物品。
也将我年幼的松石蜂儿,
带到佛堂里去。

十五 B

我底意中人儿①,
若是要去学佛,
我少年也不留在这里,
要到山洞中去了。

十六

我往有道的喇嘛面前,
求他指我一条明路。
只因不能回心转意,
又失足到爱人那里去了。

十七 A

我默想喇嘛底脸儿,
心中却不能显现,
我不想爱人底脸儿,
心中却清楚地看见。

---

① 达斯本作"意中的女子"。

十七 B

若以这样的"精诚",
用在无上的佛法,
即在今生今世,
便可肉身成佛。

十八

洁净的水晶山上的雪水,
铃荡子①上的露水,
加上甘露药的酵"所酿成的美酒"
智慧天女②当垆。
若用圣洁的誓约去喝,
即可不遭灾难。

十九

当时来运转的际会,
我竖上了祈福的宝幡。
就有一位名门的才女,
请我到伊家去赴宴。

---

① "铃荡子"藏文为 klu-bdud-rdo-rje(即党参,见《藏汉大词典》44 页——编注),因为还未能找到它的学名,或英文名,所以不知道是什么样的一种植物。

② "智慧天女"原文为 ye-shes-mkhav-vgro。乃 ye-shes-kyi-mkhav-vgro-ma 之略。ye-shes 意为"智慧"。mkhav-vgro-ma 直译为"空行女"。此处为迁就语气故译作"智慧天女"。按 mkhav-vgro-ma 一词在藏文书中都用它译梵文之能盗食人心的夜叉鬼(参看丁氏《佛学大辞典》1892 页中),而在西藏传说中"空行女"却多半是绝世美人。在西藏故事中常有"空行女"同世人结婚的事,和汉族故事中的狐仙颇有点相似。普通藏族人民常将"空行女"与"救度母"(sgrol-ma)相混。

二十

我向露了白齿微笑的女子们底①
座位间普遍地看了一眼,
一人羞涩的目光流转时,
从眼角间射到我少年的脸上。

二十一

因为心中热烈的爱慕,
问伊是否愿作我底亲密的伴侣?
伊说:"若非死别,
决不生离。"

二十二

若要随彼女底心意,
今生与佛法的缘分断绝了;
若要往空寂的山岭间去云游,
就把彼女底心愿违背了。

二十三

工布少年底心情,
好似拿在网里的蜂儿。
同我作了三日的宿伴,
又想起未来与佛法了。

---

① 在这一句中藏文有 lpags-pa(皮)字颇觉无从索解。

二十四

终身伴侣啊我一想到你，
若没有信义和羞耻，
头髻上带的松石，
是不会说话的啊！

二十五

你露出白齿儿微笑，
是正在诱惑我呀？
心中是否有热情，
请发一个誓儿！

二十六

情人邂逅相遇，①
被当垆的女子撮合。
若出了是非或债务，
你须担负他们的生活费啊！

二十七

心腹话不向父母说，
却在爱人面前说了。
从爱人底许多牡鹿②之间，
秘密的话被仇人听去了。

---

① 这一句乃是藏族人民常说的一句成语，直译当作"情人犹如鸟同石块在路上相遇"，意思是说鸟落在某一块石头上，不是山鸟的计划，乃系天缘。以此比情人的相遇全系天缘。
② 此处的牡鹿，系指女子底许多"追逐者"。

二十八

情人艺桌拉茉①，
虽是被我猎人捉住的，
却被大力的长官
讷桑嘉鲁夺去了。

二十九

宝贝在手里的时候，
不拿它当宝贝看；
宝贝丢了的时候，
却又急得心气上涌。

三十

爱我的爱人儿，
被别人娶去了。
心中积思成痨，
身上的肉都消瘦了。

三十一

情人被人偷去了，
我须求签问卜去罢。
那天真烂漫的女子，
使我梦寐不忘。

---

① 此名意译当作"夺人心神的仙女"。

三十二

若当垆的女子不死①,
酒是喝不尽的。
我少年寄身之所,
的确可以在这里。

三十三

彼女不是母亲生的,
是桃树上长的罢?
伊对一人的爱情,
比桃花凋谢得还快呢!

三十四

我自小相识的爱人,
莫非是与狼同类?
狼虽有成堆的肉和皮给它,
还是预备住在山上去。

三十五

野马往山上跑,
可用陷阱或绳索捉住;
爱人起了反抗,
用神通力也捉拿不住。

---

① 西藏的酒家多系娼家,当垆女多兼操神女生涯,或撮合痴男怨女使在酒家相会。可参看第26节。

三十六

躁急和暴怒联合,
将鹰底羽毛弄乱了;
诡诈和忧虑的心思,
将我弄憔悴了。

三十七

黄边黑心的浓云,
是严霜和灾雹底张本;
非僧非俗的班第①,
是我佛教法底仇雠。

三十八

表面化水的冰地,
不是骑牡马的地方;
秘密爱人的面前,
不是谈心的地方。

三十九

初六和十五日的明月②,
倒是有些相似,
明月中的兔儿,
寿命却消磨尽了。

---

① 藏文为 ban-dhe。据叶式客（Yaschke）的《藏英字典》有二义：（1）佛教僧人；（2）本波 bon po 教出家人。按"本波教"为西藏原始宗教,和内地的道教极相似。在西藏常和佛教互相排斥。此处 ban-dhe 似系作第二义解。

② 这一句藏文原文中有 tshes-chen 一字为达斯氏字典中所无。但此字显然是翻译梵文 mahatithi 一字。据威廉斯氏《梵英字典》796 页谓系阴历初六日。

四十

这月去了，
下月来了。
等到吉祥白月的月初①，
我们即可会面。

四十一

中间的弥卢山王②。
请牢稳地站着不动。
日月旋转的方向，
并没有想要走错。

四十二

初三的明月发白，
它已尽了发白的能事，
请你对我发一个
和十五日的夜色一样的誓约。

---

① 印度历法自月盈至月满谓之（白月）。见丁氏《佛学大辞典》904页下。
② "弥卢山王"藏文为 ri-rgyal-lhun-po。ri-rgyal 意为"山王" lhun po 意为"积"，乃译梵文之 Meru 一字。按 Meru 普通多称作 Sumeru，汉文佛经中译意为"善积"，译音有"须弥山""修迷楼""苏迷卢"等，但世人熟知的，只有"须弥山"一名。在西藏普通称此山为 ri rab。
  古代印度人以为须弥山是世界的中心，日月星辰都绕着它转。这样的思想虽也曾传入我国内地，却不像在西藏那样普遍。在西藏没有一个人不知道 ri-rab 这个名字。

四十三

住在十地①界中的
有誓约的金刚护法,
若有神通和威力,
请将佛法底冤家驱逐。

四十四

杜鹃从寞地来时,
适时的地气也来了;
我同爱人相会后,
身心都舒畅了。

四十五

若不常想到无常和死,
虽有绝顶的聪明,
照理说也和呆子一样。

四十六

不论虎狗豹狗,②
用香美的食物喂它就熟了;
家中多毛的母老虎,③
熟了以后却变的更要凶恶。

---

① 菩萨修行时所经的境界有十地:(1)欢喜地 (2)离垢地 (3)发光地 (4)焰慧地 (5)极难胜地 (6)现前地 (7)远行地 (8)不动地 (9)善慧地 (10)法云地。见丁氏《佛学大辞典》225页中。护法亦系菩萨化身,故亦在十地界中。
② 虎狗、豹狗系各种狗的名字。
③ "多毛的母老虎"系指家中的悍妇。

四十七

虽软玉似的身儿已抱惯,
却不能测知爱人心情的深浅。
只在地上画几个图形,
天上的星度却已算准。

四十八

我同爱人相会的地方,
是在南方山峡黑林中。
除去会说话的鹦鹉以外,
不论谁都不知道。
会说话的鹦鹉请了,
请不要到十字路上去多话!①

四十九

在拉萨拥挤的人群中,
琼结②人的模样俊秀。
要来我这里的爱人,
是一位琼结人哪!

---

① 这一句在达斯本中作"不要泄漏秘密"。
② 据贝尔氏说琼结 Chung rgyal 乃第五代达赖生地,但是他却没有说是在什么地方。据藏族学者说是在拉萨东南,约有两天的路程。我以为它或者就是 vphyong-rgyas(达斯氏字典 852 页)因为这两字在拉萨方言中读音是相似的。

五十 A

有腮胡的老黄狗,
心比人都伶俐。
不要告诉人我薄暮出去,
不要告诉人我破晓回来。

五十 B

薄暮出去寻找爱人,
破晓下了雪了。
住在布达拉时,
是瑞晋仓央嘉措。

五十 C

在拉萨下面住时,
是浪子宕桑汪波,
秘密也无用了,
足迹已印在了雪上。①

五十一

被中软玉似的人儿,
是我天真烂漫的情人。
你是否用假情假意,
要骗我少年财宝?

---

① 当仓央嘉措为第六代达赖时在布达拉宫正门旁边又开了一个旁门,将旁门的钥匙自己带着。等到晚上守门的把正门锁了以后,他就戴上假发,扮作在家人的模样从旁门出去,到拉萨民间,改名叫作宕桑旺波,去过他底花天酒地的生活。待破晓即回去将旁门锁好,将假发卸去,躺在床上装作老实人。这样好久,未被他人识破。有一次在破晓未回去以前下了大雪,回去时将足迹印在了雪上。宫中的侍者早起后见有足迹从旁门直到仓央嘉措的卧室,疑有贼人进去。以后根究足迹底来源,直找到荡妇的家中;又细看足迹乃是仓央嘉措自己底。乃恍然大悟。从此这件秘密乃被人知道了。

五十二

将帽子戴在头上,
将发辫抛在背后。
他说:"请慢慢地走①!"
他说:"请慢慢地住。"
他问:"你心中是否悲伤?"
他说:"不久就要相会!"

五十三

白色的野鹤啊,
请将飞的本领借我一用。
我不到远处去耽搁,
到理塘去一遭就回来。

五十四

死后地狱界中的,
法王②有善恶业底镜子,③
在这里虽没有准则,
在这里须要报应不爽。
让他们得胜啊!④

---

① "慢慢地走"和"慢慢地住"乃藏族人民离别时一种通常套语,犹如汉人之"再见"。
② "法王"有三义:(1)佛为法王;(2)护持佛法之国王为法王;(3)阎罗为法王。(见达斯氏字典430页)。此处系指阎罗。
③ "善恶业镜"乃冥界写取众生善恶业的镜子。(可参看丁氏《佛学大辞典》2348页上)
④ "让他们得胜啊"原文为 dza-yantu 乃是一个梵文字。藏文书在卷终常有此字。

五十五

卦箭①中了鹄的以后，
箭头钻到地里去了；
我同爱人相会以后，
心又跟伊去了。

五十六

印度东方的孔雀，
公（工）布谷底底鹦鹉。
生地各各不同，
聚处在法轮②拉萨。

五十七

人们说我的话，
我心中承认是对的。
我少年琐碎的脚步，
曾到女店东家里去过。

五十八

柳树爱上了小鸟，
小鸟爱上了柳树。
若两人爱情和谐，
鹰即无隙可乘。

---

① 系用射的以占卜吉凶的箭。（参看达斯氏《藏英字典》673页b）
② "法轮"乃拉萨别号，犹如以前的北京称为"首善之区"。

五十九

在极短的今生之中,
邀得了这些宠幸;
在来生童年的时候,
看是否能再相逢。

六十

会说话的鹦鹉儿,
请你不要作声。
柳林里的画眉姐姐,
要唱一曲好听的调儿。

六十一

后面凶恶的龙魔,①
不论怎样利害;
前面树上的苹果,
我必须摘一个吃。

---

① 龙在西藏传说中有两种:一种叫作 klu,读作"卢",是有神通,能兴云作雨,也能害人的灵物。一种叫作 vbrug,读作"朱",是夏出冬伏,只能随同 klu 行雨,无其本领,而也与人无害的一种动物。藏族人民都以为下雨时的雷声即系 vbrug 底鸣声,所以"雷"在藏文中叫作 vbrug-skad。klu 常住在水中,或树上。若住在水中,他底附近就常有上半身作女子身等等的怪鱼出现。若是有人误在他底住处捕鱼,或抛弃不干净的东西,他就使那人生病。他若在树上住时,永远是住在"女树"(mo-shing)上。依西藏传说,树也分男女,凡结鲜艳的果子的都是女树。因为他有神通,所以他住在树上时我们的肉眼看不见他。不过若是树上住着一个 klu,人只可拾取落在地下的果子,若是摘树上的果子吃,就得风湿等病,所以风湿在藏文中叫作 klu 病(Klu-nad)。

六十二

第一最好是不相见，
如此便可不至相恋；
第二最好是不相识，
如此便可不用相思。

西 藏 情 歌[*]

刘家驹[**] 译

一

贵族们的姑娘，
好似仙桃的核儿；
但是高树上的桃，
也有成熟期吧？

二

我恋着她，
长夜漫漫不成眠。
白昼不能同她欢聚，
徒使我心旌眷恋。

三

鲜花开过了，
蜜蜂不用愁；
情缘既斩断，
又何悲之有！

---

[*] 摘自上海新亚细亚月刊社1932年7月出版，共100首。
[**] 刘家驹（1900—1977年），藏族，藏名格桑群佩，巴塘县人，是赵尔丰在康藏地区所办学校的第一批毕业生，后曾在班禅行辕任秘书、秘书长职。通晓藏、汉文，一生著述很多，有译著《六世达赖情歌》，收集整理的《西藏情歌》、《康藏滇边歌谣集》，及论述边疆事务的《西藏政教史略》等。

四

浅水边的情雁,
愿长此留连;
奈冰坚湖冻,
只好毅然断绝!

五

没有知觉的船儿,
马头尚向我频频回顾;
无情的你啊,
就这样别了吗?

六

美丽的鲜花,
你将到佛前供献。
朝夕依依的黄蜂,
望你引入殿前!

七

我心爱的人儿啊,
你厌世而学佛吗?
青春年富的我,
可否同去参禅?

八

那无上的佛像,
虽坚强地在默念,
还是不入我的脑边;
但,她那嫋嫋的娇姿,
却时时隐约地在我眼前。

九

对你真诚恳挚的心,
若是学佛,
此生此礼,
何愁不成仙呢!

十

亲爱的人儿,
能否同我长相聚?
她说"除非死别,
决不生离。"

十一

接受了她一颗赤热的心,
我却牺牲了佛缘;
若毅然地入山修道,
又辜负了她的心了!

十二

娇艳的意卓那母，
是猎人捉获的；
不料那强暴的洛桑，
竟自夺了去！

十三

珠宝在我家时，
不知有这般珍贵；
现在失落在他人手中，
才显出它的万能！

十四

慈母的怀里，
尚不觉着乐趣；
现在来到他乡，
才尝尽苦的滋味！

十五

心坎上的爱人，
若能长途相伴，
那么脚不履鞋，
也觉前程快乐。

十六

满腔愁绪,
不足为他人道;
怕的是仇家欢喜,
爱人伤悼!

十七

由上界降下的,
豆花似的爱人呵,
不但求此生与你长相聚,
还祝我俩来世也相逢。

十八

雪白的小羔羊既生在世间,
万恶的豺狼不要遇着呵!

十九

走——是长官的命令;
别——是前生注定;
不要流泪吧,
怕伤着我的心呵!

二十

对岸的坡上,
开着了丛簇的红花;
请莫制造谣言,
它的确是初放的鲜葩。

二十一

玉朵桥上，
行人是成千累万的；
家乡的人儿，
却比黄金还难觅呢！

二十二

弱柳枝头，
黄莺儿叫个不休；
识鸟音的人说，
这是诉说失母的啁啾。

二十三

猿猴般的技能，
我虽然没有；
但高树上的鲜果儿，
倒还有法去摘呢！

二十四

口也渴极了，
水也喝足了，
但初解渴的泉源，
请印上心版，
永莫忘掉。

二十五

白布的颂祷旗,
高插在北拉的山头。
我的情人走向那方,
祥风呀,望你也把旗儿吹向那方吧!

二十六

耳鬓厮磨的心爱的童伴,
刚要越过山巅;
我的心灵愿变作和风一片,
送他过去。

二十七

晨曦,你莫掩入云中!
我们无依的孤女,
还望你著意温存呢!

二十八

你是一枝素净的白花,
我是一枝灿烂的红花;
我俩倘得心同意合,
尽可在风前月下一同开放。

二十九

黑汁写的字,
有时要被雨水浸蚀,
只有心版上的笔痕,
再也抹它不去。

三十

东山上,
现出了皎洁的月光;
这时慈母容颜,
不禁地萦绕着侬的心肠。

三十一

要往印度的仓却城,
我并不加阻止;
不过遇到了毒树,
却请你为我珍重呵!

三十二

山头雪,
万峰见,
弱女伤心有谁怜!

三十三

见了她,
是眼中的仇敌;
不见她,
又觉得心中惆怅;
遇见了没有一句话说,
只有在梦魂中缠绵了!

三十四

山巅满堆着晶莹的大雪,
山麓又铺着绿毡似的田园;
禾苗的命运啊,
这是要看雪山的心了!

三十五

南斗六星,
因世族强大,
竟得穿天心而遇;
十五月儿般的我,
也当照遍世界而去。

三十六

海水高低荡漾,
是微风鼓动着的;
金色的鹰儿,
你不要误会惊疑呵!

三十七

漾佳山,
你只要不生毒草,
那神圣的野兽们,
自然会向山头寻到。

三十八

登东山一望,
觉得西山青草迷漫。
年青的我,
又想移到那个山峰上了。

三十九

印度的神山高,
紫檀林儿幽;
但是对酌的拉萨,
不禁萦绕着心邱。

四十

亲爱的朋友,
我把你好比一只杜鹃,
你不要管山峰的高大吧,
只要你自然的唱呵!

四十一

柳树虽被砍伐,
但是青年呵,
你可不要悲伤;
因为那柳树的断枝,
还有新苗生长。

四十二

遇着合意的地方,
就想支起天幕;
怎奈系天幕的绳儿断了,
我好悲伤呵!

四十三

中甸的娥媚仙湖,
倘能涉渡一次,
就是把红绸衣的颜色浸褪了,
也是心愿的。

四十四

坡头的神柏上,
栖着一只乌鸦;
我不愿你絮语烦人,
只求你哼出一首爱的歌调。

四十五

我爱你这个洁白光明的婵娟,
是三五良宵的月儿;
你爱我这朵鲜艳的花,
是雨后初放的蓓蕾。

四十六

我的爱人呵,
你好似岩上的青松;
夏天被烈日蒸晒,
冬天被朔风残害!

四十七

光明的太阳,
你是我的爱人。
什么乐土我也曾经到过,
如今才遇着你这个博爱之神呢!

四十八

我等这样的相会,
能够永远如此么?
欢乐的团聚呵,
盼你永远不要散会!

四十九

十五夜般的月儿,
我虽然是没有的,
但像初三那么蛾眉似的新装,
我是很能够的。

五十

高山是侬的仇敌,
大川也是侬的仇敌;
迢迢茫茫的家乡路,
更是侬心灵上的仇敌!

五十一

只要我心里的她常在,
那浓郁的美酒是不会缺乏的。
青年们幸福之花,
全系在她的身上呵!

五十二

野马奔逃到郊外去了,
有缰绳可以系回来的;
爱人负了我,
又哪里来的缰绳呢!

五十三

黄边黑心的云儿,
是冰雹的策源地;
不僧不俗的人,
是佛门唯一的仇敌。

五十四

凹凸不平的地,
不是试马的场所;
新恋的人儿,
哪能吐露真情呢!

五十五

中央的须弥山,
请不动地坐着;
太阳,月儿,
决不会转出轨道的。

五十六

以指画地,
还可以算清天空的星儿;
这般热恋的爱人,
却不能猜出她的心地。

五十七

东印度的孔雀,
工布城的鹦哥,
生虽不是一块儿,
聚却能在一个佛地——拉萨。

五十八

绿柳爱护着黄莺,
黄莺眷恋着绿柳;
它俩这样的相处,
何须怕那残忍的飞鹞!

五十九

马首的心志,
整个的映在碧绿的水崖;
我不挂念鞠育我的父母,
却挂念那爱我的她。

六十

八月的秋风吹到,
山色一天一天的苍黄;
那失却父母的孤儿,
怎不触景情伤!

六十一

山头被晚霞笼罩了,
孔雀啊,不要为它伤悼;
有多情的杜鹃,
常来解慰你的寂寥。

六十二

色艺超群的小鸟，
幽闭在无情的牢笼里；
虽然生有双翅，
又哪里有路可以腾空呢？

六十三

金色的雁儿，
虽是上界的仙禽；
但禁不住那海水的诱惑力，
已引它到了海天的边际！

六十四

身体上得了病，
满腔都是烦愁；
除了我自己来医以外，
百医都要束着手呢！

六十五

湖的主人翁——雁呵，
你可不必多疑；
鹤儿纵饿倒了，
决不吃你泥中的草根。

六十六

不会吃酒的人,
被当垆酒娘教会了;
我沉醉在这个里头,
今朝才醒觉了!

六十七

亲爱精诚,
是生前的需用品;
到临死时佛铃叮当,
那不过是欺骗自己的良心罢了!

六十八

爱人呀,我写来的书信,
曾送到你的妆台上么?
心灵上的使者,
曾扰过你的清梦么?

六十九

爱人呀,你好似七八月的花儿,
要开就请尽量地开吧;
免得恋你的人儿,
耽误了行程呢!

七十

爱情浓的时候，
不要吐尽了情怀；
口渴的当儿，
不要喝尽了塘水；
怕的是一朝有变，
悔也太晚了！

七十一

高尚的人士们，
一齐往曲孔结去了；
那末曲孔结的主妇，
是我也好呵！

七十二

白绵绵的云端，
现出了珊瑚的宝塔；
如果没有太阳和月亮，
那我们是没有机会拜见的。

七十三

背上的五子枪，
是拥护佛教的。
北面的敌人，
快来降在枪下！

七十四

海水似的深恩,
从未报答过你;
只要生命一天不停,
报答你是来得及的。

七十五

军官阿利大哇,
是武装队中的英杰;
他那十子连枪,
好似空中闪电。

七十六

鹿儿偶到平原,
你莫作无谓的警告;
我不能践踏田里的禾苗,
只须领略两三野草就回转山腰的。

七十七

父母的遗训,
如拉下贡米(鸟名)的鸣声;
离家一程一程地远了,
那声音就更觉得凄惨好像在耳边呢!

七十八

十五的月儿,
银光亲着我的面庞。
乌云呵,
你何苦嫉妒地遮住她的娇态呢!

七十九

桃子可了我的口，
桃花迷了我的眼；
这棵桃树下，
更让我借度一宵吧！

八十

爱人和我的中间，
亲密得丝缕也难容；
不料人们横加袭击，
便觉得日渐疏松。

八十一

白羽的仙鹤，
你的双翅借给我吧。
我不飞往远处，
只到理塘就要折回的。

八十二

你遇见一道溪水，
请不要急于搭桥，
恐怕夏水暴涨，
桥儿就冲倒了！

八十三

对岸的黄花，
你可不须急急地沐于晓露中；
静候片时，
还有甘雨降临呢。

八十四

布达山头，
并非没有杜鹃，
因达赖思亲过切，
不敢触动他的烦愁。

八十五

繁华的拉萨，
惜乎没有我的父母；
色、折、噶三大寺，
请作慈爱的母亲吧！

八十六

东山的峰头，
有层层的白云蒸腾九霄，
莫不是亲爱的仁曾翁木，
又为我烧起神香吧！

    （仁曾翁木是六世达赖的恋人）

八十七

慈母的训言，
的确是真的；
白昼所做的鞋儿，
却被我夜里踏破了！

八十八

莫谓流水悠然逝去,
莫叹桥儿空自留存,
循环不息的海水,
还要转回桥下来的。

八十九

打一冬——是枪的声浪,
是十子连珠的声浪,
伤着虽不觉痛,
但也不见到容易痊愈呢。

九十

东方升起的白云,
比羔羊的毛还细;
只要大家同心,
人人可以当它作衣披。

九十一

大路上来往的行客,
羡慕着岩石上的"曲鲁"① 被日头晒暖了,
但曲鲁自己觉得岩石上的罡风难受。

---

① "曲鲁",藏语音译,即酸奶渣。

九十二

水底的月儿，
假使能够捞到手里，
那末要我离开此地，
又有什么遗憾呢！

九十三

在热闹人多的地方，
不要显露了爱的隐密，
所有心里难言的情思，
请用秋波暗暗地传递！

九十四

叫是叫不应的，
因为风把声浪吹散了；
看是看不见的，
因为山把我的眼睛障着了。

九十五

那一片草坡上，
有无数的羊群；
但我神圣的羔羊，
怎地不见了呢？

九十六

磨盘山的最高处，
倘能插得一枝颂祷旗；
旗杆纵要从公布绒运来，
也甘愿尽这前生的夙愿呵！

九十七

我俩的事业，
好似柳枝搭的桥儿。
脚踏在左，
它就偏向左；
脚踏在右，
它就偏向右。
这样的桥，
怕不稳固吧！

九十八

赤金的桌上，
摆有玉石的鹦鹉；
莫谓你的手长，
就可随意抚弄的！

九十九

金殿下的护法神——麻鸡白拉，
过去的事你没有欺侮过我，
以后的一切还望你仍是这样。

一百

吃过的核桃，
已种在爱园里，
到那相当的时日，
自会开花结果的。

(1932 年)

六世达赖情歌六十六首

仓央嘉措略传*

曾 缄**

　　六世达赖名罗桑瑞晋仓央嘉措,康熙二十二年正月十六日生于西藏寞地,父曰吉祥持教,母曰自在天女。五世达赖阿旺罗桑脱缁③未久而仓央嘉措诞生,时第巴桑结专政,匿阿旺罗桑之丧,而阴奉仓央嘉措为六世。康熙三十六年圣祖仁皇帝有诏责问,第巴桑结具以实对,始受敕坐床即达赖位。仓央嘉措既长,仪容玮异④,神采秀发,赋性通脱,虽履僧王之位不事戒持,雅好狎邪,钟情少艾⑤,后宫秘苑,时具幽欢,又易服微行,猎艳于拉萨城内。初犹自秘,于所居布达拉宫别为便门,躬掌锁钥,夜则从便门出,易名宕桑汪波,趋拉萨酒家与当垆⑥女会,以为常,未晓潜归,宫中人无知之者。一夕值大雪,归时遗履迹雪上,为执事僧所见,事以败露。诸不慊于第巴桑结者,故疑所立达赖为

---

* 原载《康导月刊》1939年第1卷第8期。
** 曾缄（1892—1968）,四川叙永人,字慎言、圣言。1917年毕业于北京大学中文系,受教于黄侃,对古文学和诗词造诣颇深。北大毕业后到蒙藏委员会任职,是早期蒙藏委员会委员,历任雅安县县长、四川参议会议员、四川国学专门学校教务长、四川大学文学院教授、西康省临时参议会秘书长、四川大学中文系系主任兼文科研究所主任。1949年后任四川大学中文系教授。《六世达赖仓央嘉措情歌》中文译本系其任职蒙藏委员会期间,将于道泉译本加以润色并以七言绝句迻译而成,曾发表在《康导月刊》1939年1卷8期上,亦同时作名篇《布达拉宫辞》,二者皆以文辞优美传诵于世,闻名海内外。
③ 脱缁：僧人死亡的别称。僧人服缁,故称。缁,指黑色僧服,亦指僧侣。——编注,下同。
④ 玮异：奇特,卓异。玮,美玉名。
⑤ 少艾：年轻美丽的女子。
⑥ 当垆：指卖酒。垆,酒店放酒坛的土台。

伪，至是稔其无行，愈谨言①非真达赖。会拉藏汗与第巴桑结有郤⑥，以闻于朝：清圣祖下诏废之，仓央嘉措怡然弃其尊位，益纵情恣欲，无所讳饰，拉藏汗诸蒙古王公先后戒谏之，不听。康熙四十四年，拉藏汗以兵攻第巴桑结杀之，召大寺喇嘛杂治⑦仓央嘉措，诸喇嘛惟言仓央嘉措迷失菩提而已，无议罪意。拉藏汗无如何，乃上奏圣祖，以皇帝诏，槛送仓央嘉措北京，命心腹大臣率蒙古兵监其行，道经哲蚌寺，寺中喇嘛出不意，遽夺仓央嘉措。大臣引兵攻破寺，复获之。行至青海纳革雏喀间，遂发病死。世寿二十五岁，时康熙四十五年也。仓央嘉措既走死，藏人深怜之。拉藏汗更立伊西嘉措为新达赖，众不之信，而思仓央嘉措弥笃。迨七世达赖转生理塘之说传至拉萨，合于仓央嘉措诗中预言，藏人皆大欢喜，以为仓央嘉措再世，迎立之日，不期而会，瞻仰膜拜，盖十余万人云。仓央嘉措虽不检于行，然学赡⑧才高，在诸世达赖中最为杰出，故屡遭挫辱，犹为藏人爱戴。甚有目其淫乱为游戏三昧，谓仓央嘉措非女人伴宿，夜不成寐，而戒体清净，于彼女曾无染也。所著有《色拉寺法会献茶颂赞》《色拉遮院马头观音供养法及成就诀》《答南方人问马头观音供养法》书，《无生缠唎法》《黄金穗故事》等书，及笺启歌曲等，而歌曲流传至广，环拉萨数千里，家弦而户诵之，世称为六世达赖情歌。所言多男女之私，而颂扬佛法者时亦间出，流水落花，美人香草，情辞悱丽，余韵欲流，于大雪中高吟一曲，将使万里寒光，融为暖气，芳菲灵异，诚有令人动魄惊心者也。故仓央嘉措者，佛教之罪人，词坛之功臣，卫道者之所疾首，而言情者之所归命也。西极苦寒，人歆寂灭⑨，千佛出世，不如一诗圣挺生⑩。世有达人，必去彼取此。民国十八年，余重至西康，网罗康藏文献，求所谓情歌者，久而未获，顷始从友人借得于道泉译本读之，于译敷以平话，余深病其不文，辄广为七言，施以润色，移译既竟，因刺取⑪旧闻，略为此传，冠诸篇首，其有未逮，以俟知言君子。

---

① 谨言：谓众口嘈杂地传说。——编注，下同。
⑥ 有郤：嫌隙，隔阂。郤（xì），通"隙"。
⑦ 杂治：会审。此处"杂"谓以他官共治之也。
⑧ 赡：指文章富丽或作者知识广博、感情丰富。
⑨ 寂灭：佛教语。"涅槃"的意译。指超脱生死的理想境界。
⑩ 挺生：挺拔生长。亦谓杰出。《后汉书·西域传论》："圣贤之所降集，贤懿之所挺生。"
⑪ 刺取：采取，选用。

六世达赖情歌六十六首[1]

曾缄 译

其一

心头影事幻重重，
化作佳人绝代容；
恰似东山山上月，
轻轻走出最高峰。

此言倩影之来心上，如明月之出东山。

其二

转眼苑枯便不同，
昔时芳草化飞蓬；
饶君老去形骸在，
弯似南方竹节弓。

藏南、不丹等地产良弓，以竹为之。

其三

意外娉婷忽见知，
结成鸳侣慰相思；
此身似历茫茫海，
一颗骊珠乍得时。

---

[1] 摘自《康导月刊》1939年1卷8期，共66首。

其四

邂逅谁家一女郎,
玉肌兰气郁芳香;
可怜璀璨松精石,
不遇知音在路旁。

松石藏人所佩,示可避邪,为宝石之一种。

其五

名门娇女态翩翩,
阅尽倾城觉汝贤;
比似园林多少树,
枝头一果骋鲜妍。

以枝头果状伊人之美,颇为别致。

其六

一自魂消那壁厢,
至今寤寐不能忘;
当时交臂还相失,
此后思君空断肠。

其七

我与伊人本一家,
情缘虽尽莫咨嗟;
清明过了春归去,
几见狂蜂恋落花。

其八

青女欲来天气凉,
兼葭和露晚苍苍,
黄蜂散尽花飞尽,
怨杀无情一夜霜。

意谓拆散蜂与花者霜也。

其九

飞来野鹜恋丛芦,
能向芦中小住无;
一事寒心留不得,
层冰吹冻满平湖。

其十

莫道无情渡口舟,
舟中木马解回头;
不知负义儿家婿,
尚解回头一顾不?

藏中渡船皆刻木为马,其头反顾。

其十一

游戏拉萨十字街,
偶逢商女共徘徊;
匆匆绾个同心结,
掷地旋看已自开。

其十二

长干生小最可怜，
为立祥幡傍柳边；
树底阿哥须护惜，
莫教飞石到幡前。

藏俗于屋前多竖经幡，用以祈福。此诗可谓君子之爱人也，因及于其屋之幡。

其十三

手写瑶笺被雨淋，
模糊点画费探寻；
纵然灭却书中字，
难灭情人一片心。

其十四

小印圆匀黛色深，
私钤纸尾意沉吟；
烦君刻画相思去，
印入伊人一寸心。

藏人多用圆印，其色作黛绿。

其十五

细腰蜂语蜀葵花，
何日高堂供曼遮；
但使侬骑花背稳，
请君驮上法王家。

曼遮，佛前供养法也。

其十六

含情私询意中人,
莫要空门证法身;
卿果出家吾亦逝,
入山和汝断红尘。

此上二诗,于(道泉)本分之为二,言虽出家,亦不相离。前诗葵花,比意中人,细腰蜂所以自况也。其意一贯,故前后共为一首。

其十七

至诚皈命喇嘛前,
大道明明为我宣;
无奈此心狂未歇,
归来仍到那人边。

其十八

入定修观法眼开,
启求①三宝降灵台;
观中诸圣何曾见,
不请情人却自来。

其十九

静时修止动修观,
历历情人挂眼前;
肯把此心移学道,
即生成佛有何难。

---

① 启求:请求。——编注

以上二诗亦为一首，于（道泉）分为二。藏中佛法最重观想，观中之佛菩萨，名曰本尊，此谓观中本尊不现，而情人反现也。昔见他本情歌二章，余约其意为蝶恋花词云：静坐焚香观法像，不见如来，镇日空凝想。只有情人来眼上，亭亭铸出娇模样。碧海无言波自荡，金雁飞来，忽露惊疑状。此事寻常君莫怅，微风皱作鳞鳞浪。前半阕所咏即此诗也。

其二十

醴泉甘露和流霞，
不是寻常卖酒家；
空女当垆亲赐饮，
醉乡开出吉祥花。

空行女是诸佛眷属，能福人。

其二十一

为竖幡幢诵梵经，
欲凭道力感娉婷；
琼筵果奉佳人召，
知是前朝佛法灵。

其二十二

贝齿微张笑靥开，
双眸闪电座中来；
无端觑看情郎面，
不觉红涡晕两腮。

其二十三

情到浓时起致辞，
可能长作玉交枝；
除非死后当分散，
不遣生前有别离。

前二句是问词，后二句是答词。

其二十四

曾虑多情损梵行，
入山又恐别倾城；
世间安得双全法，
不负如来不负卿。

其二十五

绝似花蜂困网罗，
奈他工布少年何；
圆成好梦才三日，
又拟将身学佛陀。

工布藏中地名，此女子诮所欢男子之辞。

其二十六

别后行踪费我猜，
可曾非议赴阳台；
同行只有钗头凤，
不解人前告密来。

此疑所欢女子有外遇而致恨钗头凤之缄口无言也。原文为髻上松石，今以钗头凤代之。

其二十七

微笑知君欲诱谁，
两行玉齿露参差；
此时心意真相属，
可肯侬前举誓词。

其二十八

飞来一对野鸳鸯，
撮合劳他贳酒娘；
但使有情成眷属，
不辞辛苦作慈航。

拉萨酒家撮合痴男怨女，即以酒肆作女闾。

其二十九

密意难为父母陈，
暗中私说与情人；
情人更向情人说，
直到仇家听得真。

其三十

腻婷仙人不易寻，
前朝遇我忽成禽；
无端又被卢桑夺，
一入侯门似海深。

腻婷拉茉，译言为夺人魂魄之神女。卢桑人名，当时有力权贵也。藏人谓此诗有故事，未详。

其三十一

明知宝物得来难，
在手何曾作宝看；
直到一朝遗失后，
每思奇痛彻心肝。

其三十二

深怜密爱誓终身，
忽抱琵琶向别人；
自理愁肠磨病骨，
为卿憔悴欲成尘。

其三十三

盗过佳人便失踪，
求神问卜冀重逢；
思量昔日天真处，
只有依稀一梦中。

此盗亦复风雅，唯难乎其为失主耳。

其三十四

少年浪迹爱章台，
性命唯堪寄酒杯①；
传语当垆诸女伴，
卿如不死定常来。

一云：当垆女子未死日，杯中美酒无尽时，少年一身安所托，此间乐可常栖迟。此当垆女，当是仓央嘉措夜出便门私会之人。

---

① 旧诗中"杯"音为 bai。——编注

其三十五

美人不是母胎生,
应是桃花树长成;
已恨桃花容易落,
落花比汝尚多情。

此以桃花易谢,比彼姝之情薄。

其三十六

生小从来识彼姝,
问渠家世是狼无;
成堆血肉留难住,
奔走荒山何所图。

此竟以狼况彼姝,恶其野性难驯。

其三十七

山头野马性难驯,
机陷犹堪制彼身;
自叹神通空具足,
不能调伏枕边人。

此又以野马况之。

其三十八

羽毛零乱不成衣,
深悔苍鹰一怒非;
我为忧思自憔悴,
哪能无损旧腰围。

鹰怒则损羽毛,人忧亦亏形容,此以比拟出之。

其三十九

浮云内黑外边黄,
此是天寒欲雨霜,
班弟貌僧心是俗,
明明末法到沧桑。

班弟教名,此藏中外道,故仓央嘉措斥之。

其四十

外虽解冻内偏凝,
骑马还防踏暗冰;
往诉不堪逢彼怒,
美人心上有层冰。

谓彼美外柔内刚,惴惴然常恐不当其意。

其四十一

弦望相看各有期,
本来一体异盈亏;
腹中顾兔①消磨尽,
始是清光饱满时。

此与杜子美"斫却月中桂,清光应更多"同意,藏中学者,谓此诗以月比君子,兔比小人,信然。原文甚晦,疑其上下句有颠倒,余以意通之,译如此。

---

① 顾兔:古代神话传说月中阴精积成兔形,后因以为月的别名。亦作"顾菟"。——编注

其四十二

前月推移后月来，
暂时分手不须哀；
吉祥白月行看近，
又到佳期第二回。

藏人依天竺俗，谓月满为吉祥白月。

其四十三

须弥不动住中央，
日月游行绕四方；
各驾轻车投熟路，
未须却脚叹迷阳①。

日月皆绕须弥，出佛经。

其四十四

新月才看一线明，
气吞碧落便横行；
初三自诩清光满，
十五何来皓魄盈？

讥小人小得意便志得意满。

---

① 迷阳：谓有刺儿的小灌木，践之伤足。见《庄子·人间世》："迷阳迷阳，无伤吾行，吾行郤曲，无伤吾足。"——编注

其四十五

十地庄严住法王，
誓言呵护有金刚；
神通大力知无敌，
尽逐魔军去八荒。

此赞佛之词。

其四十六

杜宇新从漠地来，
无边春色一时回；
还如意外情人至，
使我心花顷刻开。

藏地高寒，杜宇啼而后春至，此又以杜宇况其情人。

其四十七

不观生灭与无常，
但逐轮回向死亡；
绝顶聪明矜世智，
叹他于此总茫茫。

谓人不知佛法，不能观死无常，虽智实愚。

其四十八

君看众犬吠狺狺，
饲以雏豚亦易驯；
只有家中雌老虎，
愈温存处愈生嗔。

此又斥之为虎，且抑虎而扬犬，读之可发一笑。

其四十九

抱惯娇躯识重轻,
就中难测是深情;
输他一种觇星术,
星斗弥天认得清。

天上之繁星易测,而彼美之心难测,然既抱惯娇躯识重轻矣,而必欲知其情之深浅,何哉?我欲知之,而彼偏不令我知之,而我弥欲知之,如是立言,是真能勘破痴儿女心事者。此诗可谓妙文,嘉措可谓快人。

其五十

郁郁南山树草繁,
还从幽处会婵娟;
知情只有闲鹦鹉,
莫向三叉路口言。

此野合之词。

其五十一

拉萨游女漫如云,
琼结佳人独秀群;
我向此中求伴侣,
最先属意便为君。

琼结地名,佳丽所自出。杜少陵诗云:燕赵休矜出佳丽,后宫不拟选才人。此适与之相反。

其五十二

龙钟黄犬老多髭,
镇日司阍仗尔才;
莫道夜深吾出去,
莫言破晓我归来。

此黄犬当是为仓央嘉措看守便门者。

其五十三

为寻情侣去匆匆,
破晓归来积雪中;
就里机关谁识得,
仓央嘉措布拉宫。

以上二诗原本为一首,而于(道泉)本分之。

其五十四

夜走拉萨逐绮罗,
有名荡子是宕波;
而今秘密浑无用,
一路琼瑶足迹多。

此记更名宕桑汪波,游戏酒家,踏雪留痕,为执事僧识破事。

其五十五

玉软香温被裹身,
动人怜处是天真;
疑他别有机权在,
巧为钱刀作笑颦。

其五十六

轻垂辫发结冠缨，
临别叮咛缓缓行；
不久与君须会合，
暂时判袂①莫伤情。

仓央嘉措别传言夜出，有假发为世俗人装，故有垂发结缨之事。当是与所欢相诀之词，而藏人则谓是被拉藏汗逼走之预言。

其五十七

跨鹤高飞意壮哉，
云霄一羽雪皑皑；
此行莫恨天涯远，
咫尺理塘归去来。

七世达赖转生理塘，藏人谓是仓央嘉措再世，即据此诗。

其五十八

死后魂游地狱前，
冥王业镜正高悬；
一囚阶下成禽②日，
万鬼同声唱凯旋。

---

① 判袂：分袂；离别。——编注
② 禽：同"擒"。俘获；被俘；制伏。——编注

其五十九

卦箭分明中鹄来,
箭头颠倒落尘埃;
情人一见还成鹄,
心箭如何挽得回?

  卦箭,卜筮之物,藏中喇嘛用以决疑者。此谓卦箭中鹄,有去无还,亦如此心驰逐情人,往而不返也。

其六十

孔雀多生印度东,
娇鹦工布产偏丰;
二禽相去当千里,
同在拉萨一市中。

其六十一

行事曾叫众口哗,
本来白璧有微瑕;
少年琐碎零星步,
曾到拉萨卖酒家。

其六十二

鸟对垂杨似有情,
垂杨亦爱鸟轻盈;
若叫树鸟长如此,
伺隙苍鹰哪得撄[①]?

[①] 撄:撄取。——编注

虽两情缱绻,而事机不密,亦足致败,仓央嘉措于此似不无噬脐之悔①。

其六十三

结尽同心缔尽缘,
此生虽短意缠绵;
与卿再世相逢日,
玉树临风一少年。

其六十四

吩咐林中解语莺,
辩才虽好且休鸣,
画眉阿姊垂杨畔,
我要听他唱一声。

时必有以不入耳之言,强聒于仓央嘉措之前者。

其六十五

纵使龙魔逐我来,
张牙舞爪欲为灾;
眼前苹果终须吃,
大胆将他摘一枚。

龙魔谓强暴,苹果喻佳人,此大有见义不为无勇之慨。

---

① 噬脐之悔:亦作"噬脐无及""噬脐莫及"。谓自咬腹脐够不着,比喻后悔莫及。——编注

其六十六

但曾相见便相知,
相见何如不见时?
安得与君相诀绝,
免教辛苦作相思。

强作解脱语,愈解脱,愈缠绵,以此作结,悠然不尽,或云当移在二十九首后,则索然矣。

仓央嘉措情歌[*]

刘希武[**] 译

二十八年（1939年）一月五日，余始至康定之第四日，访吾友黄静渊于西康省政府之后楼，静渊适在病中，形容憔悴，而学者之精神未少衰，坐炉旁与余论康藏事数小时不倦。余疑康藏开化已久，其文艺必多可观，静渊久居此，必先有所得，因以质之。静渊抽案头藏英文合璧罗桑瑞晋仓央嘉措情歌一册以示余，曰，试译之，此西藏文艺之一斑也。仓央嘉措者，第六代达赖喇嘛而西藏之南唐后主也，倜傥不拘，风流自喜，寄情声歌，沉湎酒色，或谓其迷失菩提，或谓其为游戏三昧，或谓其夜无女伴则终夜不能眠，然虽与妇女为伍而实无所染。康熙四十年，拉藏汗等否认其为黄教教主，彼亦恬然自愿弃其教主尊位。康熙四十五年，以奉诏献北京圆寂于途，仅二十有五。概其生平，酣醉于文艺而视尊位如敝屣，其与南唐李煜何以异？惟不识其辞庙之日，有无挥泪对宫娥之悲；赴京之秋，有无不堪回首之恨耳？今观其情歌，其事奇，其词丽，其意哀，其旨远，读而喜之，因携归寓，译为汉文，凡六十首。夫余之所译，盖根据拉萨本，并参证时贤英译及汉译语体散文，其于藏文原意有无出入，余不可得而知，然余固求其逼真者矣。康定邱秉忠之夫人，原籍德格，精藏文，

---

[*] 摘自《康导月刊》1939年1卷6期，共60首。

[**] 刘希武（1901—1956），四川江安县人。1919年赴北京，在法文专修馆学法文。1920年，考入北京大学。毕业后历任万县国民革命军第二十军第十三师师长罗觐光处政治部主任，成都省立女师及国立四川大学教员，《白日新闻》社编辑，泸州川南师范学校校长，四川边防军总司令李家钰部任司令部秘书等。1939年元旦，刘希武赴西康省教育厅任秘书。时从著名学者黄静渊先生处受赠藏英文合璧《罗桑瑞晋仓央嘉措情歌》一册，将其以五言古绝形式译为汉文，凡六十首。所据底本刘称之为"拉萨本"。然从所译的60首情歌内容来看，去除减少的6首外，排列顺序与于译本完全相同，其译者序的内容也多与于道泉的《译者小引》相类，可见刘希武译本是深受于道泉译本的影响的。

余执询之,则又似嫌其为情歌,不欲为余深解,惜哉余之不谙藏文也。译竟求正于静渊,静渊病已平复,一读大笑。

戊寅仲冬江安刘希武序于康定白家锅庄。①

一

明月何玲珑,
初出东山上;
少女面庞儿,
油然萦怀想。

二

去岁种禾苗,
今年未成束;
韶华忽衰老,
佝偻比弓曲。

三

倘得意中人,
长与共朝夕,
何如沧海中,
探得连城璧。

四

邂逅遇佳人,
肌肤自香腻;
方幸获珍珠,
转瞬复捐弃。

---

① 辑自《康导月刊》1939 年第 1 卷第 6 期。

五

侯门有娇女,
空欲窥颜色;
譬彼琼树花,
鲜艳自高立。

六

自从见佳人,
长夜不能寐;
相见不相亲,
如何不憔悴。

七

已过花朝节,
黄蜂不自悲;
情缘今已断,
何用苦哀思。

八

皑皑草上霜,
翔风使之来;
为君遽分散,
蜂花良可哀。

九

野鹅恋荻芦，
欲此片时立；
湖面结层冰，
惆怅情何极。

十

野渡舟无知，
马头犹向后；
独彼负心人，
不我一回首。

西藏渡船上有一木刻马头，置船头，若后顾然。

十一

我与城市女，
共作同心结；
我未解同心，
何为自开裂。

十二

伊人竖福幡，
祈祷杨柳侧；
寄语守树儿，
投石勿高掷。

西藏树梢常竖印有梵文或藏文之经幡。以为借此可以祈福。

十三

黑字已书成，
水滴即可灭；
心字不成书，
欲拭安可得。

十四

佩章印黛痕，
默默不可语；
请将义与诚，
各印深心处。

十五

倘我意中人，
绣佛青灯屋；
我亦无留连，
遗世避空谷。

十六

君如折葵花，
佛前常供养；
请将我狂蜂，
同带佛堂上。

十七

我过高僧前,
求指光明路;
尘心不可转,
又往情人处。

十八

我念喇嘛容,
百思不能记;
我不念情人,
分明入梦寐。

十九

山雪调草露,
香冽成美酒;
天女且当垆,
饮罢愁何有。

二十

福幡立中庭,
果尔降荣幸;
名姝设华筵,
召我伊家饮。

二十一

座中有一女，
皓齿复明眸；
含笑偷觑我，
羞情眼角流。

二十二

情痴急相问，
能否长相依；
伊言除死别，
决不愿生离。

二十三

我欲顺伊心，
佛法难兼顾，
我欲断情丝，
对伊呼负负。

二十四

工布有少年，
性如蜂在网；
随我三日游，
又作皈依想。

二十五

念我同衾人，
是否长贞节；
宝钗虽在头，
默默不能说。

二十六

微笑露瓠犀，
似有逗人意；
芳怀真不真，
请卿发盟誓。

二十七

多谢当垆女，
撮合双鸳鸯；
两情苟构怨，
此责卿须当。

二十八

亲前道不得，
伊前尽其词；
耳边心上语，
又被情敌知。

二十九

美人如仙女，
妖艳自活泼；
虽为我所擒，
又被权贵夺。

三十

明珠在握时，
不作明珠看；
流落他人手，
嗒焉长遗憾。

三十一

情人我所欢，
今作他人友；
卧病为卿思，
清瘦如秋柳。

三十二

美人失踪迹，
问卜且焚香；
可怜可憎貌，
梦寐何能忘。

三十三

当垆女不死,
酒量我无涯;
少年游荡处,
实可在伊家。

西藏酒店多系娼家,当垆女兼操神女生涯,或撮合痴男怨女,使在酒家相会。

三十四

伊非慈母生,
应长桃花梢;
对我负恩情,
更比花落早。

三十五

美人虽相爱,
性同狼与豺;
狼豺饱食肉,
终欲还故山。

三十六

野马驰荒山,
羁辔尚可挽;
美人变芳心,
神力不可转。

三十七

秋鹰为暴怒,
羽毛遂凌乱;
我因常忧伤,
容颜暗偷换。

三十八

地上冰初融,
不可以驰马;
秘密爱人前,
衷情不可泄。

三十九

连宵秋月明,
清寒正相似;
月中蟾兔①儿,
应已消磨死。

四十

此月因循去,
下月奄忽来;
待到上弦夜,
携手共徘徊。

---

① 蟾兔：蟾蜍与玉兔。旧说两物为月中之精，因作月的代称。——编注

四十一

初三月色明，
其明尽于此；
十五月更明，
卿盟类如是。

四十二

杜鹃归来后，
时节转清和；
我遇伊人后，
心怀慰藉多。

四十三

獒犬纵狰狞，
投食自亲近；
独彼河东狮，
愈亲愈忿忿。

四十四

日规置地上，
可以窥日昃；
纤腰虽抱惯，
深心不可测。

四十五

幽会深林中，
知情惟鹦鹉；
叮咛巧鹦哥，
莫向街头语。

四十六

拉萨多名花，
有女最俊秀；
我爱即伊人，
正欲来相就。

四十七

聪明老黄犬，
告密慎莫为；
薄暮我出外，
黎明我还归。

四十八

薄暮出寻艳，
清晨飞雪花；
情僧原是我，
小住布达拉。

四十九

变名为荡子,
下游拉萨城;
行踪隐不住,
足迹雪中生。

仓央嘉措为达赖时,在布达拉宫侧,辟一旁门。自管锁钥,夜则从旁门出,更名宕桑旺波,至拉萨寻芳猎艳,破晓仍从旁门归。一夜大雪,晨归足迹印雪上,直至卧室,宫人溯足迹所自,至荡妇家,于是秘史尽露。

五十

衾中眠软玉,
温柔实可人;
得毋卖假意,
赚我珠与银。

五十一

一言慢慢行,
一言君且住;
问君悲不悲,
不久还相遇。

五十二

求汝云间鹤,
借翼一高翔;
飞行不在远,
一度到理塘。

据西藏人言,此是仓央嘉措转生为第七代达赖之预言,因第七代达赖生于理塘也。仓央嘉措既死,藏人怀念不置,后闻已在理塘转生,众皆欢跃。

五十三

弯弓射鹄的,
箭头深入地;
自我一见伊,
魂魄随裙袯。

五十四

印度有孔雀,
工布出鹦鹉;
本来异地生,
拉萨同聚处。

五十五

人言皆非真,
訾我我何怨;
行迹素风流,
实过女郎店。

秘史发觉后,被人訾议,仓央嘉措自认不讳,故为此歌。

五十六

小鸟恋垂杨,
垂杨亲小鸟;
但愿两相谐,
苍鹰何足道。

五十七

余生虽云短，
承恩受宠多；
来生再年少，
所遇复如何。

五十八

能言小鹦哥，
君言暂结束；
柳上黄莺儿，
正欲歌清曲。

五十九

毒龙在我后，
虽猛我不畏；
苹果正当前，
摘下且尝味。

六十

最好不相见，
免我常相恋；
最好不相知，
免我常相思。

（1939 年）

仓央嘉措情歌*

苏朗甲措　周良沛　译

一

人们说的闲言碎语，
我心中只有默默承允；
在女店东的家里，
有过我少年时的步履。

二

长络腮胡须的老黄狗，
心比人还伶俐；
你不要告诉别人啊，
我天黑出去，归来已天明……

三

我向在座的那个
微笑的妇女扫了一眼。
她羞涩地向我顾盼，
从眼角偷看我这少年。

---

* 辑自《藏族情歌》，第86—96页，长江文艺出版社，1956年，共32首。此系从拉萨木刻版《仓央嘉措的歌》中选译出来的情歌。原诗无标题、标点，不分章节。前后次序是译者排列的。

四

初三的月亮白得仿佛不能再白，
像一个坦白人的心迹一样；
请你对我发一个誓约，
可要白得像十五的月亮。

五

要是不相见，
我们不会相恋；
要是不相恋啊，也不要
忍受这相思的熬煎！

六

默想喇嘛的脸，
他却无法在我心中显现；
不想我的爱人啊，
她却占去了我心间！

七

我献给她的一缕情愫，
问她是否愿作我终生的伴侣；
她这么对我低语：
"要不死别，决不生离！"

我要随了她的心意，
今生就要与佛法绝离；
我要去云游空寂的庙宇，
就要违背她的心意！

八

暴怒和急躁，
撕乱了老鹰的羽毛；
隐瞒和忧郁，
弄得我憔悴苍老。

九

到有道的喇嘛面前，
求他为我指条明路；
可是，又无法回心转意，
还沉醉在我的爱情中！

十

自从看见你，
我睡不着，昏昏沉沉地度过一宵，
白天找不到路通向你身边，
晚上，又不能把你忘了！

十一

我那终生的伴侣，
永远不离你的只有你发鬟上的翠石，
只有你自己知道是否背弃信义，
不然，翠石是不会说话的！

十二

月亮的银光,
出现在东方的山上;
哦,未生娘①的脸孔啊,
又现在我的心房!

十三

若以爱她的精神
用在佛法上,
就在今生今世
也能修成仙一样……

十四

修道要净心定神,
要像佛殿里的观音;
可是我心神不定,
爱人夺去了我的魂灵!

十五

我这情场的猎人,
已将衣卓拉姆猎俘;
夺去她的是权势显宦,
洛桑嘉鲁!

---

① 未生娘——意为"慈母"或"处女"。这里指仓央嘉措的情人。

十六

我怎么不消瘦,
我怎么不病倒——
爱我的人已被人夺去。
相思叫我成痨!

十七

若去修道的
是我心爱的姑娘,
那我也不再留在这地方,
前面的山洞在等我前往……

十八

自己心爱的人,
要能成为终身的伴侣,
犹如在大海的深处,
捞到一件珠宝。

十九

宝贝在手里的时候,
仿佛是件不值钱的东西;
可是,当宝贝失落了,
怒气又涌到心上……

二十

虽然无心过渡,
渡口还对我张望;
没有情义的爱人啊,
头也不回就远走他方!

二十一

姑娘,不是父母养的,
一定是桃树上长的;
不然,她对别人的爱情
怎比桃花凋谢得还快哩!

二十二

写出来的黑字,
还会被雨水冲掉;
可是我那没写出来的心情啊,
却永远在心中记牢!

二十三

木刻的信章,
是不会把话讲,
请将"信义"二字,
刻在各自心上!

二十四

你可以用绳索套住
撒野乱跑的野马,
可是爱人变了心啊,
神法也拿不住他!

二十五

箭中了鹄以后,
箭头钻到地里去了;
见到年幼时的爱人,
心又跟她去了!

二十六

白色的野鹤啊,
请你借给我翅膀,
我不去远方久歇,
只要去理塘一趟!

二十七

在表面结冰的河上,
不是跑马的地方;
刚刚相识的女人啊,
知心话还不便讲。

二十八

崎岖的羊肠小道,
不是跑马的地方;
三心二意的妇女啊,
不能与她诉衷肠!

二十九

喜鹊高声地啭鸣,
前来报告可喜的事情;
我没约爱人,她已来临,
我的心,才平静……

三十

我的情人像画一样美丽,
她送给了我一面锦旗;
当我把旗挂在树梢上,
园丁,你不要追问……

三十一

他将帽子戴在头上,
她将发辫甩在后头。
她说:"请慢慢走!"
他说:"留步吧,请你歇着!"
"当心哟,心里别难过,"
"哦,我俩能很快会着!"

三十二

在东山的高峰,
云烟缭绕在山上,
是不是仁曾旺母①啊,
又为我烧起神香!

---

① 仁曾旺母——仓央嘉措的情人。

仓央嘉措情歌*

王沂暖 译

一

从那东方山顶，
升起皎洁月亮。
未嫁少女的面容，
时时浮现我心上。

二

去年长的小苗，
今年已成秸束；
少年骤然衰老，
身比南弓②还弯。

三

我那心爱的人儿，
如果作终身伴侣，
就像从大海底下，
捞上来珍宝一样。

---

* 摘自 1980 年 5 月青海人民出版社出版本，共 74 首。作者于 1958 年由作家出版社出版的《西藏短诗集》亦有仓央嘉措情歌 57 首，译文基本相同，故不再辑入本书。

② 指西藏南部制造的弓。

四

路上遇见的意中人，
是肌体芳香的姑娘，
却像拾到小白璁①，
又把它扔掉一样。

五

达官贵人的千金，
她那股艳丽劲儿，
看似高高桃树尖上，
熟透了的果儿一样。

六

心儿跟她去了，
夜里睡不着觉，
白天没有得手，
叫我意冷心灰！

七

花开季节过了，
玉蜂可别悲伤；
和情人缘尽了，
我也并不悲伤！

① 即松耳石（一种宝石），通常绿色。绿里透白称白璁，为上品。

八

茇茇草①上的白霜,
还有寒风的使者②,
当然就是它俩呀,
拆散了花朵和蜂儿。

九

天鹅爱上芦苇,
心想停留一会,
可那湖面冰封,
叫我气丧心灰!

十

渡船虽没心肠,
马头③犹向后看;
那负心的人儿,
却不回头看我一眼。

十一

我和集市上的姑娘,
三句盟言结儿系下,
却像那花蛇结儿,
没动它自己在地上开啦。

---

① 多年生草本植物,可作饲料,也可用来编织篓、席等物。
② 指深秋的风。
③ 西藏木船头上一般都有面朝后的木雕马头像。

十二

幼年结识的心上人儿,
她的福幡插在柳树旁。
看守柳树的阿哥,
请别拿石头打它!

十三

写出的黑黑小字,
水和雨滴冲消了;
没绘的内心图画,
要擦也擦不掉!

十四

盖上的黑色小印,
话儿是不会说的。
把知耻守信的小章,
盖在彼此的心坎上!

十五

生机勃发的哈罗①花,
如果去作供品的话,
把我这年轻的玉蜂,
也带到佛堂里去吧!

---

① 音译,即锦葵花。

十六

心爱的姑娘啊,
若离此去修法,
我少年也不待,
云游到山里去。

十七

面对德高喇嘛,
恳求指点明路,
可心儿怎能收回?
已跑到情人那里。

十八

默想的喇嘛的面孔,
不显现在心上;
没想的情人的容颜,
却映在心中明明朗朗。

十九

想她想的放不下,
如果这样去修法,
在今生此世,
就会成佛啦!

二十

明净的水晶山上的雪水,
铃荡子①上边的露珠,
甘露药作曲子,
智慧空行②酿成酒,
如果发着圣誓喝下去,
就不堕恶途③。

二十一

时来运转的时刻,
竖起祈福的风幡,
就有贤淑的姑娘,
请我去作客。

二十二

皓齿人儿含笑,
向满座瞧了瞧,
眼珠娇滴滴一转,
斜瞅少年的脸儿。

二十三

问问倾心爱慕的人儿:
愿否作亲密的伴侣?
答道:除非死别,
活着永不分离!

---

① 药用植物,产于川藏的沙参的别名。
② 仙女名。
③ 佛经用语,指地狱、饿鬼、畜生。

二十四

若随顺美女的心愿，
今生就和佛法绝缘；
若到深山幽谷修行，
又违背姑娘的心愿。

二十五

工布少年的心情，
像蜂儿圈在网里，
和情侣缠绵三日，
又想起终极佛法。

二十六

心想你这终身伴侣，
若无耻负义，
头髻上戴的松耳石，
也不会言语！

二十七

露着皓齿儿微笑，
把少年魂灵勾掉，
是不是真心爱慕？
请发个誓儿才好！

二十八

乌石般跟情人路遇①,
那是酒家妈妈撮合。
如果欠下孽债,
请你关照养活!

二十九

知心话没告诉爹娘,
告诉幼年结识的爱侣,
爱侣的"牡鹿"多哩,
私房话被仇人听去。

三十

心爱的意抄拉姆②,
是我猎人捕获的,
却被显赫的君主,
诺桑王抢去!

三十一

珍宝在自己手里,
并不觉得稀奇;
珍宝归了人家,
却又满腔子是气。

---

① "乌石路遇",近似汉语成语"萍水相逢"。
② 仙女名。意为"夺人心魄的仙女"。

三十二

热爱自己的情人,
被别人家娶去作妻,
心儿被相思折磨,
已经身瘦肉消了。

三十三

情侣被人偷走,
应去打卦求签。
心底纯洁的姑娘,
也常在梦中浮现。

三十四

只要姑娘在世,
酒是不会完的。
青年终身的希望,
当然寄托在这里。

三十五

姑娘不是妈妈所生,
怕是桃树上长的,
为什么她的爱情,
比桃花谢得还快呢?

三十六

从小相爱的姑娘,
莫非是狼的后裔?
尽管相爱同居,
还想逃回山里。

三十七

野马跑到山上,
可用绳索捉住;
情人一旦变心,
神力也捉拿不住!

三十八

石岩伙同风暴,
刮乱了老鹰的羽毛;
狡猾虚伪的姑娘,
使我心烦意恼。

三十九

黄边黑心的云彩,
是霜雹的成因;
非僧非俗的沙弥,
是佛教的敌人。

四十

上消下冻的地上,
不是跑马的地方;
才结识的情人,
不是谈心的对象。

四十一

下弦十五的月亮,
和她有些相像;
月宫的那个玉兔,
寿命已经不长。

四十二

这个月过了,
下个月来了,
吉祥洁白的月亮,
上旬就来拜望。

四十三

中央的须弥山王①呵,
请你坚定地耸立着!
日月绕着你转,
方向肯定不会走错。

四十四

初三的月儿弯,
银光洒满天;
请你答应我,
更像十五那样圆!

四十五

具誓护法②金刚,
坐在十地③法界,
你若有神通大力,
请把佛教的敌人驱走!

---

① 古印度神话居于世界最高的山,即须弥山。
② 是密宗护法神之一。
③ 当指佛教圣人的十个得道等级而言。

四十六

杜鹃鸟来自门隅,
带来了春天的地气;
我和情人见了面,
身心也感到愉快。

四十七

对于无常和死,
若不常常去想,
纵有盖世聪明,
实际和傻子一样[①]。

四十八

无论虎狗豹狗,
喂熟它就不咬;
家里的花斑母虎,
熟了却更加凶暴。

四十九

虽然肌肉相亲,
却不知道情人的真心;
还不如手指画地,
能算天上的星星多少。

---

① 这首原文有误,仍照原资料排印,只供研究。

五十

我和情人相会的地方,
在南门巴的密林深处。
除了巧嘴鹦鹉,
哪个也不知道。
能言的鹦鹉啊,
这秘密请不要向叉路口泄露!

五十一

拉萨的人群当中,
琼结的人品最好。
来会我的那个幼年相识,
家就住在琼结。

五十二

大胡子老狗,
心比人还灵。
别说我夜里出去,
别说我早上才回!

五十三

夜里去会情人,
早晨落了雪了;
保不保密都一样,
脚印已留在雪上。

五十四

住在布达拉宫时，
叫持明①仓央嘉措；
住山下拉萨时，
叫浪子当桑汪波。

五十五

姑娘软软肌肤，
被底活泼拥抱，
莫非假意虚情，
骗我少年财宝？

五十六

把帽子戴在头上，
将辫子撂在背后。
说："请慢走！"
说："请慢坐②！"
说："心里又难过啦！"
说："很快就能相会。"

五十七

洁白的仙鹤，
请把双羽借我，
不到远处去飞，
只到理塘就回。

---

① 修密法的佛教徒，称之为"持明"。
② 西藏人告别时的客套话，意为"留安"。

五十八

在那阴曹地狱，
阎王有面业①镜，
人间是非不清，
镜中善恶分明。
胜利吧！

五十九

一箭射中目的，
箭头已钻入土里。
遇到幼年相识的情人，
心儿也跟了她去。

六十

印度东方的孔雀，
工布中心的鹦鹉，
尽管出生的乡土不同，
同在法轮拉萨会晤。

六十一

人家说我闲话，
自认说的不差，
少年的轻盈脚步，
踏进女店主家。

---

① 佛教用语，指人世行为，有善业与恶业之分。

六十二

柳树爱上了小鸟,
小鸟爱上了柳树;
只要双双同心,
鹞鹰无隙可乘!

六十三

这短短的今生,
就这样过了。
来世少年时节,
且看能否相逢!

六十四

那个巧嘴鹦哥,
请你闭住口舌!
柳林的画眉阿姐,
要唱一曲动听的歌。

六十五

背后的凶恶龙魔,
没有什么可怕;
前边的香甜苹果,
一定要摘到它!

六十六

第一不见最好,
免得神魂颠倒;
第二不熟最好,
免得相思萦绕。

六十七

不要谈持明仓央嘉措，
找情人去啦！
如同自己需要一样，
他人也同样需要。

六十八

神树香柏枝头，
年轻的杜鹃儿落下，
不必多讲什么，
请说一句动听的话。

六十九

白色的桑耶雄鸡，
请不要过早啼叫！
我和幼年相好的情人，
心里话还没有淡了。

七十

一次喝酒没醉，
二次喝酒没醉，
因为幼年的情人劝酒，
一杯便酩酊大醉。

七十一

在许多人的中间，
不要表露咱俩的秘密。
你内心如有深情，
请你用眉眼传递！

七十二

你是金铜佛身,
我是泥塑神像,
虽在一个佛堂,
我俩仍不一样。

七十三

请看我消瘦的面容,
是情人害我生病。
已经瘦骨嶙峋,
纵有百医也无用!

七十四

热恋的时候,
情话不要说完!
口渴的时候,
池水不要喝干!
一旦事情有变,
那时后悔已晚。

《西藏文艺》载仓央嘉措情诗译文*

别怪活佛仓央嘉措　　代序

别怪活佛仓央嘉措，
风流浪荡；
他所寻求的，
和凡人没有什么两样。

——西藏民歌

一

一轮洁白的明月，
出现在东方的山顶；
一位少女的面容，
隐隐地出现在我的心中……

二

去年种下的禾苗，
今年变成了一捆捆柴草，
少壮身躯也会衰朽，
状如南弓，驼背弯腰。

---

* 选自《西藏文艺》1980年1、2期，共41首。

三

那个夺走心魂的人，
若能真的相伴终身，
如同从幽深的海底，
真的捞起了金针。

四

偶然路遇的情人，
是一位肌体芳香的姑娘。
像偶然捡到一块白松耳石，
却又不知丢在了什么地方。

五

达官贵人的千金小姐，
谁想一见她的丰姿——
就像仰望高树枝头，
寻找一颗熟透的果子。

六

自从心魂丢在那边，
夜里再也不能安眠。
终日摆首踟蹰，
心境已被搅乱……

七

花时过了，
蜂儿并不悲伤。
缘份尽了，
我也无由怅惘……

八

何所来呀,草上霜?
来报西风从天降。
谁使花儿蜂儿两分离?
一定就是你!

九

黄鸭爱上芦苇,
多么想亲近一会。
湖水被冰封住了,
只落得意冷心灰。

十

渡船虽然没有灵性,
船上的马头尚且回首;
断了情意的情人,
一去再不回头……

十一

和集市上的姑娘,
用三句盟言结成同心;
没有用利锥去解,
它呀,它呀,自己就开了。

十二

自小钟情的人儿,
把经幡插在柳树旁;
自视守护柳树的阿哥,
不准谁扔石头把它损伤。

十三

白纸写下的黑字,
一经风雨就泯没了;
未曾写出的心迹,
想擦却无从擦起。

十四

刻个黑色的小图章,
要讲的话它不会讲;
坚贞不渝的印记,
请刻在彼此的心上。

十五

生机勃发的蜀葵花儿,
若到佛前去作供养,
请把我这青年的松石蜂儿,
也带进佛堂。

十六

我的意中人儿,
如果去学佛法,
我也马上离开这儿,
到山洞里去陪伴她。

十七

在法力无边的喇嘛面前,
求他收起我的凡心;
可是凡心是收不住的呀,
它又使我失魂落下凡尘。

十八

凝思默想喇嘛的容颜,
连个影儿也不从心头显现;
无心去想情人的丰采,
却清清楚楚,如在眼前。

十九

如果以同样的虔诚,
皈依无上的佛法;
就在今生今世,
便可以修炼成活菩萨。

二十

水晶山上取来纯净的雪水,
蒿铃子草上采下晶莹的露珠,
用观世音的净水作曲,
请智慧天女把酒酿煮。

二十一

当幸运的马儿奔驰而来,
我竖起祈求幸福的风幡;
果然有一位绝世的女子,
为我摆下了盛情的酒宴。

二十二

那洁白的牙齿,那轻盈的微笑,
那月亮的眸子四座轻轻的一扫,
眼角里传来的羞涩的目光,
把我这个年青人看得心跳……

二十三

心魂已经被她夺去,
问她愿否永作伴侣。
她说:"若不死别,
决不生离!"

二十四

如果顺随了姑娘的心愿,
今生就要与佛法绝缘;
如果到深山老林去云游,
却又违背了姑娘的心愿。

二十五

像是蜂儿落在网中,
工布少年心绪如此不宁。
三日恣情欢会,
忽然又想起佛法神明。

二十六

你虽然和我相约终身,
如果不知羞耻,言而无信——
戴在你发髻上的松耳石,
它默默无言,不会妄加议论。

二十七

你那洁白的牙齿,含笑的面庞,
正使我年轻的人心魂迷惘;
有没有真情实意呀,
立下一个誓言又有何妨!

二十八

像鸟儿和石头在大路上相遇,
卖酒的阿妈好心把我们撮合;
若是因此惹下什么是非风波,
请阿妈为我们遮掩开脱。

二十九

心灵的语言不对父母讲,
在情人面前却自然涌出;
追逐她的"野鹿"太多了,
私房话被他们听了个清清楚楚。

三十

可爱的意绰拉姆,
虽然被我猎获;
权势煊赫的洛桑王子,
把她强取豪夺!

三十一

宝贝在自己手中,
并不觉得它是宝中之宝;
宝贝归了别人,
心中却有无穷的懊恼!

三十二

自己所爱的人,
跟上别人走了;
从此忧思成疾,
身子渐渐瘦了。

三十三

情人被人窃取不见,
求签问卜全无灵验。
天真无邪的姣姣呵,
只在梦中时时出现。

三十四

只要姑娘不死,
美酒畅饮不止;
这是青年人的逋逃薮呵,
永远可以托身于此!

三十五

姑娘不是妈妈所生,
是桃树生的吧?
她那暂短的爱情,
比桃花谢得还快哩!

三十六

自小相爱的姑娘,
莫非和狼同种?
虽然这里鲜肉成堆,
还是准备逃回山中。

三十七

野马跑回山里,
可以用陷阱和绳索去捉;
情人变了心肠,
神仙也无可奈何。

三十八

焦躁和盛怒,
把雄鹰的羽毛弄断了;
诡诈和叛变,
把我的心弄乱了。

三十九

黄边黑心的阴云,
是冰雹的前身。
非僧非俗的"班第",
是佛法的敌人。

四十

第一最好是不相见,
如此便可不致相恋;
第二最好是不相知,
如此便可不致相思。

仓央嘉措情歌*

庄晶 译

在那东山顶上

在那东山顶上，
升起了皎洁的月亮。
娇娘①的面容，
浮现在我的心上。

去年栽下的青苗

去年栽下的青苗，
今年已成禾束，
青年衰老的身躯，
比南弓还要弯曲。

若能够百年偕老

心中爱慕的人儿，
若能够百年偕老，
犹如从大海深处，
采来了奇珍异宝。

---

* 录自《仓央嘉措情歌及秘传》，共124首。
① "玛吉阿妈"一词，有人译作少女，佳人……，是对"未生"（玛吉）一语的误解。这个词并非指"没生育过的母亲"即"少女"，而是指情人对自己的恩情像母亲一样——虽然她没生自己。这个概念很难用一个汉语的词来表达。权且译作"娇娘"。

邂逅相遇的姑娘

邂逅相遇的姑娘,
浑身散发着芳香。
恰似白色的松石,
拾起来又抛到路旁。

高官显贵的小姐

高官显贵的小姐,
若打量她的娇容美色,
就像熟透的桃子,
悬于高高枝头。

已经是意马心猿

已经是意马心猿,
黑夜里也难以安眠。
白日里又未到手,
不由得心灰意懒。

已过了开花的时光

已过了开花的时光,
蜜蜂儿不必心伤。
既然是情缘已尽,
我何必枉自断肠。

凛凛草上霜

凛凛草上霜,
飕飕寒风起。
鲜花与蜜蜂,
怎能不分离?

仓央嘉措情歌

这心愿只得放弃

野鸭子恋上了沼地,
一心要稍事休憩。
谁料想湖面封冻,
这心愿只得放弃。

无情无义的冤家

木船虽然无心,
马头还能回首望人①。
无情无义的冤家,
却不肯转脸看我一下。

我和集上的大姐

我和集上的大姐,
结下了三句誓约。
如同盘起来的花蛇,
在地上自己散开了。

为爱人祈福的幡儿

为爱人祈福的幡儿,
竖在柳树旁边。
看守柳树的阿哥,
请别用石头打它。

---

① 西藏的木船前面多刻一马头,面向船尾。

怎么擦也不会擦掉

用手写下的黑字，
已经被雨水浸掉。
心中没写出的情意，
怎么擦也不会擦掉。

印在纸上的图章

印在纸上的图章，
不会倾吐衷肠。
请把信义的印戳，
打在各自的心房。

繁茂的锦葵花儿

繁茂的锦葵花儿，
若能做祭神的供品，
请把我年轻的玉蜂，
也带进佛殿里面。

眷恋的意中人儿

眷恋的意中人儿，
若要去学法修行，
小伙子我也要走，
走向那深山的禅洞。

回到了恋人的身边

前往得道的上师座前，
求他将我指点。
只是这心猿意马难收，
回到了恋人的身边。

栩栩地在心上浮现

默思上师的尊面,①
怎么也没能出现;
没想那情人的脸蛋儿,
却栩栩地在心上浮现。

若能把这片苦心

若能把这片苦心,
全用到佛法方面,
只在今生此世,
要想成佛不难!

甘露做曲的美酒

纯净的水晶山上的雪水,
荡铃子上面的露珠,②
甘露做曲的美酒,
智慧天女当垆。
和着圣洁的誓约饮下,
可以不堕恶途。③

有一位名门闺秀

时来运转的时候,
竖起了祈福的宝幡。
有一位名门闺秀,
请我到她家赴宴。

---

① 默思,佛教术语为观想. 即心中想象着自己所要修的神的形象。
② 荡铃子是俗称,学名为臭党参,桔梗科的草药。
③ 恶途指六道轮回中的畜生、饿鬼、地狱三道。

那目光从眼角射来

露出了皓齿微笑,
向着满座顾盼。
那目光从眼角射来,
落在小伙儿的脸上。

活着决不分离

爱情渗入了心底,
"能否结成伴侣?"
答道:"除非死别,
活着绝不分离。"

若依了情妹的心意

若依了情妹的心意,
今生就断了法缘;
若去那深山修行,
又违了姑娘的心愿。

好像蜜蜂撞上蛛网

工布小伙的心,
好像蜜蜂撞上蛛网。
刚刚缠绵了三天,
又想起了佛法未来。

若真是负心薄情

你这终身的伴侣,
若真是负心薄情,
那头上戴的碧玉,
它可不会做声。

把我的魂儿勾跑

启齿嫣然一笑，
把我的魂儿勾跑。
是否真心相爱，
请发下一个誓来。

与爱人邂逅相见

与爱人邂逅相见，
是酒家妈妈牵的线。
若有了冤孽情债，
可得你来负担。

心腹话没向爹娘讲述

心腹话没向爹娘讲述，
全诉与恋人情侣。
情侣的情敌太多，
私房话全被仇人听去。

情人依楚拉姆

情人依楚拉姆，[①]
本是我猎人捉住。
却被权高势重的官家，
诺桑甲鲁夺去。

---

① "拉姆"即仙女。依楚拉姆，猎人和诺桑是藏戏故事《诺桑王传》里的人物。

宝贝在自己手里

宝贝在自己手里,
不知道它的贵重。
宝贝归了人家,
不由得怒气满胸。

心中积思成痨

和我相爱的情友,
已经被人家娶走。
心中积思成痨,
身上皮枯肉瘦。

情侣被人偷走

情侣被人偷走,
只得去打卦求签。
那位纯真的姑娘,
在我的梦中浮现。

美酒不会喝完

只要姑娘不死,
美酒不会喝完。
青年终身的依靠,
全然可选在这里。

姑娘不是娘养的

姑娘不是娘养的,
莫非是桃树生的?
这朝三暮四的变化,
怎比桃花凋谢还快呢?

自幼相好的情侣

自幼相好的情侣,
莫非是豺狼生的?
虽然是已结鸾俦,
还总想跑回山里。

爱人一旦变心

野马跑进山里,
能用网罟和绳索套住。
爱人一旦变心,
神通法术也于事无补。①

弄得我憔悴难堪

巉岩加狂风捣乱,
把老鹰的羽毛弄残。
狡诈说谎的家伙,
弄得我憔悴难堪。

黄边黑心的乌云

黄边黑心的乌云,
是产生霜雹的根本。
非僧非俗的僧侣,
是圣教佛法的敌人。

---

① 此句亦有写作"心是抓不住的"。

表面化冻的土地

表面化冻的土地,
不是跑马的地方。
刚刚结交的新友,
不能倾诉衷肠。

你皎洁的面容

你皎洁的面容,
虽和十五的月亮相仿,
月宫里的玉兔,
性命已不久长。

我们将重新聚首

这个月儿去了,
下个月儿将会来到。
在吉祥明月的上旬,
我们将重新聚首。

中央的须弥山王

中央的须弥山王,①
请你屹立如常。
太阳和月亮的运转,
绝不想弄错方向。

---

① 佛经上说世界的中心是须弥山,日月星辰围着它转。

请对我发个誓约

初三的月儿光光,
银辉确实清澄明亮。
请对我发个誓约,
这誓可要像满月一样!

若有神通法力

具誓金刚护法,
高居十地法界。
若有神通法力,
请将佛教的敌人消灭。

杜鹃从门隅飞来

杜鹃从"门隅"① 飞来,
大地已经苏醒。
我和情人相会,
身心俱都舒畅。

熟了却越发凶恶

无论是虎狗豹狗,
喂它点面团就驯熟。
家中的斑斓母虎,
熟了却越发凶恶。

---

① 门隅:诗人的故乡。

摸不透情人的深浅

虽有肌肤之亲，
却摸不透情人的深浅。
还不如在地上画图，
把星辰的度数计算。

我和情人幽会

我和情人幽会，
在南谷的密林深处。
没有一人知情，
除了巧嘴的鹦鹉。
拜托善言的鹦鹉，
可别在外面泄露。

琼结人的模样儿最甜

拉萨熙攘的人群中间，
琼结①人的模样儿最甜。
中我心意的情侣，
就在琼结人的里面。

别说我黄昏出去

须毛满腮的老狗，
心眼比人还机灵。
别说我黄昏出去，
回来时已经黎明。

---

① 琼结：山南重镇，吐蕃故都。谚云：雅龙林木广，琼结人漂亮。

保密还有什么用处

入夜去会情人，
破晓时大雪纷飞。
足迹已印到雪上，
保密还有什么用处？

住在布达拉时

住在布达拉时，
是日增①仓央嘉措；
住在"雪"②的时候，
是浪子宕桑旺布。

情人儿柔情蜜意

锦被里温香软玉，
情人儿柔情蜜意。
莫不是巧使机关，
想骗我少年的东西？

过不久就会聚首

帽子戴到头上，
辫儿甩到背后。
那位说"请多保重。"
这厢说"请你慢走！"
"恐怕您又要悲伤了。"
"过不久就会聚首！"

---

① 或译"持明"。是指对密宗有造诣的僧人。这句与下一句对照，意义就易领悟了。
② 是布达拉宫下面的民居。

洁白的仙鹤

洁白的仙鹤,
请把双翅借我。
不会远走高飞,
到理塘①转转就回。

死后到了地狱

死后到了地狱,
阎王有照业②的镜子。
这里虽无报应,
那里却不差毫厘。

魂儿已跟她飞去

一箭射中鹄的,
箭头钻进地里。
遇到了我的恋人,
魂儿已跟她飞去。

印度东方的孔雀

印度东方的孔雀,
工布③深处的鹦哥,
生地各不相同,
同来拉萨会合。

---

① 这一首被认为是诗人的预言,后来七世达赖喇嘛生于理塘,作为预言的应验。
② 业在佛教中指一个人生时所作所为。
③ 工布:西藏东部林区,吐蕃九小邦之一。盛产鸣禽。

人们对我指责

人们对我指责,
我只得承担过错。
小伙儿我的脚步,
曾到女店东的家里去过。

只要情投意合

柳树爱上了小鸟,
小鸟对柳树倾心。
只要情投意合,
鹞鹰也无机可乘。

多蒙你如此待承

在这短暂的一生,
多蒙你如此待承。
不知来生少年时,
能否再次相逢。

会说话的鹦哥

会说话的鹦哥,
请你免开尊口。
柳林里的画眉姐,
要鸣啭清歌一曲。

背后凶厉的魔龙

背后凶厉的魔龙,
不管它凶也不凶。
为摘前面的苹果,
敢豁出这条性命。

压根儿没见最好

压根儿没见最好,
也省得神魂颠倒。
原来不熟也好,
免得情思萦绕。

没有别人知道①

倾诉衷肠的地方,
是草坪柳林深处。
除了画眉鸟儿,
没有别人知道。

花儿开了又落

花儿开了又落,
情侣相好变老。
我与金色小蜂,
从此一刀两断。

朝秦暮楚的情人

朝秦暮楚的情人,
好似那落花残红。
虽然是千娇百媚,
心里面极不受用。

---

① 20世纪50年代,在中央民族学院藏语组的存书中,我们发现一册手抄本的《情歌》,书名为《仓央嘉措诗集》(རིག་འཛིན་ཚངས་དབྱངས་རྒྱ་མཚོའི་གསུང་མགུར་བཞུགས་སོ།),共录诗歌360余首,其中与拉萨木刻本相同的约50首。从此首开始以下都是按手抄本选译的。——庄晶

彼此情意绵绵

恋人长得俊俏,
彼此情意绵绵。
如今要进山修法,
行期延了又延。

知心话说得早了

骏马起步太早,
缰绳拢得晚了。
没有缘分的情人,
知心话说得早了。

一步一步地登攀

往那白鹭山①上,
一步一步地登攀。
雪水溶成的水源,
在池塘中和我相见。

树心已经腐朽

一百棵树木中间,
选中了这棵杨柳。
小伙我从不知道,
树心已经腐朽。

---

① 藏音"郭喀拉",在山南桑耶寺附近。

鱼儿放宽胸怀

河水慢慢地流淌,
让鱼儿的胸怀放宽。
鱼儿放宽胸怀,
身心都能得平安。

方方的柳树林里

方方的柳树林里,
住着画眉"吉吉布尺",
只因你心肠太狠,
咱们的情分到此为止!

飞向门隅多好

山上的草坝黄了,
山下的树叶落了。
杜鹃若是燕子,
飞向门隅多好!

神柏变了心意

杜鹃从门隅飞来,
为的是思念神柏。
神柏变了心意,
杜鹃只好回家。

我那心上的人儿

会说话的鹦鹉,
从工布来到这方。
我那心上的人儿,
是否平安健康?

泪珠像春雨连绵

一双眸子下边,
泪珠像春雨连绵。
冤家你若有良心,
好好地看我一眼!

送你的是多情的秋波

在离别远行的时候,
送你的是多情的秋波。
请你用皓齿笑靥,
永远以真心对我。

翠绿的布谷鸟儿

翠绿的布谷鸟儿,
何时要去门隅?
我要给美丽的姑娘,
寄过去三次讯息。

在四方的玉妥柳林里

在四方的玉妥柳林里,
有一只画眉"吉吉布尺"。
你可愿和我鹦鹉结伴,
一起到工布东面的地区?

牵挂着我的情人

东方的工布"巴拉"①,
多高也不在话下,
牵挂着我的情人,
驱策着骏马飞奔。

不会远走高飞

琼结方方的柳林,
画眉"索朗班宗",
不会远走高飞,
注定能很快相逢。

只有请甘霖雨露

若说今年播种的庄稼,
明年还不能收成。
只有请甘霖雨露,
从天上降下来吧!

不如与她相伴

姑娘美貌出众,
茶酒享用齐全,
纵然死后成神,
不如与她结伴。

---

① 工布与拉萨之间的一座大山。

遇到情人之后

以贪嗔悭吝积攒
虚幻妙欲之财,
遇到情人之后,
吝啬结儿散开。

我和红嘴乌鸦

我和红嘴乌鸦,
没事而人言籍籍;
彼与鹞子鹰隼,
有事却无闲言碎语。

心儿尚未判断

河水虽然很深,
铁钩能捕到鱼儿。
情人口蜜腹剑,
心意尚未判断。

自己在逐渐成熟

黑业白业的种子,
虽是悄悄地播下,
果实却隐瞒不住,
自己在逐渐成熟。

定能白头偕老

达布地方温暖,
达布姑娘俊俏,
若无无常死殁,
定能白头偕老。

风啊,从哪里吹来

风啊,从哪里吹来?
风啊,从家乡吹来!
我幼年相爱的情侣啊,
风儿把她带来!

朵朵白云在飘荡

在那西面峰峦顶上,
朵朵白云在飘荡。
定是那意增旺姆啊,
为我燃起祈福的神香。

没有谁能够分别

水和乳液掺和,
金龟能够辨别,
我和情侣心身融合,
没有谁能够分别。

我心如洁白的哈达

我心如洁白的哈达,
纯朴无瑕无玷;
你心间有什么图案,
画什么悉听尊便。

一片真诚眷恋

我心对你如新云密集,
一片真诚眷恋;
你心对我如无情的狂风,
一再将云朵吹散。

仓央嘉措情歌

相逢实在太晚了

蜂儿生得太早了，
花儿又开得太迟了，
缘分浅薄的情人啊，
相逢实在太晚了。

仅仅穿上红黄袈裟

仅仅穿上红黄袈裟，
假若就成喇嘛，
那湖上的金黄野鸭，
岂不也能超度众生？

凭借拾人牙慧

凭借拾人牙慧，
就算"三学"佛子，①
那能言的禽鸟鹦鹉，
也该能去讲经布道！

有谁能帮你排解

江河宽阔的忧虑，
船夫可以为你除去，
情侣逝去的悲哀，
有谁能帮你排解？

---

① 三学：戒学、定学和慧学。

眼睁睁地望着她远去

到处在散布传播,
腻烦的流言蜚语。
我心中爱恋的情人,
眼睁睁地望着她远去……

毛驴比马还快

衷心向往的方向,
毛驴比马还快,
当马儿还在备鞍时,
毛驴已飞奔到山上。

盼着甘霖普降

在金黄蜂儿的心中,
不知是如何思量。
而那青苗的心意,
却盼着甘霖普降。

故乡远在他方

故乡远在他方,
双亲不在跟前,
那也不用悲伤,
情人胜过亲娘。
胜过亲娘的情人啊,
翻山越岭来到身旁。

桃花满目琳琅

一庹高的桃树枝上,
桃花满目琳琅,
请对我许下诺言,
能及时结成硕果!

俏眼如弯弓一样

媚眼如弯弓一样,
情意与利箭相仿。
一下就射中了啊,
小伙我的心房!

在那山的右方

在那山的右方,
采来无数"瞿麦"①。
为的是洗涤干净,
对我和姑娘的毁谤。

为了与娇娘结成眷属

为了与娇娘结成眷属,
点燃虔诚的神"桑"②。
从那左方山峰的旁边,
采来了神柏、刺柏。③

---

① 瞿麦:石竹科,土名七寸子,可作洗涤剂。
② "桑":藏族风俗,点燃刺柏枝和糌粑粉,用以祭祀山神,表示敬意。
③ 神柏、刺柏:香料之材。

杨柳未被砍断

杨柳未被砍断，
画眉未被惊扰。
到玲珑的"宗角鲁康"①，
当然有权去看热闹。

情人啊莫要忧伤

木船的马头昂首张望，
马头上的旗幡猎猎飘荡，
情人啊莫要忧伤，
我俩已注定在命运册上。

从东面山上来时

从东面山上来时，
原以为是一头麋鹿；
来到西山一看，
却是一只跛脚的黄羊。

满满的一渠流水

满满的一渠流水，
汇潴于一个池中；
若能放下疑虑，
请到此池中引水吧！

---

① 宗角鲁康：龙王庙，在布达拉宫后龙王潭中的小岛上。

我思恋的情人

太阳环绕四大部洲,
绕着山峰转圈;
我思恋的情人,
却一去再没回转。

那山的神鸟松鸡

那山的神鸟松鸡,
与这山的小鸟画眉,
命中的缘分已尽了吧,
中间产生了魔难。

你对我的情分

你对我的情分,
不要像对骏马似的牵引。
要像对那洁白的羔羊,
任它自由自在的牧放。

横看竖看就是漂亮

香浓的内地茶汁,
拌任何糌粑都很甘香。
我看中的亲密爱侣,
横看竖看就是漂亮。

比鲁顶花更为艳丽

白昼看美貌无比,
夜晚间肌香袭人,
我的终身伴侣,
比"鲁顶"① 的花儿更为艳丽。

心爱的情人啊

挥舞着白色的良弓,
准备射哪支箭?
你心爱的情人啊,
我已恭候在虎皮箭囊之中。

天上没有乌云

天上没有乌云,
地上却风雪交加,
不要对它怀疑,
提防其他方面。

不用心中悲戚

江水向下流淌,
渗流到工布地底。
报春的杜鹃啊,
不用心中悲戚!

---

① "鲁顶"即"吉才鲁顶",位于哲蚌寺附近之园林。

由它江水奔腾激荡

由它江水奔腾激荡，
任它鱼儿跳来跳去，
请将龙女措曼吉姆，
留给我做终身伴侣。

白色睡莲的光辉

白色睡莲的光辉，
照耀整个世界；
莲花花蕊茎上，
莲蓬在一旁成长。
只有我鹦鹉哥哥，
做伴来到你的身旁。

彼此无情的伴侣

彼此无情的伴侣，
像神像没修完毕，
又如买来马匹，
却不会疾走驰驱。

自幼相好的姑娘

向上师请赐教诲，
他也会慨然应允；
自幼相好的姑娘，
从不讲真心话语。

核桃可以砸开吃

核桃,可以砸开吃,
桃子,可以嚼着吃,
今年结的青苹果,
却酸倒了牙齿。

仓央嘉措情歌新译*

陈庆英　张子凌　译

东方高山顶上

东方高山顶上，
升起皎洁月亮，
玛吉阿妈①面容，
回旋在我心上。②

去年种下的青苗

去年种下的青苗，
今年成干黄秸捆；
少年老后的身体，
比南弓还要弯曲。③

---

* 依据庄晶1981年藏文整理本《仓央嘉措情歌》新译。

① 对玛吉阿妈的解释，直译为未生娘，一说指未婚未育的姑娘，是作者心中思念的情人，一说指多次转生中与自己有缘分的女性，作者与她或为情侣，或为母子，或为夫妇，在今生中非母子关系，故用来代指自己心中思念的情人。

② 此诗一实一虚，一显一隐，一高一低，世俗人看到情歌，修行者看到证悟，无数轮回中要有空行母加持同修，才能有成就。显教密法，如同明月和暗恋情人，也如同外境和己心。宁静的月夜中，年轻的修行僧如此观想宇宙和轮回及人生的哲理，可以说是情歌，也可以说是禅诗。

③ "南弓"，意为"来自南方的弓"，因为制造弯弓所用的竹子，是来自南方不丹等地。此诗是感叹少年人生易老，光阴似箭。

让我倾心的人儿

让我倾心的人儿，
若成终身情侣，
如从大海海底，
得到一件珍宝①。

肌体芳香的女子

肌体芳香的女子，
是途中邂逅的情人；
偶然拾得的松石，
容易随手丢弃。

达官显贵人家的女儿

达官显贵人家的女儿，
只能看她的容貌打扮，
仿佛高大的桃树顶上，
挂着鲜艳成熟的桃子。②

魂儿被她摄去

魂儿被她摄去，
夜间辗转难眠，
如同整日徒劳，
身心疲惫不堪。③

---

① 此诗是说能和倾心的姑娘结为终身伴侣，有如历经千辛万苦从大海海底取得了宝贝，这是借佛教故事中海底寻宝的典故，比喻甜蜜爱情的珍贵。
② 此段用鲜艳成熟的桃子挂在枝头，只可远望而不能摘到，比喻可望而不可即的爱情。
③ 此诗是说因为追求不能得到的爱情而辗转难眠，身心疲惫，表现相思之苦。

花开的时节虽过

花开的时节虽过,
蜜蜂请不要伤心,
和情人缘分尽时,
我也未曾烦恼。①

草尖开始结霜

草尖开始结霜,
寒风随后来临,
拆散蜜蜂花朵,
它们就是祸首②。

黄鸭喜欢沼泽

黄鸭喜欢沼泽,
本想驻足停留,
怎奈湖水结冰,
叫它灰心丧气。③

---

① 蜜蜂延误了花期,而无法采到香甜的花蜜,或许蜜蜂会因此而伤心吧?但年复一年,花还会再开,蜜蜂也总有采得花蜜的时候,所以蜜蜂也无需难过。此诗中作者用像是和蜜蜂谈话般的口吻,劝说蜜蜂不要为没有采到花蜜而伤心,因为总有花开之时。同时也是在劝说自己不要为逝去的恋情伤心,因为一段感情的结束,其实也正是另一段缘分的开始。表面上这像是一首普通的情诗,表现了和恋人缘分已尽时的自说自话,但其中更深刻的含义是作者用佛教教义的观点,阐释了人生的无常与轮回的道理,暗示出世间万物所遵循的客观规律。花开花谢,缘起缘灭,世间万物皆是如此。

② 此诗是说秋天来到,花朵凋谢,蜜蜂和花朵这一对情侣只能分离,比喻纯真美好的爱情因为严酷的环境而遭到挫折。

③ 此诗是说黄鸭本想追求沼泽,但是沼泽已经结冰,作为情诗理解,是说追求爱情遭到对方拒绝,如若作为政治抒情诗理解,则表现了仓央嘉措的政治抱负只能是一场空梦,无法实现。

渡船虽不思想

渡船虽不思想，
马头总会回望，
我那负心情人，
一去就不回顾。①

我和集市上的姑娘

我和集市上的姑娘，
发誓要结合一起，
却像盘拢的花蛇，
没碰就自己散开②。

儿时女友的祈福幡

儿时女友的祈福幡，
竖立在柳林的边上，
守林的僧官大哥，
莫把石头抛向那边。③

---

① 西藏渡船前面都装有一个木刻的马头，以往译作都解释为船上安有向后看的马头，经实地查问，渡船马头都是向前的，但船回返时，马头向着去时背离开的河岸。此诗用没有思维的渡船都有回头的时候，来对比负心的情人绝不回望，指责情人负心的决绝。

② 此诗是说浅薄的爱情，来得迅速，消失也快，有如盘蛇，一有动静，迅即散开。以蛇的动作的迅捷，比喻不可靠的爱情转瞬即逝。

③ 寺院边上的树林，派有武僧巡守，他们无事时常练习抛石头的武艺。这里是说自己爱人的祈福幡竖在林边，请武僧不要往那边抛石，以免误中爱人的经幡。以此表现作者爱人及物，关注到情侣树立在野外的祈福幡会不会遭遇意外损伤，反映对情人爱意的真切。以西藏民间树立经幡祈福的民俗写入情诗之中，显得十分纯朴自然，富有生活情趣。

谁也不能把它擦掉

墨写的黑色文字,
水浸雨打消失了,
没有写出的心迹,
谁也不能把它擦掉①。

印出墨纹的小图章

印出墨纹的小图章,
不会发声说话的,
却把信守誓言的印,
盖在了各自心里。

茁壮的棋盘花儿

茁壮的棋盘花儿,②
你去作供物之时,
请将我年幼蜜蜂,
也带到神殿里去。

要去荒野修行洞里

倾心爱慕的姑娘,
要离开我去学佛,
青年我也不能在家,
要去荒野修行洞里。

---

① 此诗表现作者内心对爱情的坚贞,始终不渝。
② 此诗第一句中的"棋盘花儿"学名为蜀葵,蜀葵属多年生草本植物,茎直立,叶子心脏形,有长柄,表面有皱纹,花冠有红、紫、黄、白等颜色。果实为蒴果。供观赏。于道泉先生之译本将其译为"蜀葵花"。此诗表现作者对情人愿时刻追随相伴的心情。

又落到了情人那边

到传法喇嘛的身边,
请教修心的方法,
但我心总不能收拢,
又落到了情人那边。

心里却清楚看见

观想上师的圣容,
心中总不能显现,
可那情人的笑脸,
心里却清楚看见①。

若将那样的诚心

若将那样的诚心,
用来修学佛法,
就在今生今世,
该会即身成佛吧。

洁净冰山的雪水

洁净冰山的雪水,
党参叶上的霜花,
加上甘露药酵母,
再由智慧空行母酿造,
立誓后喝下这美酒,
该不会堕入恶途。②

---

① 此诗反映作者在追求佛法和追求世间爱情方面的矛盾心情,爱情往往重于佛法,直接反映作者爱情诗人的天性。

② 恶途,指佛经上说的地狱、饿鬼、畜牲三恶趣。此诗隐约表现圣洁的物质也要空行母酿造,才能成为喝了它不会堕入恶趣的美酒,反映作者认为爱情不害佛法的认识和希望。

好运降临的时候

好运降临的时候,
竖上祈福的风马旗,
就有一位大家闺秀,
请我去她家做客①。

她那羞涩含情的目光

明眸皓齿,肤色光鲜,
我向成排的姑娘环视,
她那羞涩含情的目光,
从眼角射到我的脸上。

活着决不分离

心中生出爱慕之情,
问她可愿做我伴侣,
她说:"若非死别,
活着决不分离!"

若是遂了姑娘心愿

若是遂了姑娘心愿,
我今生就断了佛缘,
若到荒野山林修行,
又辜负了她的深情②。

---

① 此诗反映作者认为最好的幸福,还是世间的男女爱情。
② 此诗仍然是反映爱情和学佛的矛盾,使得作者难以抉择。

工布①少年的心底

工布少年的心底,
好像蛛网粘住的蜜蜂,
虽和情侣三日缠绵,
又想起归宿和佛法。

我那心爱的姑娘

我那心爱的姑娘,
如果你虚情假意,
就像戴在头上的松石,
听不懂我的深情话语。

请你发个誓愿表明

抿着嘴儿扑哧一笑,
是否想要诱惑我呀?
对我是不是真心疼爱,
请你发个誓愿表明。

责任要你来承担

酒店女掌柜撮合,
让我和姑娘做情侣,
若是出了是非债务,
责任要你来承担。

---

① 工布:地名,属于西藏林芝专区。

对父母都不袒露的心声

对父母都不袒露的心声,
向自小熟识的爱人说了,
爱人又有许多追求者,
秘密话终被对手听去。

仙女意超拉姆

仙女意超拉姆,
虽是猎人我捉住,
却被有权势的长官,
诺桑王子抢去了。①

宝贝在自己手里时

宝贝在自己手里时,
不拿它当宝贝看待,
宝贝落到人家手里,
却又急的心气上涌。

爱我的那位姑娘

爱我的那位姑娘,
被别人娶做妻子,
心中的苦苦相思,
令我消瘦憔悴。

---

① 此诗中所讲述的这一典故出自藏戏《诺桑王子》。

情侣被人偷去了

情侣被人偷去了,
我要去求签占卜,
天真烂漫的姑娘,
在我的梦中显现。

只要卖酒姑娘活着

只要卖酒姑娘活着,
总有喝不尽的美酒,
少年我的终身依靠,
当然可以放在这里。

那姑娘不是妈妈所生

那姑娘不是妈妈所生,
该是桃树上长的吧?
所以她才喜新厌旧,
爱情凋谢得比桃花还快①。

青梅竹马的爱人

青梅竹马的爱人,
莫非是与狼同类?
虽已有肌肤之亲,
还是想到山里去。

---

① 桃花的花期很短,作者以此比喻负心的情人喜新厌旧,变心的快速。

用神通也捉拿不住

母马跑到山上去,
也可用网或绳子抓住,
我那翻脸的爱人,
用神通也捉拿不住。

穿过山岩峡谷的暴风

穿过山岩峡谷的暴风,
吹落了雄鹰的羽毛,
诡异狡诈的情人,
深深把我伤害。

黄边黑心的浓云

黄边黑心的浓云,①
是霜冻和雹灾的成因;
非僧非俗的沙弥,
是佛陀教法的敌人。

冰面才稍稍融化

冰面才稍稍融化,
不是骏马奔驰的地方;
结交不久的情人,
不是说心里话的对象。

---

① 《晋书》及《清史稿》都记载有"黄黑云"之说,古人观天象认为其乃不祥之兆。此诗从字面看,是作者谴责非僧非俗的沙弥破坏佛法。若仔细思考,也可能是作者对于自己是出家僧人而内心仍然追求爱情生活的一种自责和彷徨的心情的反映。

十五晚上的月亮

十五晚上的月亮,
像朝气蓬勃的青年,
可是明月中的兔影,
却像寿命将尽的老者。

在吉祥月的月初

这个月我要远去,
下个月我将回来,
在吉祥月的月初,
我们就可以会面。

大地中心的须弥山

大地中心的须弥山,
请你屹立不动,
日月都绕着你旋转,
决不想走错轨道。

初三晚上的月亮

初三晚上的月亮,
只是一个弯弯的月牙,
请你现在就给我,
十五圆月一样的承诺。

具誓金刚护法

十地法界中的,
具誓金刚护法,
你若神通广大,
驱除佛法冤家。

布谷鸟从门域飞来

布谷鸟从门域飞来,
带来大地的春光,
爱人前来和我相会,
身心都倍感舒畅。

家中的母老虎

像老虎豹子一样的猛狗,
喂饱它也就驯熟了,
可是家中的母老虎,
喂熟了脾气却更大。

虽然已经相亲相近

虽然已经相亲相近,
情人的真心却不知晓,
还不如地上画个图形,
可算准天上星星的轨道。

我和情人相会

我和情人相会,
在南方山谷森林,
除了会说话的鹦鹉,
别人谁都不曾知道,
请巧舌的鹦鹉呵,
不要在三岔路口多嘴①。

---

① 三岔路口是行人来往众多的地方,也是人们休息交谈交换信息的地方,以前西藏的社会信息主要通过人们口头传播,故此诗中说,请鹦鹉不要在三岔路口多嘴,以免走漏消息。

我想要找的爱人

拉萨稠密的人群中,
琼结人的模样最好,
我想要找的爱人,
大概就在琼结。

不要说我黄昏出去

络腮胡的老狗,
比人还聪明伶俐,
不要说我黄昏出去,
不要说我黎明回来。

已经用不着保密

黄昏去会情人,
破晓下起大雪,
已经用不着保密,
雪地上留下了脚印。

住在布达拉的时候

住在布达拉的时候,
是仁增仓央嘉措;
混迹拉萨雪村,
是浪子宕桑汪波。

同枕共眠的姑娘

同枕共眠的姑娘,
应是天真烂漫的情人,
却用嗲声嗲气的谎言,
莫非想骗取我的财宝?

很快就能聚首

一个把帽子戴在头上，
一个把辫子甩到背后，
她说："请你慢走。"
他说："请你留步。"
她说："我会感到难过。"
他说："很快就能聚首。"①

请那洁白的仙鹤

请那洁白的仙鹤，
借给我凌空双翅，
我不会远走高飞，
飞到理塘就返回。

死后会去地狱界中

死后会去地狱界中，
阎王有照人的镜子，
在尘世间是非难定，
业镜中却不差毫厘。

心儿跟着她去了

对准了目标射箭，
箭头却掉到地下，
遇到幼时的情人，
心儿跟着她去了。

---

① 此诗以动作的描写和简短的对话，生动描绘情人相聚后又暂时分别的情形，富有生活气息。

相聚拉萨圣城

东部印度的孔雀,
工布谷底的鹦鹉,
出生之地各不同,
却相聚拉萨圣城。

少年我的脚步

人们对我的议论,
我内心全都承认,
少年我的脚步啊,
曾到过姑娘家里。

柳树爱上了小鸟

柳树爱上了小鸟,
小鸟也倾慕柳树,
若双方感情相投,
鹞鹰也无可奈何。

我们能否再相逢

在这短短的今生,
得到这样的幸福,
看来世童年时候,
我们能否再相逢。

会说话的鹦鹉

会说话的鹦鹉,
请你不要吵闹,
柳林的画眉姐姐,
要唱悦耳的歌谣。

虽有凶恶龙魔守着[1]

虽有凶恶龙魔守着,
我却没有丝毫恐惧,
前面树上的苹果,
我定要摘下一个。

没有最初相见

没有最初相见,
不会心里挂牵,
若不相亲相知,
不会相思熬煎。

任何人都不会知晓

我们倾诉衷肠之地,
是在园中柳林深处,
除了树上的画眉鸟,
任何人都不会知晓。

一年年花开花落

一年年花开花落,
相恋中渐渐老去,
我和我的情侣,
心意更加坚定。

---

[1] "龙"在藏文文献中分为两种：一种叫做"鲁",是有神通,能兴云作雨,也能害人的灵物,常住在水中、地下或树上。若住在水中,附近就常有怪鱼出现。若是有人那里在捕鱼,或往水中抛弃不干净的东西,龙就使那人生病。西藏民间还认为,若是树上住着一个"鲁",人们只可拾取落在地下的果子,若是摘树上的果子吃,就会得风湿等病,所以风湿在藏文中叫做龙病。另一种叫做"周",夏出冬伏,只能随同天神行雨。此诗是以敢于在有"龙"守护的树上摘取苹果来比喻敢于克服困难,不惧危险去追求爱情的勇气。

掉落在地上的花瓣

掉落在地上的花瓣,
知道遭遗弃的痛苦,
你虽展现美丽姿容,
我心中却没有欣喜。

在美丽的小山岗上

在美丽的小山岗上,
我们正在情深意浓,
可是这次时机不对,
我要去到远方云游。

那缘分不够的情侣

在我拉紧缰绳之前,
骏马就奋蹄跑开了,
那缘分不够的情侣,
没说心里话就分手了。

这山名叫郭喀拉山①

这山名叫郭喀拉山,
步步攀登就翻过去了,
冰山消融流出的雪水,
到唐古拉山②腰就可见到。

---

① 郭喀拉山在达孜县德庆镇和扎囊县桑耶区之间,穿过此山的小路是以前从拉萨到桑耶寺的通道,以路途艰难危险著称。
② 唐古拉山是西藏和青海之间的山脉,主峰终年积雪,是藏区崇奉的四大神山之一。

仓央嘉措情歌新译

树王的树心已朽坏

树林中上百棵柳树，
选中了最大的树王，
树王的树心已朽坏，
年青的我却不知道①。

身心就安乐健康

缓缓流淌的小河中，
鱼儿的心情很愉快，
只要能心情舒畅，
身心就安乐健康。

画眉鸟吉吉布赤

画眉鸟吉吉布赤，
住在方形林园中，
如果柳林过于幽暗，
炽热恋情也会消褪。

燕子兴奋欢笑

深山草坡绿了，
谷底树木叶茂，
布谷鸟飞回南方，
燕子兴奋欢笑。②

---

① 此诗以选木材时选择的高大树木看起来粗壮、树干却中空的生活中的例子，比喻说青年人在选择情侣时容易错选了表面看起来很好、内心却不真诚的情人。

② 此诗是说春天过去了，夏天来了，布谷鸟在播种的季节结束后就飞走了，燕子却为夏天的到来而高兴。

布谷鸟从门域飞来

布谷鸟从门域飞来,
是想着神树飞来的,
可是神树变了颜色,
布谷鸟就飞回门域。

我那美丽的情人

问那工布飞来的,
会说话的鹦鹉,
我那美丽的情人,
身心是否安康?

幼鹰低头俯瞰

幼鹰低头俯瞰,
细雨洒落大地,
情人娇羞目光,
总是朝我注视。

当你离去的时候

当你离去的时候,
我总用目光远送,
何日能昼夜厮守,
体会你美丽善良。

鸟是青色的布谷鸟

鸟是青色的布谷鸟,
直接飞向门域地方,
给我心爱的情人,
三次带去了口信。

飞到东面的工布地方

四四方方的宇妥林园,
住着布谷鸟吉吉布赤,
可愿和我鹦鹉一起,
飞到东面的工布地方?

只顾鞭策马儿快走

到东面的工布地方,
要翻高高低低群山,
心中想着可爱姑娘,
只顾鞭策马儿快走。

你不要去遥远地域

琼结地方的柳林中,
住着画眉索南贝宗,
你不要去遥远地域,
命中注定我们相聚。

还不如向天神祈祷

担忧今年种的庄稼,
到明年能不能成熟,
还不如向天神祈祷,
请求降下及时春雨。

身姿曼妙的姑娘

身姿曼妙的姑娘,
加上茶酒和美食,
即使死后成天神,
也不及世间欢乐。

贪吝心结就会解开

悭吝者积聚的财富，
都是一时幻现之物，
遇到真情的伴侣，
贪吝心结就会解开。

我和黑色小鸽子

我和黑色小鸽子，
并未亲热就遭人议论；
她和凶猛的鹞鹰，
明明亲热却无人敢说①。

江河虽然很深

江河虽然很深，
也可钓上鱼来；
对口蜜腹剑之人，
怎样也难测其心②。

善业恶业的种子

善业恶业的种子，
现在是悄悄种下，
业果却无法隐藏，
总会分别地成熟。

---

① 此诗是说自己无端遭到人们的非议，而该受人们议论的强势者的行为，却无人敢于议论。有可能作者是借情场上的不公平，比喻自己在政治上的弱势和横遭指责。

② 此诗是说口蜜腹剑的人的心思，比江河水还深，难以窥测。

在那度过一生多好

达布地方气候温暖，
达布姑娘特别漂亮，
要是那里没有死神，
在那度过一生多好。

风从哪里吹起

风从哪里吹起，
是从故乡吹来；
年青情人身体，
是她母亲带来。

西面高山顶上

西面高山顶上，
涌起朵朵云彩，
我那心中情人，
定在那里"煨桑"。①

谁也无能为力

水和奶汁混合，
金龟可以分开，
恶毒身心合一，
谁也无能为力。

---

① "煨桑"是藏区的一种习俗，人们点燃柏枝、糌粑等物，熏烟祭祀神灵，祈求护佑，这种习俗被称为"煨桑"。

我心是洁白哈达

我心是洁白哈达,
没有一点点污迹,
你若想画个图案,
就请在上面下笔。

送出的好心和慈悲

送出的是好心和慈悲,
像朵朵云彩堆积,
送来的是恶意的黑风,
一阵阵对我吹袭。

错过了相遇的机会

蜜蜂生得早了,
花儿开得迟了,
没有缘分的一对,
错过了相遇的机会。

若是披上鹅黄色袈裟

若是披上鹅黄色袈裟,
就成为尊贵的上师;
那么湖边上的黄鸭,
就该是众生的导师。

飞禽中的鹦鹉

能够重复别人话语,
就算掌握戒定慧佛法,
那么飞禽中的鹦鹉,
就该去转动法轮啦。①

爱人死亡的悲哀

大江大河的阻隔,
渡船艄公可克服,
爱人去世的悲伤,
无人能帮我解除。

连那爱我的情人

人们的闲言碎语,
会在大地上传遍,
连那爱我的情人,
眼神也透出疑惑。

积德行善的路上

积德行善的路上,
毛驴比马更迅速,
马背上只有马鞍,
毛驴却驮着重物。

---

① 转动法轮,是指讲经说法,出自将释迦牟尼三次著名的说法布道称为"三转法轮"。

只盼望细雨蒙蒙

黄色蜜蜂的心中，
不知道想着什么；
枝繁叶茂的柳树，
只盼望细雨蒙蒙。

在遥远的故乡那里

在遥远的故乡那里，
恩重的父母已故去。
不过我已不再悲伤，
因为有了更亲的人。
比母亲更亲的情人，
就在拉穆山①的山后。

等到桃子成熟

一人多高的桃树，
桃花开得繁盛，
等到桃子成熟，
请你前来品尝。

回眸顾盼犹如弯弓

回眸顾盼犹如弯弓，
柔情蜜意犹如细箭，
对准青年我的心田，
一箭射中我的心尖。

---

① 拉穆山指拉萨达孜县境内的一座神山，当地的拉穆护法是西藏四大护法之一。

右边山坡上面

右边山坡上面，
踏上了无数脚印，
关于我们的蜚语，
应该可以洗掉。

我们来煨桑祭祀神灵

为了我和情人的婚姻，
我们来煨桑祭祀神灵，
在左边的山坡上面，
堆起刺柏树的枝叶。

悄悄去那龙王小庙

没有扯动柳树枝，
没有惊动画眉鸟，
悄悄去那龙王小庙，
我们有权看看风景。①

请你不要悲观惆怅

渡船上的马头直直立着，
马头上的旗幡却在飘动，
请你不要悲观惆怅，
我们的情缘早有定数。②

---

① 此诗是说西藏的风俗中，情人有到僻静的龙王庙幽会的权力。诗中所说的龙王庙是指布达拉宫后面湖中小岛上的小庙，庙被高大的柳树遮掩，是拉萨著名的幽静之地。
② 此诗的含义是劝慰暂时离开的情人，说情缘已定，会有再见的时候。

从东面山坡来时

从东面山坡来时,
以为是一只母鹿;
追到西面山坡时,
看清是跛脚黄羊。①

流水经过水渠

流水经过水渠,
汇合到池塘中,
你若心宽肚量大,
来把池塘搬走吧。

我想要的情人

遍照四大洲②的太阳,
是从山顶上升起的,
可我想要的情人,
没时间来到山上。

今生的业缘已尽

对面山上的松鸡,
这边山上的画眉,
今生的业缘已尽,
被拴在两股绳上。

---

① 此诗以猎人错看了猎物来比喻开初没有认清恋人,后来才发现恋人的缺点。
② 四大洲,又称四大部洲、四洲、四天下,是中国佛教中认为的在须弥山周围咸海中的四大洲,分别为东胜身洲、西牛贺洲、南瞻部洲和北俱卢洲,分别住着四大天王。另外还有八小部洲。

放养到广阔草原上

我是一匹奔驰的骏马,
不要把我关在圈里养,
要像牧养羊群那样,
放养到广阔草原上。

我所看中的情人

汉地香茶的茶汁,
不论哪甄都芳香;
我所看中的情人,
各方面看都漂亮。

鲁顶园①的鲜花

白天花朵美丽,
夜晚气味清香,
和鲁顶的鲜花相比,
我的情人更加可爱。

颤动的银白色弯弓

颤动的银白色弯弓,
应该赠送给谁呢?
当然应该放在,
情人的虎皮箭袋之中。

---

① 鲁顶是拉萨西郊的一个地名,该地的林园以花木繁盛著名。

天上没有一丝云彩

天上没有一丝云彩，
风雪却在地上狂奔；
起因没有任何怀疑，
定是受了他人蛊惑。①

河水向东流去

河水向东流去，
流到工布谷底，
叫嘉曼噶热的小鸟，
对此不必叹息。

河水波浪翻滚

河水波浪翻滚，
鱼儿跳来跳去，
并非河神安排，
是兄弟朋友嬉戏。

白色睡莲的光华

白色睡莲的光华，
在整个世间闪烁，
当莲花的花茎上，
结出莲子的时候，
我这只孤独鹦鹉，
就有朋友来安慰。

---

① 此诗用一种反常的气象暗喻情人因别人的挑拨而态度改变，产生情感风波。

没有慈爱心的恶人

没有慈爱心的恶人,
连他所造的佛像,
也像没有步法的壮马,
买来也不能骑乘。①

若向上师请教佛法

若向上师请教佛法,
上师总是详细讲解,
这样我就没有时间,
对姑娘诉说心里话。

今年结的青苹果

核桃可以砸碎了吃,
桃子可以咬开了吃,
今年结的青苹果,
吃起来酸倒牙齿。

---

① 在藏区供骑乘的马匹,要经过训练使其行走时步伐快捷稳健,骑乘的人才不致过于颠簸。未经训练、没有步法的马只能做驮马,不能当坐骑。

第六代达赖喇嘛仓央嘉措的歌

龙冬 译

从东方日乌山尖

从东方日乌山尖,
升起洁白的月亮,
玛吉阿妈①的面影,
默想着聚到心上。

去岁种下青禾

去岁种下青禾,
今年成束成垛,
少壮衰老身体,
弯曲比过南弓②。

自己心上人儿

自己心上人儿,
相随永不分离,
恰似深海珍宝,
得到绝不丢弃。

---

① 音译。字面意思是"未生妈妈"。曾有译为"未生嫁娘"、"姑娘"、"娇娘",似都不准确。实际含义颇为深奥。在佛教上有所指,同"未生怨"(阿阇世王)似可联系。但在这里,应该是暗自希望拉藏汗改邪归正,对藏文化宗教给予尊重。

② 仓央嘉措的故乡在藏南。南弓是他家乡特有的一种弓。

心灵的途中邂逅依偎

心灵的途中邂逅依偎,
闻见女子身体的芳菲,
如拾起小而白的璁玉①,
得到后却被置于一隅。

显贵老爷的小姐

显贵老爷的小姐,
看上去容貌艳丽,
好似桃树的高枝,
那些熟透的果实。

思念丢在彼岸

思念丢在彼岸,
通宵辗转难眠,
镇日未见堤畔,
心意怎不疲倦。

草上覆盖冰霜

草上覆盖冰霜,
风信带来天凉,
鲜花和那飞虫,
必然遭受分离。

---

① 是西藏人非常喜爱的珠宝首饰松石,有蓝、有绿、有白。

水面飞禽恋慕苇塘

水面飞禽恋慕苇塘,
心向往之暂且居住,
可是圣湖已然封冻,
自己失意多么孤寂。

木舟离岸虽然无所挂念

木舟离岸虽然无所挂念,
船头马首①尚且回望顾盼,
毫无愧疚与慈爱的人啊,
却不转身朝我看上一看。

我同街市的女子

我同街市的女子,
结下三句话诺言,
好像盘紧的花蛇,
又各自地上离散。

青梅竹马时慈爱的风幡

青梅竹马时慈爱的风幡,
悬挂在植下的杨柳旁边,
那一副尊容的护林阿哥,
请再不要向它抛去石块。

---

① 西藏渡船有两种,一种是牛皮筏子,另一种现在少见了,木制,船头雕有一个马头,朝向船尾。

墨汁写下的文字

墨汁写下的文字,
水和雨即可泯没,
未画的心灵图卷,
任谁且无法涂抹。

图章钤印的墨渍

图章钤印的墨渍,
道不出尊贵话语,
良知守信的小印,
盖在了各自心底。

阿修罗般威猛的锦葵花

阿修罗般威猛的锦葵花,
居然可以作为供养的话,
那么我这只青春的翠蜂,
也请被带到佛堂里去吧。

凭借这思念求索

凭借这思念求索,
领略圣贤的法则,
只此一生一世啊,
凡俗得道悟成佛。

圣洁如金刚晶山的雪水

圣洁如金刚晶山的雪水，
永久如毒龙草上的露珠，
发酵酿造出长生的天酒，
都是智慧空行母的功劳。
饮下这甘浆就决不食言，
也不到地狱做饿鬼牲畜。

当运气上升的时节

当运气上升的时节，
竖起经幡风中摇荡，
那娴静聪慧的淑女，
邀我去做她的嘉宾。

如同牛犊绽放的笑容

如同牛犊绽放的笑容，
窥视着满座贵宾友朋，
窗棂般眼角时时闪烁，
目光在小伙面前坠落。

深深发自心底

深深发自心底：
能否做个朋友？
若非这般死别？
答曰也莫生离！

若讨好那美人的心愿

若讨好那美人的心愿,
此生佛法总归会失去,
若脱身到山谷间云游,
就背离了女子的心意。

贡楚小伙的情绪

贡楚①小伙的情绪,
如飞虫一时相遇,
经过这三日共眠,
佛法就永驻心间。

你这意念里的终身伴侣

你这意念里的终身伴侣,
倘若不讲羞耻或难为情,
就连你头顶背后的璁玉,
也听不懂说出来的话语。

像牛犊谦卑般近到佛前

像牛犊谦卑般近到佛前,
这小伙被那些供养诱骗,
心事重重珍爱有无难断,
亲朋的赏赐也置于中间。

---

① 西藏地名。有译为"工布",似不准确。

真心实意希望不期而遇

真心实意希望不期而遇,
卖酒的阿妈来好事撮合,
这是前生债引来的果报,
你所有的惠赐都是抚育。

心里话没有讲给父母

心里话没有讲给父母,
悄悄说给多情恋人,
那恋人相亲多如牡鹿,
知心话又传给冤家。

伊卓拉嫫的心坎

伊卓拉嫫①的心坎,
虽是我自己猎获,
却被威赫的权贵,
那诺桑王子掠夺。

自家持有宝贝

自家持有宝贝,
并不觉得珍贵,
别人选走宝贝,
胸中填满伤悲。

---

① 她和诺桑王子都是传统藏戏故事中的人物。

心上人被盗走了

心上人被盗走了,
该是去问卦求签,
多情的女子近了,
汇聚成一场梦幻。

长生不死的女子

长生不死的女子,
尚未耗尽的佳酿,
小伙的长久皈依,
必将陷入在这里。

这女子并非阿妈所生

这女子并非阿妈所生,
若非长在那桃李丛中?
桃李已不再欣欣向荣,
花开只是瞬间的情形。

青梅竹马的女子强巴

青梅竹马的女子强巴,
难道不是豺狼的后裔?
得了鲜肉又得了嫩皮,
决然回到那荒山里去。

已然聚拢起山岩同狂飙

已然聚拢起山岩同狂飙,
肩头披风是不驯的翎毛,
所以那些虚伪奸诈之徒,
百般用力加害我这僧侣。

乌云镶着黄边

乌云镶着黄边,
缘自霜害雹灾,
僧徒似是而非,
成了佛法仇敌。

那冰封的土地上

那冰封的土地上,
牡马不便于狂奔,
陌生人固然仁慈,
也不要掏出真心。

望日十五的月儿

望日十五的月儿,
固然是皎洁明亮,
那冰轮中的玉兔,
现出了寿终模样。

这一轮明镜落下

这一轮明镜落下,
还将从深谷升起,
洁白吉祥的光芒,
要到下个月观赏。

大地正中的须弥山啊

大地正中的须弥山啊,
敬祝这贤者矗立安然,
太阳月亮的轮回许诺,
规律不会有丝毫差错。

第六代达赖喇嘛仓央嘉措的歌

初三洁白的月亮

初三洁白的月亮,
里面那光芒已逝,
十五也同样姣美,
请发誓给个赏赐。

端坐在菩萨十地领域

端坐在菩萨十地领域,
许愿者是那金刚护法:
巨大的神力若有功效,
请将宗教的仇敌赶跑!

那是虎狗同豹狗

那是虎狗同豹狗,
给个粑团就驯熟,
家中斑斓的母虎,
越发凶狠和易怒。

拉萨稠密的人中

拉萨稠密的人中,
琼结①人品格出众,
我那位幼年相爱,
就在琼结人里面。

---

① 西藏地名。

这又黑又黄的大狗

这又黑又黄的大狗，
本事心思比人还灵，
别说谁人傍晚出走，
别说回来已是黎明。

尊位设在布达拉上

尊位设在布达拉上，
是持明的仓央嘉措，
住到拉萨宫殿下方①，
是那浪子党桑汪波。

毛被里面亲密无间

毛被里面亲密无间，
依恋之人温情脉脉，
是否一种狡猾欺骗，
图谋小子我的财产。

请将帽子戴在头顶

帽子戴在头顶。
辫儿丢到背后。
一个说："请您慢走。"
一个说："请您留步。"
"心里头为什么悲戚？"
"过不多久即可相聚！"

---

① 拉萨布达拉宫下面的建筑，藏语叫"雪"。在西藏，凡是山顶庙宇宫殿下的民居建筑，都叫"雪"。

雪白的仙鹤啊

雪白的仙鹤啊,
借我羽翼之力,
说好不往远方,
只是飞飞理塘①。

死后所到地狱

死后所到地狱,
有面法王铜鉴,
眼下确不存在,
终究必然呈献。

箭镞射向木靶

箭镞射向木靶,
子弹钻进土里,
遇见青梅竹马,
心性循迹相随。

天竺东面的孔雀

天竺②东面的孔雀,
贡隅③中部的鹦哥,
故园故土虽不同,
相聚到拉萨会合。

---

① 西藏地名。后来第七世达赖喇嘛的家乡。可以理解为一个转世预言的应验。
② 即印度。
③ 西藏地名。

众人纷纷将我议论

众人纷纷将我议论,
要澄清事情的讯问,
小子①只有年少三回,
入过女房东的家门。

杨柳恋慕着小鸟

杨柳恋慕着小鸟,
小鸟恋慕着杨柳,
假若能两心相爱,
藏北鹞鹰②也无奈。

短促的这今生

短促的这今生,
就那点话要说,
等到来世幼年,
再作晋谒重逢?

能说会道的山鸡鹦鹉

能说会道的山鸡鹦鹉,
请保持沉默呆着别说,
柳树林里的画眉阿姐,
婉转唱出了妙曲莺歌。

---

① 是仓央嘉措的自称。这首诗也是作者对种种误解的申诉。
② 暗指拉藏汗。当时拉藏汗驻扎在藏北当雄。

背后凶恶的病魔妖龙

背后凶恶的病魔妖龙①,
无所谓惧怕与不惧怕,
前面树上悬挂的苹果,
照样可以将它们摘下。

先前最好未见

先前最好未见,
否则心绪不宁,
要么最好陌生,
免得悲伤降临。

能说三句知心话的地方

能说三句知心话的地方,
在幽深的草坪柳墙边上,
那里除了麻雀画眉喧闹,
任他谁人都是无法听到。

当那花瓣儿纷飞谢落

当那花瓣儿纷飞谢落,
喜新厌旧的意中人啊,
虽有虔诚童贞的笑颜,
但是内心却毫无快乐。

---

① 刡:藏语"撸",是一种病魔精灵,它们往往隐藏在苹果树、桃树下面。

仓央嘉措情歌

藏文辑录本

今西春秋譯補
滿文老檔

于道泉拉萨木刻版 1930 年整理本

《仓央嘉措情歌》藏文(木刻)原版图

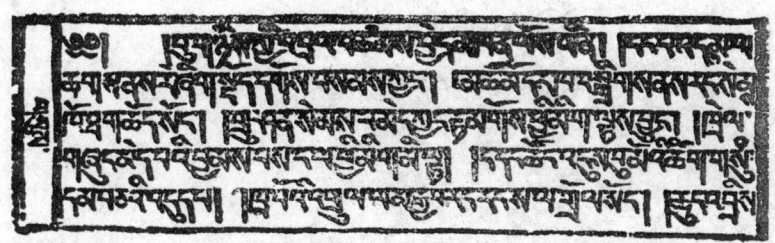

于道泉据《仓央嘉措情歌》藏文(木刻)原版翻译整理,并于 1930 年出版。此为拉萨木刻版中之第三页。该页是《仓央嘉措情歌》中之第八首末第十二首首行。(见于道泉所据藏文版)

ཚངས་དབྱངས་རྒྱ་མཚོའི་མགུལ་གླུ་སྙན་འགྱུར་གྱིས་བཀོད་པ་བཞུགས་སོ།།

1

ཤར་ཕྱོགས་རི་བོའི་རྩེ་ནས།
དཀར་གསལ་ཟླ་བ་ཤར་བྱུང་།
མ་སྐྱེས་ཨ་མའི་ཞལ་རས།
ཡིད་ལ་འཁོར་འཁོར་བྱས་བྱུང་།

2

ན་ཉིད་སྔབས་པས་ལྡང་གཞོན།
ད་ལོ་སོགས་མའི་པོན་ལྡོག
པོ་གཞོན་རྩས་པས་ལུས་པོ་
སྟོ་གཞུ་ལས་སྒྱུང་བའི།

3

རང་སེམས་སོང་བའི་མི་དེ་
སྟན་གྱི་མདུན་མར་བྱུང་ན།
རྒྱ་མཚོའི་གཏིང་ནས་ནོར་བུ་
ལོན་པ་དང་མཉམ་བྱུང་།

于道泉拉萨木刻版1930年整理本

4

འགྲོ་བོར་ལམ་བུའི་སྐྱིན་ཐུབ།
ལུས་ངེད་ཞིམ་པའི་བུ་མོ།
གཡུ་ཆུང་སྒྱུ་དཀར་སྙེད་ནས།
སྐྱུར་བ་དང་འདུ་བྱུང་།

5

མི་ཆེན་དཔོན་པོའི་སྲས་མོ།
ལམ་འབྲས་མཚར་ལུགས་ལ་སྟུས་ན།
ལམ་སྟོང་མཐོན་པོའི་རྩེ་ནས།
འབྲས་བུ་སྨིན་པ་དང་འདུ་བྱུང་།

6

སེམས་པ་ཕར་ལ་བོར་ནས།
མཚན་མོའི་སྙིད་ཐེབས་གཅོག་གིས།
ཉིན་མོ་ལག་ཏུ་མ་ལོན།
ཡིད་ཐང་ཆད་རོགས་ཡིན་པས།

· 203 ·

7

མེ་ཏོག་ནམ་ཟླ་ཡལ་སོང་།
གཡུ་སྦྲང་སེམས་པ་མ་སྐྱོ།
བྱམས་པའི་ལས་འཕྲོ་ཟད་པར་
ང་རང་སྐྱོ་རྒྱུ་མི་འདུག

8

རྩི་ཐོག་པ་མོའི་ཁ་ལ་
རླུང་སེར་རྗེད་ཀྱིས་ཕོ་ཉ།
མེ་ཏོག་སྦྲང་བུ་གཉིས་ཀྱི་
འབྲལ་འཚམས་བྱེད་མཁན་ལོས་ཡིན།

9

དང་པོ་འདམ་ལ་ཆགས་ནས་
རེ་ཞིག་སྟོང་དགོས་བསམས་ཀྱང་།
མཚོ་མོ་དར་ལ་བབ་ནས་
རང་སེམས་ལོ་ཐག་ཆོད་སོང་།

· 204 ·

10

གྲུ་གན་སེམས་པ་མེད་ཀྱང་།
རྟ་མགོས་ཕྱི་མིག་ལྟས་བྱུང་།
ཁྱིལ་གཞུང་མེད་པའི་བྱམས་པས་
ང་ལ་ཕྱི་མིག་མི་ལྟ།

11

ང་དང་ཚོང་འདུས་བུ་མོའི་
ཚིག་གསུམ་དམ་བཅའི་འདུད་པ།
སྦྲུལ་པོའི་འགྱུལ་ལ་མ་རྒྱབ་
རང་རང་ས་ལ་གྲོལ་སོང་།

12

ཆུང་འབྲིས་བྱམས་པའི་རླུང་བསྐྱེད་
ལྷུང་མའི་ལོགས་ལ་བཙུགས་ཡོད།
ལྷུང་སྲུང་ཨ་ཇོ་ཞེ་དྲགས་
རྡོག་ཀྱག་པ་མ་གནང་།

13

ཕྲིས་པས་ཡི་གེ་ནག་ཆུང་།
ཆུ་དང་ཐིག་པས་འཇིག་སོང་།
མ་བྲིས་སེམས་ཀྱིས་རི་མོ།
སུབ་ཀྱང་ཟུབ་རྒྱུ་མི་འདུག

14

རྒྱབ་པས་ནག་ཆུང་ཐེའུས།
གསུང་སྐད་འབྱོན་ནི་མི་ཤེས།
ཁྲེལ་དང་གཞུང་གི་ཐེའུ་
བོ་མོའི་སེམས་ལ་སྒྲོན་དང་།

15A

སྟོབས་ལྡན་ཏུ་ལོའི་མེ་ཏོག
མཆོད་རྫས་ལ་ཕེབས་ན།
གཡུ་སྦྲང་གཞོན་ནུ་ང་ཡང་
ལྷ་ཁང་ལ་ཁྲིད་དང་།

15B

སེམས་སོང་མི་བཞུགས་
ལྷ་ཆོས་ལ་ཕེབས་ན།
བོ་གཞོན་ད་ཡང་མི་སྟོད་
རི་ཁྲོད་ལ་ཐེག་འགྲོ།

16

མཚན་ལྡན་བླ་མའི་དྲུང་དུ་
སེམས་འཁྲིད་ཞུ་བར་ཕྱིན་པས།
སེམས་པ་སྐྱོར་ཀྱང་མི་ཐུབ་
བྱམས་པའི་ཕྱོགས་ལ་ཤོར་སོང་།

17A

སྒོམ་པ་བླ་མའི་ཞལ་རས་
ཡིད་ལ་འཆར་རྒྱུ་མི་འདུག
མ་སྒོམ་བྱམས་པའི་ཞལ་རས་
ཡིད་ལ་ཕྲ་ལེ་ཕྲ་ལེ།

17B

སེམས་པ་འདི་ལ་འགྲོ་འགྲོ་

དགའ་བའི་ཆོས་ལ་ཕྱིན་ན།

ཚེ་གཅིག་ལུས་གཅིག་ཉིད་ལ་

སངས་རྒྱས་ཐོབ་པ་འདུག་གོ །

18

དགའ་བ་ཤེལ་རི་སྣང་ཆུ་

ཀླུ་འདུད་རྡོ་རྗེ་ཟིལ་པ།

བདུད་རྩི་སྨན་གྱིས་ཕབ་རྒྱུན་

ཆང་མ་ཡེ་ཤེས་མཁའ་འགྲོ།

དམ་ཚིག་གཙང་མས་བསྟུང་ན་

དན་སོང་ངྱང་དགོས་མི་འདུག

19

ཁྱུང་རྒྱ་ཡར་འགྲོ་བའི་དུས་ལ་

ཁྱུང་བསྐྱེད་དར་ལྕོག་རྒྱགས་པས།

འཇང་མ་མཛངས་བུ་མོའི་

འགྲོན་པོ་ལ་པོས་བྱུང་།

于道泉拉萨木刻版1930年整理本

20

སོ་དཀར་ལྷགས་པའི་འཛུམ་མདངས།
བཞུགས་བྲལ་སྟི་ལ་བསྟན་ན།
མི་ཟུར་ཁྲོམའི་སྟྀལ་མཚམས།
གཞོན་པའི་གདོང་ལ་བསྟན་བྱུང་།

21

ད་ཅང་སེམས་ལ་སོང་ནས།
འགྲོག་འགྲིས་མེ་ཡང་ཐྲིས་པས།
འཆི་བྲལ་བྱེད་ན་མིན་པ།
བསོན་བྲལ་མི་བྱེད་གསུངས་བྱུང་།

22

འཇང་མའི་ཐུགས་དང་བསྟུན་ན།
ཚེ་འདི་ཚོས་སྐལ་ཆད་འགྲོ།
དབེན་པའི་རི་ཁྲོད་འགྲིམས་ན།
བུ་མོའི་ཐུགས་དང་འགལ་འགྲོ།

· 209 ·

23

སྔོན་པོ་བརྒྱ་བཅུག་འད་
གོད་ཕུག་གཞན་པའི་བློ་སྣ།
ཞག་གསུམ་ཞལ་རོགས་བྱས་པའི་
ཕུགས་ཡུལ་ལྷ་ཆོས་དན་བྱུང་།

24

བསྟན་གྲོགས་བྱད་ལ་བསམས་པའི་
ཁྱེལ་དང་རོ་ཚ་མེད་ན།
མགོ་ལ་རྒྱབ་པའི་གཙུག་གཡུས་
སྐྱེད་ཆ་སླས་ནི་མི་ཤེས།

25

མཇམ་དད་སོ་དགར་སྤུན་ཆག
གཞན་པའི་བློ་ཁྲིད་ཡིན་འདུག
སྙིང་ནས་ག་ཚོད་མེད་
དབུ་སྐུ་ཞེས་རོགས་གནང་དང་།

于道泉拉萨木刻版1930年整理本

26

སྙིང་ཐུབ་བུ་རྫོ་ལས་འཐུད་
ཨ་མ་ཆད་མས་སྨྲུང་བྱུང་།
ལན་ཆགས་བུ་ལོན་བྱུང་ན་
འཚོ་སྐྱོང་ཁྱོད་རས་གནང་ཞུ།

27

སྙིང་གཏམ་ཕ་མར་མ་བཤད་
ཆུང་འདྲིས་བྱམས་པར་བཤད་པས།
བྱམས་པ་ཤ་པོ་མང་ནས་
བསང་གཏམ་དགྲ་བོས་གོ་སོང་།

28

སྙིང་ཐུབ་ཡིད་འཕྲོག་ལྷ་མོ་
རྔོན་པ་ང་རས་ཟིན་ཀྱང་།
དབང་ཆེན་མི་ཡིས་དཔོན་པོ་
ནོར་བཟང་རྒྱ་ལུས་འཕྲོག་སོང་།

· 211 ·

29

ནོར་བུ་རང་ལ་ཡོད་དུས།
ནོར་བུའི་ནོར་ཞམས་མ་ཚོད།
ནོར་བུ་མི་ལ་ཤོར་དུས།
སྙིང་ཁྲབ་སྟོད་ལ་ཚད་བྱུང་།

30

རང་ལ་དགའ་བའི་བྱམས་པ།
གཞན་གྱིས་མདུན་མར་བླངས་སོང་།
བོག་ནད་སེམས་པའི་ཚང་གིས།
ལུས་པོའི་ཤ་ཡང་རྒྱམ་སོང་།

31

སྙིང་ཐུབ་རྒྱ་ལ་ཤོར་སོང་།
མོ་ཆ་སྟེས་འབུལ་རན་སོང་།
བུ་མོ་དུང་སེམས་ཅན་མ།
སྐྱི་ལམ་ལ་འཁོར་སོང་།

32

བུ་མོར་འཚི་བ་མེད་ན་

ཆང་ལ་མཇལ་པ་མི་འདུག

གཞོན་པའི་བསླུན་གྱིས་སླུབས་གནས་

འདི་ལ་བཅོལ་བས་ལོས་ཆོག

33

བུ་མོ་ཨ་མར་མ་སྐྱེས་

ཁམ་བུའི་ཤིང་ལ་སྐྱེས་སམ།

ཨ་གསར་ཟད་པ་ཁམ་བུའི་

མེ་ཏོག་ལས་མགྱོགས་པས།

34

བུ་མོ་ཆུང་འབྲིས་བྱམས་པ་

སྐྱུང་ཀིའི་རིགས་རྒྱུད་མིན་ནམ།

ཤ་འབྲིས་སྒྲག་འབྲིས་བྱུང་ཀྱང་

རི་ལ་ཡར་གྲབ་མཛད་གིས།

35

ཊ་ཙོད་རི་ཡར་རྒྱབ་པ་
སྟེ་དང་ཞགས་པས་ཟིན་གྱིས།
བྱམས་པ་རྡོ་ལོག་རྒྱབ་པས་
མཐུ་རྫོན་ཟིན་པ་མི་འདུག

36

བག་དང་རྐྱེན་པོ་སྟེབས་ནས་
ཀྱོད་པོའི་དགྲོ་ལ་ཟན་བྱུང་།
གཡོ་ཅན་རྟུ་བག་ཅན་གྱིས་
ང་ལ་ཟན་པོས་བྱས་བྱུང་།

37

སྨྱིན་པ་ཁ་སེར་གཏིང་ནག་
སད་སེར་རའི་ཞི་མ།
བན་རྫེ་སྐྱ་མན་སེར་མན་
སངས་རྒྱས་བསྟན་པའི་དགྲ་པོ།

38

ས་དེ་ཁ་ཞུར་གཏིང་ཐུག།
རྟ་ཕོ་གཏོང་ས་མ་རེད།
སང་སྐྱགས་བྱམས་པའི་ཕྱུགས་སུ་
སྙིང་གཏམ་ཤེས་ས་མ་རེད།

39

ཚེས་ཆེན་གཙོ་ལྡའི་རླབ་བ་
ཡིན་ལ་འདུབ་འདུག་སྟེ།
རླ་བའི་དཀྱིལ་གྱི་རི་བོང་
ཚེ་ཟད་འཚང་ནས་འདུག་གོ།

40

རླ་བ་འདི་ན་ཕར་འགྲོ་
གཏིང་མའི་རླ་བ་ཚུར་ཡོང་ས།
བཀྲ་ཤིས་རླ་བ་དཀར་པོའི་
རླ་བསྟོད་ཕྱུགས་ལ་མཇལ་ཡོང་།

41

དབུས་ཀྱི་རི་རྒྱལ་ལྷུན་པོ་
མ་འགྱུར་བརྟན་པར་བཞུགས་དང་།
ཉི་མ་ཟླ་བའི་བསྐོར་ཕྱོགས་
ནོར་ཡོང་བསམས་པ་མི་འདུག

42

ཚེས་གསུམ་ཟླ་བ་དཀར་བ་
དཀར་གོས་ནང་ནས་ཚོད་སོང་།
བཅོ་ལྔའི་ནམ་དང་མཉམ་པའི་
ཞལ་བཞེས་གཅིག་ཡང་གནང་ཞུ།

43

ས་བཅུའི་དབྱིངས་སུ་བཞུགས་པའི་
དམ་ཅན་རྡོ་རྗེ་ཆོས་སྐྱོང་།
མཐུ་དང་ནུས་པ་ཡོད་ན་
བསྟན་པའི་དགྲ་བོ་སྒྲོལ་དང་།

44

ཁུ་བྱུག་སྨུན་ནས་ཡོངས་པའི་
ནམ་ལའི་ས་བཅུད་ཕེབས་སོང་།
ང་དང་བྱམས་པ་ཕྲད་ནས
ལུས་སེམས་སྦྱོད་པོར་ལང་སོང་།

45

མེ་བཏགས་འཆི་བ་སྟེང་ནས་མ་བྲིམ་ན
སྦྲང་བུད་འཛོམས་ཀྱང་
དོན་ལ་བགུག་པ་དང་འདུ་བྱུང་།

46

བྱི་ད་སྨུག་བྱི་གཟིགས་བྱི་
མདའ་ལ་གཏེར་ནས་འགྲིས་སོང་།
ནང་གིས་སྨུག་མོ་རས་མཛོམས
འབྲིས་ནས་ཕྱུ་དུ་ལང་སོང་།

47

ག་འབྱམས་ལུས་པོ་འགྲེས་ཀྱང་།
བྱམས་པའི་ཞིད་ཚོད་མི་ཤོན།
ས་ལ་རི་མོ་གྲིས་པའི་
ནམ་མཁའི་དཀར་མཚོད་ཞིག་བྱུང་།

48

ད་དྡང་བྱམས་པའི་སྦྱེབ་ས་
ཚོས་རོང་ཀྱུན་པའི་ནལ་བཤེབ།
སྣས་མཁན་དེ་ལ་རྗོ་ཏོག
ཤུ་དྡང་གང་གིས་མ་ཤེས།
སྣས་མཁན་དེས་རྗོ་སྦྱོགས་ཤེས་
གསུང་ལ་མདོ་ལ་མ་གནང་།

49

སྣ་ས་མི་རྟོགས་བྱུག་ལ་
ཆུང་རྒྱལ་མི་སྦྱལ་དགའ་ལ།
ད་ལ་ཡོངས་པའི་ཆུང་བྱིས་
ཆུང་རྒྱལ་གཞུང་ན་ཡོད་དོ།

50A

ཁྱི་རྒན་བརྒྱའུ་གཟེར་པ།
རྣམས་ཤེས་མི་ལས་ལྷག་པའི།
སྔོན་ལ་ལང་སོང་མ་ཟེར།
ཕྱི་རངས་ལོག་བྱུང་མ་ཟེར།

50B

སྔོད་ལ་བྱམས་པ་རྩལ་བའི།
ཕྱི་རངས་ཁབ་འབབ་བྱུང་།
པོ་ཏ་ལ་ར་ཞུག་དུས།
རིག་འཛིན་མཚན་དབྱངས་རྒྱ་མཚོ།

50C

ལྷ་ས་ཞོལ་དུ་སྡོད་དུས།
ཆས་པོ་དང་བཟང་དབང་པོ།
བསང་དང་ལ་བསངས་མི་སྤུག
ཞབས་རྗེས་གང་ལ་ཞག་ཞི།

51

ཤ་འབྲུམས་ཉུ་ཟས་ནད་གིས།
སྙིད་ཐུབ་དུད་སེམས་ཅན་མ།
ཨོ་ལོས་རྒྱུ་ནོར་འགྲོག་པའི་
གཡོ་རྒྱུ་གཏད་པ་མན་འགྲོགས།

52

དབེ་ཞེ་དབུ་ལ་ཞེས་སོང་
དབུ་ལྔང་རྒྱུབ་ལ་དབྱུགས་སོང་།
ག་ལེ་ཤེབས་བྱེད་བྱུས་པའི་
ག་ལེ་བཞུགས་བྱེད་གཟེར་གིས།
ཐུགས་སེམས་སྐྱོ་ཡོངས་བྱས་པའི་
འགྲོགས་པོ་འཕྱེད་ཡོངས་གསུང་བྱུང་།

53

བུ་དེ་སྒྲོ་དབྱུངས་དགར་པོ་
ང་ལ་ཐོགས་རྩེ་གཡར་དང་།
ཐག་རིང་བསྐྱངས་ནས་མི་འགྲོ
ཨི་ཐད་བསྐོར་ནས་བསླེབས་ཡོང་།

· 220 ·

54

ཤི་དྲ་དགྱལ་བའི་ཡུལ་གྱིས།
ཆོས་རྒྱལ་ལས་ཀྱི་མེ་ལོང་།
འདི་ནས་ཁྱེད་ཁྱེད་མི་འདུག
དེ་ནས་ཁྱེད་ཁྱེད་གནང་ཞུ། ཏ་ཡཀྲུ།།

55

མདའ་མོ་འབེན་ལ་ཕོགས་སོང་།
མདེའུ་ས་ལ་འཛུལ་སོང་།
ཆུང་འདྲིས་བྱམས་པ་འཕྲད་བྱུང་
སེམས་ཤིང་རྗེས་ལ་འབྱང་སོང་།

56

རྒྱ་གར་ཤར་གྱི་རྨ་བྱ་
ཀོང་ཡུལ་མཐིལ་གྱི་ནེ་ཙོ།
འབྱུངས་ས་འབྱུས་ཡུལ་མི་གཅིག
འཛོམས་ས་ཆོས་འཁོར་ལྷ་ས།

57

མི་ཚང་ལ་ལན་པ།
དགོངས་སུ་དགའ་པ་ལྷག་ཐེག
ཆོ་ལོའི་གོམ་གསུམ་ཕྱུ་མོ་
གནས་མོའི་ནང་ལ་ཐལ་སོང་།

58

ལྷང་མ་བྱི་འུར་སེམས་སོར་
བྱི་འུ་ལྷང་མར་སེམས་སོར།
སེམས་སོར་མཐུན་པ་བྱུང་ན་
སྐྱ་ཁྲ་དོར་པས་མི་ཐུབ།

59

དཔྱིད་ཀྱི་ཚེ་འཕྲང་འདི་ལ་
དེ་ལ་ཚམ་ཞིག་ཞུས་ནས།
གཏིང་མ་བྱིས་པའི་མོ་ལ་
མཇལ་འཛོམ་ཨེ་ཡོང་བལྟོད།

60

བྱ་དེ་སྨྲ་མཁན་ནེ་ཙོ།
ཁ་རོག་བཞུགས་རོགས་མཛོད་དང་།
ལྕང་སྦྱིང་ཨ་ལྕེ་འཇོལ་མོ་
གསུང་སྙན་སྒྲུར་དགོས་བྱས་བྱུང་།

61

རྒྱབ་ཀྱི་སྐྱུ་བདུད་བཙན་པོ་
འཇིགས་དང་མི་འཇིགས་མི་འདུག
མདུན་གྱི་གར་ཁུ་
ཐགས་སུ་དགོས་པ་བྱས་སོང་།

62

དང་པོ་མ་མཐོང་མཆོག་པ་
སེམས་པ་སྐྱོར་དོན་མི་འདུག
གཞིས་པ་མ་འདྲིས་མཆོག་པ་
སེམས་འཁབ་ལས་དོན་མི་འདུག

——于道泉1930年整理本

青海人民出版社 1980 年整理本

ཚངས་དབྱངས་རྒྱ་མཚོའི་མགུར་གླུ།

1

ཤར་ཕྱོགས་རི་བོའི་རྩེ་ནས། །
དཀར་གསལ་ཟླ་བ་ཤར་བྱུང་། །
མ་སྐྱེས་ཨ་མའི་ཞལ་རས། །
ཡིད་ལ་འཁོར་འཁོར་བྱས་བྱུང་། །

2

ན་ཞིང་བཏབ་པའི་ལྗང་གཞོན། །
དགུན་སྨྱུག་མའི་སྦོན་ཕྲེང་། །
ཕོ་གཞོན་ན་ཚའི་ལུས་པོ། །
སྟོ་གལ་ལས་ཀྱང་གྱོང་བ། །

· 224 ·

3

རང་སེམས་སྐྱོང་བའི་མི་དེ། །
གཏན་གྱི་འདུན་མར་བྱུང་ན། །
རྒྱ་མཚོའི་གཏིང་ནས་ནོར་བུ། །
ལོན་པ་དེ་དང་འདྲ་བྱུང་། །

4

འགྲོ་ཁོར་ལམ་བུའི་སྙིང་སྡུག །
ཡུམ་དྲི་ཞིམ་པའི་བུ་མོ། །
གཡུ་ཆུང་སྲུ་དཀར་བརྙེས་ནས། །
བསྒྱུར་བ་དེ་དང་འདྲ་བྱུང་། །

5

མི་ཆེན་དཔོན་པོའི་སྲས་མོ། །
ཁམ་འབྲས་མཚར་ལྗགས་བལྟས་ན། །
ཁམ་སྡོང་མཐོན་པོའི་རྩེ་ནས། །
འབྲས་བུ་སྨིན་པ་འདྲ་བྱུང་། །

· 225 ·

6

སེམས་པ་ཕར་ལ་བོར་ནས། །
མཚན་མོའི་གཉིད་ཐེབས་བཅགས་སོང་། །
ཉིན་མོ་ལག་ཏུ་མ་ལོན། །
ཡིད་ཐང་ཆད་རོགས་ཡིན་པས། །

7

མེ་ཏོག་ནམ་ཟླ་ཡལ་སོང་། །
གཡུ་སྦྲང་སེམས་པ་མ་སྐྱོ། །
བྱམས་པའི་ལས་འཕྲོ་ཟད་པར། །
ང་ཡི་སྐྱོ་རྒྱུ་མི་འདུག །

8

ཀླུ་ཕྱུག་བ་མོའི་ཁ་ལ། །
སྐྱི་སེར་ཁྲུང་གི་པོ་ན། །
མེ་ཏོག་སྲུང་བུ་གཉིས་ཀྱི། །
འབྲལ་མཚམས་གཅོད་མཁན་ལོས་ཡིན། །

9

དང་བ་འདམ་ལ་ཆགས་ནས། །
རེ་ཞིག་སྟོད་དགོས་བསམས་ཀྱང་། །
མཚོ་མོ་དར་ཁ་བསྡིགས་ནས། །
རང་སེམས་ལོ་ཐག་ཆོད་སོང་། །

10

གུ་གན་སེམས་པ་མེད་ཀྱང་། །
རྟ་མགོས་ཁྱི་མིག་བསླུས་བྱུང་། །
ཁྲེལ་གཞུང་མེད་པའི་བྱམས་པས། །
ང་ལ་བྱི་མིག་མི་ལྟ། །

11

ང་དང་ཚོང་འདུས་བུ་མོའི། །
ཚིག་གསུམ་དམ་བཅའི་མདུད་པ། །
ཁྲ་བོའི་སྦྲུལ་ལམ་བརྒྱབ། །
རང་རང་ས་ལ་གྲོལ་སོང་། །

12

ཆང་འདྲེས་བྱམས་པའི་རླུང་བསྐྱེད། །
ལྷད་མའི་ལོགས་ལ་བཅུགས་ཡོད། །
ལྷད་སྦྱད་ཨ་རྫོ་ཞེལ། །
རྫོ་ཀ་རྒྱག་པ་མ་གནང་། །

13

བྲིས་པའི་ཡི་གེ་ནག་ཆུང་། །
ཆུ་དང་ཐིགས་པས་འཇིག་སོང་། །
མ་བྲིས་སེམས་ཀྱི་རི་མོ། །
བསུབས་ཀྱང་བསུབ་རྒྱུ་མི་འདུག །

14

བཅུབ་པའི་ནག་ཆུང་ཐེའུས། །
གསུང་སྐད་འབྱོན་ནི་མི་ཤེས། །
ཁྲེལ་དང་གཞུང་གི་ཞེ་འུ། །
སོ་སོའི་སེམས་ལ་སྐྱོན་དང་། །

15

སྟོབས་ལྡན་ཏུ་ལོའི་མེ་ཏོག །
མཚོད་པའི་རྫས་ལ་ཕེབས་ན། །
གཡུ་སྦྲང་གཞོན་ནུ་ང་ཡང་། །
ལྷ་ཁང་ནང་ལ་ཕྱིད་དང་། །

16

སེམས་སོང་བུ་མོ་མ་བཞུགས། །
དམ་པའི་ཆོས་ལ་ཕེབས་ན། །
ཕོ་གཞོན་ང་ཡང་མི་སྡོད། །
རི་ཁྲོད་འགྲིམ་ལ་ཐལ་འགྲོ། །

17

མཚན་ལྡན་བླ་མའི་དྲུང་དུ། །
སེམས་ཁྲིད་ཞུ་བར་ཕྱིན་པས། །
སེམས་པ་སྐྱོར་ཀྱང་མི་ཐུབ། །
བྱམས་པའི་ཕྱོགས་ལ་ཤོར་སོང་། །

18

སྐྱེས་པའི་བླ་མའི་ཞལ་རས། །
ཡིད་ལ་འཆར་རྒྱུ་མི་འདུག །
མ་བསྒོམས་བྱམས་པའི་ཞལ་རས། །
ཡིད་ལ་ལྷ་ལེ་ལྷ་ལེ། །

19

ཤེམས་པ་འདི་ལ་འགྲོ་འགྲོ། །
དམ་པའི་ཆོས་ལ་ཕྱིན་ན། །
ཚེ་གཅིག་ལུས་གཅིག་ཉིད་ལ། །
སངས་རྒྱས་ཐོབ་པར་འདུག་གོ །

20

དགའ་བ་ཤེལ་རིའི་གངས་ཆུ། །
ཀླུ་བདུད་རྡོ་རྗེའི་ཟིལ་བ། །
བདུད་རྩི་སྨན་གྱི་ཕབ་རྒྱུན། །
ཆང་མ་ཡེ་ཤེས་མཁའ་འགྲོ། །
དམ་ཚིག་གཙང་ནས་བཏུང་ན། །
དངན་སོང་མྱོང་དགོས་མི་འདུག །

21

རླུང་རྟ་ཡར་འགྲོའི་དུས་ལ། །
རླུང་བསྐྱེད་དར་ལྕོག་བཙུགས་པས། །
མཛངས་མ་མ་བཟང་བུ་མོས། །
ད་ལ་མགྲོན་པོར་བོས་བྱུང་། །

22

བོ་དཀར་ལྷགས་པའི་འཇོམ་མདངས། །
བཞུགས་གྲལ་སྒྲིག་ལ་བསླེབས་བྱུང་། །
མིག་ཟུར་བྲག་མོའི་སྒྲིལ་མཚམས། །
གཞོན་པའི་གདོང་ལ་བསླེབས་བྱུང་། །

23

ད་ཅང་སེམས་ལ་སོང་ནས། །
གློགས་འདྲིས་ཨེ་ཡོད་དྲིས་པས། །
འཆི་བྲལ་བྱེད་ན་མིན་པ། །
གསོན་བྲལ་མི་བྱེད་གསུངས་བྱུང་། །

24

མཇེས་མའི་ཕྱགས་དང་བསྟུན་ན། །
ཚེ་འདིའི་ཆོས་སྐལ་ཆད་འགྲོ། །
དབེན་པའི་རི་ཁྲོད་འགྲིམས་ན། །
བུ་མོའི་ཕུགས་དང་འགལ་འགྲོ། །

25

གང་ཕྱུག་གཞན་པའི་བློ་སྣ། །
སྣང་བུ་རྒྱ་ལ་བཅུག་འདུག །
ཞག་གསུམ་ཉལ་རོགས་བྱས་པས། །
ཕུགས་ཡུལ་ལྷ་ཆོས་དྲན་བྱུང་། །

26

གཏན་གྲོགས་བྱོད་ལ་བསམས་པས། །
ཁྱིལ་དང་དོ་ཚོ་མེད་ན། །
མགོ་ལ་བརྒྱབ་པའི་གཙུག་གཡུས། །
སྐད་ཆ་སྨྲ་ཉི་མི་ཤེས། །

27

འཇམ་དང་སོ་དཀར་བསྟན་ཚིག །
གཞན་པའི་སློ་བྱེད་ཡིན་འགྲོ། །
སྙིང་ནས་ཤ་ཚ་ཡོད་མེད། །
དབུ་མནའ་བཞེས་རོགས་གནང་དང་། །

28

སྙིང་ཐུབ་བྱ་རོ་ལམ་འཕྲད། །
ཨ་མ་ཅང་མས་སྦྱར་བྱུང་། །
ལན་ཆགས་བུ་ལོན་བྱུང་ན། །
འཚོ་སྐྱོང་བྱེད་རས་གནང་ཞུ། །

29

སྙིང་གཏམ་ཕ་མར་མ་བཤད། །
རྒྱུད་འདྲིས་བྱམས་པར་བཤད་པས། །
བྱམས་པ་ཤ་བོ་མང་ནས། །
གསང་གཏམ་དགྲ་བོས་གོ་སོང་། །

30

སྐྱིད་ཐུབ་ཡིད་འཕྲོག་ལྷ་མོ། །
རྩོན་པ་དག་རས་བྱིན་ཀྱང་། །
དབང་ཆེན་མི་ཡི་དཔོན་པོ། །
ནོར་བཟང་རྒྱལ་པོས་འཕྲོགས་སོང་། །

31

ནོར་བུ་རང་ལ་ཡོད་དུས། །
ནོར་བུའི་ནོར་ཉམས་མ་ཚོད། །
ནོར་བུ་མི་ལ་ཤོར་དུས། །
སྙིང་རླུང་སྟོད་ལ་འཚང་བྱུང་། །

32

རང་ལ་དགའ་བའི་བྱམས་པ། །
གཞན་གྱིས་འདུན་མར་བླངས་སོང་། །
བློག་ནད་སེམས་པའི་གཅོང་གིས། །
ལུས་པོའི་ཤ་ཡང་བསྐམས་སོང་། །

· 234 ·

33

སྙིང་ཐུབ་རྒྱལ་པོར་སོང་། །
མོ་ཕྱུ་ཆེས་འབུལ་རན་སོང་། །
བུ་མོ་དུང་སེམས་ཅན་མ། །
རྐྱེ་ལམ་ལ་ཡང་འབོར་སོང་། །

34

བུ་མོ་འཆི་བ་མེད་ན། །
ཆང་ལ་འཇད་པ་མི་འདུག །
གཞོན་པའི་གཏན་གྱི་སྐྱབས་གནས། །
འདི་ལ་བཅོལ་བས་ལོས་ཆོག །

35

བུ་མོ་ཨ་མར་མ་སྐྱེས། །
ཁམ་བུའི་ཤིང་ལ་སྐྱེས་སམ། །
ཨ་གསར་ཟད་པ་ཁམ་བུའི། །
མེ་ཏོག་ལས་ཀྱང་མགྱོགས་པས། །

· 235 ·

36

བུ་མོ་ཆུང་འདྲིས་བྱམས་པ། །
སྤྱང་ཀིའི་རིགས་རྒྱུད་མིན་ནམ། །
ཤ་འདྲེས་ལྤགས་འདྲེས་བྱུང་ཡང་། །
རི་ལ་ཤོར་གྲབས་མཛད་གིས། །

37

ཊ་ཆོད་རི་ལ་ཤོར་ཀྱང་། །
ཀྲི་དང་ཞགས་པས་ཟིན་ཆོག །
བྱམས་པས་རྫོ་ལོག་བརྒྱབ་པས། །
མཐུ་རྫོ་ཟིན་པ་མི་འདུག །

38

ཐག་དང་རྫྱང་པོ་བསྟེབས་ནས། །
ཆོད་པོའི་སྐྲ་ལ་གཟན་བྱུང་། །
གཡོ་ཅན་རྟ་བག་ཅན་གྱིས། །
ང་ལ་གཟན་པོས་བྱས་བྱུང་། །

39

སྨིན་པ་ཁ་སེར་གཏིང་ནག །
སད་དང་སེར་རའི་གཞི། །
བན་དྲེ་སྐྱ་མིན་སེར་མིན། །
སངས་རྒྱས་བསྟན་པའི་དགྲ་བོ། །

40

ས་དེ་ལ་ཞུ་གཏིང་འབྱུག །
རྟ་པོ་གཏོང་ས་མ་རེད། །
གསར་འགྲོགས་བྱམས་པའི་ཕྱོགས་སུ། །
སྙིང་གཏམ་བཤད་ས་མ་རེད། །

41

ཆེས་ཆེན་བཙོ་ལྡའི་རྔ་བ། །
ཡིན་ལ་འདྲ་བར་འདུག་སྟེ། །
རྔ་བའི་དཀྱིལ་གྱི་རི་བོང་། །
ཚེ་ཟད་ཚོར་ནས་འདུག་གོ །

42

བླ་མ་འདི་ཉིད་ཕར་འགྲོ། །
རྗེང་མའི་བླ་བ་ཆུར་ཡོང་། །
བཀྲ་ཤིས་བླ་བ་དགར་པོ། །
བླ་སྟོད་ཕྱོགས་ལ་མཇལ་ཡོང་། །

43

དབུས་ཀྱི་རི་རྒྱལ་ལྷུན་པོ། །
མ་འགྱུར་བརྟན་པར་བཞུགས་དང་། །
ཉི་མ་བླ་བའི་འཁོར་ཕྱོགས། །
ནོར་ཡོང་བསམ་པ་མི་འདུག །

44

ཆོས་གསུམ་བླ་བ་དཀར་པོ། །
དགར་དགོས་ནན་ནས་ཆོད་སོང་། །
བཅོ་ལྔའི་ནམ་དང་མཉམ་པའི། །
ཟླ་བཞིན་གཅིག་ཡང་གནང་ཞུ། །

· 238 ·

45

ས་བཅུའི་དབྱིངས་སུ་བཞུགས་པའི། །
དམ་ཅན་རྡོ་རྗེ་ཆོས་སྐྱོང་། །
མཐུ་དང་ནུས་པ་ཡོད་ན། །
བསྟན་པའི་དགྲ་བོ་སྒྲོད་དང་། །

46

ལྷ་ཕྱུག་བོན་ནས་ཡོང་བས། །
ནམ་ཟླའི་ས་བཅུད་ཐེབས་སོང་། །
ང་དང་ཁྱམས་པ་འཕྲད་ནས། །
ལུས་སེམས་སྐྱིད་པོར་ལངས་སོང་། །

47

མི་རྟག་འཆི་བ་སྙིང་ནས་དྲན་ན། །
བྱུང་བྱུང་འཛོམས་ཀྱང་། །
དོན་ལ་ལྐུགས་པ་འདུ་བྱུང་། །

48

ཁྱི་དེ་སྔག་ཁྱི་གཟིག་ཁྱི། །
གདག་སྟེར་ནས་འདྲིས་སོང་། །
ནང་གི་སྔག་མོ་རིས་འཛོམས། །
འདྲིས་ནས་ཕྱུ་རུ་ལངས་སོང་། །

49

ཤ་འཛམ་ལུས་པོ་འདྲིས་ཀྱང་། །
བྱམས་པའི་གདེང་ཚོད་མི་འོན། །
ས་ལ་རི་མོ་བྲིས་པས། །
ནམ་མཁའི་སྐར་ཚོད་ཐིག་བྱུང་། །

50

ང་དང་བྱམས་པའི་སྙིང་ནས། །
ཚོ་རོང་མོན་པའི་ནགས་གསེབ། །
སྐྱ་མཁན་དེ་ཙམ་གཏོགས། །
སུ་དང་གང་གིས་མི་ཤེས། །
སྐྱ་མཁན་དེ་ཙོ་ཨོ་ཤེས། །
གསང་ལ་མདོ་ལ་གནང་། །

240

51

ལྕགས་མི་ཚིགས་འཐུག་ལ། །
འཕྲོང་རྒྱས་མི་སྨྲས་དགག་པ། །
ང་ལ་ཡོད་པའི་ཆུང་འདྲིས། །
འཕྲོང་རྒྱས་གཞན་ལ་ཡོད་དོ། །

52

ཁྱི་ཁྱན་རྒྱ་པོ་ཟེར་བ། །
རྣམ་ཤེས་མི་ལས་སྡུང་བ། །
སྔོན་ལ་ལངས་སོང་མ་ཟེར། །
ཕྱི་རངས་ལོག་བྱུང་མ་ཟེར། །

53

སྔོན་ལ་བྱམས་པ་བཅལ་བས། །
ཕྱི་རངས་ཁབ་འབབ་བྱུང་། །
གསང་དང་མ་གསང་མི་འདུག
ཞབས་རྗེས་གངས་ལ་བཞག་སོང་། །

241

54

པོ་ཏ་ལ་རུ་བཞུགས་དུས། །
རིག་འཛིན་ཚངས་དབྱངས་རྒྱ་མཚོ། །
ལྷ་ས་ཞོལ་དུ་སྡོད་དུས། །
འཆལ་པོ་དང་བཟང་དབང་པོ། །

55

ཤ་འཛམ་ཤེལ་སའི་ནང་གི །
སྦྲིད་ཕྱུག་དུང་སེམས་ཅན་མ། །
ཨོ་ལོའི་རྒྱུ་ནོར་འཕྲོག་པའི། །
གཡོ་སྒྱུ་བཤད་པ་མིན་འགྲོ། །

56

དབུ་ཞྭ་དབུ་ལ་བཞེས་སོང་། །
དབུ་ཞྭང་རྒྱབ་ལ་དབྱུགས་སོང་། །
ག་ལེ་ཕེབས་བྱེད་བྱུས་པས། །
ག་ལེ་བཞུགས་བྱེད་ཟེར་གིས། །
ཐུགས་སེམས་སྐྱོ་བྱུང་བྱས་པས། །
མ་འགྱོགས་པོ་འཕྱད་ཡོང་གསུང་བྱུང་། །

57

བྱ་དེ་ཕྱུང་ཕྱུང་དཀར་པོ། །
གཤོག་རྩེ་ད་ལ་གཡོར་དང་། །
ཐག་རིང་རྒྱང་ལ་མི་འགྲོ། །
ལི་ཐང་བསྐོར་ནས་སླེབས་ཡོང་། །

58

ཤི་དེ་དམྱལ་བའི་ཡུལ་གྱི། །
ཆོས་རྒྱལ་ལས་ཀྱི་མེ་ལོང་། །
འདི་ནས་ཁྲིག་ཁྲིག་མི་འདུག །
དེ་ནས་ཁྲིག་ཁྲིག་གནང་ཞུ། ། ཇ་ཡ་རྒྱ། །

59

མདའ་མོ་འབེན་ལ་ཕོག་སོང་། །
མདེའུ་ས་ལ་འཛུལ་སོང་། །
བྱུང་འདྲིས་བྱམས་པ་འཕྲད་བྱུང་། །
སེམས་ཤིག་རྗེས་ལ་འབྱངས་སོང་། །

60

རྒྱ་གར་ཤར་གྱི་རྨ་བྱ། །
ཀོང་ཡུལ་མཐིལ་གྱི་ནེ་ཙོ། །
འཁྲུངས་ས་འཁྲུངས་ཡུལ་མི་གཅིག །
འཛོམས་ས་ཆོས་འཁོར་ལྷ་ས། །

61

མི་ཚེ་ད་ལྟ་ལབ་པ། །
དགོངས་སུ་དགའ་བ་ཁག་ཐེག །
ཚེ་ཕྱིའི་གོ་གསུམ་ཕྱྭ་མོ། །
གནས་ལོའི་ནང་ལ་ཐལ་སོང་། །

62

ལྷྱང་མ་བྱི་འུར་སེམས་སོར། །
བྱི་འུ་ལྷྱང་མར་སེམས་སོར། །
སེམས་སོར་མཐུན་པ་བྱུང་ན། །
ཁྲ་འཕུར་ཉེར་བས་མི་ཕུབ། །

· 244 ·

63

དཔལྡེའི་ཚེ་ཐུང་འདི་ལ། །
དེ་ཁཚམ་ཞིག་ཞུས་ནས། །
རྐྱེང་མ་བྱིས་པའི་ལོ་ལ། །
མཇལ་འཛོམ་ཨེ་ཡོང་བལྟོ། །

64

བུ་དེ་སྐྱ་མཁན་ནེ་ཙོ། །
ཁ་རོག་བཞུགས་རོགས་མཛོད་དང་། །
ཤྭང་སྦྱིང་ཨ་ལྕེ་འཛོལ་མོ། །
གསུང་སྙན་འགྱུར་དགོས་བྱས་བྱུང་། །

65

རྒྱབ་ཀྱི་སྤྱུ་བདུད་བཙན་པོ། །
འཇིགས་དང་མ་འཇིགས་མི་འདུག །
མདུན་གྱི་ག་ར་ཀྱོ་ཤུ། །
འཛོག་ཏུ་དགོས་པ་བྱས་སོང་། །

· 245 ·

66

དང་པོ་མ་མཐོང་མཆོག་ག །
སེམས་པ་གཡོར་དོན་མི་འདུག །
གཉིས་པ་མ་འདྲིས་མཆོག་ག །
སེམས་གཅོང་ཞུགས་དོན་མི་འདུག །

67

རིག་འཛིན་ཚངས་དབྱངས་རྒྱ་མཚོ །
སྙིང་སྡུག་འཚོལ་གྱིས་མ་གསུང་། །
རང་ལ་དགོས་པ་ནང་བཞིན། །
མི་ལ་དགོས་ཀྱི་ཡོད་འགྲོ། །

68

ལྷ་ཤིང་ཤུག་པའི་རྩེ་ལ། །
ཁུ་བྱུག་གཞོན་ནུ་བབས་འདུག །
གསུང་སྐད་སྙན་པོ་མི་དགོས། །
སྨན་པོ་ཚིག་གཅིག་གསུངས་དང་། །

青海人民出版社1980年整理本

69

བསམ་ཡས་བུ་པོ་དགར་པོ། །
བྱ་སྐད་སྣ་པོ་མ་ཆུབ། །
ང་དང་ཆུང་འདྲིས་བྱམས་པ། །
སྙིང་གཏམ་བོད་འཕྲོས་ལུས་ཡོད། །

70

ཆད་འདི་དད་པོས་མ་བཞི། །
ཆད་འདི་གཉིས་པས་མ་བཞི། །
ཆུད་འདྲིས་བྱམས་པས་ཞུས་པས། །
ཞལ་དགར་གང་གིས་བཞི་སོང་། །

71

མི་ཚོ་སང་པོའི་དགྱིལ་དུ། །
ང་གཉིས་ཡིན་མདོག་མ་གནང་། །
ཁྱེད་ཀྱི་ཐུགས་ལ་ཡོད་ན། །
སྤུན་གྱིས་གཟིགས་ཚོགས་གནང་དང་། །

72

ཁྱོད་ནི་གཞེར་ཟངས་སླུ་རེད། །
ང་ནི་འདག་པའི་ལྷུ་རེད། །
ལྷུ་ཁང་གཅིག་གི་ནང་དུ། །
ང་གཞིས་མཉམ་དུ་མི་ཡོང༌། །

73

སེམས་གཅོང་བྱམས་པས་གཏུག་པའི། །
ལུས་པོའི་མདོག་ལ་གཟིགས་དང༌། །
ཤ་སྐམ་པགས་སྐམ་བྱས་པར། །
ཨེམ་རྗེ་བརྒྱ་ཡིས་མི་ཕན། །

74

ག་ཚོ་ཆེ་བའི་དུས་ལ། །
སྐྱིད་གཏམ་ཚང་མ་ཚོད། །
ཁ་གཅིག་སྐོམ་པའི་དུས་ལ། །
རྗེ་རྒྱུ་ཚང་མ་མ་འཐུང༌། །
ལས་ལ་འགྱུར་བ་ཡོང་དུས། །
འགྲོད་པ་བྱས་ཀྱང་འཕྱིས་ཡོང༌། །

——青海人民出版社1980年整理本

庄晶 1981 年整理本

གར་ཕྱོགས་རི་བོའི་རྩེ་ནས།

གར་ཕྱོགས་རི་བོའི་རྩེ་ནས། །
དཀར་གསལ་སྒྲིབ་པ་གར་བྱུང་། །
མ་སྐྱེས་ཨ་མའི་ཞལ་རས། །
ཡིད་ལ་འཁོར་འཁོར་བྱས་བྱུང་། །

ན་ནིང་བཏབ་པའི་ལྗང་གཞོན།

ན་ནིང་བཏབ་པའི་ལྗང་གཞོན། །
ད་ལོ་སོག་མའི་ཕོན་སློག
ཕོ་གཞོན་རྒས་པའི་ལུས་པོ། །
ལྷོ་གཞུ་ལས་ཀྱང་གྱོང་བ། །

རང་སེམས་གཏོང་བའི་མི་དེ།

རང་སེམས་གཏོང་བའི་མི་དེ། །
གཏན་གྱི་མདུན་མར་བྱུང་ན། །
རྒྱ་མཚོའི་གཏིང་ནས་ནོར་བུ། །
ལོན་པ་དེ་དང་མཉམ་བྱུང་། །

འགྲོ་ཁོར་ལམ་བུའི་སྐྱིད་ཐུབ།

འགྲོ་ཁོར་ལམ་བུའི་སྐྱིད་ཐུབ། །
ལུས་ཏེ་ཞིམ་པའི་བུ་མོ། །
གཡུ་ཆུང་གྱུ་དཀར་རྗེད་ནས། །
སླར་བ་དེ་དང་འདྲ་བྱུང་། །

མི་ཆེན་དཔོན་པོའི་སྲས་མོ།

མི་ཆེན་དཔོན་པོའི་སྲས་མོ། །
ཁ་འབྲས་མཆོར་ཡུགས་བལྟས་ན། །
ཁལ་སྟོང་མཐོན་པོའི་རྩེ་ནས། །
འབྲས་བུ་སྨིན་པ་འདྲ་བྱུང་། །

庄晶1981年整理本

སེམས་པ་ཕར་ལ་བོར་ནས།

སེམས་པ་ཕར་ལ་བོར་ནས། །
མཚན་མོའི་གཉིད་ཐེབས་གཅིག་གིས། །
ཉིན་མོ་ལག་ཏུ་མ་ལོན། །
ཡིད་ཐང་ཆད་རོགས་ཡིན་པས། །

མེ་ཏོག་ནམ་ཟླ་ཡལ་སོང་།

མེ་ཏོག་ནམ་ཟླ་ཡལ་སོང་། །
གཡུ་སྦྲང་སེམས་པ་མ་སྐྱོ། །
བྱམས་པའི་ལས་འཕྲོ་ཟད་པར། །
ང་ཡི་སྐྱོ་རྒྱུ་མི་འདུག །

ཙི་ཙྲོག་བ་མོའི་ཁ་ལ།

ཙི་ཙྲོག་བ་མོའི་ཁ་ལ། །
སྐྱེ་སེར་རླུང་གི་སོ་ཁ། །
མེ་ཏོག་སྦྲང་བུ་གཉིས་ཀྱི། །
འབྲལ་མཚམས་བྱེད་མཁན་ལོས་ཡིན། །

རང་སེམས་ཁོ་ཐག་ཆོད་སོང་།

དང་པོ་འདམ་ལ་ཆགས་ནས། །
རེ་ཞིག་སྟོད་དགོས་བསམས་ཀྱང་། །
མཚོ་མོ་དར་ལ་འགྱིགས་ནས། །
རང་སེམས་ཁོ་ཐག་ཆོད་སོང་། །

ཁྱེལ་གཞུང་མེད་པའི་བྱམས་པ།

བུ་མོན་སེམས་པ་མེད་ཀྱང་། །
ཧ་མགོས་ཕྱི་མིག་བལྟས་བྱུང་། །
ཁྱེལ་གཞུང་མེད་པའི་བྱམས་པས། །
ང་ལ་ཕྱི་མིག་མི་ལྟ། །

ང་དང་ཚོང་འདུས་བུ་མོའི།

ང་དང་ཚོང་འདུས་བུ་མོའི། །
ཚིག་གསུམ་དམ་བཅའི་མདུད་པ། །
ཁྲ་བོའི་སྦྲུལ་ལ་མ་རྒྱབ། །
རང་རང་ས་གྲོལ་སོང་། །

ཆང་འདྲེས་བྱམས་པའི་ཆུང་བཟེད།

ཆང་འདྲེས་བྱམས་པའི་ཆུང་བཟེད། །
ལྷང་པའི་ལོགས་ལ་བཅུགས་ཡོད། །
ལྷང་སྲུང་ཨ་ཇོ་ཞལ་དྲོས། །
དོ་ཀྱག་པ་མ་གནང་། །

སྲུབ་ཀྱང་གསུབ་རྒྱུ་མི་འདུག

བྱིས་པའི་ཡི་གེ་ནག་ཆུང་། །
ཆུ་དང་ཐིགས་པས་འཇིག་སོང་། །
མ་བྲིས་སེམས་ཀྱི་རི་མོ། །
སྲུབ་ཀྱང་གསུབ་རྒྱུ་མི་འདུག །

སོ་སོའི་སེམས་ལ་སྐྱོན་དང་།

རྒྱབ་པའི་ནག་ཆུང་ཐེ་ཨུས། །
གསུང་སྐད་འབྱིན་ནི་མི་ཤེས། །
ཁྱེལ་དང་གཞུང་གི་ཐེ་ཨུ། །
སོ་སོའི་སེམས་ལ་སྐྱོན་དང་། །

སློབས་ལྡན་དུ་ལོའི་མེ་ཏོག

སློབས་ལྡན་དུ་ལོའི་མེ་ཏོག །
མཆོད་པའི་རྫས་ལ་ཞེབས་ན། །
གཡུ་སྦྲང་གཞོན་ནུ་ང་ཡང་། །
ལྷ་ཁང་ནང་ལ་ཁྲིད་དང་། །

རི་བྲོད་ཕྱུགས་ལ་ཐལ་འགྲོ།

ཟེམས་སོང་བྱམས་པ①མི་བཞུགས། །
ལྷ་ཆོས་བྱེད་ལ་②ཞེབས་ན། །
བོ་གཞོན་ད་ཡང་མི་སྲིད། །
རི་བྲོད་ཕྱུགས་ལ་ཐལ་འགྲོ། །

བྱམས་པའི་ཕྱུགས་ལ་ཤོར་སོང་།

མཆོན་ལྡན་བླ་མའི་དྲུང་དུ། །
ཟེམས་འཁྲིད་ཞུ་བར་ཕྱིན་པས། །
ཟེམས་པ་སྐྱོར་ཀྱང་མི་ཐུབ། །
བྱམས་པའི་ཕྱུགས་ལ་ཤོར་སོང་། །

---

① "བུ་མོ་"ཞེས་པའང་འདུག
② "དམ་པའི་ཆོས་ལ་"ཞེས་པའང་འདུག

庄晶1981年整理本

ཡིད་ལ་ལྷ་ལེ་ལྷུ་ལེ།

སྐོམ་པ་བླ་མའི་ཞལ་རས། །
ཡིད་ལ་འཆར་རྒྱུ་མི་འདུག །
མ་སྐོམ་བྱམས་པའི་ཞལ་རས། །
ཡིད་ལ་ལྷ་ལེ་ལྷུ་ལེ། །

སེམས་པ་འདི་ལ་འགྲོ་འགྲོ།

སེམས་པ་འདི་ལ་འགྲོ་འགྲོ། །
དམ་པའི་ཆོས་ལ་ཕྱིན་ན། །
ཚེ་གཅིག་ལུས་གཅིག་ཉིད་ལ། །
སངས་རྒྱས་ཐོབ་པ་འདུག་གོ །

དགའ་བ་ཤེལ་རི་སྨུག་ཆུ།

དགའ་བ་ཤེལ་རི་སྨུག་ཆུ①། །
ཀླུ་བདུད་རྡོ་རྗེ་ཟིལ་པ། །
བདུད་རྩི་སྨན་གྱི་ཕབ་རྒྱུན། །
ཆང་མ་ཡེ་ཤེས་མཁའ་འགྲོ། །
དམ་ཚིག་གཙང་མས་བཅུད་ན། །
དངན་སོང་མྱོང་དགོས་མི་འདུག །

---

① "གངས་ཆུ" ཞེས་པའང་འདུག

· 255 ·

མགྲོན་པོ་ད་ལ་བོས་བྱུང་། །

བྱང་ཏུ་ཡར་འགྲོ་དུས་ལ། །
བྱང་བསྐྱེད་ནར་ཚུག་བཅུགས་པས། །
མཇོངས་མ་མ་བཟང་བུ་མོས། །
མགྲོན་པོ་ད་ལ་བོས་བྱུང་། །

མིག་བྱུར་ཁ་མོའི་སྐྱིལ་མཚམས། །

བོ་དཀར་ལྷགས་པའི་འཛུམ་མདངས། །
བཞུགས་གྲལ་སྒྲིག་ལ་བལྟས་ན། །
མིག་བྱུར་ཁ་མོའི་སྐྱིལ་མཚམས། །
གཞོན་པའི་གདོང་ལ་བལྟས་བྱུང་། །

གསོན་བ་ལ་མི་བྱེད་གསུངས་བྱུང་། །

ད་ཅང་ཤེམས་ལ་སོང་ནས། །
འགྲོག་འདྲིས་ཡེ་ཡོང་དྲིས་པས། །
འཆི་བ་ལ་བྱེད་ན་མིན་པ། །
གསོན་བ་ལ་མི་བྱེད་གསུངས་བྱུང་། །

庄晶 1981 年整理本

མཛངས་མའི་ཕྱགས་དང་བསྟུན་ན།

མཛངས་མའི་ཕྱགས་དང་བསྟུན་ན། །
ཚེ་འདིའི་ཆོས་སྐལ་ཆད་འགྲོ། །
དབེན་པའི་རི་ཁྲོད་འགྲིམས་ན། །
བུ་མོའི་ཐུགས་དང་འགལ་འགྲོ། །

གོད་ཕྲུག་གཞོན་པའི་བློ་སྟོང་།

སླང་བུ་རྒྱ་ལ་བཅུག་འདུག །
གོད་ཕྲུག་གཞོན་པའི་བློ་སྟོང་། །
ཞག་གསུམ་ཉལ་རོགས་བྱས་པའི། །
ཕུགས་ཡུལ་སྐྱ་ཚོས་དན་བྱུང་། །

ཁྲེལ་དང་དོ་ཚ་མེད་ན།

གཏན་གྲོགས་བྱོད་ལ་བསམས་པའི། །
ཁྲེལ་དང་དོ་ཚ་མེད་ན། །
མགོ་ལ་རྒྱབ་པའི་གཙུག་གཡུས། །
སྐྱད་ཆ་གཏད①ཞི་མི་ཤེས། །

---

① "སླས" ཞེས་པ་འང་འདུག

དབུ་མནའ་བཞེས་རོགས་གནང་དང་།

འཇོམ་དང་སོ་དགར་བསྲུན་ཕྱོགས། །
གཞོན་པའི་བློ་ཁྲིད་ཡིན་འགྲོ། །①
སྙིང་ནས་གཅོ་ཡོད་མེད། །
དབུ་མནའ་བཞེས་རོགས་གནང་དང་། །

སྙིང་ཕྱབ་བྱ་རྟོ་ལམ་འཕད།

སྙིང་ཕྱབ་བྱ་རྟོ་ལམ་འཕད། །
ཨ་ཅད་མས་སྤྲུར་བྱུང་། །
ལན་ཆགས་བུ་ལོན་བྱུང་ན། །
འཚོ་སྐྱོང་བྱེད་རས་གནང་ཞུ། །

སྙིང་གཏམ་ཕ་མར་མ་བཤད།

སྙིང་གཏམ་ཕ་མར་མ་བཤད། །
ཆུང་འདྲིས་བྱམས་པར་བཤད་པས། །
བྱམས་པ་ཤ་ཕོ་མང་ནས། །
གསང་གཏམ་དགྲ་བོས་གོ་སོང་། །

---

① "ཡིན་འདུག" ཅེས་བཞད་འདུག

庄晶1981年整理本

སྙིང་ཐུབ་ཡིད་འཕྲོག་ལྷ་མོ།

སྙིང་ཐུབ་ཡིད་འཕྲོག་ལྷ་མོ། །
རྔོན་པ་ངས་ཟིན་གྱུང་། །
དབང་ཆེན་མི་ཡི་དཔོན་པོ། །
ནོར་བཟང་རྒྱལ་ལུས་འཕྲོག་སོང་། །

ནོར་བུ་རང་ལ་ཡོད་དུས།

ནོར་བུ་རང་ལ་ཡོད་དུས། །
ནོར་བུའི་ནོར་ཤམས་མ་ཚོད། །
ནོར་བུ་མི་ལ་ཤོར་དུས། །
སྙིང་ཁྲག་སྟོད་ལ་འཚང་བྱུང་། །

ལུས་པོའི་ག་ཡང་སྐམ་སོང་།

རང་ལ་དགའ་བའི་བྱམས་པ། །
གཞན་གྱིས་མདུན་མར་བླངས་སོང་། །
ཕོག་ནད་སེམས་པའི་གཅོང་གིས། །
ལུས་པོའི་ག་ཡང་སྐམ་སོང་། །

· 259 ·

སྙིང་ཐབ་རྒྱ་ལ་ཤོར་སོང་།

སྙིང་ཐབ་རྒྱ་ལ་ཤོར་སོང་། །
མོ་ཚེས་འབུལ་རན་སོང་། །
བུ་མོ་དུང་སེམས་ཅན་མ། །
སྐྱི་ལམ་ནང་ལ་འཁོར་སོང་། །

ཆང་ལ་འཛད་པ་མི་འདུག

བུ་མོར་འཆི་བ་མེད་ན། །
ཆང་ལ་འཛད་པ་མི་འདུག། །
གཞོན་པའི་གཏན་གྱི་①སྐྱབས་གནས། །
འདི་ལ་བཅོལ་བས་ལོས་ཆོག། །

བུ་མོ་ཨ་མར་མ་སྐྱེས།

བུ་མོ་ཨ་མར་མ་སྐྱེས། །
ཁམ་བུའི་ཤིང་ལ་སྐྱེས་ནམ། །
ཨ་གསར་ཟད་པ་ཁམ་བུའི། །
མེ་ཏོག་ལས་ཀྱང་②མགྱོགས་པས། །

----

① "བསྟན་གྱིས" ཞེས་པའང་འདུག
② "དེ་ལས" ཞེས་པའང་འདུག

· 260 ·

庄晶1981年整理本

བུ་མོ་ཆུང་འདྲིས་བྱམས་པ།

བུ་མོ་ཆུང་འདྲིས་བྱམས་པ། །
སྤྱང་ཀིའི་རིགས་རྒྱུད་མིན་ནམ། །
ཤ་འདྲིས་ལྤགས་འདྲིས་བྱུང་ཀྱང་། །
རི་ལ་ཡར་གྱབས①མཆོད་གིས། །

མཐུ་རོ་ཟིན་པ་མི་འདུག

ཏུ་གོད་རི་ཡར་རྒྱབ་པ། །
རྒྱི་དང་ཞགས་པས་ཟིན་གིས། །
བྱམས་པ་རོ་ལོག་རྒྱབ་པས། །
མཐུ་རོ་ཟིན་པ་མི་འདུག །

ང་ལ་གཞན་པོ་བྱས་བྱུང་།

བག་དང་རྒྱུན་པོ་སྟེབས་ནས། །
ཆུད་པོའི་སློ་ལ་གཞན་བྱུང་། །
གཡོ་ཅན་རྫུ་བག་ཅན་གྱིས། །
ང་ལ་གཞན་པོ་བྱས་བྱུང་། །

---

① "བོར་གྱབས" ཞེས་པའང་འདུག

སྐྱིན་པ་ཁ་སེར་གཏིང་ནག

སྐྱིན་པ་ཁ་སེར་གཏིང་ནག། །
སད་དང་སེར་བའི་གཞི་མ། །
བན་དེ་སྐྱ་མིན་སེར་མིན། །
སངས་རྒྱས་བསྟན་པའི་དགྲ་བོ། །

ས་དེ་ཁ་ཞུར་གཏིང་འཁྱགས།

ས་དེ་ཁ་ཞུར་གཏིང་འཁྱགས། །
རྟ་ཕོ་གཏོང་ས་མ་རེད། །
གསར་འགྲོགས་བྱམས་པའི་ཐུགས་སུ། །
སྙིང་གཏམ་བཤད་ས་མ་རེད། །

ཚོས་ཆེན་བཙོ་ལྭའི་རྣ་བ།

ཚོས་ཆེན་བཙོ་ལྭའི་རྣ་བ། །
ཡིན་ལ①འདུད་པ་འདུག་སྟེ། །
རྣ་བའི་དཀྱིལ་གྱི་རི་བོང་། །
ཚོ་ཟད་ཚར་ནས་འདུག་གོ། །

① "ཡིན་པ" ཞེས་པའང་འདུག

262

བཀྲ་ཤིས་བླ་བ་དགར་པོ།

བླ་བ་འདི་ན་པར་འགྲོ། །
གཏིང་མའི་བླ་བ་ཆུར་ཡོང་། །
བཀྲ་ཤིས་བླ་བ་དགར་པོའི། །
བླ་སྟོད་ཕྱོགས་ལ་མཇལ་ཡོང་། །

དབུས་ཀྱི་རི་རྒྱལ་ལྷུན་པོ།

དབུས་ཀྱི་རི་རྒྱལ་ལྷུན་པོ། །
མ་འགྱུར་བརྟན་པར་བཞུགས་དང་། །
ཉི་མ་ཟླ་བའི་འཁོར་ཕྱོགས། །
ནོར་ཡོང་བསམས་པ་མི་འདུག །

ཞལ་བཞེས་གཅིག་ཡང་གནང་རྒྱུ།

ཆེས་གསུམ་བླ་བ་དགར་པོ། །
དགར་གོས་ནང་ནས་ཆོད་སོང་། །
བཙུ་ལྡུའི་ནམ་དང་མཉམ་པའི། །
ཞལ་བཞེས་གཅིག་ཡང་གནང་ཞུ། །

བསྟན་པའི་དགྲ་བོ་སྐྱོལ་དང་།

ས་བཅུའི་དབྱིངས་སུ་བཞུགས་པའི། །
དམ་ཅན་རྡོ་རྗེ་ཆོས་སྐྱོང་། །
མཐུ་དང་ནུས་པ་ཡོད་ན། །
བསྟན་པའི་དགྲ་བོ་སྐྱོལ༡དང་། །

ང་དང་བྱམས་པ་འཕྲད་ནས།

ཁྲུག་མོན་ནས་ཡོང་བའི། །
ནམ་དུས་ས་བཅུད་ཕེབས་སོང་། །
ང་དང་བྱམས་པ་འཕྲད་ནས། །
ལུས་སེམས་སྐྱིད་པོར་ལང་སོང་། །

འདྲིས་ནས་ཕྱུ་དུ་ལང་སོང་།

ཁྱི་དེ་སྤྱག་ཁྱི་གཟིག་ཁྱི། །
ལྱག་ལ་སྤྱེར་ནས་འདྲིས་སོང་། །
ནང་གི་སྤྱག་མོ་རིས་འཛོམས། །
འདྲིས་ནས་ཕྱུ་དུ་ལང་སོང་། །

---

① "སྐྱོལ" ཅེས་པའང་འདུག

庄晶 1981 年整理本

བྱམས་པའི་གཏིང་ཚད་མི་ཤོན།

ཤ་འཛམ་ལུས་པོ་འབྲེལ①གྱུང་། །
བྱམས་པའི་གཏིང་ཚད་མི་ཤོན། །
ས་ལ་རི་མོ་བྲིས་པས། །
ནམ་མཁའི་སྐར་ཚད་ཐིག་བྱུང་། །

ང་དང་བྱམས་པའི་སྟེབ་ས།

ང་དང་བྱམས་པའི་སྟེབ་ས། །
སྟོ་རོང་མུན②པའི་ནགས་གསེབ། །
སྐྱ་མཁན་ནེ་ཙོ་ལ་གཏོགས། །
སྐུ་དང་གསང་གིས་མི་ཤེས། །
སྐྱ་མཁན་ནེ་ཙོ་ཚོ་ཤེས། །
གསུང་ཁ་མདོ་ལམ་གནང་། །

འབྱོངས་རྒྱས་མི་སྲུས་དག་ག

ལྷ་ས་མི་ཚོགས་མ་ཐུག་ལ། །
འབྱོངས་རྒྱས་མི་སྲུས་དག་ག །
ང་ལ་དགོས་པའི་ཆུང་འདྲིས། །
འབྱོངས་རྒྱས་གཞུང་ན་ཡོད་དོ། །

① "འདྲེས" དང་ "འདྲེས" ཞེས་པའང་འདུག
② "མོན" ཞེས་པའང་འདུག

སྡོད་ལ་ལང་སོང་མ་ཟེར།

ཁྱི་རྒན་རྒྱུའི་ཟེར་བ། །
རྣམ་ཤེས་མི་ལམ་སྨྱུང་བ། །
སྡོད་ལ་ལང་སོང་མ་ཟེར། །
ཕོ་རངས་ལོག་བྱུང་མ་ཟེར། །

གསང་དང་མ་གསང་མི་འདུག

སྟོད་ལ་བྱམས་པ་བཙལ་པས། །
ཕོ་རེངས་ཁ་བ་བབས་བྱུང་། །
གསང་དང་མ་གསང་མི་འདུག །
ཞབས་རྗེས་གངས་ལ་བཞག་འི། །

པོ་ཏ་ལ་རུ་བཞུགས་དུས།

པོ་ཏ་ལ་རུ་བཞུགས་དུས། །
རིག་འཛིན་ཚངས་དབྱངས་རྒྱ་མཚོ། །
ལྷ་ས་ཞོལ་དུ་སྡོད་དུས། །
འཆལ་པོ་དང་བཟང་དབང་པོ། །

庄晶 1981 年整理本

སྙིང་ཐུབ་དུང་སེམས་ཅན་མ།

ཤ་འཛམ་ཞལ་གཟན་ནད་གི། །
སྙིང་ཐུབ་དུང་སེམས་ཅན་མ། །
ཚོ་སོའི་རྒྱ་ནོར་འཕྲོག་པའི། །
གཡོ་སྒྱུ་བགད་པ་མིན་འགྲོ། །

མཆོག་གསུམ་འཕྲད་ཡོང་གསུང་བྱུང་།

དབུ་ཞུ་དབུ་ལ་བཞེས་སོང་། །
དབུ་ཞྭ་རྒྱབ་ལ་དབྱུགས་སོང་། །
ག་ལེ་ཕེབས་ཟེར་བྱས་པས། །
ག་ལེ་བཞུགས་ཞེས་ཟེར་གིས། །
ཐུགས་སེམས་སྐྱོ་ཡོང་བྱས་པས། །
མཆོག་གསུམ་འཕྲད་ཡོང་གསུང་བྱུང་། །

ཆ་དེ་ཕྱུང་ཕྱུང་དཀར་པོ།

ཆ་དེ་ཕྱུང་ཕྱུང་དཀར་པོ། །
ང་ལ་གཏོག་རྩལ་གཡར་དང་། །
ཐག་རིང་རྒྱང་ནས་མི་འགྲོ། །
ཨེ་ཐད་བསྐོར་ནས་སླེབས་ཡོང་། །

· 267 ·

ཤི་དྲི་དགྱལ་བའི་ཡུལ་གྱི།

ཤི་དྲི་དགྱལ་བའི་ཡུལ་གྱི། །
ཆོས་རྒྱལ་ལས་ཀྱི་མེ་ལོང་། །
འདི་ནས་ཁྲིག་ཁྲིག་མི་འདུག །
དེ་ནས་ཁྲིག་ཁྲིག་གནང་ཞུ། །

མདའ་མོ་འབེན་ལ་ཕོག་སོང་། །

མདའ་མོ་འབེན་ལ་ཕོག་སོང་། །
མདེའུ་ལ་འཛུལ་སོང་། །
ཆུང་འདྲིས་བྱམས་པ་འཕྲད་བྱུང་། །
སེམས་ཤིང་རྗེས་ལ་འབྱུང་སོང་། །

འཛམས་ན་ཆོས་འཁོར་ལྷ་ས།

རྒྱ་གར་ཤར་གྱི་རྣ་བྱ། །
གོང་ཡུལ་མཁྱིལ་གྱི་ནེ་ཙོ། །
འབྱུང་ས་འབྱུང་ཡུལ་མི་གཅིག །
འཛམས་ས་ཆོས་འཁོར་ལྷ་ས། །

庄晶 1981 年整理本

གནས་མོའི་ནང་ལ་ཐལ་སོང་།

མི་ཚོས་ང་ལ་ལབ་པ། །
དགོངས་སུ་དག་པ་ལགོ་ཐེག །
ཆོ་ལོའི་གོམ་གསུམ་སྤྲོ་མོ། །
གནས་མོའི་ནང་ལ་ཐལ་སོང་། །

ལྷད་མ་བྱི་འུར་སེམས་ཤོར།

ལྷད་མ་བྱི་འུར་སེམས་ཤོར། །
བྱི་འུ་ལྷད་མར་སེམས་ཤོར། །
སེམས་ཤོར་མཐུན་པ་བྱུང་ན། །
རྒྱ་ཁྲོད་པས་མི་ཐུབ། །

མཇལ་འཛོམ་ཨེ་ཡོང་བལྟོ།

དཔྲལ་པའི་ཚེ་ཐུང་འདི་ལ། །
དེ་ལ་ཚམ་ཞིག་ཞུས་ནས། །
གཏིང་མ་བྲིས་པའི་ལོ་ལ། །
མཇལ་འཛོམ་ཨེ་ཡོང་བལྟོ། །

བུ་དེ་སྨྲ་མཁན་ནེ་ཙོ།

བུ་དེ་སྨྲ་མཁན་ནེ་ཙོ། །
ཁ་རོག་བཞུགས་རོགས་མཛོད་དང་། །
ལྕང་སྐྱིད་ཨ་ལྕེ་འཛོལ་མོ། །
གསུང་སྙན་སྒྲེར་དགོས་བྱས་བྱུང་། །

རྒྱབ་ཀྱི་སྨྲ་བདུད་བཙན་པོ།

རྒྱབ་ཀྱི་སྨྲ་བདུད་བཙན་པོ། །
འཇིགས་དང་མི་འཇིགས་མི་འདུག །
མདུན་གྱི་གར་ཀུ་ཤུ། །
འཐོགས་སུ་དགོས་པ་བྱས་སོང་། །

དང་པོ་མ་མཐོང་ཆོག་ག

དང་པོ་མ་མཐོང་ཆོག་ག །
སེམས་པ་ཕོར་དོན་མི་འདུག །
གཉིས་པ་མ་འདྲིས་ཆོག་ག །
སེམས་གཅོང་ཡོང་དོན་མི་འདུག།①

---

① ཞིང་པར་དུ་"སེམས་ཆགས་ལུས་དོན་མི་འདུག"ཅེས་པར་འདུག

庄晶 1981 年整理本

ཁྱུ་དང་གཅིག་གིས་མི་ཤེས།①

ཚིག་གསུམ་སྟེང་གཏམ་བཤད་སོང་། །
ཞེའུ་གསིང་ལྷུང་རའི་ཕྲུག་སྐྱུག །
བྱེའུ་འཛོལ་མོ་མ་གཏོགས། །
ཁྱུ་དང་གཅིག་གིས་མི་ཤེས། །

མེ་ཏོག་བཞད་ནས་ཡལ་སོང་།

མེ་ཏོག་བཞད་ནས་ཡལ་སོང་། །
བུམས་པ་འགྲོགས་ནས་ཁས་སོང་། །
ང་དང་སེར་ཆུང་བྱུང་བའི། །
བློ་ཐག་དེ་ཁས་ཆོད་སོང་། །

ཡ་གསར་ཟད་པའི་སྟེང་ལྕུག

མེ་ཏོག་ཡལ་བའི་འདབ་མ། །
ཡ་གསར་ཟད་པའི་སྟེང་ལྕུག །
འཛུམ་མདངས་སོ་དཀར་བསྟན་ཀྱང་། །
སེམས་ལ་དགའ་ཚོར་མི་འདུག །

---

① འདིའི་མན་ཆད་ནི་ཕྱིས་མ་ནས་བདག་སྟེ་བཀོད་པ་ཡིན།

པར་ཆུར་བརྗེ་དུང་ཆེ་ནས།

བྱམས་པ་མཆོར་བའི་སྒྲུང་ལ། །
པར་ཆུར་བརྗེ་དུང་ཆེ་ནས། །
ད་ལམ་རེ་ཐོད་འགྲིམ་པའི། །
འགྱངས་ཚ་ཞུ་དགོས་བྱུང་ངོ་། །

ཏ་པོ་རྒྱག་པ་ལྷ་སོང་།

ཏ་པོ་རྒྱག་པ་ལྷ་སོང་། །
སྲབ་མདའ་འཐེན་པ་ཕྱིས་སོང་། །
ལས་འཕྲོ་མེད་པའི་བྱམས་པ། །
སྙིང་གཏམ་ཟོད་པ་ལྷ་སོང་། །

ལ་དེ་ནོད་དགར་ལ་མོ།

ལ་དེ་ནོད་དགར་ལ་མོ། །
འཇིག་རྟེན་འཇིག་རྟེན་ཕྱིན་པས། །
གངས་རི་ཞུ་བའི་ཆུ་སྲུ། །
དང་ལའི་མེད་དུ་མཇལ་བྱུང་། །

庄晶 1981 年整理本

རྒྱལ་ལྷུང་ཁོག་པ་རུལ་བ།

ཤིང་དེ་བརྒྱ་ཡི་དཀྱིལ་ནས། །
རྒྱལ་ལྷུང་སྡོང་པོ་འདེམས་པས། །
རྒྱལ་ལྷུང་ཁོག་པ་རུལ་བ། །
ཆོ་ལོས་ད་བར་མ་ཤེས། །

ལུས་སེམས་བདེ་ལ་འཁོད་སོང་།

ཆུ་མོ་གླ་གླ་ལེ། །
ཉ་མོའི་བློ་སྟ་སྒྲིད་དང་། །
ཉ་མོའི་བློ་སྟ་བསྒྲིད་ན། །
ལུས་སེམས་བདེ་ལ་འཁོད་སོང་། །

འཛོལ་མོ་སྒྲིད་སྒྲིད་བ་བྱིད།

ལྷུང་སྒྲིད་གྱུ་བཞིའི་ནང་གི །
འཛོལ་མོ་སྒྲིད་སྒྲིད་བ་བྱིད། །
ཏ་ཅང་གནག་རང་དྲགས་ནས། །
དགའ་བའི་དུང་སེམས་ཡལ་སོང་། །

ཁག་ཏུ་ཡིན་ན་དགའ་བ།

ཕུ་ཡི་སྦྱང་མདོག་འགྱུར་སོང་། །
མདའ་ནས་ཤིང་ལོ་སྨྱུར་སོང་། །
ལུ་གུག་མོན་ལ་འགྲོ་བའི། །
ཁག་ཏུ་ཡིན་ན་དགའ་བ། །

ཁ་བྱུག་མོན་ལ་ལོག་འགྲོ།

ལུ་གུག་མོན་ནས་ཡོང་བ། །
སྐུ་ཞིང་བསམ་ནས་ཡོང་ཡོད། །
སྐུ་ཞིང་འགྱུར་མདོག་སྟོན་ནས། །
ལུ་གུག་མོན་ལ་ལོག་འགྲོ། །

ང་ཡི་རྒྱུད་འགྲོགས་མཛེས་མ།

གོང་ཡུལ་ཕྱུགས་ནས་ཕེབས་པའི། །
བུ་དེ་སྨྲ་མཁན་ནི་ཙོ། །
ང་ཡི་རྒྱུད་འགྲོགས་མཛེས་མ། །
སྐུ་ཁམས་བཟང་པོ་ཨེ་འདུག །

སྐྱིད་ཆར་ཤེལ་མ་བབས་བྱུང་།

ཁ་ཆུད་མིག་གི་གློག་ནས། །
སྐྱིད་ཆར་ཤེལ་མ་བབས་བྱུང་། །
གཏན་གྲོགས་བྱེད་ཀྱི་ཁྱིལ་དང་། །
རོ་ཚང་ལ་གཟིགས་དང་། །

ཁ་ཆུད་མིག་གིས་བསྐུལ་ཡོད།

ཕར་ལ་ཡིབས་པའི་དུས་སུ། །
ཁ་ཆུད་མིག་གིས་བསྐུལ་ཡོད། །
ནམ་ཞག་གཏན་དུ་རོ་འཛོམ། །
སོ་དཀར་ཤེམས་བཟང་ཞུས་ཡོད། །

བྱ་དེ་ཁ་བྱུག་སྟོན་མོ།

བྱ་དེ་ཁ་བྱུག་སྟོན་མོ། །
མོན་ལ་གཙམ་ཐད་ཡོད། །
ང་ཡི་སྙིང་གྲོགས་མཛེས་མར། །
འཕྲིན་པ་ལན་གསུམ་བསྐུར་དགོས། །

གང་ཡུལ་གར་ལ་མི་ཐད།

གཡུ་འབྲུག་ལྡིང་སྒྲིབ་གྱུ་བཞིའི། །
འཛལ་མོ་སྐྱིད་སྐྱིད་པུ་ཁྲིད། །
དེ་ཙང་དང་བསྟངས་ནས། །
གང་ཡུལ་གར་ལ་མི་ཐད། །

ཏ་པོ་འགྲོ་འགྲོ་གཏོང་གི།

ནར་ཕྱོགས་གོང་པོ་བར་ལ། །
མཐོ་དང་མི་མཐོ་མི་འདུག །
བྱམས་པ་ཡིད་ལ་ཡོད་པ། །
ཏ་པོ་འགྲོ་འགྲོ་གཏོང་གི། །

ཐག་རིང་རྒྱང་ལ་མི་འགྲོ།

འཕྱོངས་རྒྱས་ལྷུང་སྒྲིབ་གྱུ་བཞི། །
འཛལ་མོ་བསོད་ནམས་དཔལ་འཛོམ། །
ཐག་རིང་རྒྱང་ལ་མི་འགྲོ། །
མཉལ་འཛོམས་ལས་ཀྱིས་པོས་ཡོང་། །

གནམ་གྱི་སྐྱང་ཆར་ཞིལ་མ།

དཀོ་བཏབ་པའི་ལོ་ཏོག །
སད་པོད་མ་སྨིན་ཟེར་ན། །
གནམ་གྱི་སྐྱང་ཆར་ཞིལ་མ། །
ཐུགས་བསམ་བཞིན་རོགས་གནང་ཞུ། །

དམན་གར་སྐྱེ་འབྲས་མཚར་ལ།

དམན་གར་སྐྱེ་འབྲས་མཚར་ལ། །
ཇ་ཆང་འདོད་ཡོན་འཛོམས་པ། །
ཤི་ནས་ལྷ་ལུས་སྣང་གྱང་། །
འདི་ལས་དགའ་རེས་མི་འདུག །

སེར་སྦྲའི་མདུད་པ་གྲོལ་སོང་།

ཆགས་སྡང་སེར་སྣས་བསགས་པའི། །
འདོད་ཡོན་སྒྱུ་མའི་ནོར་རྫས། །
ཆུད་འདྲེས་བྱམས་པ་བྱུང་དུས། །
སེར་སྦྲའི་མདུད་པ་གྲོལ་སོང་། །

ང་དང་པོ་རོག་ནག་ཆུང་།

མ་བྱམས་མི་ལ་སྡང་བ། །
ང་དང་པོ་རོག་ནག་ཆུང་། །
བྱས་ཀྱང་མི་ཤེས་མི་འདུག །
བོད་དང་རྒྱ་ཁ་བྟོར་བ། །

བོག་པ་ད་དུང་མ་ལོན།

རྒྱ་མོ་གཏིང་ཚད་རིང་ཡང་། །
ཉ་མོ་ལྕགས་ཀྱུས་ལོན་གིས། །
སྙིང་སྡུག་ཁ་དཀར་གཏིང་ནག །
བོག་པ་ད་དུང་མ་ལོན། །

རང་དང་སོ་སོར་སྐྱིན་གི།

དགར་ནག་ལས་ཀྱི་ས་བོན། །
ད་ལྟ་ལོག་ཏུ་བཏབ་ཀྱང་། །
འབྲས་བུ་སྨིན་པས་མི་ཐུབ། །
རང་རང་སོ་སོར་སྐྱིན་གི། །

ཚེ་གང་བསྲད་ཀྱང་བསྲད་ཆོག

དགས་ཡུལ་ས་ནམ་རོ་ལ། །
དགས་མོ་རྣམ་པ་ལེགས་པ། །
ཨི་ཧག་འཆི་བ་མེད་ན། །
ཚེ་གང་བསྲད་ཀྱང་བསྲད་ཆོག །

རྒྱུང་པོ་གང་ནས་ལང་ལང་། །

རྒྱུང་པོ་གང་ནས་ལང་ལང་། །
པ་ཡུལ་ཕྱོགས་ནས་ལང་བྱུང་། །
རྒྱུད་འདྲིས་བྱམས་པའི་ལུས་པོ། །
མ་ནོར་རྒྱུད་པོས་འཁྱེར་བྱུང་། །

ལྷ་བསང་བཏང་བ་ལོས་ཡིན།

ཞུབ་ཕྱོགས་རི་པོའི་རྩེ་ནས། །
སྤྲིན་དཀར་གནམ་ལ་སོང་སོང་། །
ང་ལ་ཡིད་འཛིན་དབང་མོས། །
ལྷ་བསང་བཏང་བ་ལོས་ཡིན། །

དབྱེ་མཁན་སུ་ཡང་མི་འདུག

ཆུ་དང་ལོ་མ་འདྲེས་པ། །
འབྱེད་མཁན་གསེར་གྱི་ཉ་སྦལ། །
སྙིང་སྡུག་ཤ་སེམས་འདྲེས་པ། །
དབྱེ་མཁན་སུ་ཡང་མི་འདུག །

རང་སེམས་ཁ་བཏགས་དཀར་པོ།

རང་སེམས་ཁ་བཏགས་དཀར་པོ། །
ནག་ནོག་མེད་པ་ཞུས་ཡོད། །
མི་སེམས་སྣག་ཚའི་རི་མོ། །
འབྲི་འདོད་ཡོད་ན་བྲིས་ཤོག །

ཕར་སེམས་བྱམས་དང་སྙིང་རྗེས།

ཕར་སེམས་བྱམས་དང་སྙིང་རྗེས། །
སྦྲིན་ཕྱུང་གསར་དུ་འཁྲིགས་བྱུང་། །
ཚུར་སེམས་སྣག་པོའི་རླུང་པོ། །
ཡང་ནས་ཡང་དུ་གཏོར་བྱུང་། །

མཐའ་འཛོམ་བྱེད་པ་འགྱངས་སོང་།

སྡང་བུ་སྐྱེབ་ཧ་སོང་། །
མེ་ཏོག་ཤར་བ་ཕྱིས་སོང་། །
ལས་འཕྲོ་མེད་པའི་སྙིང་སྡུག །
མཐའ་འཛོམ་བྱེད་པ་འགྱངས་སོང་། །

དར་སྐྱིག་མདོག་གིས་བསྒྱུར་བའི།

དར་སྐྱིག་མདོག་གིས་བསྒྱུར་བའི། །
བླ་མ་ཡོད་རྒྱུ་ཡིན་ན། །
མཚོ་སྐྱོད་གསེར་བྱ་དང་བས། །
འགྲོ་བ་འདྲིན་པ་འདུག་གོ །

འདབ་ཆགས་ཨ་བོ་ནེ་ཙོས།

གཞན་ཟེར་ཚིག་བློས་བྱེར་བས། །
བསླབ་གསུམ་བསྟན་པ་འཛིན་ན། །
འདབ་ཆགས་ཨ་བོ་ནེ་ཙོས། །
ཚེས་འཁོར་བསྐོར་བ་འདུག་གོ །

སྙིང་ཕྱུག་གི་བའི་ཆུ་དངས།

རྒྱ་མོ་ཚེ་བའི་སེམས་ནད། །
གྲུ་གན་མཐུན་པས་སེལ་སོང། །
སྙིང་ཕྱུག་གི་བའི་ཆུ་དངས། །
སུ་ཡིས་སེལ་རོགས་བྱེད་པ། །

རང་ལ་དགའ་བའི་སྙིང་ཕྱུག

གཏམ་གསུམ་མི་ཁ་དན་པས། །
ས་སྟེང་ཀུན་ལ་ཁྱབ་སོང། །
རང་ལ་དགའ་བའི་སྙིང་ཕྱུག། །
མིག་གི་བར་ལ་ལོང་སོང། །

ནུ་ལས་བོང་བུ་མགྱོགས་པ།

སེམས་པ་དགར་བའི་ཕྱོགས་སུ། །
ནུ་ལས་བོང་བུ་མགྱོགས་པ། །
ནུ་ལ་སྣ་ཚ་ཆུབ་དུ། །
བོང་བུ་ལ་མོ་ཐེབ་(བརྐྱལ་) སོང། །

ཤུང་ཆར་ཤིལ་མ་འབོད་གི།

པད་སྡོང་སེར་པོའི་ཕུགས་ལ། །
ག་འདུ་ཡོད་ནི་མི་ཤེས། །
ལོ་ཡག་སྡོང་པའི་ཕུགས་ལ། །
ཤུང་ཆར་ཤིལ་མ་འབོད་གི། །

ཕ་ཡུལ་ས་ཁག་རིང་ནས།

ཕ་ཡུལ་ས་ཁག་རིང་ནས། །
དྲིན་ཅན་ཕ་མ་མི་འདུག །
མེད་ཀྱང་སྡུག་རྒྱུ་མི་འདུག །
མ་ལས་ལྷག་པ་ཡོད་དོ། །
མ་ལས་ལྷག་པའི་ཕྱམས་པ། །
ལ་མོ་རྒྱབ་ནས་ཡོད་དོ། །

མེ་ཏོག་ཁ་ཆེལ་དགུ་ཆེལ།

ཁམ་སྟོང་འདོམ་པ་གང་ལ། །
མེ་ཏོག་ཁ་ཆེལ་དགུ་ཆེལ། །
འབྲས་བུ་དུས་སུ་སྨིན་པའི། །
ཞལ་བཞེས་གནང་རོགས་གནང་ཞུ། །

བུར་མིག་གཉུ་དང་ལྡན་པའི།

བུར་མིག་གཉུ་དང་ལྡན་པའི། །
ཕུགས་སེམས་ཞག་ཐུན་མདའ་མོ། །
གཞོན་པའི་སྙིང་གི་སྦང་སྟོང་། །
མཐོན་པའི་དཀྱིལ་ལ་བུག་བྱུང་། །

མི་ཁ་བྱུས་ཡམ་བྱས་ཆོག

དེ་དེ་གཡས་དེའི་ལོགས་ལ། །
ཐུག་པ་བྱངས་མེད་བཀོག་ཡོད། །
ང་དང་མ་སྐྱེས་ལ་མའི། །
མི་ཁ་བྱུས་ཡམ་བྱས་ཆོག །

གཞེན་སྟེག་ལྟ་བསད་གཏོང་རྒྱུར།

ང་དང་མ་སྐྱེས་ལ་མའི། །
གཞེན་སྟེག་ལྟ་བསད་གཏོང་རྒྱུར། །
དེ་དེ་གཡོན་དེའི་ལོགས་ནས། །
སྤ་ཤུག་འདྲེས་མ་གཏོག་ཡོད། །

ལྷང་མ་བཅག་ནི་མ་བཅག

ལྷང་མ་བཅག་ནི་མ་བཅག།
འཛིལ་མོ་དགྲོག་ནི་མ་དགྲོག།
རྫོང་རྒྱབ་སླུ་ཁང་ཕྱུ་མོར། །
ལྷད་མོ་ལྷ་དབང་ལོས་ཡོད། །

ཕུགས་སེམས་སྐྱོ་སྐྱོ་མ་མཛད།

གྱུ་ཁྱིད་རྟ་མགོ་གེར་གེར། །
རྟ་མགོའི་དར་ལྕོག་ལྟེབ་ལྟེབ། །
ཕུགས་སེམས་སྐྱོ་སྐྱོ་མ་མཛད། །
བྱམས་པ་ལས་ཀྱིས་བགོད་ཡོང་། །

གར་རིའི་ལོགས་ནས་ཡོང་དུས།

གར་རིའི་ལོགས་ནས་ཡོང་དུས། །
དགྲ་ཡིན་པ་བསམ་ཀྱང་། །
ཉུབ་རིའི་ལོགས་ནས་སླེབས་དུས། །
ཆོ་ཅང་ཆག་ཡིན་པ། །

ཆུ་མོ་ཡུར་པོ་གང་ཡོད།

ཆུ་མོ་ཡུར་པོ་གང་ཡོད། །
ཉིད་བུ་གཅིག་ཏུ་སྐྱིལ་ཡོད། །
བློ་བག་ཕྱོལ་པར་ཡོད་ན། །
ཉིད་བུ་འདྲེན་པར་ཞེབས་ཤིག །

ང་ལ་དགོས་པའི་བྱམས་པ།

ཁྱི་གདུགས་སྒྲིང་བཞི་བསྐོར་བ། །
ཞི་མི་རི་ལ་འབོར་གིས། །
ང་ལ་དགོས་པའི་བྱམས་པ། །
རི་ལ་འབོར་དུས་མི་འདུག །

ཕ་རིའི་ལྟ་བུ་གོང་མོ།

ཕ་རིའི་ལྟ་བུ་གོང་མོ། །
ཚུར་རིའི་བྱེའུ་འཛོལ་མོ། །
སྐྱ་ཚེ་ལས་འཕྲོ་ཟད་པའི། །
གྱ་དོ་གཅིག་བྱས་བྱུང་། །

རྒྱང་འཚོས་གནད་རོགས་གནང་ཞུ།

མདོ་བ་རྟ་པོ་བཞིན་གྱིས། །
སྐུ་ཁྱེད་གནང་ལ་མི་དགོས། །
གཡང་དཀར་ལུག་གུ་བཞིན་གྱིས། །
རྒྱང་འཚོས་གནད་རོགས་གནང་ཞུ། །

ང་རས་བསླུས་པའི་བྱམས་པ།

ཞིམ་པོ་རྒྱ་ཏའི་ཁུ་བ། །
གང་གི་སྣག་གིས་ཞིམ་པ། །
ང་རས་བསླུས་པའི་བྱམས་པ། །
གང་ནས་བསླུས་ཀྱང་མཛེས་པ། །

སྐྱ་སྟེང་ནད་ཀྱི་མེ་ཏོག

ཉིན་མོ་ཁ་དོག་མཚར་ལ། །
མཚན་མོ་དྲི་ཁ་ཞིམ་པ། །
སྐྱ་སྟེང་ནད་ཀྱི་མེ་ཏོག །
གཏན་གྲོགས་དེ་ལས་དགའ་བ། །

མཆོག་དཀར་གཞུ་མོའི་གཡབ་གཡུག

མཆོག་དཀར་གཞུ་མོའི་གཡབ་གཡུག །
སུ་ལ་གནང་རྒྱུ་ཡིན་པ། །
བྱམས་པ་སྟག་དོང་ཕྱུ་མོའི། །
དོངས་པའི་ནང་དུ་བཞག་ཡོད། །

གནམ་ལ་སྤྲིན་པ་མི་འདུག

གནམ་ལ་སྤྲིན་པ་མི་འདུག །
ས་ལ་བུ་ཡུག་འཚུབ་གིས། །
དོག་པ་དེ་ན་མི་འདུག །
གཞན་ལ་ཕུགས་ཚག་གནང་ཞུ། །

རྒྱ་མོ་མར་འགྲོ་གར་གར།

རྒྱ་མོ་མར་འགྲོ་གར་གར། །
གོང་ཡུལ་མ་ཕྱིལ་ལ་སིམ་སོང༌། །
བུ་དེ་རྒྱལ་སྲན་གྱི་ར། །
ཕུགས་ཤེམས་སྐྱོ་སྐྱོ་མ་མཛོད། །

庄晶1981年整理本

ཆུ་མོ་འབྱུག་ཀྱང་འབྱུག་བོག

ཆུ་མོ་འབྱུག་ཀྱང་འབྱུག་བོག །
ཤ་མོ་འཕར་ཀྱང་འཕར་བོག །
མཚོ་སྨན་རྒྱལ་མོ་མི་འཛོག །
བླ་གྲོགས་སྒྱུན་གྲོགས་བདག་གཏོང་། །

ཀུ་སྙད་དགར་པོའི་རྒྱུད་བཀྲག

ཀུ་སྙད་དགར་པོའི་རྒྱུད་བཀྲག །
འཛམ་གླིང་སྒྱི་ལ་ཤར་བྱུང་། །
པད་མ་གེ་སར་སྡོང་པོ། །
འབྲས་བུ་ཟུར་དུ་རྒྱས་སྐབས། །
བྱང་ཨ་པོ་ནི་ཚོ། །
སྒྲོ་རོགས་བྱེད་པར་སླེབས་ཡོང་། །

ཕར་ཚུར་བཅེ་དུང་མེད་པའི།

ཕར་ཚུར་བཅེ་དུང་མེད་པའི། །
སྤྱིད་ལྷུག་མ་བཞིནས་སྣ་སྨུ། །
འགྲོས་དང་གོམ་པ་མེད་པའི། །
རྟ་མཚོག་ཧོས་པ་འདུ་བྱུང་། །

289

སྙིང་གཏམ་བཤད་དུས་མི་འདུག

བླ་མ་དགཔའི་གདམས་ངག
ཞུས་ནགནང་གི་འདུག་སྟེ། །
ཨ་ཅེ་ཆུང་འདྲིས་བྱམས་པར། །
སྙིང་གཏམ་བཤད་དུས་མི་འདུག །

སྤྱར་ཁ་ཡིན་ན་བཅག་ཆོག

སྤྱར་ཁ་ཡིན་ན་བཅག་ཆོག །
ཁམ་བུ་ཡིན་ན་སྦྱར་ཆོག །
དར་ལོའི་ཀྱུ་རུ་རྟོག
བོ་ལ་ཚིག་པོ་བྱས་བྱུང་། །

1981 庄晶整理本

后记： 在中央民族学院藏语组的存书中，发现有一本手抄本的《情歌》，手抄本上赫然写有《仓央嘉措诗集》的书名。诗集中共录诗歌360余首，其中与于道泉先生整理的木刻本相同的约50首。从抄本的文风看来，前后极不统一，大多比较粗糙，内容亦杂乱无章。我对抄本进行了整理，去芜存精，成此120首辑本，供学界参考。

庄　晶

附：达斯1915年辑本
——摘自《西藏文法初步》附录

༄༄།། ཆ་ངས་དབུངས་རྒྱ་མཚོའི་མགུལ་གླུ་སྙན་
འགྲགས་ཀྱིས་བཀོད་པ་བཞུགས་སོ།།

ཤར་ཕྱོགས་རི་བོའི་རྩེ་ནས།
དཀར་གསལ་ཟླ་བ་ཤར་བྱུང་།
མ་སྐྱེས་ཨ་མའི་ཞལ་རས།
ཡིད་ལ་འཁོར་འཁོར་བྱས་བྱུང་། །

ན་ཞིང་བཏབ་པའི་ལྗང་གཞོན།
ད་ལོ་སོག་མའི་ཕོན་སྡུག
བོ་གཞོན་རྒས་པའི་ལུས་པོ།
སྒྲོ་གཞུ་དེ་ལས་གྱོང་བའི། །

རང་སེམས་སོང་བའི་མི་དེ།
གཏན་གྱི་འདུན་མར་བྱུང་ན།
རྒྱ་མཚོའི་གཏིང་ནས་ནོར་བུ།
ལོན་པ་དེ་དང་མཉམ་བྱུང་། །

འགྲོ་བོར་ལམ་བུའི་སྐྱིད་ཐུབ།
ལུས་ཏེ་ཞིམ་པའི་བུ་མོ།
གཡུ་ཆུང་གྲུ་དཀར་རྙེད་ནས།
སྦྱར་བ་དེ་དང་འདུ་བྱུང་། །

མི་ཆེན་དཔོན་པོའི་སྲས་མོ།
ཁམས་འབྲས་མཚར་ལ་བལྟས་ན།
ཁམ་སྡོང་མཐོན་པོའི་རྩེ་ནས།
འབྲས་བུ་སྨིན་པ་འདུ་བྱུང་། །

སེམས་པ་ཕར་ལ་བོར་ནས།
མཚན་མོའི་གཉིད་ཐེབས་གཅོག་གི
ཉིན་མོ་ལག་ཏུ་མ་ལོན།
ཡིད་ཐང་ཆད་རོགས་ཡིན་པས། །

མེ་ཏོག་ནམ་ཟླ་ཡལ་སོང་།
གཡུ་སྦྲང་སེམས་པ་མ་སྐྱོ།
བྱམས་པ་ལས་འཕྲོ་ཟད་པར།
ང་ནི་སྐྱོ་རྒྱུ་མི་འདུག །

附：达斯1915年辑本

རྩི་ཐོག་བ་མོའི་ཁ་ལ། །
སྐྱི་སེར་རླུང་གི་བོ་ན། །
མེ་ཏོག་སྔང་བུ་གཞིས་ཀྱི། །
འབྲལ་མཚམས་བྱེད་མཁན་ལོས་ཡིན། ། །

དང་པ་འདམ་ལ་ཆགས་ནས། །
རེ་ཞིག་སྡུད་བགོས་བསམས་ཀྱང་། །
མཚོ་མོ་དར་ལ་བསྒྲིགས་ནས། །
རང་སེམས་ལོ་ཐག་ཆོད་སོང་། ། །

གུ་ཤན་སེམས་པ་མེད་ཀྱང་། །
ཏ་མགོས་ཕྱི་མིག་ལྟས་བྱུང་། །
ཁྱེལ་གཞུང་མེད་པའི་བྱམས་པས། །
ང་ལ་ཕྱི་མིག་མི་ལྟ། ། །

ཆུང་འདྲིས་བྱམས་པའི་ཆུང་བསྒྲེད། །
ཤུང་མའི་ལོགས་ལ་བཅུགས་ཡོད། །
ཤུང་སྲུང་ཇ་རྫོ་ཞལ་རོས། །
ཏོག་ཀ་རྒྱུག་པ་མ་གནང་། ། །

བྲིས་པའི་ཡི་གེ་ཆུང་ངུ་།
ཆུ་དང་ཐིགས་པས་འཇིག་སོང་།
མ་བྲིས་སེམས་ཀྱི་རི་མོ།
བསུབ་ཀྱང་སུབ་རྒྱུ་མི་འདུག །

རྒྱབ་པའི་ནག་ཆུང་བེ་ཅུས།
གསུང་སྐད་འབྱོན་ནི་མི་ཤེས།
ཁྲེལ་དང་གཞུང་གི་ཕྱིའུ།
སོ་སོའི་སེམས་ལ་སྟོན་དང་། །

སྟོབས་ལྡན་ཏུ་ལོའི་མེ་ཏོག
མཆོད་པའི་རྫས་ལ་ཕེབས་ན།
གཡུ་སྦྲང་གཞོན་ནུ་ང་ཡང་།
ལྷ་ཁང་ནང་ལ་ཁྲིད་དང་། །

སེམས་སོང་བུ་མོ་མི་བཞུགས།
དམ་པའི་ཆོས་ལ་ཕེབས་ན།
ཕོ་གཞོན་ང་ཡང་མི་སྡོད།
རི་ཁྲོད་འགྲིམ་ལ་ཐལ་འགྲོ། །

附：达斯1915年辑本

མཚན་ལྡན་བླ་མའི་དྲུང་དུ།
ཞེམས་འབྲིད་ཞུ་བར་ཕྱིན་པས།
ཞེམས་པ་འགོར་ཀྱང་མི་ཕྱུབ།
བྱམས་པའི་ཕྱོགས་ལ་ཐོར་སོང་། །

སྐྱོབ་པ་བླ་མའི་ཞལ་རས།
ཡིད་ལ་འཆར་རྒྱུ་མི་འདུག
མ་སྐྱོམ་བྱམས་པའི་ཞལ་རས།
ཡིད་ལ་ཨ་ལེ་ཨུ་ལེ། །

ཞེམས་པ་འདི་ལ་འགྲོ་འགྲོ།
དལ་པའི་ཆོས་ལ་ཕྱིན་ན།
ཚེ་གཅིག་ལུས་གཅིག་ཉིད་ལ།
སངས་རྒྱས་ཐོབ་པ་འདུག་གོ །

དགའ་པ་ཤེལ་རི་གངས་རྒྱ།
གླུ་བདུད་རྡོ་རྗེ་ཞིལ་པ།
བདུད་རྩི་སྨན་གྱི་ཐབ་རྒྱུན།
ཚང་མ་ཡེ་ཤེས་མཁའ་འགྲོ།
དལ་ཚིག་གཙང་མས་བཏུང་ན།
ངན་སོང་སྨྱུང་དགོས་མི་འདུག །

· 295 ·

རྣུད་ཏུ་ཡར་འགྲོའི་དུས་ལ།
རླུང་བསྐྱེད་དར་ལྕོག་བཏུགས་པས།
འཛིན་(མཛངས་)མ་བཟང་བུ་མོའི།
མགྲོན་པོ་ལའི་བོས་བྱུང་། །

སོ་དཀར་ལྷགས་པའི་འཛུམ་མདངས།
བཞུགས་གྲལ་སྒྲོལ་ལ་བསྩལ་ན།
མིག་ཟུར་ཁྱོའི་སྒྲིལ་མཚམས།
གཞོན་པའི་གདོང་ལ་བསླེབས་བྱུང་། །

ཧ་ཅང་སེམས་ལ་སོང་ནས།
འགྲོག་འདྲིས་ཡེ་ཡོང་དྲིས་པས།
འཆི་བྲལ་བྱེད་ན་མིན་པ།
གསོན་བྲལ་མི་བྱེད་གསུངས་བྱུང་། །

འཛིན་(མཛངས་)མའི་ཕྱགས་དང་བསྟུན་ན།
ཚེ་འདིའི་ཆོས་སྐལ་ཆད་འགྲོ།
དབེན་པའི་རི་ཁྲོད་འགྲིམས་ན།
བུ་མོའི་ཕུགས་དང་འགལ་འགྲོ། །

附：达斯1915年辑本

མཇམ་དང་སོ་དགར་སྟོན་ཚོག
གཞོན་པའི་བློ་ཁྲིད་ཡིན་འདུག
སྙིང་ནས་ཤ་ཚ་ཡོད་མེད།
དཔུ་མནའ་བཞེས་རོགས་གནང་དང་། །

སྙིང་ཐུབ་ཡིད་འཕྲོག་ལྷ་མོ།
ཞོན་པ་དངས་ཟིན་ཀྱང་།
དབང་ཆེན་མི་ཡི་དཔོན་པོ།
ནོར་བཟང་རྒྱལ་ལུས་འཕྲོག་སོང་། །

ནོར་བུ་རང་ལ་ཡོད་དུས།
ནོར་བུའི་ནོར་ཉམས་མ་ཚོད།
ནོར་བུ་མི་ལ་ཤོར་དུས།
སྙིང་ཁྲག་སྟོང་(སྟོད་)ལ་འཚོད་བྱུང་། །

རང་ལ་དགའ་བའི་བྱམས་པ།
གཞན་གྱི་མདུན་མར་བླངས་སོང་།
ཡོག་ནད་སེམས་པའི་གཅོང་གིས།
ལུས་པོའི་ཤ་ཡང་སྐམས་སོང་། །

· 297 ·

སྙིང་ཐུབ་རྒྱ་ལ་གོར་སོང་།
མོ་ཆུངས་འབུལ་རན་སོང་།
བུ་མོ་དུང་སེམས་ཅན་མ།
ཁྲི་ལམ་ནང་ལ་འབོར་སོང་། །

བུ་མོར་འཆི་བ་མེད་ན།
ཆང་ལ་འཛད་པ་མི་འདུག
གཞོན་པའི་གཏན་གྱི་སྐྱབས་གནས།
འདི་ལ་བཙལ་བས་ལོས་ཆོག །

བུ་མོ་ཨ་མར་སྐྱེས།
ཁམ་བུའི་ཤིང་ལ་སྐྱེས་སམ།
ཨ་གསར་ཟད་པ་ཁམ་བུའི།
མེ་ཏོག་དེ་ལས་མགྱོགས་པས། །

བུ་མོ་རྒྱང་འདྲིས་བྱམས་པ།
སྤྱང་ཀིའི་རིགས་རྒྱུད་མིན་ནམ།
ཤ་འདྲིས་ལྤགས་འདྲིས་བྱུང་ཀྱང་།
རི་ལ་ཡར་གྱབས་མཇད་ཀྱིས། །

298

附：达斯1915年辑本

རྟ་ནོད་རི་ཡར་བརྒྱབ་པ།
ཀྲི་དང་ཞགས་པས་ཟིན་ཀྱིས།
བྱམས་པ་རོ་ལོག་རྒྱབ་པས།
མཐུ་རོ་ཟིན་པ་མི་འདུག །

བྱག་དང་རྒྱང་པོ་སྟེབས་ནས།
ཆོད་པོའི་སྐྱོ་ལ་གཟན་བྱུང་།
གཡོ་ཅན་རྫུ་བག་ཅན་གྱིས།
ང་ལ་གཟན་པོ་བྱས་བྱུང་། །

སྐྱིན་པ་ལ་སེར་གཏིང་ནག
སད་དང་སེ་རའི་གཞི།
བན་ཌེ་སྐྱ་མིན་སེར་མིན།
སངས་རྒྱས་བསྟན་པའི་དགྲ་པོ། །

ས་དེ་ལ་ཞུར་གཏིང་འབྱག
རྟ་པོ་གཏོང་ས་མ་རེད།
གསད (གསར)་འགྲོགས་བྱམས་པའི་ཕྱོགས་སུ།
སྐྱིད་གཏམ་བཤད་ས་མ་རེད། །

ཚེས་ཆེན་བཅོ་ལྔའི་ཟླ་བ།
ཡིན་པ་འདུག་བ་འདུག་སྟེ།
ཟླ་བའི་དཀྱིལ་གྱི་རི་བོང་།
ཚེ་ཟད་ཚར་ནས་འདུག་གོ།

ཟླ་བ་འདི་ནས་ཕར་འགྲོ།
གཏིང་མའི་ཟླ་བ་ཚུར་ཡོངས།
བར་གཞིས་ཟླ་བ་དཀར་པོ།
ཟླ་སྟོད་ཕྱོགས་ལ་མཇལ་ཡོང་།

དབུས་ཀྱི་རེ་རྒྱལ་ལྕུན་པོ།
མ་འགྱུར་བརྟན་པར་བཞུགས་དང་།
ཉི་མ་ཟླ་བའི་བསྐོར་ཕྱོགས།
ནོར་ཡོང་བསམ་པ་མི་འདུག

ཚེས་གསུམ་ཟླ་བ་དཀར་བ།
དཀར་པོས་ནང་ནས་ཚོད་སོང་།
བཅོ་ལྔའི་ནམ་དང་མཉམ་པའི།
ཞལ་བཞེས་ཅིག་ཡང་གནང་བྱུང་།

附：达斯1915年辑本

ས་བཅུའི་དབྱིངས་སུ་བཞུགས་པའི། །
དམ་ཅན་རྡོ་རྗེ་ཆོས་སྐྱོང་། །
མཐུ་དང་ནུས་པ་ཡོད་ན། །
བསྟན་པའི་དགྲ་བོ་སྒྲོལ་དང་། ། །

ལྕུ་ཐུག་མོན་ནས་ཡོངས་(ཡོང་)པའི། །
གནམ་ལོའི་ས་བཅུད་ཕེབས་སོང་། །
ང་དང་བྱམས་པ་ཕྲད་(འཕྲད་)ནས། །
ལུས་སེམས་སྟོད་པོར་ལངས་སོང་། ། །

ཁྱི་རེ་སྤྱག་ཁྱི་གཟིག་ཁྱི། །
མདའ་ལ་སྟེར་ནས་འདྲེས་སོང་། །
ནང་གི་སྤྱག་མོ་རས་འཛོམས། །
འདྲིས་ནས་མཐུ་དུ་ལངས་སོང་། ། །

ཤ་འཛམ་ལུས་པོ་འདྲེས་ཀྱང་། །
བྱམས་པའི་གདིང་ཚད་མི་ལོན། །
ས་ལའི་མོ་བྲིས་པས། །
ནམ་མཁའི་སྐར་ཚོད་ཐིག་བྱུང་། ། །

ང་དང་བྱམས་པའི་སྟེབས་ས།
སྩོའི་རིང་སློན་པའི་ནགས་གསེབ།
སླ་མཁན་དེ་ཙམ་གཏོགས།
སུ་དང་གང་གིས་མ་ཤེས།
སླ་མཁན་དེ་ཙོ་ཚོ་ཤེས།
གསང་བ་སྟོན་པ་མ་གནང་། །

སྔས་མི་རྟོགས་མ་ཐུག་ལ།
ཀུང་རྒྱལ་མི་སྒྲུས་དགའ་བ།
ང་ལ་ཡོངས་པའི་ཀུང་འདྲིས།
ཀུང་རྒྱལ་གཞུང་ན་ཡོད་དོ། །

ཁྱི་གན་རྒྱུའི་ཟེར་བ།
རྣམ་ཤེས་མི་ལས་སྒྲུད་བའི།
སོད་ལ་ལངས་སོང་མ་ཟེར།
ཐོ་རངས་ལོག་བྱུང་མ་ཟེར།
སོད་ལ་བྱམས་པ་བཙལ་བའི།
ཁབ་ཤང་པོ་འབབ་བྱུང་། །

附：达斯1915年辑本

པོ་ཏ་ལར་བཞུགས་དུས།
རིག་འཛིན་ཚངས་དབྱངས་རྒྱ་མཚོ།
ལྷ་ས་ཞོལ་དུ་སྡོད་དུས།
འཆལ་པོ་དང་བཟང་དབང་པོ། །

གསང་དང་མ་གསང་མི་འདུག
ཞབས་རྗེས་གང་ལ་བཞག་འི།
ཤ་འདམ་མལ་ས་ནན་གི
སྙིང་ཐུབ་དུང་སེམས་ཅན་མ།
ཚོ་ལོས་དགེ་ནོར་འཕྲོག་པའི།
གཡོ་སྒྱུ་བཤད་པ་མིན་འགྲོ། །

དབུ་ཞྭ་དབུ་ལ་བཞེས་སོང་།
དབུ་ལྭང་རྒྱབ་ལ་དབྱུགས་སོང་།
ག་ལེ་ཞིབས་ཅིག་བྱས་པའི།
ག་ལེ་བཞུགས་ཅིག་གསུང་གི
ཕུགས་སེམས་སྐྱོ་ཡོང་བྱས་པའི།
མགྱོགས་པོ་འཕྱོད་ཡོང་གསུང་བྱུང་། །

· 303 ·

བྱ་དེ་ཁྱུང་ཁྱུང་དཀར་མོ།
ང་ལ་གཤོག་རྩལ་གཡར་དང་།
ཐག་རིང་འགྱངས་ལ་མི་འགྲོ།
ལི་ཐང་བསྐོར་ནས་བསླེབས་ཡོང་། །

ཤི་དེ་དམྱལ་བའི་ཡུལ་གྱི།
ཆོས་རྒྱལ་ལས་ཀྱི་མེ་ལོང་།
འདི་ནས་ཁྲིག་ཁྲིག་མི་འདུག
དེ་ནས་ཁྲིག་ཁྲིག་གནང་ཞུ། །

མདའ་མོ་འབེན་ལ་ཕོགས་སོང་།
མདེའུ་ས་ལ་འཛུལ་སོང་།
ཆུང་འདྲིས་བྱམས་པ་འཕྲད་བྱུང་།
སེམས་ཤིད་རྗེས་ལ་འཁྱར་སོང་། །

རྒྱ་གར་ཤར་གྱི་རྨ་བྱ།
ཀོང་ཡུལ་མཐིལ་གྱི་ནེ་ཙོ།
འབྱུང་ས་འབྱུང་ས་ཡུལ་མི་གཅིག
འཛོམས་ས་ཆོས་འཁོར་ལྷ་ས། །

附：达斯1915年辑本

མི་ཚེ་ང་ལ་ལན་པ།
དགོངས་ཤུ་དག་པ་ལེག་ཐེག
ཨོ་ལོའི་གོམ་གསུམ་ཕྱུ་མོ།
གནས་མོའི་ནང་ལ་ཐལ་སོང་། །

ལྷང་མ་བྱི་འུར་ཤེམས་ཤོར།
བྱི་འུ་ལྷང་མར་ཤེམས་ཤོར།
ཤེམས་ཤོར་མཐུན་པ་བྱུང་ན།
སྐྱ་ཁ་ཏོར་པས་མི་ཐུབ། །

ད་ལྟའི་ཚེ་ཐུང་འདི་ལ།
དེ་ཁ་ཚམ་ཞིག་ཞུས་ནས།
གཞན་མ་བྱེས་པའི་ལོ་ལ།
མཇལ་འཛོམ་ཨེ་ཡོང་བལྟའོ། །

བུ་དེ་སྒྲ་མཁན་ནེ་ཙོ།
ཁ་རོག་བཞུགས་རོགས་མཛོད་དང་།
ལྷང་སྦྱིང་ཨ་ལྕེ་འཛོལ་མོ།
གསུང་སྙན་སྒྲར་དགོས་བྱས་བྱུང་། །

305

རྒྱབ་ཀྱི་ལྔ་བདུད་བཙན་པོ།
འཇིགས་དང་མི་འཇིགས་མི་འདུག
མདུན་གྱི་གར་ཀུ་ཤུ།
ཐོགས་ཤུ་དགོས་པ་བྱས་སོང་། ། ཏ་ཡཐཱ

——达斯:《西藏文法初步》。1915 年版。

仓央嘉措情歌
英文译本

介朱壽攝衛烟

木村文素

于道泉 1930 年刊出之译文

——The Love-songs of 6th Dalai Lama Tsangyang Gyatso*

1

From the mountain peaks in the east,
The silvery moon has peeped out.
And the face of that young maiden,
Has gradually appeared in my mind.

2

The young sprouts planted last year,
(Have become)bundles of straw this year.
The aged bodies of(former) youths,
Are more bent than the bows from the South.

3

If the one in whom I have lost heart,
Can become my lifelong companion.
It would be just like getting a jewel,
From the bottom of the sea.

---

* 于道泉译,辑自《第六代达赖喇嘛仓央嘉措情歌》。

4

The lover from whom I met and parted by chance,
Is a girl with a perfumed body.
It is like picking up a turquoise of whitish lustre,
And throwing it away off-hand.

5

If one looks at the beautiful appearance of the daughter,
Of a great man and high official;
It is like looking at a ripened fruit,
On the top of a tall tree.

6

Since I lost heart in that person,
I have suffered from sleeplessness during the night.
Is it because I was unable to get her in the daytime,
So I have become tired in spirit?

7

The season of flowers has passed,
And the turquoise-colored bee does not moan,
When fate has separated me from my lover.
I should (also) not moan.

8

The business of Hoar-frost on the grass,
(Is to be) the messenger of the north-wind;
(He) is in deed the very person,
Which separates the bees from the flowers.

于道泉1930年刊出之译文

9

A goose having become attached to the reed,
And wanted to stay a little while;
But the lake froze all over,
Then he became quite disappointed.

10

Although a ferry-boat is heartless,
The horse-head turns its head and looks at me.
But that unfaithful lover(of mine),
No longer turns her head to look at me.

11

I and the girl of the market place,
Made that "true love knot" in three words.
It did not try to untie it with an awl,
It became untied of its own accord.

12

The fortune-bringing flag of my lover,
Is hoisted on one side of the willow tree.
Brother the willow keeper,
Do not throw stones at it your-self I pray.

13

Words written with black ink,
Have been effaced by water drops.
Unwritten designs in the mind,
(You)cannot erase them even if(you)want to.

14

The black seal printed with a stamp,
Does not know how to speak,
Please stamp the seal of faith,
On the heart of each of us.

15A

That powerful mallow flower,
If you go and become an offering article,
Please also bring me, the youthful turquoise-colored bee,
To the temple of the gods.

15B

If the one in whom I have lost heart do not stay,
And goes in for the religion of the gods,
Neither I, the youth, will remain here,
But will go to the hermit's cavern in the hills.

16

I went to a holy Lama,
And asked for spiritual advice.
But I was unable to change my mind,
So again I drifted to (my) lover's side.

17A

The Lama's face which I try to meditate upon,
Does not appear in my mind.
The lover's face which I do not meditate upon,
Appears in my mind clear and distinct.

于道泉1930年刊出之译文

17B

If one's mind is so (inclined)
Toward the sublime doctrine.
He could with this very body
Obtain Buddhahood in this very life.

18

The snow water from the pure Crystal Mountain,
And dew drops from the klu-bdud-rdo-rje grass,
When elixir is used as yeast, (and brewed into wine),
(and let the) wine seller be the Goddess of wisdom.
So if we drink such wine with a sacred vow
We shall never have to taste the waters of bitterness.

19

When fortune smiles at me,
I hoisted a fortune-bringing flag.
Then I am invited to the feast
By a girl of a good family.

20

I cast a glance at a bevy of sitted lasses,
　With white teeth and smiling looks.
(One of them) looked at my face bashfully,
From the corner of her eyes.

21

Because (I) desperately fell in love with (her) ,
(I) asked whether (she) would care to become (my) intimate companion.
"Unless we are separated by death,
We should never part alive." was (her) answer.

22

If I reciprocate with the feelings of the girl,
My share in religion during this life will be deprived.
If I wander among the solitary mountain ranges,
It would be contradictory to the wishes of the girl.

23

The mind of the young man from Kong-po,
Is like a bee captured in a net.
He has been (my) sleeping companion for three days,
(And now he) is pondering about the future and religion.

24

(When I) think about you, (my) permanent consort,
If (you are) unfaithful and shameless,
The turquoise (which you) wear on your head.
Does not know how to speak.

25

(You are) smiling with your teeth shown out,
And is enticing (me) the youth.
Whether you have warmth in your heart,
Please prove it by an oath.

26

Lovers who met each other by chance,
Are united by mother the wine seller,
If troubles and debts should result from this,
You must take care of them.

27

One does not confide his secrets to his parents,
But tells them to his lover.
And from the lover's many "stage",
His secret sayings are heard by his enemy.

28

My lover Yid-vphrog-lha-mo,
Was captured by me the hunter.
(But she) was robbed from me,
By Nor-bzang-rgya-lu the powerful officer.

29

When the jewel is in one's own possession,
One does not appreciate it as a jewel.
But when the jewel has passed into other hands,
Then one's heart aches with distress.

30

The lover who loves me,
Has gone to become another's companion.
So I became sick of comsumption,
And my body has become emaciated.

31

(My) lover has been stolen and lost,
It is time for me to draw lot and consult fortune tellers.
That candid minded girl,
Has haunted my dreams.

32

If that girl does not die,
Then wine is inexhaustible.
So it is in deed possible for (me) the youth,
To make this a place of refuge.

33

Is that girl not born from a mother,
And was produced on a peach tree?
(Her) love towards a man withers up,
Even quicker than those peach flowers.

34

Is my sweatheart whom I know from my boyhood,
Not of the same species with the wolf?
(The Wolf) would make preparations for running up to the mountain,
Even if heaps of meat and skin are given to it.

35

When a wild horse goes up a mountain,
It can be captured with a snare or lasso.
But when a lover has become rebellious,
She cannot be captured even by supernatural powers.

于道泉1930年刊出之译文

36

Anger and ill humour combined,
Have made the feathers of the vulture dishevelled.
Intrigues and worldly cares,
Have completely worn me out.

37

The cloud which has a yellow brim and a black center,
Is the foreboding of frost and hail.
A ban-dhe which is neither monk nor layman,
Is an enemy of the Teachings of Buddha.

38

The ground which is melted on the surface and frozen at the bottom,
Is not a place to send a mare,
In the presence of a secret paramour,
Is not prudent to express one's heart.

39

The moon of the sixth and the fifteenth day,
Appear very much alike.
And the life of the hare in the center of the moon,
Has become completely exhausted.

40

This month passes away,
And the next month comes.
(I) will come to visit you at the beginning,
Of that auspicious "light half of the month".

41

Meru the king of mountains in the middle,
Please firmly stands there without swerve.
The sun and moon have no wish.
To go astray in their course of revolving around.

42

The moon on the third day is bright,
And it has done its best to be bright,
(I) beg that you make (me),
A promise like the night of the 15th day.

43

The oath-bound Diamond Protector of religion,
Who lives in the realm of the "Ten stages".
If you have supernatural powers,
Then please get rid of the enemies of the Teaching.

44

When the cuckoo comes from the country Mon,
Then the seasonable essence of the soil also comes.
Since I have met my lover,
My body and mind have become relaxed.

45

If a man does not think of transientness and death,
Even if he be exceedingly clever,
He is like a fool in a sense.

于道泉1930年刊出之译文

46

(No matter whether) it is a "lion dog" or "leopard dog".
We can tame it by giving delicious things to it.
But the "hairy lioness" (which we keep) at home,
Would become more malicious after she has been tamed.

47

Although (I have become) familiar with (her) tender body,
(I am) unable to fathom the heart of (my) lover.
(But we only have to) scratch a few figures on the ground,
And the distances of the stars on the skies are correctly computed.

48

The place of rendezvous of me and my lover,
Is inside the dark forest in the Southern valley.
Except Parrot the talker,
There is no one who knows (the fact).
Parrot the talker I beg you,
Do not tell (people) on the cross road.

49

Among the crowded multitude of Lhasa,
Those from Chung-rgyal are handsome in appearance.
My lover who is coming to me,
Is one of those among the Chung-rgyal people.

50A

(You) old bearded yellow dog,
(Who) is more sagacious than man in intelligence,
Do not tell (people) that I went out at nightfall,
Do not tell (people) that I came back at daybreak.

50B

I went to seek for lover at nightfall,
and snow has fallen at daybreak.
When I live at Potala,
I am rig-hdsin-mTshan-dbyangs-rgya-mtsho.

50C

When I stay at the Lhasa city below,
I am Dang-bzang-dbang-po the libertine,
There is no use to keep it secret (now),
Footprints have been left on the snow.

51

(You) tender skinned girl in the beddings,
Who is my candid-minded sweetheart.
Are you not playing a trick,
In order to rob my money and treasures?

于道泉1930年刊出之译文

52

(He) put his hat on (his) head,
And threw (his) queue on (his) back,
"Go slowly please"? said (the one),
"Stay slowly please"? said (the other).
"Will you not be sad"? asked (the one),
"(We shall) soon come together"? answered (the other).

53

Oh you white crane,
Please lend me your power to fly.
I will not linger at far away places.
But shall make a trip to Litang and come back.

54

(After) death in the realm of hell
The "King of law" has a "mirror of deeds"
(Retribution) is not certain here.
But there you must make it certain
Let them be victorious.

55

After the "arrow of luck" has hit the mark,
It penetrated into the earth,
After I have met my lover,
My mind has (gone and) followed (her).

56

Peacocks from the east of India,
Parrots from the valley of Kong-yul,
Their birth places are not the same,
(But) their meeting place is Lhasa (called) the "Wheel of Religion".

57

What people say about me,
(I) privately admit it to be true
(I), the youth, with my graceful steps,
Indeed went to the house of the hotel-mistress

58

The willow fell in love with the small bird,
The small bird fell in love with the willow.
If (they) love (each other) in harmony,
The hawk will be unable (to get a chance).

59

I have asked so much (favour),
During this short lifetime,
(We) will see whether (I shall) have the honor to meet (you),
During our childhood in the next life.

60

(You) parrot the talker,
Please hold your tongue.
Sister Thrush in the willow grove,
Is going to sing a sweet song.

于道泉1930年刊出之译文

61

No matter how terrible,
Is the powerful dragon-demon behind.
I have determined to pluck.
An apple (hanging on the) front of the tree.

62

In the first place it is best not to see,
(Then there) is no chance to fall in love.
In the second place it is best not to become intimate,
(Then you will) not be forlorn (when you) miss.

W. 泰霖英文新译

——Love-songs of Tsangyang Gyatso*

1. Whensoe'er the silvery moon
   Doth peep o'er the eastern horizon;
   Do I so yearn for the woman
   To whom I'm not born.

2. As doth a slender sprout planted last year
   Fade into a dry straw by this year;
   So doth the slender figure of a young man
   Bend like the bow of the South① as his age ran.

3. Say I were to get the dear one
   To whom I'm crazy o'er to wed;
   'Tis like getting a precious gemstone
   From the ocean's deepest bed②.

4. The sweet scented bonnie lass
   Have I happened to meet on nay way;
   Seems like finding a turquoise bypass
   For a gay moment, then losing it away.

---

* 译者 W. 泰霖,藏族。见后文简介。
① Southern part of Tibet, noted for its stiff bows.
② As pearls and corals come from the ocean Tibetans habitually relate to the ocean when speaking of gems.

5. A maiden from a noble family
   May appear to you high in beauty;
   But she only seems a juicy peach
   Swinging from a tree-top (but out of reach)①.

6. 'Cause of my greedy love to her,
   Have I suffered sleepless nights;
   Yet love disheartens me however,
   As I can't get her in daylights②.

7. Flowers fade as the warm summer leaves,
   So it's no use to be sad, O ye bee!
   I'm neither sad when from me she leaves
   'Cause fate ends her love to me.

8. 'Tis none else but the hard frost
   And the harsh northern wind across,
   So are to blame for the sad separation
   Of the bee and the flower in deep affection.

9. 'Tis the swan who back and forth flies
   O'er the marsh in hope for a stay;
   Yet 'tis the marsh who covers herself in ice
   Thus drives the swan far, far away.

10. The wooden horse on the ferry③, though lifeless,
    Glances back as the boat takes to sail;
    But my faithless Love on the ferry, to my distress,
    Doesn't strike back a glance (though she's alive).

---

① To complete full sense of the songs words in brackets are added though not given in the Tibetan text.
② Here "daylights" means "actual life".
③ Tibetan ferryboats in the past have wooden horse-heads in the front as a symbol of travel.

11. The careless love-knot, knotted in careless three words,
    Vowed between me and the roaming town flirt,
    Is already loosened by it's own accords,
    As 'tis not a knot knotted unto a snake①.

12. For her luck and success here in glee
    Do I hoist a prayer-flag on this willow tree;
    The brother willow keeper, O ye!
    Strike it not a stone I pray thee.

13. Those written words in black scratchings,
    Are already washed off by the water or rain;
    But the unwritten words in the heart, that clings,
    Can ne'er be washed off though rubbed in pain②.

14. What's the use of that seal on our agreement
    Which can't e'en speak a word in need?
    Let's stamp a seal on our hearts, instead,
    And let it be the seal of love, seal of sentiment.

15. If thou, the mighty holly flower,
    Art to leave to the altar for an offer③,
    O take me—thy little bumblebee,
    Into thy temple along with thee④.

16. If my bonnie lass were really
    To retire into a holy nunnery;
    O me, the poor youth, can only move on,
    Into a hermitage and be gone.

---

① When a snake gets twisted into a knot, the more it struggles to untie itself the more the knot becomes tightened.
② The meaning of this song goes against arranged marriages bound by contracts and agreements.
③ Flowers are offers to gods.
④ This song seems written in a female's voice, yet it's translated as it's listed among the 74 songs.

17. So do I go to my revered Lama①
    To get me spiritual instruction;
    But my mind runs wild in temptation
    Unto the girl with whom I'm in love.

18. My Lama's face is oft outgone,
    Though I'm suppose to meditate upon;
    But my Love's face is oft seen thereon,
    Though I'm suppose to let it begone.

19. Were I to concentrate heart and soul
    To my religion as I do to love;
    There'll be no say at all,
    To achieve enlightenment in one life-time②.

20. Those crystal waters that trickle from the snows,
    And those crystal dews that twinkle from ludui dorje③,
    When used for barley beer, brew after brew,
    Skilfully brewed by the dakinis④ of heavenly serenity.
    And drunk by folks of harmless purity,
    Hark! No soul will tumble into the hell of misery.

21. Whilst being favoured by luck,
    Did I hoist here a prayer-flag for more luck;
    And out came the sequence therewithal;
    A girl from a nice mother who sent me a call.

---

① The spiritual master
② To achieve enlightenment, or Buddhahood, in one life-time (Tibetan: tse-chik lus-chik), is believed to be extremely rare in life, according to Tibetan Buddhism.
③ The name of a famous medicinal herb.
④ A Sanskrit term for "flying goddesses".

22. Tho' the smiles of her lips,
    Doth she share with all, nearby;
    But the twinklings of her eye,
    Doth she share with me and myself alone.

23. As my love to her is deep as deep can be,
    Did I ask her company for life with me,
    And she quoth: "While alive we'll ne'er part,
    Let death only do us part."

24. Were I to go in line with my Love's will,
    I'll have to give up my religious life;
    But were I to go into hermitage for life,
    I'll have to give up my Love's will.

25. So the will doth run of the youths from Kongpo[①],
    Narrow-minded like the bees locked in a hive;
    Sleeping with girls for three long nights, lo!
    Yet they still prefer to their holy life.

26. 'Tis up to thee my dear girly,
    To do away with thy dishonesty;
    'Cause my turquoise on thy head's peak[②]
    Can do none as it can't e'en speak.

27. A show of bright little teeth at a smile outran,
    Is the usual trick of a girl when tempting a man;
    If you be really honest by the heart,
    Why not show it by an oath (and make a start)?

---

① The eastern forest region of Tibet.
② The meaning of the song is: "Though I've put a turquoise on your head you seem to me not honest."
N. B. Putting a turquoise on a girl's head is same as putting a ring to a girl's finger in modern times.

28. The loose flirt have I known in carelessness,
    Is forced unto me by you, O beer-inn hostess;
    By an unwanted child should I be in mess,
    You are to look after it, O my hostess!

29. My bosom words unsaid e'en to Pa and Ma,
    Were honestly loosened to the one I loved;
    But she being at flirt with so many a fella,
    Loosened my words e'en to those I unloved.

30. Tho' 'tis me-the sinner Hunter, who
    Hath lassoed the charming Yintrok Lhamo;
    Yet 'tis he-the religious King Norsang, who
    Hath ta'en her away from me, O woe! ①

31. When the jewel is at my own hand,
    I realized not it's a treasure;
    When the jewel is passed onto another's hand,
    My heart aches in terrible anger.

32. O the one who loves me much and much,
    Is now given to another in marriage;
    Griefs I drearly grieve for this alone,
    Makes me skinny to my very bone.

33. My Love is stolen, therefore lost,
    O ye the fortuneteller do find her at any cost;
    The dear girl, for sure, is yearning for me,
    Yet I can see her in my dreams only.

---

① The earthly King Norsang and heavenly maiden Yintrok Lhamo are two devoted lovers in Tibetan opera play Norsang, like Romeo and Juliet. Yet Yintrok Lhamo originally is captured from heaven by a lasso by the sinful Hunter who is too low by birth for ownership.

34. If only the death doth spare my girl dear,
　　There's no ending as to my barley beer;
　　And my future surely will rely upon
　　You, but who else am I to hanger-on?

35. It seems my dear girl is born to a peach-tree
　　And not born to a human Mom,
　　'Cause her love seems short as a dream to me,
　　Shorter e'en than the bloom of a peach bossom.

36. Is my dear girl, who's to me heart-to-heart,
　　Really born to a wolf, or what?
　　We've been rubbing skins day and night on,
　　Yet she runs wild into the mountains yon.

37. A wild stallion can be brought under lasso,
　　Tho' it runs wild hills and dales through;
　　But when your dear girl runs wild from you,
　　Casting magic spells can't bring her back to you.

38. Waves of angry winds against wild rockies
　　Tear the feathers of the vulture brothers[①];
　　So doth the sham love of my dear girly,
　　Tear (my heart) to pieces severely.

39. Dark clouds in silver linings across,
　　Are oft the cause of hails and frost;
　　Sham monks in yellow-and-white shawls[②],
　　Are oft the shame of Buddhist cause.

---

① Vultures live among high rockies.
② "Yellow-and-white" means monks who have lost celibacy, who are neither monks in yellow robes nor laymen in white shirts.

40. A frozen road, deceitfully melted only at the top,
    Isn't the right road for a horse to walk upon, or hop,
    A tricky girl, deceitfully dear only at the start,
    Isn't the right girl to share words of the heart.

41. The moon of the Fifteenth① looks striking:
    (Bright and round and full);
    Yet the hare② at her bosom looks fading:
    (Lifeless and gloomy and dull)③.

42. The present moon is to pass away,
    And the new moon is to appear someday;
    By the start of the lucky new moon,
    Will I come to you and meet you soon.

43. O Mt. Sumeru④, the monarch of all mounts,
    Prithee stand firm (in the centre of the universe);
    The sun and moon's track will ne'er go revers,
    (But'll keep strict to your fixed rounds).

44. The tiny narrow moon of the day Three,
    Hath given its little brightness to me,
    Beg you take me a genuine vow
    To make it as bright as the Fifteenth⑤ somehow.

---

① The Fifteenth of the lunar month is a full moon.
② Old timers in Tibet believe the shadow on the moon is a hare.
③ In this song the characteristics of the "moon" and "hare" are not given in the Tibetan text as the local readers are acquainted to the lunar month, yet for an English reader in the West there seems a need of explanation in details why the moon of the fifteenth is striking and why the hare, gloomy. So in the translation here "Bright and round and full" or "Lifeless and gloomy and dull," are added in brackets though not given in the original text.
④ According to Buddhist concept the world is composed of four continents whose centre is Mt. Sumeru (Sanskrit term), and the sun and moon travel round it.
⑤ The moon on the 15th lunar month is the fullest and brightest.

45. O the protector god, the Bull-Headed One,①
    Who dwells in the "Realm of the Ten Stages",②
    If you doth have the supernatural power, come
    And destroy the enemies of Buddhism.

46. The cuckoo now is back from tropical Mon,③
    Which means the warm summer is nigh yon;
    And my dear Love now hath returned to me,
    Which puts me at ease mindly and bodily.

47. He who knows not the law of death,
    Be he clever, but dull at head④.

48. The mastiff ⑤, as fierce as the leopard or tiger,
    Have I easily calmed by a piece of meat;
    Yet the tigeress⑥ do I have at home however,
    Becomes more fierce the more we live together.

49. Though have we rubbed tender skins a lot,
    'Tis hard to tell she's to me true or not;
    E'en simple strokes to the ground⑦ proves easier,
    At detecting the travels of stars in the atmosphere.

---

① "The Bull-Headed One" is the name of a powerful protector god; he is so-named because he has a bull head upon his human body.

② "Realm of the Ten Stages" in this sense can be understood as the Heaven.

③ During the winter season in Lhasa the cuckoo leaves for tropical Mon to the south of Tibet. (Mon also is the birthplace of Tsangyang Gyatso)

④ As this song differs both from style and meaning to Tsangyang Gyatso's, people doubt whether it's written by him at all. But as it is listed in all three books I've referred to, here it is translated as what is written.

⑤ In Tibet one finds a watch-dog, usually a mastiff, in front of every door in protection against thieves; but when a young man tries for a girl into a house the mastiff becomes an obstruction by its barks or snarls. Therefore the young man in this song coaxes the mastiff with a piece of meat to keep it quiet.

⑥ "Tigeress" here means "wife".

⑦ Calculation in astrology in Tibet is done with simple strokes on a board or ground. And the song here describes it's rather easier to detect the travels of stars than to find a girl's true mind.

50. So I met my girl at such a rendezvous,
    In the dark Mon forest to the south①,
    The parrot, the forest dweller, is the sole soul
    To see us or hear us to the full whole;
    Prithee ye parrot, the skilled speaker,
    Be quiet and say it to none elsewhere.

51. Though Lhasa is much denser at crowd,
    But beauties in Chong-gye are more charming and proud;
    And my choice of Love, let me say,
    Is nowhere else but in Chong-gye②.

52. O ye old watch-dog, the hairy mastiff,
    More cunning than Man is cunning, so I believe,
    Be ye quiet of my sly sneak-outs in the night,
    And be ye quiet of my sly returns in the dawn.

53. So did I sneak-out to my Love in the night,
    But heavily did it snow in the mid of the night;
    Keeping my night affairs silent is a foolish act,
    'Cause my footprints in snows tell things to exact.

54. When graciously seated in the Potala,
    He's the holy Rinchen③ Tsangyang Gyatso;
    But once in the streets of Lhasa,
    He's a sexiest blade e'er lived so④.

---

① The forest region of Mon to the south of Tibet, also the birthplace of Tsangyang Gyatso.
② A village about 200 km. to the south of Lhasa, also the birthplace of the Great Fifth.
③ Tsangyang Gyatso, like all other Dalai Lamas, is given a very long name, and "Rinchen" is one of the many.
④ This song though is listed among the 74, but popularly believed to have sung by one of Tsangyang Gyatso's courtesans. So here it is translated in the voice of a third person.

55. O Love, thou seems to me nice and sweet,
    Thy tender skin haven't I rubbed in bed indeed!
    Yet methinks thy sweetness and nicety,
    Sure is not to rob my silver away?

56. Thus he wore his hat upon his head
    And swung his pig-tail to his back.
    "Fare thee well!" quoth I,
    "Fare thee well!" answered he back;
    "Aren't you sad at leave?" quoth I,
    "See you soon!" was all he said①.

57. O ye the white crane, my dear!
    Prithee lend me thy wings here,
    I will not fly far and wide
    But'll return from Lithang all right.

58. O Mara②—ye the God of Death,
    Prithee check our sins in thy Mirror of Fate③
    Lest thou do us justice in thy Hell,
    There's no justice in our world let me tell.

59. The arrow not only hits the bull's-eye
    E'en shoots through the earth at its rear;
    And when I met my little dear,
    My heart runs wild after her.

---

① I doubt whether this song is written by Tsangyang Gyatso at all, as it much differs both in style and meaning from his; furthermore, Tsangyang Gyatso's songs are all written from the viewpoint of a male lover, and this contrarily is written from the viewpoint of a female. But here, as it is listed among the 74, my translation goes according to the book.

② A word in Sanskrit for the God of Death who is suppose to do justice to all beings after death.

③ Sins committed by any being in life-time is seen in the Mirror of Fate in the hand of the God of Death.

60. One is a peacock from east India,
    The other is a parrot from deep Kongpo①;
    May their homes though be far apart,
    Now in holy Lhasa they're heart to heart.

61. So they go against my flirtatious acts,
    And I do admit they stand to facts;
    'Tis true my trembling steps did sneak slyly
    Into the inn-hostess's bed silently.

62. So the tree falls in love with the sparrow,
    And the sparrow falls in love with the tree, too;
    When the two in love unite into one,
    The hawk, the bird of prey, e'en can do them none.

63. In this glimpse of present short life,
    Let's be happy with what love is doing to us;
    But in the next life since early childhood,
    Let's try again to meet in livelihood.

64. O ye the parrot, loud and hoarse speaker,
    Be silent for a short while, and hear!
    The sister nightingale who dwells in the park,
    Is being deprived of singing her songs, O hark!

65. I care not how the Demon Naga② at the back
    Shows fury at defence of apples at its front;
    'Cause I can ne'er resist plucking them
    As they're the juiciest lot I claim③.

---

① A forest zone to the east of Tibet.
② Tibetans believe local gods are in possession of a land or its crops. The Demon Naga (Tibetan: klu bdud) is a harmful underworld demon who is in possession of these apples mentioned in the song. Naga is a Sanskrit word meaning "underworld god".
③ Juicy apples here means "beauties".

66. Wish I hadn't seen her firstly,
    And I wouldn't be in love with her;
    Wish I hadn't slept with her secondly,
    And I wouldn't be in love-sick miserably.

67. Say not Rinchen Tsangyang Gyatso
    Sleeps with girls, Hey you!
    'Cause what is your need,
    Is his need indeed.

68. On the rising top of the holy cypress tree,
    A flock of young cuckoos are gathered in glee;
    Sing not many songs O cuckoo!
    But sing one sweet love-song will nicely do.

69. O ye the white cock in Samye①,
    Shriek not your early crows this morn;
    'Cause I and my love have words to say
    To each other yet unsaid in the heart.

70. I am not drunk by the barley-beer,
    Strongly once-brewed or twice-brewed②, either,
    Yet I'm intoxicated by one cup only,
    Toasted to me by the one I love dearly.

71. Amidst a gathering of many,
    Show not our love to any,
    If you have me in your heart truly,
    Throw me out glances quietly.

---

① An ancient village to the south of Lhasa, beyond a mountain range.
② Barley beer (always home-made) is the favorite drink in Tibet, brewed of barley; its normal strength is decided by a mixture of three brews. The indication of only the "once-" and the "twice-brewed" in the song here shows the best strength of the beer.

72. You are a dazzling gold image,
    And I'm a dusty clay image;
    To be enshrined into one temple
    Can ne'er be done let me tell.

73. Look at my miserable health!
    'Tis lovesick, caused by my Love alone;
    Thus to my being skinny to the bone,
    E'en a hundred doctors can do me none.

74. When deeply in love with another,
    Say not all your merry words to the other;
    When terribly in thirst of water,
    Drink not the whole well, O brother,
    Lest there be a change to your future,
    All will be too late e'en to regret.

Note: Translated from Tibetan to English by W. Tailing. Tibetan original according to the text published by the Qinghai People's Publishing House in 1980.

仓央嘉措情歌

——写在英译文后

W. 泰霖*

  著名的情歌作者仓央嘉措是西藏历史上最令人称奇的人物之一。他仅仅活了 25 岁，但他短暂的一生充满了引人入胜的故事，令人叹为观止。他被选为六世达赖喇嘛在布达拉宫坐床，但令人不可思议的是，他变成了一个放荡之人，整夜游荡在拉萨的大街小巷和女人们同床共寝。但人们像对待其他达赖喇嘛一样尊崇和热爱他。了解仓央嘉措的重要一步是要了解历代达赖喇嘛，特别是五世达赖喇嘛。仓央嘉措是五世达赖喇嘛的直接继承人，而且正是五世达赖喇嘛颇具才干的第司·桑结嘉措让仓央嘉措继位的。

  自公元 1391 年达赖喇嘛出现以来，一开始他们并不是西藏的统治者而仅仅担任哲蚌寺的住持。该寺是西藏最大的寺院，当时共有 7700 名僧人。"达赖"一词是蒙古语，其意为"大海"（藏文为ྒྱ་མཚོ）。最初是蒙古人赐给三世达赖索南嘉措（1543~1588 年）的头衔。自那时起，后世达赖喇嘛均保持这一头衔直至今日。从五世达赖罗桑嘉措起，历代达赖喇嘛就成了西藏的统治人物，西藏地方政府以其在哲蚌寺中的宫殿命名为甘丹颇章。

---

  * W. 泰霖:藏族,男,1934 年出生于江孜。藏名为旺秋多吉,简称旺多。1940—1945 年在江孜、日喀则、拉萨等藏文学校学习藏文,1946—1952 年留学于印度大吉岭圣约瑟学院。1953 年回国参加革命工作。多年来,在江孜小学、江孜团分工委、日喀则干校、唐河电站等单位任教员等;1977—1984 年,在西藏自治区教育厅教材编辑处主管编写中小学教材。1985—1991 年在西藏自治区旅游局工作,期间,曾去过美国、加拿大、玻利维亚、尼泊尔等国家访问调研,并于 1986—1987 年受旅游局派遣到香港工作。1989 年经四川省专家会议评定为英语副编审。1992 年退休后从事翻译、写作工作。主要著作有:长篇小说《斋苏府秘闻》（藏、英两种文字版本）、《导游日记》（英文本）,译作有《西藏风土志》（汉译英）及莎士比亚世界名著《哈姆雷特》（英译藏）、《罗密欧与朱丽叶》（英译藏）。另,《仓央嘉措情歌》（藏译英）即将出版。

历代达赖喇嘛中最伟大的五世达赖在清朝政府的扶持下，借助蒙古和硕特部势力，执掌了卫藏地区政教事务，进行了人口普查和土地测量，制定了《十三法典》，修建了布达拉宫白宫（1645～1648 年）。1652 年，他前往北京觐见顺治皇帝。在 27 岁时，他撰写了著名的史书《西藏王臣记·杜鹃歌音》（དབྱངས་ཀྱི་རྒྱལ་རབས་བྱུང་རབས་） 及其他大约 30 部著作。他于 1682 年圆寂，时年 66 岁。在他圆寂的前三年，他指定桑结嘉措为第司。

第司·桑结嘉措也是西藏著名的学者和政治家。可能因担心蒙古人入侵或可能会妨碍他将要主持修建的布达拉宫红宫的工程，他在 15 年里（1682～1696 年）对五世达赖的丧事秘而不发。这期间，他挑选了仓央嘉措为五世达赖喇嘛的转世。在其担任摄政的 26 年间（1679～1705 年），桑结嘉措遵从五世达赖喇嘛的意愿努力工作。由于甘丹颇章政体刚刚建立，他必须安排职务、官员及其职责等一切政体事务。他修建了布达拉宫红宫（1690～1695 年）及大昭寺的第二、三层，并修复了拉萨的众多寺院和庙宇；关心僧人的生计，发给他们谷物、土地或佃户。在藏医方面，他被赞誉为仅次于宇妥·云丹贡布（公元 8 世纪的藏医创始人）的大师，他勘校了宇妥·云丹贡布留下的藏医学的根本教义《四部医典》并将其中的基本理论改编为 80 幅唐卡挂图。他留下了 26 部著作，涉及宗教、历史、律法、戏剧、医药、星象学和修辞学等。

1705 年，桑结嘉措 53 岁时，在拉萨以西 10 公里处的托隆遭到蒙古首领拉藏汗的残害，尸体被扔进河里。据说，其头颅在托隆止萨桥下漂浮了几天。但拉藏汗的结局也很凄惨。1717 年，一支对拉藏汗满怀敌意的蒙古准噶尔部抵达拉萨，他们在布达拉宫背后的一块沼泽地的战斗中残忍地将其杀害。

1682 年五世达赖圆寂后，桑结嘉措对其转世进行秘密寻访并在西藏南部偏远的门域找到仓央嘉措（生于 1683 年）。1688 年，桑结嘉措把他从门域接到朗卡孜（有些资料认为是西藏南端的错那），该地距拉萨西南 150 公里左右。1695 年，秘不发丧之事败露，康熙皇帝震怒，五世达赖于 1682 年圆寂的消息方才得以公布。1697 年，仓央嘉措正式举行坐床典礼。

但年轻的仓央嘉措另有所思。1702 年，在其 20 岁时，第司·桑结嘉措敦请他去拜谒在日喀则的班禅喇嘛以接受比丘戒。但仓央嘉措却决心放弃几年前从班禅喇嘛那里获得的较低的佛学学位沙弥戒。自此，年轻的仓央嘉措变成了一个浪荡公子。夜间，他从布达拉宫后门悄悄溜出，在拉萨街头游荡；由女人陪伴在酒店里醉醺醺地引吭高歌并与她们同眠共枕；脱下黄色僧袍，穿上色彩斑斓的俗人衣物；扔掉神圣的经书去跑马射箭等等。他不仅仅在布达拉宫脚下的"雪"村和拉萨城内消磨他的悠闲时光，还到西藏南部的琼结、沃卡、贡嘎这样偏远的地方。从他的歌曲中可以看到,他还到过距拉萨以南大约 100 公里的桑耶消磨时光。一首歌(可能是其女伴唱的)能清晰地描述出他的天性:

> 住在布达拉宫时,
> 是日增·仓央嘉措;
> 住在"雪"的时候,
> 是浪子宕桑旺布。

他的浪漫情歌总计 74 首,真实地反映了他的思想、行为举止和他对生活的向往。我们可以看出,这些歌曲反映的内容绝不是宗教,而是爱情。请看下面这些歌曲:

> 前往得道的上师座前,
> 求他将我指点。
> 只是心猿意马难收,
> 回到了恋人身边。

> 默思上师的尊面,
> 怎么也没能出现。
> 没想那情人的脸庞,
> 却栩栩如生地在心上浮现。

> 若能把这片苦心,
> 全用到佛法方面,
> 只在今生此世,
> 要想成佛不难。

仓央嘉措提醒他人,"爱"是所有人的人生主题。请看下面这首歌曲:

> 不要指责日增·仓央嘉措
> 与女人共枕同眠,
> 因为你的需要
> 正是他的心中所愿。

在旧日拉萨，所有的房屋都按传统刷成白色，但人们可以发现有几处房子则是宗教色彩的黄色。据说，这是仓央嘉措曾与女人过夜的地方。

然而，世俗对他的看法始终是一个谜。不论过去还是现在，藏人都尊崇他为一个达赖喇嘛。有一首歌曲和一个传说都认为他从来都没有放弃过他的独身生活。下面一首（不包括在 74 首歌曲之内）是以他的口吻唱的：

> 我不曾度过没有女人相伴的夜晚，
> 但从未流出一点一滴精液。

上述传说描述了他纯粹的独身生活：一次，仓央嘉措从布达拉宫顶部射出了一条白线般的精液，一直射到"雪"村，但它说，在距"雪"村一步之遥的地方，他把精液收回了体内。

不管怎么说，在藏文资料中没有关于其子嗣的记载。

人们对他的尊崇可能是一种盲目的信仰，但又似乎合乎道理。第 57 首情歌据说是具有预言性质。1706 年，他被拉藏汗抓获并被关押在蒙古军的驻地拉鲁时，他给他的女友们写了一首歌，请她们借给他双翅，而他不会飞得太远，只到理塘（现今四川甘孜理塘县）就回转。这首歌写于 1706 年，是他圆寂的那一年。仅在几天后，他被拉藏汗押送到内地。

刚刚抵达科科诺尔（现今青海省境内）他就因病圆寂或被谋杀，年仅 25 岁。其转世七世达赖喇嘛格桑嘉措就来自理塘。这首歌是这样唱的：

> 洁白的仙鹤，
> 请把双翅借我。
> 不会远走高飞，
> 到理塘转转就回。

从仓央嘉措被蒙古人抓获的拉鲁到内地要途经拉萨以西 7 公里的哲蚌寺。该寺的僧人们袭击了蒙古人，把他夺回寺院藏了三天。此时，蒙古人已经包围了寺院，企图展开大规模的攻击。仓央嘉措见到此状，为了寺院和僧人的安全，他安慰他们会再次相见，然后毅然决然地返回抓捕者那里。据说，他在抵达科科诺尔时圆寂，其灵塔保存在一个叫作色尔科（Serkeb）的寺院里。

但仓央嘉措的故事还没有就此完结。现存的一个版本《仓央嘉措秘史》

说，他活到 64 岁（1746 年）。这个版本并非出自普通人之手，而是由其亲密伙伴拉尊·阿旺多吉（有时称作阿旺·顿珠达杰）撰写的。这本书详细指明了时间、地点和事件，但把仓央嘉措极度神化了。书中写道，仓央嘉措在 25 岁时抵达科科诺尔时从蒙古人手中逃脱，而后他在圣地峨嵋山朝圣。他还曾悄悄化装造访拉萨，并在西藏以东的巴域、理塘、达孜·多、康区、安多和西藏南部的山南、达波、贡波、沃卡、桑耶、擦日、门域等地广为朝圣。他还曾到尼泊尔和印度朝圣。据说，在到沃卡时，他曾被拉藏汗手下人抓获，但他再次逃脱，翻越（桑耶附近）通往拉萨的郭卡拉山口。到巴域时，那里爆发了严重的流行病。在这场灾难中，他曾把尸体背到天葬场。据说，他在达波住了多年，成为达波寺的住持，以达波喇嘛或达波夏仲远近闻名。这个版本最后说，仓央嘉措在 1746 年 64 岁时圆寂。

但在藏文史书中，仓央嘉措的故事终止在 1706 年他 25 岁的时候。七世达赖喇嘛格桑嘉措于 1708 年生于理塘，被送往塔尔寺（青海湖附近）学经，1720 年 12 岁时被带往拉萨，于 1757 年 49 岁时圆寂。

自八世达赖喇嘛强白嘉措（1758～1804 年）以后，从九世到十二世这四代达赖喇嘛均是幼年夭折，只有十三世达赖喇嘛土登嘉措（1876～1933 年）活到 58 岁。

除仓央嘉措外，其他达赖喇嘛的金银灵塔都保存完好。一世达赖喇嘛灵塔在日喀则的扎什伦布寺，二世至四世达赖喇嘛灵塔在哲蚌寺，其余的均在布达拉宫，其中五世和十三世达赖喇嘛灵塔的建筑结构最为壮观。

走进遥远的过去，回顾仓央嘉措非同寻常的一生，可以看出今天能拥有保存在文字记载中他写的情歌实在是一大幸事，否则，这些歌曲在他生活的那个纷乱的社会里会灰飞烟灭的。这些歌曲是他的生活，他的喜怒哀乐，他在爱情上的成功与失败。它们深受藏人的喜爱，直至今日依然十分鲜活。我们不知道这些歌曲确切的写作年代，但我们充分理解这些歌曲是他生活和行事的写照。在此之前，他是一个沉浸在宗教学习中的懵懂少年，在此之后，他已撒手人寰了。

究竟是什么原因吸引我要将这些情歌译成英语？在 1981 年的一次研讨会上，一位朋友手边有一部被译成英语的《仓央嘉措情歌》（也有藏文版本）。我很好奇，在研讨会期间，花了一周时间将两种语言的版本抄在笔记本上。但我意识到这个 1930 年的译本只简单地直译了词意，不足以传达诗意文采，且又有错译之处，遂萌发出重新翻译的念头，使之在内涵和韵律上尽可能接近藏文版本。这样，可以用藏文和英文吟唱之。20 年后的 2003 年，我退休并从公务中

解脱后，这个梦想实现了。

不同资料记载的歌曲数量各异：历史记载为62首（于道泉先生翻译了66首），1980年青海民族出版社认为共有74首，而拉萨的西藏自治区档案馆（应当是可靠的资料）认为只有59首。因此，我在选择资料上产生了困惑：如果我根据西藏自治区档案馆所说的59首进行翻译，那么，我不得不忍痛割爱其他15首优美的歌曲，其中包括提到仓央嘉措名字的第67首。

因此，我决定根据74首进行翻译，将它们全部展现。我提供了注释，以给我亲爱的读者带来愉悦之感。

拉萨，2003年9月21日

仓央嘉措生平及情歌研究

太平天國素史會

第六種刊

一个宗教叛逆者的心声*

——略论六世达赖喇嘛仓央嘉措及其情歌

葛桑喇

（一）

西藏佛教格鲁巴教派（又称黄教）的首领之一第六世达赖喇嘛仓央嘉措，是一位才华出众的著名诗人。他短暂的一生留下了不少值得探讨的东西，他的诗歌集《仓央嘉措情歌》是一个宗教叛逆者追求自由的强烈心声。这部情歌集在藏族人民中影响巨大，流传极为深远，是我们多民族伟大祖国文化宝库中不可多得的遗产之一。

仓央嘉措生于1683年，死于1706年，只活了23岁。他出生在西藏南部门达旺，父名札喜丹增，母名才旺拉姆。全家原本信奉宁玛教，这一派俗称红教，红教僧人是可以结婚的。第五世达赖喇嘛圆寂之后，仓央嘉措还在幼年时期，就被选为达赖的转世灵童。但是，当时摄政的第巴·桑结嘉措出于政治上争权的需要，对五世达赖的死和六世达赖的选认都秘而不宣。仓央嘉措被选出来以后，秘密地养在聂塘地方的诺布康接受教育。第巴·桑结嘉措这样做有两个原因：一是五世达赖死后，六世达赖选而不立，自己可以大权独揽；二是万一密谋败露，可以抬出一个人来应付，有一个下台的阶梯。1696年，康熙皇帝御驾亲征，平定了准噶尔蒙古部落的叛乱。准噶尔首领噶尔丹战败，全军覆没，服毒自杀，与准噶尔勾结的第巴·桑结嘉措的密谋果然败露。慑于清廷的威力，次年，第巴·桑结嘉措不得不向康熙上书，说明五世达赖已死，选出的转世灵

---

* 辑自《西藏民族学院学报》1981年第1期。

童已经 15 岁了。1697 年 9 月，第巴·桑结嘉措被迫自藏南迎请仓央嘉措到拉萨。途经浪卡子宗时，事先约好五世班禅罗桑益西在此会晤，仓央嘉措就拜五世班禅为师，剃发受戒，取法名为罗桑仁增仓央嘉措。十月二十五日，进入布达拉宫，举行坐床典礼，正式成为第六世达赖喇嘛。

  仓央嘉措所处的时代，正当西藏历史上风云变幻的多事之秋。他出生以前，西藏是噶玛王朝统治时期，黄教正处在迅速兴起和强大的阶段。代表噶举教派（俗称白教）利益的噶玛王朝，"嫉视黄教，几欲根本灭除"（《西藏民族政教史》），对黄教采取压制摧残的政策。与此同时，甘孜地方的白利土司顿永多吉率领大军西进，占领了德格、邓柯等一大片地方，声言要消灭黄教。这两股势力东西夹击，对于处在中部地带的黄教集团的生存和发展，构成了巨大威胁。具有雄才大略的黄教领袖五世达赖罗桑嘉措，抱着发展黄教势力、统一全西藏的目的，同正在青海地区扩展势力的和硕特蒙古部落联合，订立密约，邀请和硕特进驻西藏，作为黄教在军事、政治上的支柱。1639 年，和硕特首领固始汗首次率领蒙古骑兵进入甘孜一带，在东面消灭了白利土司，1641 年，固始汗应达赖之请，再次率兵入藏，又向西以武力推翻噶玛王朝。依靠蒙古部落的军事力量，五世达赖建立起以黄教为主体的噶丹颇章王朝，确立了黄教集团在西藏三百多年的统治，达赖喇嘛也就成了西藏至高无上的政教领袖。这时候，统治全中国的明朝已处于风雨飘摇之中，在整个中国的土地上，农民大起义的烈火遍地燃烧。具有政治远见的五世达赖料定明朝必然灭亡，为了巩固黄教集团初建的统治地位，就和实力更强大、但还未入关的清王室拉上了关系。1642 年，五世达赖派遣特使，于次年抵达盛京（即沈阳），朝见皇太极，受到清室的优礼接待，黄教集团就找到一个更大的施主，更有力的靠山。清军入关，清朝在全国的统治确定之后，五世达赖于 1653 年亲自进京，谒见顺治皇帝。清廷为了借重喇嘛教安抚各蒙古部落的人心，巩固清朝自己刚刚建立起来的统治地位，也极力笼络黄教集团。五世达赖进京之前，清廷于北京赶修成金碧辉煌的黄寺，供达赖住宿，又专门修建天桥，作为达赖进入京城的特别通道，以别于世人。达赖进京之时，顺治皇帝借打猎的名义，亲自到南苑迎接。达赖离京返藏途中，又特派礼部尚书和理藩院侍郎为专使，赶赴噶代地方，以满、汉、蒙古、藏四种文字的金册金印，封五世达赖为"西天大善自在佛所领天下释教普通瓦赤喇怛喇达赖喇嘛"，以示优隆。从此，达赖喇嘛这个封号和达赖喇嘛在西藏的政治地位就正式确定下来。经过这样一番努力，西藏黄教集团在清朝中央政府的统一管理之下，得到有力的保护，又受到和硕特蒙古部落的强力支持，黄教集团在西藏的统治地位更加稳固。但是，与此同时也就带来一个极其严重的后果，这就是和硕特入藏之后，赖着不走，有当雄八旗重兵驻防，首领固始汗除了掌握强大兵权之外，还实际上操纵着噶丹颇章王朝的政权。五世达赖除了征收十三万户赋税、坐吃俸禄、率领教徒拜佛诵经，安富尊荣于教主地位之外，政治上大有成为傀儡之势。五世达赖不甘心受制于人，企图排挤蒙古部落势力出西藏；和硕特蒙古亦不甘心失去在西藏的既得权益，尽力控制甘丹颇章政权。这样，在西藏上层统治者和蒙古部落上层统治者之间，种下了权力之争的祸根。这种斗争一直延续了几十年。到了1679年，五世达赖年事已高，为了预防自己死后甘丹颇章王朝大权旁落，就在这一年，他任命桑结嘉措为藏王，这就是史书上称的第巴·桑结嘉措（第巴是藏语音译，即藏王的意思。桑结嘉措，据王尧先生考证，是五世达赖的私生子）。果然三年之后，五世达赖圆寂，"桑结欲专国事，秘不发丧，伪言达赖入定，居高阁不见人，凡事传达赖之命以行"（《西藏通览》）。这时候，固始汗已死，第巴·桑结嘉措掌了大权，进一步排挤和硕特蒙古部落势力，他和固始汗子孙之间的权力之争达到了更加尖锐的程度。仓央嘉措就是在这种上层统治阶级权力斗争的形势下出生并终其一生的。

（二）

关于仓央嘉措这个人，首先应该指出的一点是，他是西藏上层统治者与和硕特部落上层统治者争权夺利的牺牲品。

从仓央嘉措被指定为秘密灵童，到进入布达拉宫当达赖喇嘛的过程，已足以说明他不过是第巴·桑结嘉措手中的一个工具。他在进宫之前，第巴·桑结嘉措扶持一个真死假活着的五世达赖镇慑人，实际上由第巴·桑结嘉措独揽大权，仓央嘉措仅仅是个备用的工具。进宫之后，有达赖之名，无达赖之实；在达赖之位，不能行达赖之权，大权仍旧归第巴·桑结嘉措，他还是个傀儡。仓央嘉措由于政治上不得志，开始走上沉湎酒色的放荡之路，这就给和硕特部落的统治者以把柄。1701年，拉藏汗继任和硕特部落首领，为了把他的政敌第巴·桑结嘉措搞下台，首先向第巴·桑结嘉措拥立的仓央嘉措开刀。拉藏汗向康熙皇帝上了密本，指责仓央嘉措行为不端，是个假达赖。本来"达赖转世"不过是宗教徒的欺人之谈，实际上无所谓真和假。拉藏汗这种计策当然是醉翁之意不在酒，无非借仓央嘉措的题目，做第巴·桑结嘉措的文章，借指责仓央嘉措放荡，达到搞垮第巴·桑结嘉措的目的。康熙帝怕仓央嘉措继续之为达赖喇嘛，会引起西藏的内乱，乃与和硕特首领拉藏汗、准噶尔首领策旺阿喇布坦等同时宣布，不承认仓央嘉措是五赖达赖的转世，不承认他是六世达赖喇嘛。这样，仓央嘉措就不由自主地被卷入争权夺利的政治漩涡。

1705年，第巴·桑结嘉措与拉藏汗的矛盾已经白热化。第巴·桑结嘉措买通拉藏汗的内侍，向拉藏汗的食物中下毒，不慎走漏消息，形势急转直下，到了千钧一发的危急关头，双方加紧调兵遣将。第巴·桑结嘉措仓促集结卫藏兵民，准备武力驱逐和硕特蒙古；拉藏汗连发密令，火速调当雄八旗和青海蒙古骑兵入藏。这年七月，藏军和蒙军在拉萨城郊爆发激战。第巴·桑结嘉措战败被俘，拉藏汗立即将他处死。第巴·桑结嘉措死后，拉藏汗委任隆素为第巴，一面遣使进京，向康熙报告"谋反"经过，一面报告第巴·桑结嘉措所选立的仓央嘉措不是真达赖，平日耽于酒色，不守清规，请予"废立"。于是，康熙下令，将仓央嘉措"执献京师"。由于仓央嘉措是第巴·桑结嘉措拥立的，第巴·桑结嘉措在一场狗咬狗的政治斗争中失败，仓央嘉措也跟着倒霉，成了一个俘虏。

1706年，仓央嘉措被押解去北京，行至拉萨西郊，遭到哲蚌寺僧的武装袭击，将他抢进寺内。押送卫兵乃与哲蚌寺僧开战，杀死喇嘛多人，复将仓央嘉措抢出，向北京解送，行至青海湖边，被拉藏汗派去的人害死。死时年仅23岁。一个有才华的诗人，被牵涉到争权夺利的斗争中，最后横遭惨死，不能不是一个悲剧。

除了上面讲的情况之外，关于仓央嘉措的死，还有几种不同的说法。一、仓央嘉措被押解进京途中，行至那曲卡和青海湖之间，患水肿病死去。中央民族学院于道泉教授持此说，是根据《清圣祖实录》中的类似记载，但未必可信。考虑到达赖喇嘛在西藏佛教中的崇高地位和蒙、藏群众中的影响，这是不是史官为尊者讳的春秋笔法？二、据十三世达赖传记载："十三世达赖去五台山朝佛时，曾亲自参观六世达赖仓央嘉措闭关静坐的寺院。"汉文本《达赖喇嘛传》作者牙含章同志根据这一记载，推断六世达赖送到北京之后，清帝将他软禁五台山，后来死在那里。但是，六世达赖在五台山闭关静坐一事，又不知何所据而云然？三、据法尊大师所著《西藏民族政教史》称：嗣因藏王桑结嘉措与蒙古拉藏汗不睦，桑结嘉措遇害，康熙命钦使到藏调解办理，拉藏复以种种杂言谤毁，钦使无可如何，乃迎大师晋京请旨。行至青海地界时，皇上降旨责钦使办理不善，钦使进退维谷，大师乃舍弃名位，决然遁去，周游印度、尼泊尔及康、藏、甘、青、蒙古等处宏法利生，事业无边。这显然与"诏执献京师"事实不符，大约是宗教徒亟求圆满结果的一种编造。四、据民间传说，大师戴刑具，行至青海扎什期地方，忽然失踪，乃是用大法力从刑具中脱身，即往五台山住了几年，后来到阿拉善旗，为蒙人牧羊。羊被狼吃，大师受到主人责斥，乃把狼领到主人面前，说"羊是它吃的，你同它论理吧！"蒙人大奇，始知为"仙人"，终知为达赖。蒙人大悔，以为得罪教主，罪孽非轻，从此以后，阿拉善旗的蒙人每年筹银二万两，送到拉萨，用作忏悔布施云。以后的行踪，一说即在放羊中示寂，一说回到藏南，在一山洞中坐化。这显然是一种神话传说，但在西藏民间较为流行。从统治阶级内部的尖锐矛盾看问题，拉藏汗恨第巴·桑结嘉措而及于仓央嘉措，必欲置之死地而后快。中央民族学院副教授王尧先生考证，仓央嘉措被害于青海湖畔的说法，较为合乎情理而可信。

（三）

仓央嘉措在历代达赖喇嘛中之所以占有一个突出的位置，最主要之点在于他是一个宗教的叛逆者——布达拉宫的活佛，民间的荡子。他在《情歌》中这样自我表白过：

　　住在布达拉宫里，
　　是活佛仓央嘉措；
　　进入拉萨民间时，
　　是荡子宕桑汪波。

仓央嘉措被迎进布达拉宫以后，一方面，由于他一下子被抬高到黄教教主的政教最高位子上，所以，不得不穿上袈裟，过那种达赖喇嘛式的生活；另一方面，由于政治上根本没有实权，加之他毕竟还是一个青年，要求自由，要求过一种普通人生活的愿望是强烈的，这就促使他成了一个两面人，既是活佛，也是荡子。说是两面，实际上是一面，做活佛是不得已，做一个普通人，过正常人的生活才是本意。所以，在他进宫以后，做出了很多惊世骇俗的大胆举动。他并不潜心参悟，锐意学法，也不争权逐利，计较名位，而是修葺林苑，放浪形骸，到处寻芳猎艳，沉湎酒色，就在布达拉宫山后的龙王潭御园中，做出了不少的风流事。他私自在布达拉宫正门旁边开一道小门，夜间悄悄出去，改名换姓叫做宕桑汪波，穿上世俗人的服装，戴上假发，下到拉萨民间，过他的放纵生活。这在他的《情歌》中有所反映：

> 看门的胡子老狗,
> 心性比人还聪明。
> 别说我薄暮出去,
> 别说我拂晓归来。

> 黄昏去会情人,
> 黎明天降大雪,
> 还有什么秘密,
> 雪地脚迹明白。

　　据说宫中的侍者发现脚迹通到仓央嘉措卧室,疑心有贱人进去,以后根究足迹来源,直找到荡妇家中,又细看足迹,乃是仓央嘉措自己留下的,才恍然大悟。秘密泄露之后,仓央嘉措也不顾影响了,继续走他自己的路,《情歌》有云:

> 卖酒女子不死,
> 一世都有酒喝,
> 少年终身希望,
> 就在这里寄托。

　　这无疑是一个宣言,宣布他一辈子要在酒和女性中间混下去,并且决不改悔,一直沿着这条路走到底。

　　仓央嘉措这样闹得实在不像样子,就引起了清朝皇帝、第巴·桑结嘉措和拉藏汗等蒙古王公的干涉。对于他们的劝阻、警告,仓央嘉措不仅没有听,而是进行了激烈的、坚决的抵制和反抗。当第巴·桑结嘉措来规劝他时,他拿出刀子、绳子,用寻死觅活相威胁,表示如果不能如他的愿,就自杀、上吊,弄得第巴·桑结嘉措毫无办法,只好听其自然。到了1701年,清朝皇帝和拉藏汗、策旺阿喇布坦等蒙古部落首领决定制裁他,同时宣布不承认他是真达赖喇嘛。面对这种严厉的惩罚,仓央嘉措丝毫没有屈服、退缩,而是进一步的彻底的反抗。他跑到日喀则,找到为他剃发授戒的师傅五世班禅罗桑益西,跪在扎什伦布寺大门前,呼天抢地,大声地明确宣布:你给我的袈裟我还给你,你加在我身上的教戒(指比丘戒,共有二百五十三条),我也还给你,黄教的教主我不当了,给我自由吧,让我过普通人的生活吧!他的师傅也无法约束、无法规劝，同样只得听之任之。这样，他又在日喀则风流浪荡了一段时间。后来回到拉萨，就更加公开地过他的放荡不羁的生活。《情歌》中写道：

> 人们都在说我，
> 说得的确不错，
> 少年的琐碎脚步，
> 到女店主家去过。

> 当其时来运转，
> 竖起祈福经幡，
> 就有名门秀女，
> 请到她家赴宴。

　　拉萨有一部分墙上涂黄颜色的房子，据说这些黄墙屋主家都有女性同仓央嘉措有过往来，因此，涂上黄色，以兹区别，略有一点炫耀的意思。因为当时的习俗，以为有女性同达赖喇嘛这样的活佛交欢，乃是一种荣耀，会得到很大的福分。

　　宗教的教戒是森严的，黄教是在噶当派（即教戒派）的基础上由宗喀巴加以改革形成的，因此，这一派戒律又得显更加森严。杀、淫、妄、盗、酒，这是佛教的五大戒律，被认为神圣不可犯。而仓央嘉措敢于抵制它、反抗它，公开向它挑战，这不能不说明他有非凡的勇气。其次，黄教教主的地位是崇高的，自从甘丹颇章政权代替噶玛政权以来，达赖喇嘛已经成了全西藏最高政教统治者。仓央嘉措处在封建农奴制时代，不汲汲于富贵，鄙薄权势，公开宣布放弃教主地位，这又表明他具有非凡的胆识和追求自由的极大热忱。所以我们说，仓央嘉措处在宗教的地位无上、权力无上、宗教的戒律神圣不可侵犯的时代，能以极大的勇气和破釜沉舟的精神，冲破宗教的清规戒律，公开和宗教决裂，把五大戒律踩在地，做出一些惊世骇俗的举动，这无疑是对宗教的一种勇敢的挑战，这就铸成了他一个宗教叛逆者的形象。

（四）

　　仓央嘉措处在达赖喇嘛的崇高地位而走上叛逆宗教的道路，有没有它的客观必然性呢？我们以为是有的。仓央嘉措的家原是信奉红教的，红教僧人可以结婚，这种家庭熏陶不能不在他幼小的心灵中留下影响。他不是一被选为灵童就送进宫中，而是在民间住了十几年，接触的是普通人的生活，男欢女爱这种世俗人的幸福，难免不在他心中留下深刻的印象。宗教的禁欲主义把禅林僧院搞成没有人间烟火味的禁闭室，一个年富力强的青年，自然不甘寂寞，鸟儿要飞出樊笼，人要追求自由，尼姑要思凡，神女要下界，仓央嘉措不能没有这种人之常情。而在他进入布达拉宫以后，一下子被卷进政治斗争的激流旋涡之中，他一个十几岁的青年，根本驾驭不了这种形势。况且，第巴·桑结嘉措、拉藏汗自己唯恐失去手中权力，哪能分给他一杯羹！政治上既无权，宗教上又无味，加之他对世俗人生活、对自由的向往，这些因素结合在一起，是不是就促成他走上一个宗教叛逆者的道路？

　　用辩证的观点看问题，对仓央嘉措的叛逆行为，首先应该给以充分的肯定。我们知道，宗教作为一种意识形态，自从它诞生的那一天起，就一直起着毒害人民思想的反动作用。无论奴隶主阶级、封建地主阶级、资产阶级，无论古今中外的一切反动统治者，无不千方百计把宗教作为一种强有力的工具，用来压迫人民，统治人民，束缚人民的思想，使广大人民群众背着极其沉重的精神枷锁，俯首帖耳，听命于统治阶级。神权也和君权、反动政权一样，是吃人肉、喝人血的东西。据统计，从1600年以来的三百年间，死于西欧宗教裁判所的人达75万之多，多少著名的科学家，多少进步的科学文化被摧残！意大利伟大的科学家布鲁诺惨遭火刑，便是典型的一例。西藏的宗教残害了多少农奴！那些数不胜数的人皮法鼓、胫骨法号、顶骨念珠，都有力地说明宗教的残忍、野蛮。所以，宗教作为统治工具，它从来是与人类的进步为敌，与人类的文明为敌，与人类的科学为敌的。既然如此，那么仓央嘉措的叛逆行为，就必然地是一种进步的行动，在客观上起到动摇封建农奴制度基础的作用。我们还应该看到，当时黄教正处在兴盛时期，而作为教主的仓央嘉措却首先站出来背叛宗教，这不能不是对佛教的一个沉重打击。在西藏的历史上，公开站出来反对、背叛宗教的思想的解放大家有两个。一个是吐蕃王朝时代的藏王朗达玛，他搞了灭佛法，焚经书，关寺庙，在大昭寺开屠场，强迫僧侣还俗，当屠夫、猎手。不过，朗达玛的灭法是原始的苯教和新兴的佛教的宗教之争，是不同宗教与代表不同宗教的政治集团之间的火并，这同仓央嘉措要自由的叛逆行为，不能等量齐观。后者具有更大的意义，顺应了历史前进的方向，代表了进步人民的心愿。

　　另一方面，我们也必须明确指出，仓央嘉措是处在个人不得志，个人生活欲望得不到满足的情况下，起来背叛宗教的，并非自觉而有目的地去动摇封建农奴制度的基础,因此,他的叛逆行为也就带有局限性。再说,他采取放荡的生活方式来对抗宗教的清规戒律,毕竟是一种消极的反抗行为,况且,沉溺酒色,历来是剥削阶级腐朽生活方式的反映,这是他在不得已的情况下采取的斗争方式,是不可取的,这种腐朽生活方式是应予批判的。如果今天有人以破坏宗教戒律为名,去追求这种生活方式,那就是荒唐的了。我们把仓央嘉措放在一定的历史条件下,一定的具体环境中,来讲他的放荡生活的反宗教意义,并非提倡或者美化这种方式。正因为仓央嘉措的叛逆行为代表了进步人民的心愿,所以他得到人们的谅解和同情。有首流传很广的藏族民歌唱道:

不要责怪仓央嘉措,
说他曾经寻欢作乐,
如同自己需要一样,
别人也会需要那个。

更有甚者,有人为他的放荡生活开脱,说乃是游戏三昧,并未破戒体。仓央嘉措的本传中说他"没有女子作伴,从来未曾睡过;虽有女子作伴,从来未曾沾染"。当拉藏汗以武力行废立之时,很多人又为他鸣不平,极力反对;当押解他经过哲蚌寺时,寺僧冒死抢他,保护他;他被"诏执献京师"以后,拉藏汗另立了伊西嘉措为六世达赖,但西藏人始终没有承认他,只承认仓央嘉措为六世达赖。1719年,清廷又立据说是仓央嘉措转世的格桑嘉措为七世达赖,才平息了这场废立之争。这些事实都有力地说明,仓央嘉措博得了人们的广泛同情。

(五)

仓央嘉措是一个博学多才的人,虽然只活了短短的23岁,却留下了不少著作,除了情歌之外,还有一些所谓正经的作品,都有一定的价值。《仓央嘉措情歌》更是一部影响极大的书,在西藏的民间流传很广,几乎是家喻户晓,妇孺皆知,虽然经过二百多年时间,仍然余风犹存,凡是在西藏民间采风的人,只要提起个头,绝大多数人都能唱几首仓央嘉措的情歌。在为庆祝建国十周年编选的《西藏歌谣》中,就选录了仓央嘉措的情歌十几首,都是从民间收集得来。他的诗歌如果没有很强的人民性,没有代表人民的共同心愿,那么,广大人民群众是不会这么喜欢的。作为一个诗人，他的诗歌能得到如此广泛久远的流传，这无论是在古代还是近代，无论是在中国或者外国，都是屈指可数的，这无疑是对诗人一种崇高的奖赏，最好的赞誉。

  人们不禁要问：《仓央嘉措情歌》为什么会取得如此巨大的成功？我们可以用一句话来回答：《情歌》是一个宗教叛逆者的心声。在中国古代，有"诗言志，歌咏言"的传统说法，又说"心之所向谓之志"。在近代，郭沫若同志曾说过，诗是"心的颤动，灵的叫喊"。《仓央嘉措情歌》喊出了一个宗教叛逆者追求自由生活的心声，反映了宗教和爱情的深刻矛盾，表现了一个血肉之躯在宗教的清规戒律束缚下极端苦闷的心情，揭露了各种恶势力对爱情、对自由生活的摧残和破坏，无情地鞭挞了那些丑恶的东西，这就使《情歌》摆脱了死呀活的单纯爱情描写，从而具有比较高的思想性和比较强的人民性。鲁迅先生说过：一要生存，二要温饱，三要发展，凡是违背这三条的，无论什么神圣的东西，都应该一脚踏倒在地。《情歌》正是在这点上，代表了人民追求美好的自由生活的基本要求和反对一切邪恶势力的共同愿望，从而得到广大人民群众的喜爱。请看仓央嘉措是怎样有力地表现爱情和宗教之间不可调和的矛盾的：

    去到那高僧面前，
    请求把迷途指点，
    难拴的心猿意马，
    又飞到情人身边。

    要修炼的菩萨慈颜，
    心里总是看不见，
    不修炼的情人玉容，
    反复在心中出现。

    若要称情人心愿，
    今生就无缘修行，
    若要到禅林修行，
    又违背姑娘的心。

    假如修行学法，
    能像这样想她，

一个宗教叛逆者的心声

> 就在今生今世,
> 一定修成菩萨。

按照宗教徒的说法,修行就不能破戒,破戒就不能成佛。若要做个虔诚的宗教徒,就决不能沾染女性,若要过正常人的爱情生活,那永远也没有进天堂的希望。《情歌》中有很大的篇幅反映了仓央嘉措内心的这种深刻矛盾。矛盾、斗争的结果,还是自然规律的胜利,追求自由生活的思想占了决定的主导地位。请看:

> 后头凶恶的龙魔,
> 不管它怎么厉害,
> 前面鲜美的苹果,
> 必须要采摘下来。

> 阴间地狱的法王,
> 有善恶业的宝镜,
> 人世间不由他管,
> 死之后再请报应。
> 让他们得胜吧!

无论有什么危险,无论有什么严重的后果,他都无所顾忌,哪怕死后在地狱里受罚,他也在所不惜,自由生活必须争取到手,叛逆的路必须走下去。这类诗反映了他大无畏的勇气和背叛宗教不可动摇的决心。当然,在宗教清规戒律极其森严的情况下,他要走一条叛逆的路,绝不可能一帆风顺,必然会遭到一些人的非议、反对、责难、阻挠、破坏。这时候,他对各种阻碍他的恶势力的憎恨,在困难情况下的苦闷心情,必然也会反映在他的诗歌当中:

> 草尖降下严霜,
> 再加寒风使者,
> 折散玉蜂鲜花,
> 一定就是它啊!

> 巉岩和着风暴,

毁了鹰的毛羽，
诡诈加上伪善，
把我弄得憔悴。

野鸭眷恋芦苇，
心想小住一会；
海子寒冰冻结，
自己难免心灰。

　　遍地严霜，漫天风寒，把一对像玉蜂儿鲜花儿一样爱恋着的情人拆散了！像尖利的巉岩和无情的风暴把鹰隼的毛羽摧残得零落散乱一样，用心恶毒的阴谋和虚情假意的伪善，把一个青年折磨得憔悴了！海子上寒冰冻结，使眷恋芦苇的野鸭无处栖身，森严的教律禁锢着一个热血青年的行动，他企求自由的希望在何处寄托啊！这真是无情棒打散一对活鸳鸯！难怪仓央嘉措能博得人们如此深切的同情。
　　《情歌》对爱情的一些正面描写，也很能代表人们对坚贞爱情的赞美，对美好圆满结果的向往，对浅薄无常、朝三暮四的作风的唾弃这种共同心理。例如：

写出的小黑字儿，
被雨水冲掉了；
未曾写出的心迹，
总也磨灭不了！

嵌上黑色印章，
还是话不会讲；
请将信义印儿，
嵌在各人心上。

因为爱情太深厚，
问她"能否长相聚"？
回答说"除非死别，
决不能活着分离！"

一个宗教叛逆者的心声

　　爱情并不是写在纸上的小黑字，雨水一冲洗就不留痕迹；也不是印在纸上无知无识的印章，连一句话也讲不出来。真正的爱情应该是深沉坚贞，像铭刻在心灵上信义之印，永远也磨灭不了，扔不下，丢不掉，纠缠如毒蛇，执著如怨鬼，"二六时中，而无已时"（鲁迅语），它经得起任何艰难险阻的考验，活着共欢乐，死也无怨。正如汉族古代民歌中说的："山无陵，江水为竭，冬雷震震夏雨雪，天地合，乃敢与君绝！"在这里，仓央嘉措对坚贞执著的爱情给予了充分的肯定，正面的颂歌。又如：

> 初三的白色月亮，
> 领略过你的幽光；
> 请求你答应我吧，
> 和十五的月亮一样！
>
> 杜鹃从门域来了，
> 天时和地气转了；
> 我和爱人相会后，
> 身心变得舒畅了。
>
> 微露贝齿浅笑，
> 漫将满座瞭望，
> 媚眼悄悄一转，
> 停在情郎脸上。
>
> 和那意中人儿，
> 若能白头偕老，
> 像从大海深处，
> 捞得一件珍宝。

　　爱情应该像十五的月亮一样圆满，爱情应该像大海里的珍宝一样可贵，爱情在神秘的、幸福的眼光中悄悄传递，美满的爱情使人感到幸福舒畅。对这样的爱情生活，《情歌》作了细致入微的描写和新颖贴切的引喻，这就难怪人们要赞赏他的《情歌》了。当然，爱情有一往情深的，也有浅薄市侩的；有坚贞

不移的,也有朝秦暮楚的;有美的,也有丑的……在这些观念上,《情歌》的界限是清楚的,例如:

和那个市侩女人,
三句话结成同心,
花结子不须拆解,
在地上自己离分。

姑娘不是母亲生,
就像一个桃树精;
爱情枯萎来得快,
甚于桃花自凋零!

自幼相爱的姑娘,
莫非是狼的遗种?
相亲相偎的时候,
反倒想逃往山中。

对那些势利的、浅薄的、三心二意的、喜新厌旧的所谓"爱情",《情歌》给予了无情的嘲弄和有力的鞭挞。

《情歌》中还有少量的哲理诗,也是寓意深刻,富有教益的。这里举两个例子:

珍宝在于己手,
不以珍宝可贵;
珍宝落入人手,
心中充满懊悔。

十五望日的月亮,
是那样皎洁光明,
月宫之中的兔儿,
白白消耗了生命。

前一首义理明显，无须赘说。后一首是说月宫的兔儿想用它的身形掩盖明月的光辉，正如乌鸦想用它那黑色的翅膀遮挡太阳的万丈光芒，真是枉费心机！

（六）

仓央嘉措的情歌，大多是发自肺腑的天籁，蕴藏着炽烈的深情，真挚感人，充分反映了在清规戒律束缚下的青年的心境，实质上是对宗教的抗议。对于《情歌》反映出来的思想，我们应该充分肯定其反封建、反宗教、追求自由生活的进步的一面，这是《情歌》的主流，在篇幅上也占绝大部分。对于极少部分的糟粕，当然应予批判，这才是马克思主义对待文学遗产的正确态度。

《仓央嘉措情歌》就其艺术风格来讲，还有特别值得称道的地方。一个文艺作品，要产生大的社会效果，除了要求它的思想性比较强以外，还必须有很高的艺术性。这如同即使熊掌、海参，没有厨师的高超手艺，仍然做不出好菜来的道理是一样的。在西藏的文学史上，仓央嘉措这位诗人的文学造诣是很深的。他的诗作自成流派，独具一格，既不像《旬努达美》那样堆砌藻词，晦涩难懂，也不像《十万道歌》那样宣教说理，充满神秘的色彩。《情歌》运用西藏民间传统的谐体民歌形式，以其丰富的想象和新颖独特的比喻，烘托出具有很大艺术感染力的诗情画意，创造出十分优美的艺术形象，抒发了感人至深的情怀，使它具有鲜明的民族风格和浓郁的地方色彩，成为西藏人民喜闻乐道的一部诗集。《情歌》作者如果没有巨大的艺术熔铸力，要想使他的诗歌产生如此巨大的社会影响，那简直是不可想象的。

这里，我们可以从以下几点，来谈谈《情歌》的艺术风格。

1. 熟练地运用谐体民歌的体裁。谐体民歌同鲁体民歌一样，是藏族民歌中最重要的体裁之一，在民间流传既久远而又广泛，在拉萨、山南等西藏中部地区，流行更为普遍。仓央嘉措出生于藏南，又长期生活在民间，受到这种民歌的熏陶濡染，是不足怪的。可贵的是，一个处于政教最高地位的诗人，并没有鄙薄民歌，置于不顾，而是把它熟练地运用起来，作为表达自己丰富感情的有力手段，并且，竟会用这种民歌的体裁，来写成自己的诗集。这种情况不仅在西藏，就是在其他地方，其他民族的文人中，也是寥若晨星。屈原把民间鄙俚粗俗的祀神歌词加以改编润色，写成了名垂千古的《九歌》；仓央嘉措运用民歌的形式，汲取民间文学的营养，写成了著名的情歌集，这绝非偶然的巧合，是很发人深省的。

谐体民歌虽然不讲韵脚,但格律要求也是很严的。一般是六言四句式,间或也有六言六句式,每首四句或六句,每个诗句六个音节,分三顿,每两个音节为一顿,节奏鲜明,抑扬顿挫,流畅优美,朗朗上口,听起来悦耳,唱起来也易上旋律。《情歌》在谐体民歌体裁的运用上,表现出熟练的技巧。这里举几首来看:

那只巧嘴鹦鹉,
请你不要吵闹,
林中画眉姐姐,
要唱动人曲调。

小姐名门闺秀,
容貌世上稀有,
犹如桃树尖上,
鲜桃刚刚熟透。

花开时节已过,
玉蜂并未灰心;
情侣缘分已尽,
我又何必伤神。

爱人祈福经幡,
竖在柳林那边,
请你折柳阿哥,
别抛石头摧残!

民间文学和文人创作是互相影响,互相渗透的。西藏谐体民歌如此盛行,对于谐体民歌的发展兴旺,《情歌》无疑起了推波助澜的作用。

2. 比兴手法,譬喻新颖,具有斑斓多彩的民族特色和芬芳的高原泥土香。凡诗歌创作,大多离不开比兴,以甲喻乙,烘托形象,借物起兴,寓情于物,这是诗歌特别是民歌的最普遍、最常用的手法。《情歌》在比、兴的运用上,更见成功,而且有不少独创的地方,这反映出作者生活基础的渊厚,例如:

从那东方山顶，
升起皎洁月亮，
妙龄女郎玉容，
时时显现心上。

箭儿射中靶子，
箭头钻进地了；
我和情人相会，
心儿跟她去了。

前一首用皎洁月亮在东山升起，引出爱人形象萦系心中；后一首用射箭中靶，比喻情人相会，用箭头钻进地里，比喻心跟情人去了，这都是典型的比兴手法。《情歌》中数量众多的比喻，很多是人所未用过的，比如，用鲜桃比喻姑娘，用玉蜂比喻青年，用恶龙比喻破坏爱情的恶势力，把伛偻老人的身躯比作藏南的弯弓，把追逐自己心爱姑娘的情敌比作成群的公鹿，用玉蜂鲜花之恋、柳林小鸟之爱、野鸭芦苇之情，比喻一对情人的缠绵缱绻，如此等等，不一而足。这些比喻都新颖贴切，独出心裁，洋溢着乡土气息，比开口格桑花，闭口六弦琴，至于格桑花什么颜色，六弦琴什么声调，还没有弄清楚，就自诩为"西藏文学"的那样作品不知好多少倍！《情歌》中无论用喻用典，都带着鲜明的民族风格和地方色彩，花木虫鱼，鸟兽山川，风土人情，都带着极其明显的西藏特点。楚辞"书楚语、作楚声、纪楚地、名楚物"，成为我国古代诗歌中独放异彩的流派。《情歌》也以它的西藏特色而博得藏族人民乃至其他民族人民的喜爱和传颂。

3. 含蓄蕴藉，曲折往回。诗贵含蓄，太平铺直叙，让人一览无遗，读起来就索然无味，所以有"诗如观山不欲平"的说法。《情歌》中，有相当一部分是以含蓄见长的。例如：

繁盛的蜀葵花，
你若要去供佛，
请将少年玉蜂，
带进佛堂里去。

宗教和爱情之间的矛盾，在这里他没有正面写出来。诗人的思想根本不在修行学法上，他的脚步无论如何不能自动迈进佛堂。但是，他这个披袈裟的达赖喇嘛又不能不装模作样做些功课，而内心深处是决不愿意这样做的。他把这种无可奈何的心情，无法解脱的矛盾，只好寄托在供佛的蜀葵花的力量上。这种矛盾心情虽没有正面说出，却跃然纸上。又如：

> 初三的白色月亮，
> 领略过你的幽光，
> 请求你答应我吧，
> 和十五的月亮一样！

爱情初露，上弦的月儿隐约可见；他所需要的是圆满的爱情，但没有直说出来，只是说"和十五的月亮一样"。这是言外之意，弦外之音，给读者留下了回味的余地。

4. 想象丰富，浪漫色彩。可以说，没有想象就没有诗。诗人的想象应该像天马行空，鲲鹏展翅，"上穷碧落下黄泉"。仓央嘉措的想象也是极其丰富的。请看：

> 请求白色大雁，
> 借我凌空双翼，
> 并不远走高飞，
> 理塘一转就回。

这首诗按过去的说法，认为仓央嘉措预示他死后转世投生地方的预言诗，实际上，他被限制在烟消火灭、寂寞清冷的布达拉宫中，心里想要远走高飞，争取自由，想借大雁远行万里的双翼，冲出牢笼，诗人的这种想象力能不令人惊叹吗！再看：

> 世界中心须弥山，
> 顶天立地请别动摇，
> 太阳月亮围绕你走，
> 绝没有想到走错正道。

这是多么广阔的思想境界，又具有多么浓厚的浪漫色彩。诗人用宗教传说中日月围绕须弥山转的典故，衬托自己争取自由的坚定执著的信念，这就是给人以极其丰富的联想，其结果，远远不是短短四句诗所能限量的。从这里，我们可以说诗人的想象是在太空里驰骋的。请看：

> 帽子戴在头上，
> 辫子撂在背后，
> 一个说"请你保重"，
> 一个说"请你慢走！"
> 一个说"可别心碎"，
> 一个说"很快聚首。"

这里并没有华丽的辞藻，夸张的渲染，也没有感情的爆发，诗人只用了短短六句明白如话的诗句，就勾勒出一幅情长谊深的送别图。再看：

> 旧月已过去，
> 新月正来临。
> 吉祥月初头，
> 盼望会情人。

把一对情人相思相恋的无限深情，用这么简单朴素的话淡淡托出，语言虽然平常无奇，思想却是一往情深的。
……

仓央嘉措情歌的思想性和艺术特色*

降大任

六世达赖仓央嘉措·罗桑仁增（1683—1706?）是17世纪末到18世纪初我国西藏地区的享有盛誉的诗人。现存《仓央嘉措情歌集》（以下简称《情歌》）所收66首（或说74首）短歌，是西藏文学史上的名篇。

仓央嘉措出生在藏南门隅地方一个贫苦的门巴族红教喇嘛家庭。仓央嘉措幼年丧父，随母生活，受到舅父和姑母的歧视和冷遇，家境清寒。他从小就参加体力劳动，和家乡的劳动人民结下了深厚的感情。仓央嘉措思想奔放，性格开朗，在同劳动人民相处的日子里，耳濡目染，学习了许多民族民间文化，1682年，五世达赖罗桑嘉措去世。西藏地方执政第巴·桑结嘉措秘密选中仓央嘉措为五世达赖转世灵童，并派人辅导他学经和受教育。15岁时，仓央嘉措从五世班禅罗桑益西受戒，同年迎到拉萨，成为六世达赖，居布达拉宫。

当时，第巴·桑结嘉措集西藏大权于一身，与青海蒙古族厄鲁特部固始汗的曾孙拉藏汗发生政治冲突，彼此斗争愈演愈烈。桑结嘉措兴建后苑龙宫，纵容仓央嘉措寻欢作乐，限制他过问政事；另一方面，桑结加措有意扶植藏传佛教的红教势力，与拉藏汗支持的格鲁教派对抗。仓央嘉措深受红教影响，而他又是第巴·桑结嘉措扶持的法王，这便招致了拉藏汗的不满。后来，拉藏汗约同伊犁厄鲁特蒙古王策妄阿喇布坦，同时声明，不承认仓央嘉措为真达赖。徒拥虚位的仓央嘉措感到政治抱负无法施展，又厌恶上层集团的争权夺利，便向班禅表示情愿放弃格鲁派法王的尊位，只求保留教主的世俗特权。此后，他越发沉湎酒色，放荡不羁。连康熙皇帝、拉藏汗和蒙古王公的多次警告，也置之不理。

---

* 原载1980年8月20日《西藏日报》。

仓央嘉措情歌的思想性和艺术特色

1705年,第巴·桑结嘉措与拉藏汗发生武装冲突,桑杰嘉措战败被俘处死,仓央嘉措一同受牵连被废黜。次年,仓央嘉措被解送北京,途中下落不明。被执之年,仓央嘉措年仅23岁。

在短促的政治、宗教生涯中,仓央嘉措的生活条件发生了巨大变化,他从一个贫贱的普通民间少年骤登尊荣一世的六世达赖的高位,越八年即又被废。一生经历了大起大落,但始终郁郁不得志。在这样的境遇中,仓央嘉措以他过人的才华,从民间文化中汲取营养,致力于情歌的创作,写下了动人的诗篇,给后人留下了一笔宝贵的文化遗产,这又是诗人的幸运。

《情歌》无论在思想内容和艺术手法上都富有特色。以下就从这两方面分别谈谈个人的看法,向大家请教。

一

如前所述,仓央嘉措早年生活在底层劳动人民中间,他家庭信仰的宁玛派又不像格鲁派那样戒律森严,这就使他养成了开朗活泼、自由豪放的性格。之后,他突然当上了煊赫的六世达赖,尽管荣华富贵将他紧紧围绕,他仍然感到精神上孤独冷落。加之处在第巴·桑结嘉措专权钳制之下,在激烈的政治斗争中只不过是个傀儡人物,后来又突遭被废的厄运。这种前途叵测、风云突变的境遇,更刺激了他的思想感情,内心充满苦闷和痛苦。为此他极力将个人爱情当作逃避所,终日不拘形迹,消磨岁月。因此,在抒情言志的《情歌》中,就突出地反映了他渴望自由,希望能过正常人的生活,同时,也从一个侧面含蓄地表达了对政治束缚和严酷的宗教戒律的抗议和不满。《情歌》虽然抒发的是仓央嘉措个人的感情,但同声相应,也在一定程度上体现出当时深受农奴制压迫,没有人身自由的西藏各族人民的愿望。他唱道:

> 常想的喇嘛面孔,
> 怎样也来不到心上;
> 没想的心上的容颜,
> 眼前却明明朗朗。

> 最心爱的姑娘,
> 你若真学佛去,

> 我也同你一道，
> 住到山洞里去。
>
> 求求大德的喇嘛，
> 把我的心儿收去！
> 心儿才收回来，
> 又跑到姑娘那里。

热烈的爱情成为诗人生活的精神支柱，使他不可遗忘，念兹在兹。这与枯燥的佛法修炼形成鲜明对照。像仓央嘉措这样的人物，他也曾抱有将爱情与学佛协调起来的幻想。可惜，格鲁派既不许教徒像宁玛派教徒那样娶妻成家，更没有内地禅宗的那种"酒色财气，不碍菩提路"的信条。诗人诚惶诚恐地向神佛祈祷均属枉然。那深沉的痛苦使他难以忍受，终于喊出了心中的誓言：

> 背后的"龙魔"虽狠，
> 我是怕也不怕，
> 前边香甜的苹果，
> 舍命也要摘它！

"龙魔"，最早是指森林中的一种魔怪，佛典上用来比喻人们心中的"邪念"。唐代著名"诗佛"王维就有"安禅制毒龙"的诗句。这里，诗人却把它比作爱情的障碍，迫使诗人宁愿抛弃生命，也要争取自己金子般的幸福。从诗句中，我们似乎感受到诗人备受压抑而又被爱情烈火煎熬着的心灵的战栗以及追求幸福的坚强决心，引起人们无限的同情。尽管这里没有直斥宗教的罪恶，但那字句间流露出来的强烈愤怒和怨恨，不亚于一篇有力的控诉书。

诗人对虚幻的成佛梦想决意摒弃，他只认识到爱情是终身幸福的所在：

> 如果姑娘永生，
> 酒是喝不完的，
> 我这少年的依靠，
> 永远在你那里。

由于他认定了目标，所以他爱得坚决，爱得直率，爱得热烈。

> 问问心爱的人儿，
> "能否作终身伴侣？"
> 回答说："除非死别，
> 活着便永不分离！"

据说当上六世达赖的仓央嘉措，常常夜里从布达拉宫的旁门溜出来，乔装前去同情人欢会。这事被人发现。招来沸沸非议。但诗人对此直认不讳，毫不介怀。他昂然回答，

> 人家说我闲话，
> 说的一点不差，
> 少年轻轻的脚印，
> 曾踏进女店主家。

这无异是对格鲁派传统教规的挑战。寥寥数语，斩钉截铁。诗人的叛逆性格，跃然纸上。当时，在政教合一的严酷封建农奴制下，西藏各族人民毫无人身自由可言，更谈不上追求爱情的正当权利。诗人这种对现实幸福的肯定态度和勇敢追求，无疑有着进步意义。特别是这火辣辣的语言出于一位显贵的达赖之口，确实是难能可贵的。

当然，以爱情为主题的《情歌》，非但数量有限，篇幅短小，其内容反映的社会意义也显得单薄。它没有也不可能反映当时阶级斗争、生产斗争等方面丰富复杂的图景。这是由仓央嘉措独特而短暂的生活经历和社会地位决定的。不过，由于仓央嘉措曾是封建农奴主阶级的头面人物，有人就对《情歌》不加分析地划归贵族僧侣文学的范畴，这未必妥当。文艺作品的属性主要应当看其社会实践效果，不能单以作者阶级地位来确定。通过分析，可以看出，像上述那样的好作品，在《情歌》中占多数，主流是好的，具有人民性和进步性。尽管这些作品没有标上什么阶级的爱情的标签，甚至有些作品只是表达了某种情绪，根本无法用阶级性来评量。然而，"口之于味，有同嗜焉"。只要这种思想感情是真挚的、健康的，为人民群众所感受，所肯定，并引起了人民群众的同情和共鸣，那么，表现这种思想感情的情歌就有权利在人民的精神文化园地中占据一席地位。实践证明，《情歌》的多数作品在西藏各族人民中保持着不衰的魅力，并广泛传播，不是没有理由的。诗人曾被某些封建卫道士斥为大逆不

道、迷失菩提的人，但他的作品在西藏几及家传户诵，老少皆知，诗人受到了人民的尊敬和怀念。相传仓央嘉措被废时，就引起一部分人的反对。在诗人的家乡门隅地区，门巴族人民至今以出了这位杰出的诗人引以为荣，并对他的遗迹、遗物珍重保存，甚至朝拜他留下的脚印。这除了有宗教信仰的历史原因之外，不能否认，还有着人民群众对诗人及其《情歌》悠久而深厚的情谊。人民从来就是文艺作品最公正、最客观的评论员。对仓央嘉措的《情歌》，亦应作如是观。

爱情是一种强烈的高尚的个人感情。追求正当的爱情是天然合理的。然而，在阶级社会中，统治阶级的爱情和婚姻总是计较利害的。恩格斯说："统治阶级仍然为众所周知的经济影响所支配，因此在他们中间，真正自由缔结的婚姻只是例外。"仓央嘉措置身统治集团的最上层，自然对此不能无所感觉。

> 我和会场上的姑娘，
> 虽结下三句盟约，
> 好像花蛇盘起来，
> 没碰它自己就开了。

> 姑娘软软的肌肤，
> 活泼地拥抱相亲。
> 莫不是贪图什么，
> 假意对我殷勤？

诗人的一些情人，二三其德，另有所怀。一般来说，这不能责怪这些女子薄情。在当时的社会条件下，她们中许多人受尽侮辱和欺骗，不敢轻易许身于人。她们必须考虑自己赖以生存的经济因素和爱情产生的下一代人的后果，不能不设法维护自己。诗人遇到的女子对她的追求抱怀疑、冷淡，甚至拒绝的态度，或者对他虚情假意，显然是别有苦衷。除了个人的感情因素和道德观念外，其中定然有着更深刻广泛的社会历史原因，只是诗人自己未能理解罢了。在《情歌》中有一些篇章，着力刻划诗人对情人变卦，对情敌提防，以及饱尝失恋痛苦的心理，这些作品也从另一个侧面，曲折地反映了在黑暗的封建农奴制度下不正常的爱情和婚姻关系。由此，也可以启示我们进而认识到这样一条真理："结婚的充分自由，只有在消灭了资本主义生产（当然也包括封建主义生产——笔者注）和它所造成的财产关系，从而把今日对选择配偶还有巨大影响的一切派生的经济考虑消除以后，才能普遍实现。"①

应当指出，仓央嘉措追求的爱情，也不完全是双方平等自愿的爱情。烜赫的六世达赖的政治经济条件，就使他在与所追求的女子的关系中处于有利的地位。他可以用金钱买到"爱情"，他本人也沾染了剥削阶级的恶习，有时对爱情抱极轻薄的态度。

> 半路遇见的姑娘，
> 虽然遍体芳香，
> 却像拾到白松耳石，
> 又随手丢在路旁。

他常常在拉萨一些酒店之类的娱乐场所出入。他常是朝秦暮楚，见异思迁的。

> 花儿的季节已过，
> 蜂儿并不心焦；
> 我和姑娘缘尽，
> 何必心烦意恼！

这是无可奈何的自慰？也难保不是自我开脱的遁词。

此外，《情歌》中也有若干篇章反映了作者认为人世无常因而消极遁世的态度，或者宣扬佛法，为宗教服务。有人认为这是诗人在当时上层政治斗争和宗教斗争中遭受打击压抑的心情的流露或政治抱负的含蓄表达，这也不无道理。但是，诗无达诂。倘无直接的有力的史实佐证，目前还不好这样相信。从今天来看，这类诗作并无重要价值。

二

《情歌》之所以受到人民群众的欢迎和喜爱，流传历久不衰，除了思想内容方面的原因，还由于它在艺术上具有引人入胜的独到之处。

---

① 恩格斯：《家庭、私有制和国家的起源》。

首先，《情歌》采用的形式，是西藏各族人民喜爱的短小精悍的"谐体民歌"。谐体民歌可以载歌载舞。其形式多为四句，间有六句、八句，但皆为偶句。每句六音，多三顿。与汉族旧体诗里的六言绝句极相类似。《情歌》是谐体民歌见于文献的相当成熟的文学作品。谐体民歌在仓央嘉措的刻意加工下，显得节奏清晰、声韵协调，他又特别注意尾韵的一致，配上优美的曲调，听来便有轻快、流畅、情意绵长的感觉。

谐体民歌形式简短，具有一定格律，要写得自然朴实、浑然天成是不容易的。这正如汉族旧体诗的绝句一样难作。仓央嘉措以他高超的才华，对这种形式驾驭谙熟，运用自如，达到了言简意赅、以少胜多的艺术效果。《情歌》现存数量不多，但几乎描写了人们爱情生活的各个方面，囊括了它的全过程。其中有渴望、有追求，有盟誓、有欢会，有忧惧、有嫉妒，有情变、有离间，有失恋、有绝望，有追悔、有怀念……多数篇章写得斑斓多彩、有声有色。就以描写青年单恋的心理为例来说：

> 从那东方山顶，
> 升起白白的月亮，
> 未嫁少女的面容，
> 显现在我的心上。

> 和那心爱的姑娘，
> 如能百年偕老，
> 真像从大海底下，
> 捞上来一件珍宝。

> 对她一见钟情，
> 夜里睡不着觉，
> 白天无缘再见，
> 使我神魂颠倒。

虽然都是单恋，但交往有亲疏，情谊有浓淡，诗人细心地把握这幸福的分寸，由这三首诗表现的三种境界，细腻含蓄地透露出来，诗意空灵，层层深入。第一首是愿望，情有所钟，思绪萦回，好事难料。望月怀人，似有恼人的轻愁，挥之不去。第二首是热望，情意深重，思绪翻腾，急盼好合，心焦意切，对爱人视若珍宝。第三首是渴望，思绪缭乱，魂不守舍，度日如年。令人联想到《诗经》《关雎》篇里所写的"辗转反侧"、"寤寐思服"的情景。而三首诗又都渗透着单恋的甜蜜的忧愁。像这样具体入微的心理刻划，于精练中见功力，平易处出风华，真不愧是摹情的高手，传神的巨匠。

诗歌讲求形象思维。诗人捕捉形象的手段也是高超的。他描写少女的多情美丽，决不铺张渲染。仅抓住"抿嘴儿一笑"、"娇滴滴的眼神的顾盼"这样一些典型的细节，像特写镜头，令人物神情毕现。有时只写几句对话，也绝不流于空论。试看：

> 一个把帽子戴在头上，
> 一个把辫子撩在背后。
> 一个说："请你保重，"
> 一个说："请慢慢走，"
> 一个说："你又难过啦，"
> 一个说："很快就能聚首。"

幽会后几句简单的道别语，十分朴实自然。这里没有直写不忍分离的愁苦，读者完全能够体会到一对情人彼此深爱，互相体贴的依依不舍之情，可谓言有尽而意无穷，特别是开头两句，那戴帽子、撩辫子的动作描写，犹如点睛之笔，使形象顿时活起来，呼之欲出。写来似乎毫不费力，但确是经过反复提炼的语言精华。如此笔墨、如此意境，用"清水出芙蓉，天然去雕饰"来形容，应是恰如其分的。

在塑造形象中，运用传统的比兴手法，是诗人的擅长。无论明喻、暗喻、借喻（比兴的比为明喻，兴为暗喻。所谓与主题无关纯系起句作用的兴，在藏族民歌中几乎没有成例），诗人都用起来得心应手，左右逢源。

> 野鹅爱上了泥水，
> 打算亲近一回，
> 哪料想冰封湖面，
> 叫它意冷心灰。
>
> 柳树爱上了麻雀，
> 麻雀爱上了柳树，

> 只要两两同心，
> 花鹰无隙可入。

一写求爱被拒，一写两情坚贞。诗人避免直说，而用拟人化的比喻，描绘失意的痛苦和相爱的忠诚，形象新颖，委婉生动，给人以鲜明的印象与深长的意味。

诗人惟妙惟肖的比喻，来自深厚的现实生活体验，故而妥帖自然，亲切可喜。例如，他用暴风的使者——寒霜拆散蜂儿和花朵，暗示爱情遭到摧残；用射箭中的比喻久别的爱人，重逢欢聚；用南方制造的弯弓比喻早衰少年的佝偻身形等等，都是从人民群众习见的事物中取譬引类，字里行间洋溢着浓郁的生活气息，叫人不自觉地受到吸引，产生联想，从而有效地增强了作品的感染力。

巧妙的比喻既有生活的基础，还有浪漫的想象。有些诗句夸张得出人意料，却又合乎情理。试看：

> 姑娘不是妈妈所生，
> 怕是桃树生的，
> 为什么她的爱情，
> 比桃花谢得还快？

这样的设问，岂非奇想怪问，别出心裁？然而以桃花易谢，比喻爱情幸福好景不长，表现情变突然而又不胜留恋的情怀，尽管问得超出常识范围，却仍于无理中有理，不情中有情。这正是艺术的真实区别于生活真实的地方，显示了诗人驾驭语言艺术的卓越能力。《情歌》中还有许多富于形象化的新颖词语，如"未生娘"象征少女，"牝鹿"象征情人，"龙魔"隐喻严厉的尊长，"风暴"比拟破坏爱情的阻力，等等。这些现已成为西藏文学中的熟语，为后人常用。以上种种都充分说明了诗人的艺术创造才能。难怪西藏人民至今对《情歌》抱有强烈的喜爱。

总之，《情歌》像西藏文学史上一束绚丽的鲜花，闪耀着夺目的光彩。它在思想内容上，固然有一定的时代和阶级的局限，但瑕不掩瑜，大部分作品是有进步意义的，其艺术成就也是多方面的，对西藏诗歌的发展产生过深远的影响。今天，我们继承《情歌》这一珍贵的文化遗产，进行学习和研究，吸取其精华，对于发展和繁荣社会主义的文化事业，定将产生有益的作用。

西藏仓央嘉措情歌的思想和艺术*

段宝林

1960年，当我们在西藏拉萨、日喀则、拉孜等城市和农庄调查民间文学的时候，最先听到的，也是听得最多的，往往是下面这首优美的情歌：

---

* 辑自《北京大学学报》1979年6月。

仓央嘉措情歌在民间广泛流传的情形从民歌集中收入的诗人作品可见一斑，这些作品流传地区颇广，已收入民歌集之中作为民歌存在：

《西藏歌谣》（中共西藏工委宣传部编，1959年人民文学出版社出版）第十二辑专收流传民间的仓央嘉措情歌25首。在第十一辑中有《心儿跟她去了》（第223页）、《要想不想念》（第248页）等二首，虽作为一般情歌处理，但亦是仓央嘉措情歌集中的传统作品。

《藏族民歌》（苏岚1952年编于拉萨，1954年新文艺出版社出版）共收入29首（参见第48、56、57、58、60—67、69、81、82、84、85、86、88、89、90、91—98、125等页）。这些情歌有的注为"拉萨民歌"，有的未注出处。

《康藏人民的声音》（李刚夫整理，1958年作家出版社出版）第216页《摘苹果》，第181页《到桑页一转就回》，后者原句为"到理塘一转就回"（见《西藏短歌集》第56页）。

《藏族民歌》第二集（庄晶编译，开斗山整理）第21、25、29、36、46、59、81、99等页收入《情歌》共八、九首。

《金沙江藏族歌谣选》（中央民族歌舞团搜集，1955年作家出版社出版）"康定情歌"中之《东方山顶上》（第32页）、《姑娘的容貌》（第79页）、《船儿离岸时》（第78页）均系仓央嘉措情歌。笔者在西藏时曾见到中央民族歌舞团陈石峻同志，谈起康区歌舞时，他说在跳弦子舞、锅庄舞时藏民所唱的民歌中尚有不少仓央嘉措的情歌，编选该集时未予收入。

《西藏短诗集》（王沂暖编，1958年作家出版社）中收入拉萨木刻本中的全部仓央嘉措情歌57首，又收入其他出处的情歌总共65首。对于这些《情歌》的作者，王先生并未注明，说："这（57）首里边可能大部分是出自个人的手笔，有些是民间诗人的作品。"又说："集子里共有176首，大半都是西藏家喻户晓人人爱唱的诗歌。"（参见第1—65页）

在青海玉树，1958年调查时，还发现有不少喇嘛用当地流行的曲调（勾毛）唱有韵脚的歌，其歌词几乎全部采自仓央嘉措情歌。

> 在那东方山顶,
> 升起皎洁的月亮,
> 青年姑娘的面容,
> 浮现在我的心上。

据说这首情歌在西藏家喻户晓,人人爱唱。应该说它是一首流传极广的民歌,然而,这首情歌却是二百七十多年前,一位著名的藏族古典诗人的作品,这位诗人不是别人,正是仓央嘉措。

仓央嘉措是西藏第六世达赖喇嘛。虽然他身为西藏最大的活佛,却写出了如此优美的爱情诗篇。这些诗已成为人民喜爱的情歌,至今仍在西藏、四川、青海、甘南等广大藏区流传。因此,仓央嘉措情歌在藏族古典文学和民间文学中,都是值得重视的作品。

(一)

诗人的生平和创作情况,至今学术界未有定论,这里仅将能够看得到的汉文资料加以整理,概述如下:

诗人的全名是阿旺洛桑仁青·仓央嘉措,生于藏历阴水猪年(癸亥),即康熙二十二年(1683年)正月十六日[①]。他的故乡是西藏南部的门域(一译为"寞"地)的宇松地方。相传他生在一个贫苦的红教喇嘛家中,15岁前在家参加劳动。1697年诗人快十五岁时,才被选为五世达赖的"转世灵童"[②]。同年十二月二十五日在拉萨布达拉宫正式举行升座典礼,成为第六世达赖喇嘛[③]。

本来,根据藏传佛教的惯例,活佛转世是在死后立即进行的,仓央嘉措迟至十五岁才被选定入宫,情况是很特殊的。魏源《圣武记》对此事记述颇详:

"(康熙二十一年)第五世达赖卒,第巴欲专国事,秘不发丧,伪言达赖入定,居高阁不见人,凡事传达赖命行之,自是益横,……凡西北扰攘数十年,

---

① 此处用于道泉先生说,见《第六世达赖喇嘛仓央嘉措情歌》(前中央研究院历史语言研究所单刊甲种之五,1930年北平版,于道泉译)第14页《译者小引》。

② 关于诗人的生活和生地,文献记载大体一致。1910年出版的《西藏宗教源流考》(张其勤编)云:"第六辈罗卜藏仁青策养穆错于康熙二十二年在扪地松度地方转世。"1940年出版的《西藏民族政教史》(法尊编)云:"第六世梵音海(即仓央嘉措之译意)于康熙二十二年生于宇松……"(卷六)

③ 同上。

皆第巴一人所致，……上谓达赖存必无是事，乃遣使赐第巴桑结书曰：'朕询之降番，皆言达赖脱缁久矣，尔至今匿不闻奏，且达赖喇嘛存日，塞外无事者六十余年，尔乃屡唆噶尔丹兴戎乐祸，道法安在？……第巴桑结惶恐，明年密奏言：'为众生不幸，第五世达赖喇嘛于壬戌年示寂，转生静体今十五岁矣，前恐唐古特民人生变，故未发丧，今当以丁丑年十月二十五日出定坐床，求大皇帝勿泄。'"①

这段史料所记述的民族矛盾是错综复杂的，魏源的观点未必正确，但有一点是可以肯定的，即：六世达赖仓央嘉措是十五岁才正式即位的。关于这一点，其他历史记载亦皆如此。法尊编的《西藏民族政教史》曰："第六世梵音海（此为诗人全名之意译——引者注），康熙二十二年生于宇松，父名扎喜敦赞，母名催旺那摩，十四岁内防护不现，至十五岁九月乃于拿迦则依班禅大师善慧智出家受沙弥戒，献号曰宝梵音海。"②

诗人即达赖位后，原尚在年幼，政事仍由第巴代理。待成年后，他自己并不满意达赖式的桎梏生活，常常换上俗人衣饰，到拉萨城里游逛。不久，关于他的许多风流韵事就在拉萨流传开来，据说他的许多情歌都创作于这个时期。

一个流传极广的传说很能说明这种情况。据说他常从布达拉宫后门夜出，微服私行，探访情人。某日夜雪，仓央嘉措拂晓前归来雪已停止，足迹乃留于雪上。守卫喇嘛发现后门有神秘足迹入宫，即循迹追寻，直至达赖卧室，大惊，以为刺客入内。一侍者急推门入，见达赖安卧床上，别无他人，又见达赖靴边仍湿，以靴印之地上，靴迹与雪上足迹无异，微服私行之事乃大白于世。据云下面这首情歌即诗人事后所作：

> 夜里去会情人，
> 黎明遇着大雪，
> 脚印留在雪上，
> 瞒也瞒不过去。③

此后，他更公然微服夜出，在拉萨大街上来往。第巴桑结为使仓央嘉措不

---

① 《圣武记》卷五《国朝抚绥西藏记》
② 法尊：《西藏民族政教史》卷六，10页。
③ 此传说在于道泉先生《译者小引》中即有文字记载，我在西藏也听到不少。1962年5月又听到天宝同志向我生动地讲过此故事，可见在四川康区亦传此说。

要过问政事，对他的这种违反教规的行动不但不加阻止，反而为他出没拉萨街头提供种种方便。这种特殊的经历使诗人有较多的机会和世俗人民生活接近，并使他产生了某些与宗教戒律相左的思想。这首情歌生动地记叙了这种情况。

> 在布达拉宫里，
> 是仁青仓央嘉措，
> 在拉萨大街上，
> 是荡子宕桑旺波。①

宕桑旺波是诗人在拉萨街头活动时的化名，看来诗人对于他那种敢于冲破宗教戒律的生活是直认不讳的，他甚至情愿放弃达赖喇嘛尊位，要过自由自在的生活。对于外界的压力，一概置之不理。

康熙四十四年（1705 年）第巴桑结与固始汗之重孙拉藏汗的长期矛盾尖锐化，第巴两次企图毒杀拉藏汗未遂，拉藏汗反率兵将第巴桑结捕杀，同时召集各大寺活佛对仓央嘉措进行宗教审判，说他乃风流浪子，不是真达赖。但会上意见不一，多数人说他"行为不检"乃是"迷失菩提"之故，甚至有人为他辩护，说他"游戏三昧，未破戒体"，而无人敢断言他是假达赖，废弃之议遂缓②。但拉藏汗仍坚持废弃仓央嘉措，适清使至藏，乃迎仓央嘉措进京请旨，诗人就在由藏赴京途中病死，时为康熙四十五年（1706 年），年仅 24 岁。

关于诗人死的原因，有各种不同说法，有人说是病死；有人说是拉藏汗派人将其杀害；也有人说诗人并没有死，只是引退而已。此外，还有人说他被清廷"押解进京，中途被害"③。我们认为，当时清廷对蒙藏上层采取怀柔政策，不会轻易虐待达赖，据《西藏民族政教史》记载，清廷对西藏统治集团内部纠纷是抱调解态度的：

"次因藏王佛海（按，即第巴桑结）与蒙古拉桑王（按：即拉藏汗）不睦，

---

① 此首《西藏短诗集》未载，系据于译本第 50 首译文整理。
② 此处用于道泉先生说，见《第六世达赖喇嘛仓央嘉措情歌》（前中央研究院历史语言研究所单刊甲种之五，1930 年北平版，于道泉译）第 14 页《译者小引》。
③ 于先生《译者小引》中介绍了几种说法，又据诗人同时的德隆喇嘛记载，诗人于"蒙古历十月十日死于蒙古之普喜湖，时年 25 岁"。另一说法见《西藏民族政教史》：诗人进京途中，"行至青海地界时，皇上降旨责钦使办理不善，钦使进退维艰之时，大师乃弃舍名位，决然遁去，周游印度、尼泊尔、康、藏、甘、青、蒙古等处，宏法利生，事业无边。尔时钦差只好呈报圆寂，一场公案乃告结束。"可供参考。

佛海遇害，康熙命钦使到藏调解办理，拉桑复以种种杂言谤毁，钦使无可如何，乃迎大师晋京请旨。"

由于人民对诗人的热爱，民间流传着不少关于他的传奇故事。有人说：诗人隐遁山野为人放牧，吟诗作歌，生活陶然。每天归牧时羊数总要短少，主人责之，待仓央嘉措亲手数时，羊数又恰恰正好。于道泉先生从北京雍和宫西藏喇嘛处，听到一更富神话色彩之传说。据云，诗人赴京途中，行经青海扎什期（一说拉卜楞）地方时，忽然不翼而飞，原来他以神力脱身，飞到山西五台山得道，至今五台山仍有其修道之石洞在焉。洞中有幅观音佛像，据说系一中原女郎之赠品，仓央嘉措接过佛像挂上石壁，念起"安像咒"来，那女郎即冉冉而起，竟飞入像中，并开口言道："不必诵咒了，我已到像中来了。"原来这赠像女郎即观音化身。通过这个神奇的故事，我们可以体会到，在群众心目中汉藏民族联系之密切①。

诗人创作了很多情歌，有手抄和木刻本行世，成为民间常见的启蒙文学读物。据说许多人最先读的书籍即是他的诗集，不少地方将它作为开蒙识字课本，可见其影响之大。现在通行的情歌集共收入情歌六十余首，均六言四句的"谐"体诗歌。传说此种西藏最流行的"谐体"即为仓央嘉措所创。据一般学者研究，情歌集中有不少是后人加入的民歌，但究竟何者为诗人创作，何者原系民歌，已无法考辨。但一般藏人都不怀疑，这些情歌的作者就是仓央嘉措。我想，诗人15岁以前生活在民间，西藏人民不管男女老幼都能歌善舞，生活在这样的歌舞之乡，诗人自幼必然会受到民歌的熏陶，受到民歌巨大的影响。后来在拉萨的一段生活也有很多机会接触到民间歌谣。情歌集中的作品，有些可能是诗人对民歌的记录和改编，但更多的却可能是他采用民歌形式进行的创作。当然，也可能有些作品是后来加入的民歌。但整个说来，这些诗篇都和诗人的生平有密切联系，所以统称为《仓央嘉措情歌》。这些情歌一二百年前即以民歌形式在民间流传，只在后来才用文字记录下来，经过手抄和木刻本的长期流传，形式逐渐固定。但在口头流传中"情歌"仍在发展变化，甚至出现了以往从未见诸记载的"仓央嘉措情歌"。例如，我就亲耳听到一首：

　　　　　金子的屋顶下面，
　　　　　吹起了银子的唢呐，

---

① 此处用于道泉先生说，见《第六世达赖喇嘛仓央嘉措情歌》（前中央研究院历史语言研究所单刊甲种之五，1930年北平版，于道泉译）第14页《译者小引》。

> 这不是唢呐在响，
> 是姑娘的歌声。①

传说仓央嘉措在金殿上举行佛事时，听着唢呐的吹奏想起了情人，乃作此歌。这首"情歌"在传统的歌集中并未记载，从它的内容看，是符合仓央嘉措本人情况的，估计可能原为诗人所作而流传者，亦可能完全是民间的拟作。但它能在民间流传，当然是属于民间文学范畴的②。由此可见，仓央嘉措情歌和民歌的关系是很复杂的，值得进一步深入研究。

二百多年来，仓央嘉措情歌始终受到人民的热爱，至今仍像初升之皎月、滴露的鲜花一样清新可喜，即使不懂藏文的人，通过汉文译本也仍然深深被它的艺术力量所吸引。这些情歌艺术魅力的根源究竟在哪儿呢？以下我们就从思想和艺术两个方面作一个初步的分析。

（二）

任何艺术作品，要产生巨大的艺术感染力，总要有一个先决条件，这就是它要能激起读者的共鸣，激起他们的同情，这就要求作品提出具有社会意义的问题，深刻地反映社会矛盾，成为人民群众的代言人。内容反动的作品也可能以虚假的形象，使不明真相的人受到一时的迷惑，但是当谎言揭穿以后，这些"作品"也就成为一堆无用的垃圾，被人民抛弃，被历史淘汰。优秀的古典作品之所以具有永恒的艺术魅力，正是由于作者用非凡的艺术技巧，在一定程度上表达了人民的思想感情和美的理想，自觉不自觉地代表着人民的利益，具有高度的人民性，因此，作品的人民性是它的灵魂，没有它，就不可能有任何真正的艺术生命。

仓央嘉措情歌之所以能够很快在民间流传，而且经受住了时间的严峻考验，正是由于它的这种人民性。一般说来，爱情题材所反映的生活面并不是很广阔的，它所反映的阶级矛盾也不一定是很深刻的，然而"情歌"却从侧面接触到

---

① 此歌及事系 1962 年 5 月四川阿坝藏族自治州副州长索官瀛先生向我讲述的。他说是诗人不听殿内唢呐而听到殿外姑娘的歌声，乃作此诗。

② 诗人或作曲家的创作流传民间者，一般叫"第二性的或间接的民歌"，以别于人民自己集体创作的"第一性的或直接的民歌"。参见梅耶尔《德国民歌的音调》，1959 年音乐出版社版第 3—14 页。

· 380 ·

了封建农奴制度的基本矛盾。同时,更重要的是它提出了一个当时具有一定社会意义的问题,有力地表现了广大人民要求自由爱情和幸福生活的美好愿望,表现了对黑暗的封建农奴制度的某些不满和反抗。

在最反动、最黑暗、最野蛮的封建农奴制的可怕压迫下,广大人民没有最起码的人身自由,当然也就更谈不到爱情和婚姻的自由了。我们在西藏不止一次搜集到这样一首沉痛的情歌:

> 我的心可以给你,
> 身体却不能跟你在一起,
> 因为我的名字,
> 已写进主人的账簿里。

这首民歌最激动人心的地方,正是在于人民的爱情和农奴制度的冲突被尖锐地提出来了,这是对黑暗制度的强烈控诉。农奴生活在水深火热之中,只有在爱情的交往里,痛苦的心可以得到暂时的慰藉和温暖,然而热恋的情人常被残酷的农奴制度活活拆散,农奴像生产工具和牲口一样作为农奴主的财产被登记在账本上,毫无人身自由可言。如果男女双方属于两个农奴主,则他们的结合就会遭遇到更多的阻碍,甚至永远不能团圆。至于农奴主利用封建特权强劫婚姻的事件,更是家常便饭,屡见不鲜。因此,婚姻、爱情自由的要求是广大人民的切身要求,是和封建农奴制根本矛盾的。仓央嘉措情歌,正是在这一点上,和人民的要求在某种程度上有相通之处,这是它在广大群众中得到强烈共鸣的根本原因。可贵还在于,诗人不仅表现了人民关心的问题,而且他的立场也是站在人民一边的。下面这首情歌尖锐地反对抢劫婚姻的暴行,维护人民利益,是很突出的一首:

> 心爱的意抄拉茂,
> 是我猎人捕获的。
> 却被有力的权贵,
> 诺桑王子抢去。①

这首情歌包含了一个古老的传说:猎人游猎林中,忽见一群仙女自天外飞

---

① 见《西藏短诗集》第30页。

来在湖中沐浴，猎人特爱其最幼者——仙女意抄拉茂，即私取其羽衣，仙女觉之，大惊，纷纷着衣飞去，唯意抄拉茂欲飞不能，为猎人俘获。据一般记载说，猎人得到仙女之后，觉得只有贵人才能领受神仙的爱情，自己无福和意抄拉茂成亲，就把仙女献给了洛桑王子。又有的记载（如藏戏《洛桑王子》）虽然不是说猎人献女，但说猎人怕自己福分不够而领洛桑王子去捕获仙女，实质上是一样的。这种结尾宣扬了封建统治阶级的等级观念和宿命论，是用迷信和谎言来掩饰掠夺婚姻的事实。这首情歌恰恰与此相反，仙女不但不是猎人主动奉献的，而且还是权贵洛桑王子恃势抢去的。《情歌》通过猎人的口，揭露了历史的真相，对封建农奴制度下抢劫婚姻的事实进行了愤怒的控诉。

当然，仓央嘉措情歌表现得最多的主题是封建禁欲主义和爱情之间的尖锐矛盾。这类诗篇和诗人生平结合很紧，但同样具有巨大的社会意义。通过这些深情的诗篇，诗人向我们袒露了自己的胸怀，塑造了一个大胆追求爱情反抗扼杀人性的黑暗制度的年青喇嘛的艺术形象。例如诗人常常在短短的四行诗里，集中表现出这种矛盾。下面这首是有代表性的：

　　常想的活佛面孔，
　　怎样也来不到心上，
　　没想的心上人的容颜，
　　却在眼前明明朗朗。

这活佛和爱人的形象双双并立，一美一丑，一爱一憎，黑白分明，封建禁欲主义的化身——活佛，和自由爱情的化身——情人这两个形象的对比，正反映了二者矛盾的尖锐。下面这首情歌初看起来似乎是维护宗教的，但实际上却同样反映了自由爱情和宗教礼法的矛盾：

　　求求大德的活佛，
　　把我的心儿收去，
　　心儿才收回来，
　　又跑到姑娘那里。

这首情歌多么微妙地表达了爱情对封建宗教的胜利，在这里无法抑制的爱情和扼杀人性的禁欲主义的矛盾得到了更加有力的反映。在封建农奴制统治之下，寺庙是最大的农奴主，宗教是最大的权威。藏传佛教的清规戒律和自由爱情是水火不相容的。但是，在仓央嘉措心目中甚至连宗教供品和幡旗也成了爱情的象征，带上了爱情的色彩，他的情歌所表现之爱情强烈是惊人的。例如：

鲜艳的大力花儿，
你用作佛前的供品时，
请把我年轻的蜂儿，
也带到佛堂里去。

又如：

在时来运转的时刻，
祈福的风幡才竖起，
就有好看的姑娘，
请我去作客去。

鲜花和多情的蜂儿依依难离，即便进入佛堂也是如此；而祈福的风幡对于诗人说来，只有一个意义，这就是和心爱的姑娘相会。不少情歌就是描写这种风流韵事的，如：

守门的狗儿，
你比人还机灵，
别说我黄昏出去，
别说我拂晓才归。

描述了诗人夜出的情形。在爱情受到阻碍之后，是痛苦的。这首情歌用比喻描述了这种心情：

野鹅爱上了泥水，
打算亲近一回，
哪料冰封湖面，
叫它意冷心灰。

然而诗人并不妥协，封建戒律的威胁和恐吓丝毫也没有动摇他对爱情的追

求,反而使他更加坚定:

　　　　背后的毒龙虽狠,
　　　　我是怕也不怕,
　　　　前面香甜的苹果,
　　　　舍命也要摘它。

　　这是斩钉截铁的誓言,它鲜明地表现了为情生为情死的坚定决心,这样对于人们的闲言诽语,也就毫不放在心上。诗人用超然的态度写下了这样的诗句:

　　　　人们都在说我,
　　　　说的一点不错,
　　　　少年人的脚步,
　　　　是到女店主家去过。

　　其实广大人民是完全站在诗人一边的,他们通过一首民歌来回答那些闲言诽语:

　　　　喇嘛仓央嘉措,
　　　　别怪他风流浪荡,
　　　　他所寻求的东西,
　　　　和人们没有两样。①

　　从这首流行的民歌中可以看到人民对诗人的同情,同时也看出仓央嘉措情歌的巨大社会意义。在旧西藏,自由爱情和宗教的矛盾是个普遍的社会问题。在政教合一的封建农奴制统治之下,人民没有真正的宗教信仰自由,每个家庭几乎都要派人去寺院当僧人,僧人的人数在全部人口中占有很大的比例,他们很多人被迫出家成为寺院农奴,受到上层喇嘛的压迫。在残酷的宗教清规戒律统治之下,最起码的生活要求也得不到满足。仓央嘉措情歌所揭示的矛盾正是要求爱情自由的广大人民群众,特别是这些僧众切身利益之所在,这正是情歌之所以投合他们的心理,引起他们共鸣的原因。总之,揭示宗教戒律禁欲主义和自由爱情之间的矛盾,表现对扼杀人性的反动农奴制的不满和反抗,这就是

---

① 《西藏歌谣》第260页。

仓央嘉措情歌思想性的最大特色。

当然，"情歌"的思想是复杂的，其中有些作品思想不太明确，例如：

> 死后去见阎王，
> 照照造孽的镜子，
> 人间是非难定，
> 镜子却不差毫厘。

译者注曰："藏族神话说，阎王有照人善恶的镜子，死后一照，可知人生前的一切行为。"如此看来，这首情歌是宣扬因果报应的，与此类似的还有两三首，对于这几首"不伦不类"的情歌，有人认为不是诗人的作品，而是后人的伪托，理由是这些情歌的思想显然与诗人的思想相矛盾。[1] 这就牵涉到诗人对宗教的态度问题和他的思想局限。

我们认为，诗人尖锐地揭露了扼杀人性的宗教戒律的丑恶，然而，并未否定整个宗教，对于灵魂不灭、因果轮回的思想，他还是相信的，只是宗教和爱情发生矛盾时，诗人才反对宗教的戒律。下面这首情歌甚至把宗教和爱情统一起来了：

> 在这短短的今生，
> 这样待我已足，
> 不知来生少年时，
> 能否重新会晤。

超越生死的爱情通过特殊的形式表现出来，反而更加深切感人。但并未否定宗教本身。

还有一首情歌，也是比较难懂的：

> 具誓护法金刚，
> 稳坐十地法界，
> 你若是神通广大，

---

[1] 此处用于道泉先生说，见《第六世达赖喇嘛仓央嘉措情歌》（前中央研究院历史语言研究所单刊甲种之五，1930年北平版，于道泉译）第14页《译者小引》。

> 请把佛教的敌人消灭。

这似乎是维护宗教的,但如联系另外一首情歌来分析也未尝不透出一点反宗教的意义。因为佛教的敌人至今未灭,护法金刚的"神通"又在哪里呢?这佛教的敌人正是"心中的魔鬼"——爱情啊!请看:

> 黄边黑心的云彩,
> 是冰雹的成因,
> 非僧非俗的沙弥,
> 是佛教的敌人。

沙弥即是年轻的僧人,非僧非俗的沙弥是否即是不守清规的仓央嘉措自况呢,这是完全可能的。如果这个猜测是正确的,则诗人由于对自由爱情的追求,已发展到和宗教权威公然对抗的地步,对"怒目金刚"都进行了奚落。尽管如此,他也仍未否定整个宗教,这点是应该分别清楚的。这诚然是时代使然,是诗人的思想局限。但也唯其如此,反而更加衬托出仓央嘉措叛逆性格的可贵。他是明明知道背后有凶狠的"毒龙",而舍命去摘"香甜的苹果"的。①

仓央嘉措情歌巨大的反封建意义,除了表现在反对特权阶级抢劫婚姻,直接反对扼杀人性的禁欲主义之外,还在于他强烈地表现了人民群众追求理想爱情的要求,生动地体现了劳动人民的爱情观点和微妙的心理活动。他的思想感情是健康的、美好的,是具有人民性的。

虽然传说诗人是放荡的,是对待爱情不够严肃的,然而在"情歌"中却找不到这种轻佻的作品;正相反,诗人所歌颂的爱情是纯洁的、坚贞的:

> 世界中央的须弥山呀,
> 请你坚定地耸立着,
> 日月绕着你转,
> 绝不想走错轨道。

这是用比喻来表现爱情的专一。

---

① 参见《西藏短诗集》第64页。

已化水的冰上，
不是跑马的地方，
才结识的姑娘，
不是谈心的对象。

这是从反面来说明爱情是严肃的事情，不能轻率对待。

野马跑到山上，
可用绳子捉拿，
变了心的情人，
神仙也抓不住她。

诗人的爱情是建立在双方自愿的基础上的，这和轻视妇女的强制婚姻毫无共同之处。反动统治阶级为了玩弄妇女，根本不把妇女当人，当然就谈不上真正的爱情。但在诗人的笔下，这种自由爱情是最可贵的、最美好的。

和那心爱的姑娘，
若能百年偕老，
真像从大海底下，
捞上来一件珠宝。

《情歌》的内容是丰富的，差不多表现了整个恋爱过程中各种复杂微妙的心情。这真像一杯爱情的美酒，酸甜苦辣味味俱全，非常耐人寻味。《情歌》所表现的这些爱情观念，许多方面是和人民一致的（当然还有诗人特殊的内容），因此才进入人民的日常生活领域，成为人民表达爱情的工具，获得了不朽的艺术生命。仓央嘉措情歌曲折地表观了人民的精神美，这是它思想意义和艺术魅力的又一个方面。

（三）

仓央嘉措情歌的思想性和艺术性是高度统一的，它不仅有进步的思想内容，而且风格优美，形象鲜明，具有很高的艺术性，它运用藏族民歌所特有的高度技巧，充分表达了强烈、丰富而深刻的思想情感，含蓄而不晦涩，热烈而不浮泛。

仓央嘉措情歌全是民歌体，这就是如今西藏非常流行的"谐体"（"谐"，意为"歌"或"短歌"）。这种体裁短小精悍，内容多歌唱爱情，但亦有反映其他方面社会生活的。因此，"情歌"无论在内容上还是形式上都是和这种民歌一致的，具有强烈的民歌风韵。民歌的比兴手法在情歌中占有重要地位，65首中运用比兴者约31首（内单纯起兴者10首）。但运用赋体白描手法直抒胸臆的也有不少，甚至比比兴体的更多一些（约34首）。无论运用何种艺术手法，"情歌"都具有鲜明的形象、浓烈的诗意，在短短的四句小诗中常常描绘出深远浓郁的意境，具有强烈的艺术感染力量。

"情歌"的意境主要是采取什么方式创造的呢？

特点之一，是通过相思怀念来描绘爱人的可爱形象，使想象中的爱人显得更加神奇可爱：

在那东方山顶，
升起皎洁的月亮，
年青姑娘的面容，
渐渐浮现在心上。

这首情歌在诗集中列居卷首，是当之无愧的，它运用月亮和爱人这一对形象的对比引起人们最美好的联想。原来在西藏人民眼中，月亮和雄伟的雪山一样，和纯净的鲜奶一样，和吉祥如意的哈达一样是洁白的，它放射银色的光芒使人感到温柔可爱，在它的照耀下人们可以驱除烈日下的劳累，得到暂时的休息和娱乐，对着月亮歌舞是最大的乐事。因此，在藏族人民心目中，月亮是最美丽的。用月亮起兴，使人立刻想象到情人如初升的皎月一样，纯洁可爱。虽然没有正面描述姑娘的美丽，但"渐渐浮现在心上"的情人肯定是很可爱的。情人愈是可爱，爱情愈是美好，那么扼杀人性的反动制度也就愈加令人憎恨。

特点之二，是诗人常用异常亲切的语调，坦率地倾诉自己的情怀。有时是对爱人，有时是对挚友，说的都是内心深处的秘密，把人一下子就引进诗歌的意境中去。

最心爱的姑娘，
你若真学佛去，

西藏仓央嘉措情歌的思想和艺术

我也和你一同，
住到山洞里去。

抿嘴儿扑哧一笑，
把我的魂灵儿引去了，
到底是不是真心相爱，
请起个誓儿才好。

这些诗读起来都是非常亲切的，诗人顺口道来，毫无雕饰，虽然只有四句，但也相当完整，人们不仅可想象到姑娘的美丽形象，而且还感受到诗人自己的火热心肠。

洁白的仙鹤啊，
请借我凌空双翅，
别处我都不去，
只到理塘就回。

这情歌在现实的基础上，作了大胆的幻想，更有力地表现了诗人炽热、强烈的爱情，这种意境是美妙的。① 总之，诗人直抒胸臆，但不显露；运用比兴，而不晦涩；语言是流畅的，形象是明朗的，想象是丰富的，具有浓烈的诗意。

特点之三，有些情歌运用白描手法，"单线平涂"，勾勒出一些富有诗意的场面、细节或对话，这是剪影，是速写画，但都富于情趣，诗情画意水乳交融。例如：

一个把帽子往头上一戴，
一个把辫子往后边一甩，
一个说："慢走，"
一个说："你在，"

---

① 关于这首情歌，我们在西藏调查时，一般都认为是怀恋情人的诗章，据说他的情人即在理塘，一说她是商人之女，随父到了理塘。然而，也有人从佛教观点来说明这首情歌，说第七世达赖喇嘛是在理塘找到的，这是活佛生前预言他将在理塘转世。如此则与爱情无关，此说显然不能成立。但此诗幻想丰富而优美，则无疑义。

一个说:"难过吧?"
一个说:"很快就回来。"

　　这首短歌的手法异常特殊,这里有人有事有情有景,四者浑然一体,通过一些有特征意义的动作和对话表现了丰富的生活内容。
　　仓央嘉措情歌的语言技巧是异常高超的,色彩丰富而又单纯明朗,生动精练,朴素自然,和某些文人诗古奥难懂的风格,恰成对照。它的音乐性很强,真可谓诵之行云流水,听之金声玉振,观之明霞散绮,吟之独茧抽丝,是高度艺术加工的成果,如掌上明珠,光彩夺目,使人爱不忍释。
　　下面我想对《情歌》的格律作一个粗略的探讨。
　　关于格式:《情歌》一般是每首四句,每句六个音节,类似汉文诗的六言绝句。但也有例外,如《和那心爱的姑娘》第四句即是五言,《和着净戒喝下去》、《和心上人儿相会》、《一个把帽子戴在头上》等三首则是每首六句而不是四句。但这些例外不多,《情歌》的句法是整齐的。
　　虽然是每句六言,但有时一句诗语义未完,要两句才能成为一个完整的句子。在朗读时,第一、三句用扬式,表示语气未完,第二、四句才用收尾的降调。
　　关于韵脚,笔者根据65首的国际音标注音本做了一个统计,结果如下:
ABAB韵——9首, AABC韵——9首
ABAC韵——5首, ABBC——4首
ABCB韵——4首, ABCC——4首
　　其他有二句韵脚相同者11首。
　　无韵脚者——18首。
　　由此可见,《情歌》的韵脚是不固定的,比较自由的,它有隔句韵(共21首),有连句韵(19首),也有首尾韵(6首),而无韵脚者共有18首,占了很大比重。有人认为"谐"体诗歌无韵,这个结论对《情歌》并不完全适合,因为它的韵脚虽然缺乏固定的地位,却不能说它一概没有。
　　当然,《情歌》的韵律主要不是靠韵脚而是依靠整齐而又起伏的节奏形成强烈的音乐感。每句六个音节,可分为三个"顿",每"顿"两个音节,朗读起来简短有力,朗朗上口,它忽高忽低,忽快忽慢,根据感情的要求,变幻无穷,铿锵悦耳,令人陶醉。我们在西藏搜集记录民歌时,歌手们朗读"谐"的歌词,常常不自觉唱了起来跳了起来。他们说:"不唱不跳想不起词来。""谐"和歌舞的关系是非常密切的,歌舞和劳动又有密切的关联。《情歌》和"谐"

的这种强烈的节奏性是它的韵律的主要特色,这是由劳动、歌舞的节奏决定的。这似乎可以作为这种歌体出自劳动群众的一个佐证。

总之,仓央嘉措情歌具有浓厚的民歌风味和民族色彩,它是民族化、群众化的优美诗篇。它的进步的思想内容和优美的艺术形式是和谐统一的。这是一串精工琢磨过的晶莹夺目的珍珠,在祖国的文学园地里将放射出不灭的光彩。

作者附记:本文修改过程中,承蒙中央民族学院藏族文学史编写组王尧、佟锦华等同志百忙中看完原稿,提出不少可贵的意见;社会科学院民族研究所藏族社会历史调查组资料室提供了许多社会调查材料;王沂暖教授千里投书,作了宝贵的指导。去《少数民族文学作品选讲》教材编写和学术讨论会前,又承王教授审阅原稿,提出了很好的意见。对于这些热情的关怀和帮助谨表示衷心的感谢。

本文所引"情歌"笔者曾作过一些文字上的整理,特此说明。

试谈仓央嘉措情歌

毛继祖

六世达赖仓央嘉措的情歌,从二百七十多年前直到现在,在藏族人民中广泛流传,脍炙人口。它在藏族诗歌中独具一格,对藏族诗歌的创作有较深的影响,在藏族诗歌发展史上占有一定的地位,研究它的学者,大都认为它是对佛教戒律和格鲁派禁欲主义的反抗与叛逆。

那末,身为六世达赖和西藏格鲁派法王的仓央嘉措,为什么要反抗佛教的戒律,唱出叛逆之歌呢?这些情歌为什么一直能够在藏族人民群众中广为流传呢?我们知道,仓央嘉措于康熙二十二年(1683年,藏历第十一饶迴水猪年)正月十六日,出生在藏南门隅地方宇松的一个贫苦宁玛派喇嘛家中。父亲名叫扎喜敦赞,母亲名叫才旦拉莫。仓央嘉措年幼时,曾在聂塘附近的讷尔布康学过佛经,1697年(康熙三十六年)藏历九月,仓央嘉措被选为六世达赖灵童,十月二十五日,被迎至布达拉宫,举行了坐床典礼。

仓央嘉措当上六世达赖以后,西藏上层统治阶级之间矛盾日益尖锐。1642年,入侵西藏的青海蒙古族厄鲁特部固始汗之曾孙拉藏汗同西藏第巴桑结嘉措之间勾心斗角,争权夺利,最后以桑结嘉措失败而告终。桑结嘉措为了达到其窃权揽政的目的,不让仓央嘉措过问政事,并大兴土木,新建寨后龙宫游苑,为仓央嘉措寻芳猎艳、放荡不羁广开了方便之门。在这样的历史中,游离于祖国西藏地方统治阶级权力斗争漩涡之外的仓央嘉措情歌便应运而生了。

仓央嘉措的故乡——门隅的自然景色十分美丽。山青水绿,密林鸟语,百花争艳,这一切在他年青的心灵深处播下了对故乡的热爱。西藏宁玛教派是允许僧侣娶妻生子的。当时作为宁玛教徒的仓央嘉措,年方弱冠,能歌善舞,这

---

* 原载:《青海民族学院学报》1979年2期。

试谈仓央嘉措情歌

时,有了热恋的姑娘,其歌为:

> 我与姑娘相会,
> 山南门隅林里;
> 除了能言鹦鹉,
> 谁人都不知晓;
> 请求能言鹦鹉,
> 千万莫把密漏!

  这首歌可能是仓央嘉措在拉萨时写的,也可能是在家乡门隅时写的。这充分说明了仓央嘉措在故乡时已有恋人,正在热恋。
  热恋着的仓央嘉措,突然被选定为六世达赖的灵童,要远离可爱的家乡,远离热恋的姑娘,绵绵情思难断,爱情之火难灭。与热恋情人之生别,就凝结成这样的歌:

> 白鹅爱上芦塘,
> 打算少住游荡;
> 哪料湖面冰封,
> 心灰意冷绝望。

> 苃苃草上寒霜,
> 它是寒风使者;
> 拆散鲜花蜂儿,
> 数它最为毒恶。

  这些歌唱出了仓央嘉措被选定"灵童"、离开恋人之后的悲伤、忧郁和绝望。绝望激起了义愤,义愤必然导致反抗,引起对未来的憧憬,于是他唱出了海誓山盟:

> 图章盖在纸上,
> 何尝会懂人言;
> 信义相爱之印,
> 盖在各人心坎。

黑字写的盟誓，
雨水一打就消；
情意深藏心底，
谁也无法擦掉。

问声心爱的人：
"可作终身伴侣？"
他道："除非死别，
活着永不分离！"

　　情深深，意绵绵，但教戒森严，佛法无情，一对恋人活活拆散了。诗人唱出了别景离情，他唱道：

帽子戴在头上，
发辫撂向背后。
道声："请你保重！"
回道："请你慢走！"
道声："请别难过。"
答道："很快聚首。"

　　一对恋人在悲伤中告别了。情深的姑娘，温暖的家庭，可爱背景的故乡，勤劳的人民，这一切在仓央嘉措的心田里播下了自由和爱情的种子。
　　一个生长在宁玛教徒家中，生长在广大劳动人民当中的少年，突然坐上格鲁派六世达赖的宝座，就像金翅鸟关在笼子里，虽然有吃有喝，但是他总感到不自由，总是盼望着海阔天空的旷野。仓央嘉措身居布达拉宫，可是他的心，还在故乡盘旋，不时飞向心爱的姑娘身旁。他的歌唱出了他的情思：

杜鹃来自门隅，
带来故乡气息，
如同姑娘相会，
无比心旷神怡。

试谈仓央嘉措情歌

> 在那东山顶上，
> 升起一轮明月；
> 佳人如花容貌，
> 在我心海荡漾。

这些优美的情歌，景情交融，充分表达了仓央嘉措对故乡、对他的女友的深切思念和绵绵情思。随着年岁的增长，仓央嘉措对自由更加渴望，对爱情更加坚贞，他唱道：

> 背后魔龙凶狠，
> 无所怕与不怕，
> 面前苹果香甜，
> 舍命也要摘它。

> 箭头射中目标，
> 枪弹钻进土里，
> 重逢旧日情人，
> 心又跟了她去。

> 拉萨人山人海，
> 琼结之人纯洁，
> 我的幼年恋人，
> 她就住在琼结。

坚贞的爱情，必结甜蜜的果实。仓央嘉措在人山人海的拉萨，依然最喜爱他的幼年恋人，竟然违犯了森严的戒律，与旧日的情人重逢。这样，使他增加了勇气，增加了求得自由、爱情的渴望。种在他心田的自由、爱情的种子，终于萌发了，公开叛逆，反抗宗教的戒律，反抗格鲁教派的禁欲主义。他把爱情置于佛法之上，爱情压倒了佛法，唱出了他的情歌的最强音：

> 求求大德喇嘛，
> 引我收敛心意；
> 心猿意马难拴，

奔向姑娘那里。

常想喇嘛尊容，
从不显现心中；
未想姑娘之面，
心头时现时隐。

想她想得眼花，
如能这样修法，
此身就在今生，
定会肉身成佛。

　　身居布达拉宫的仓央嘉措，越来越明确地感到，宗教戒律是一条羁绊在他身上的绞索，而且越勒越紧。情人、爱情，与戒律、佛法、喇嘛，是一对不可调和的矛盾。压力愈大，反抗愈强。他在短短的四句情歌中，用对比的手法，让情人、爱情与喇嘛、佛法短兵相接。一场剧烈搏斗，情人、爱情战胜了喇嘛、佛法，显示出情人、爱情强大有力，而喇嘛、佛法渺小无力。歌手用这些优美的情歌，揭示了他内心世界，造成他叛逆的巨大影响。这一影响非同小可，因为他不是一般的教徒，而是六世达赖啊！
　　然而，落后、黑暗的西藏农奴制社会，无情的宗教戒律桎梏了仓央嘉措的自由，摧残了他的青春和爱情。他幼年相恋的姑娘被人夺走了，一场悲剧演出了，思念、悲伤、愤怒笼罩他的心头。歌手唱出了他的心声：

情人意超拉毛，
是我猎人得的，
却被强权暴君，
诺桑王子抢去。

恋人被人夺去，
我应打卦求签；
姑娘心白如螺，
应入梦里相见。

试谈仓央嘉措情歌

> 心爱我的姑娘,
> 已被别人娶走,
> 心中相思成痨,
> 身上皮干肉瘦。

> 珍宝拿在手里,
> 不识它的宝气;
> 珍宝失与人家,
> 又妒又气又惜。

失恋了的仓央嘉措,依然恋情脉脉,舍不掉幼年相恋的姑娘,又思又想,又气又惜,显示了他对爱情的坚贞不渝。这种痴情,必然化作妒气。他的情歌,就唱出了对负约姑娘的轻蔑:

> 姑娘不是养的,
> 怕是桃树长的,
> 喜新厌旧无情,
> 比花开谢还急。

> 姑娘从小相爱,
> 谁知竟是狼裔,
> 不念相亲相爱,
> 还想跑回山里。

> 渡船虽无心肠,
> 马犹回头在望;
> 姑娘无信负心,
> 对我也不一望。

失恋后的仓央嘉措,对负心的姑娘深深埋怨,但是,埋怨声里依然余情不断。余情不尽,也无办法,在残酷的现实面前,他的心冷下来了,只是把这种余情,化作来世的憧憬。

烈马跑到山上，
可用绳子捉拿；
姑娘变了心肠，
神仙也难抓她。

花开季节已过，
蜂儿不要心焦！
姑娘与我缘尽！
何必心烦意恼！

今生短促即过，
享过蜜意浓情；
来生少年时期，
是否再能相逢。

　　失恋后的仓央嘉措，情绪低沉，思绪纷乱，也曾想到了无常，想到了死。毕竟他是六世达赖，不可能超越宿命论，不可能与宗教一刀两断，他在宗教的桎梏中痛苦地挣扎着。他的情歌，也就唱到了最低音。

对于无常和死，
若不常常思量，
虽有盖世聪明，
也同傻子一样。

水晶山上雪水，
党参叶上朝露，
甘露酵母作酒，
智慧天女当炉，
和着净戒饮下，
一定不堕恶途。

　　当仓央嘉措悲伤、徘徊的时候，可能会收敛放荡行迹，把精力集中到教务、政事上来，这对第巴桑结嘉措的专权将是很不利的。桑结嘉措明白这一点，看清这一点,最怕这一点,于是对仓央嘉措的放荡行为从不劝阻。使仓央嘉措在新建的龙宫游苑中作出了不少的风流事。一个渴望自由、爱情,叛逆教戒佛法、年幼坚贞的仓央嘉措,逐渐变为放荡不羁、多情多欲的仓央嘉措。康熙四十年(1707)拉藏汗同厄鲁特部策妄阿喇布坦同时声明不承认他为真达赖。他仓央嘉措毫不抗争,在班禅面前声称情愿放弃教主尊位,只保留在现世所享受的特权。至此,仓央嘉措反抗教戒禁欲的叛逆思想更进了一点,他战胜了低沉、悲伤、徘徊,又唱出他的情歌的强音了。

　　住在布达拉宫,
　　仁增·仓央嘉措;
　　走在拉萨街上,
　　荡子宕桑旺波,

　　黄昏去会情人,
　　黎明大雪飞扬;
　　莫说密与不密,
　　脚印留在雪上。

　　你这守门老狗,
　　心机比人还诡,
　　甭说黄昏出去,
　　勿言拂晓才回。

这些歌是仓央嘉措的自我写照。公开的叛逆,引起帝王贵族喇嘛的非议,一次又一次受到警告。仓央嘉措对非议和警告直言回答,据理辩驳。

　　人们都在说我,
　　说的一点不差;
　　少年人的脚步,
　　女店主家去过。

　　仁增·仓央嘉措,
　　不要怪他浪荡;

　　　　　他所拼命求的，
　　　　　与人没有两样。

　　这些歌是仓央嘉措对非议、警告的有力驳斥。他的所作所为，完全是合乎人情的，是无可非议的，没有什么错处，没有什么罪过！
　　过去，有人把仓央嘉措看做是只追求自由，追求爱情，放荡不羁，叛逆教戒禁欲，而在政治上并无抱负的人，这不太全面。随着年龄的增长，思想逐渐成熟，他不仅感到教戒禁欲的绞索羁绊着他，而且感到位尊无权、受人操纵、做人傀儡之苦和桑结嘉措之专权、拉藏汗之威胁等拧成的又一条绞索在羁绊着他。他的情歌之中，就加上了政治色彩。这些政治色彩，是以宗教色彩来伪装的。

　　　　　岩石暴风勾结，
　　　　　将鹰羽翼毁坏；
　　　　　狡诈虚伪为奸，
　　　　　使我归于粉碎。

　　　　　浓云黄边黑心，
　　　　　它是霜雹之根；
　　　　　万德非俗非僧，
　　　　　他是佛的敌人。

　　　　　具誓护法金刚，
　　　　　稳坐十地法界；
　　　　　你若神通广大，
　　　　　请把教敌消灭！

　　　　　须弥居中耸立，
　　　　　永是坚固不摧，
　　　　　日月绕着你转，
　　　　　不会错道乱轨。

　　　　　死后去见阎王。

> 照照善恶宝鉴；
> 人间是非难定，
> 宝鉴不差毫厘。

　　这些歌在各种抄本中大多排在最后，这不是没有道理的。这些歌不像其他情歌那样欢乐、奔放，而充满犹豫、愤恨、诅咒和坚定。这些歌以前有两种说法，一是晦涩难解，一是从字面看是卫道之歌。其实这些歌并不难解，也不是卫道之歌；仓央嘉措并没有变成典范的达赖，变成佛教的卫道士。只要把这些歌与当时仓央嘉措所处的历史环境结合起来研究，就会发现它的真正含义。

　　这些歌产生于仓央嘉措任六世达赖之后期。其时，西藏地方统治阶级之间的争权斗争已白热化了，矛盾是相当复杂的。仓央嘉措无权，第巴桑结嘉错专权，他们之间是有矛盾的，是有斗争的。然而拉藏汗和策妄阿喇布坦声明不承认他为真达赖，仓央嘉措与他们的矛盾就不可调和了。第巴桑结嘉措与拉藏汗之间的矛盾由来已久，很难调和。这样，势必导致仓央嘉措与第巴桑结嘉错之间的妥协，共同对抗拉藏汗。再者，仓央嘉措受到康熙皇帝、拉藏汗和蒙古王公等的一次又一次的警告，他都置之不理，但是他感到他的一切，乃至生命受到了严重的威胁。仓央嘉措毕竟是六世达赖，他必然以涂上宗教色彩的歌来抒发他的政治情感了。他对威胁他的人愤恨诅咒。"石岩"、"暴风"、"狡诈"、"虚伪"、"浓云"、"霜冰"、"万德"、"非俗非僧"、"佛的敌人"、"教敌"等等，是指什么呢？很明显是指拉藏汗、策妄阿喇布坦和警告他的康熙、蒙古王公。"雄鹰"、"护法金刚"是指什么？这就不言而喻了。歌手以须弥山坚固不摧比喻自己的坚定，以日月围绕它转，不会错乱轨道来回答对他的警告。他预感到了这场斗争的结局不祥，但是并不让步、投降，他以死后在阎王的善恶宝鉴前也要辩明是非、善恶，表明一直斗争到死。表面看来这是宿命论，其实是以超越生死的艺术手段表达了他坚定的信念。

　　在两条绞索越拉越紧的情况下，他为挣断这两条绞索，就唱出了最后一支歌——

> 请求洁白仙鹤，
> 借借你的翅膀！
> 不去遥远地方，
> 飞游一次理塘。

这首歌,许多抄本都把它放在最后一首,这是非常有意义的。有人用宿命论来解释它,说它的含义是仓央嘉措预言了他将在理塘投胎转世。康熙皇帝为了安定西藏的混乱,册封理塘的噶桑嘉措为七世达赖喇嘛。藏人一听说达赖已在理塘转生了,非常欢喜,以为这首歌的预言应验了。有人认为这是怀恋情人的歌,一说他的情人在理塘,一说他的情人是商人之女、随父亲到了理塘。其实这首歌的含义除包含爱情的成分外,还包含了政治成分,可以说这首歌是他要挣断束缚在他身上的两条绳索的叛逆总歌。他要挣断两条绞索,飞向广阔天空,飞向遥远的地方,去寻找他理想的一切。把它放在卷尾,真是歌尽情不尽,余味品不尽。

从以上的分析我们可以看出:

仓央嘉措情歌,具有反教戒禁欲、反皇帝王公封建统治阶级的社会意义,强烈地表现了他对自由、爱情的追求。情歌的思想感情是健康的、美好的,是具有人民性的。

仓央嘉措情歌只是反对教戒禁欲,并不是反对宗教。他的叛逆,只是对森严的宗教戒律、格鲁派的禁欲主义的背叛,并不是对整个宗教的背叛。

由于仓央嘉措出生在一个宁玛派教徒家里,个人生活比较自由等在他思想上是根深蒂固的。因此,仓央嘉措情歌也反映了两种教派思想之间的斗争。这一点正是促成他叛逆,唱出叛逆之歌的主要因素。

仓央嘉措情歌,为什么能够长期广泛流传、脍炙人口呢?首先在落后、黑暗的西藏农奴制的残酷压迫、剥削下,广大人民没有最起码的人身自由,更谈不到爱情和婚姻自由。"情歌"正好反映了这一阶级矛盾,提出了一个当时具有巨大社会意义的问题,表现了广大人民要求自由、爱情和幸福生活的美好愿望,表现了对封建农奴制度的不满和反抗。因而,它具有强大的生命力。其次,"情歌"具有高超的艺术技巧,民歌风味,民族色彩,言简意赅地表达了人民的思想感情和美好理想,因而它具有艺术魔力,感染性很强。一句话,"情歌"的人民性与人民群众喜闻乐见的艺术形式的和谐统一,就是它能长期流传,广泛传播的基本原因。

仓央嘉措情歌具有什么样的艺术特色呢?

词曲相配,词雅曲美,这是仓央嘉措情歌的一大艺术特色。诗词原先都是有曲的,后来慢慢地分离了,仓央嘉措情歌保存了优美雅致的曲子,词曲和谐,便于记忆和吟唱。

民歌风味,民族色彩,这是"情歌"的又一艺术特色。仓央嘉措自小就在人民群众中生活,他喜爱、熟悉这种民间小调,所以他的"情歌"就具有浓烈的民歌风味，鲜明的民族色彩，这是藏族人民群众喜欢它的一个重要原因。

> 对她一见钟情，
> 夜里想她难睡；
> 白天没有谈成，
> 心被相思磨碎。

> 抿着嘴角一笑，
> 摄去我的魂儿；
> 是否真心相爱，
> 还要起个誓儿。

这些歌言简意深，语言鲜明生动，心胸耿直，感情真挚，风格淳朴，具有浓烈的民歌风味。

> 路遇多情姑娘，
> 浑身上下芳香；
> 拾到白松耳石，
> 随手丢到路旁。

> 姑娘扬幡祈福，
> 幡插柳树旁边；
> 求求守树哥哥，
> 别用石头打断！

> 我的知心姑娘，
> 莫去学佛离尘，
> 我也和你一道，
> 去住深山古洞。

这些歌中的"松耳石"、"扬幡祈福"、深山"学佛"等，是当时藏族生活中常常碰见的事物；姑娘"浑身上下芳香"是藏族文学中惯用的表达手法，尤其姑娘去深山古洞学佛这一首是宁玛派教徒的宗教活动的描写，具有时代风格，具有民族色彩。当然，民族色彩不能从几个单个词中去理解，而要从整个作品中去体会。仓央嘉措情歌的民族色彩从他的全部情歌中，可以深切感觉到的。

节奏清晰，声韵协调，这是仓央嘉措情歌的又一突出特色。全部情歌，大多数四句一首；少数六句一首，每句六言，分三节，大多数都有尾韵，给人以轻快、明朗、流利、优美的感觉。

此地｜表消｜里冻，
不是｜跑马｜地方；
姑娘｜结识｜不久，
不是｜倾心｜对象。

不论｜虎狗｜豹狗，
一熟｜不再｜乱叫；
家养｜笑面｜母狗，
越喂｜越是｜乱咬。

藏族诗歌，大多是只注意节奏，一般不太注意押韵，是比较自由的。但仓央嘉措情歌，除有鲜明的节奏外，还有自然、协调的尾韵。这样，就使情歌显得更为优美、悦耳。后人编唱情歌，也就注意学习和模仿这种体裁和这种风格了。

言简意深，逼真细腻。仓央嘉措情歌，都是短小精悍的，但寓意深刻，言简意深。情歌中充分运用具有民族色彩的比兴手法，使其形象逼真、细腻，构成一幅幅动人的素描画，给人一种特异的感受。这些艺术特色加上健康的思想内容，就产生了巨大的艺术感染力。

去年种的禾苗，
今年已被捆起；
少年一朝衰老，
身比南弓弯曲。

抿着嘴角微笑，
向着满座一望，
媚眼娇滴一转，

试谈仓央嘉措情歌

停在情郎脸上。

蜀葵花儿鲜艳,
摘去供在佛前,
我这年青玉蜂,
也就跟进佛殿。

要像十五明月,
晶莹圆满无缺,
月宫捣药玉兔,
至死永不离别。

地上画满道道,
算出天上星星,
姑娘相近相亲,
难算她的真心。

  这些歌中的比喻是非常形象、生动的。"南弓"（西藏南部产生的一种良弓）比喻弯曲的腰身;"蜀葵花儿"与"玉蜂"、"明月"与"玉兔"比喻一对恋人形影不离;星星算得清而姑娘的心思摸不清,比喻爱情之艰难。尤其"抿着嘴角微笑",只写姑娘的"眼神",形象地、细腻地、深刻地画出了一幅少女初恋时的纯洁形象,不仅是面部而且通过"眼神"与"微笑"揭示了姑娘的内心世界。
  仓央嘉措情歌,与汉文词中的三台词脉通,这是一个不可忽略的特色。汉藏两族,自古是兄弟。汉藏文学,历来就互相学习,互相吸收,相互促进,与其他兄弟民族一道共同创造了中华民族的文学,在中国文学史上,占有光辉的一页。汉文词苑中的三台词,在唐代词一出现后就有这一词牌,而这一词牌,很可能是从西南地区的民歌中吸收的。仓央嘉措情歌这一形式,也很可能是从西南、康巴一带的民歌中吸收的。二者在许多地方都相同,都是四句,每句六言、三节。而不同点呢?汉文三台词的词曲已经分家,曲已失传,词仅作为一种体裁,而情歌中还是词曲相配。汉文三台词已是文人笔调,而情歌中这种词还是民歌风格。

三台词①

冰泮｜寒塘｜始绿，
雨余｜百草｜皆生，
朝来｜门间｜无事，
晚下｜高斋｜有情。
　　　　（韦应物）
如若｜姑娘｜永生，
酒是｜喝不｜完的。
少年｜终生｜依靠，
就在｜姑娘｜这里。

我们是否可以认为仓央嘉措情歌与三台词在体裁上是一脉相通的呢？我看是相通的。

仓央嘉措情歌的艺术特色，并不限于这些。不过从这些简略的述说和举例中，就可以看出它独特的、完美的艺术特色了。

---

① 唐代诗人王建所作江南三台词，诗共四首，风格纯是白描，与仓央嘉措诗歌相比，确有脉通之意。"扬州桥边少妇，长安城里商人；二年不得消息，各自拜鬼求神。" "青草湖边草色，飞猿岭上猿声；万里湘江客到，有风有雨人行。" "树头花落花开，道上人去人来；朝愁暮愁即老，百年几度三台。" "闻身强健且为，头白齿落难追；准拟百年千岁，能得几许多时。" ——编注

门巴族民间情歌与仓央嘉措[*]

于乃昌

门巴族是一个擅长诗歌的民族。

在门巴族民间,流行着极其丰富的情歌作品,门巴族民间情歌,是门巴族民间诗歌中晶莹闪烁的明珠,也是中华民族文学艺术宝库中的瑰宝。

当我们赏读门巴族民间情歌以后,自然就会想到,世界知名诗人仓央嘉措的情歌之所以脍炙人口,世代传颂,是绝非偶然的。正是丰富绚烂的门巴族民间情歌,养育了这位伟大的门巴族诗人。

很早以前,门巴族就进入了一夫一妻制的家庭婚姻形态。在门巴族,男女之间的恋爱与婚姻是比较自由的,正如门巴族民间情歌中唱的那样:"东北的山再高,遮不住天上的太阳;父母的权力再大,挡不住儿女选对象。"在婚姻与家庭中,男女也是比较平等的。但是,进入到封建农奴制社会,一方面实行了等级婚姻制,"只能倾慕仰望,不能伸手去摘",另一方面,有权有势的统治者们又大肆强娶势夺,"我的终身已定,被那达官霸占"。这样,在门巴族中间就不断产生着爱情的悲剧。自由恋爱与等级婚姻,真挚爱情与强娶豪夺,构成了爱情与婚姻问题上尖锐的矛盾冲突。矛盾必然促使思想感情上的激化,激情出诗作,于是,在门巴族民间便产生了大量的情歌作品。

在门巴族民间情歌作品中,有的表达了男女双方思慕、追恋的炽烈情感:

> 百颗星斗中间,
> 无比金星耀眼;
> 百个姑娘中间,

---

[*] 选自《西藏文艺》1980年1期。

无比你啊好看。

有的则表达了对爱情的忠贞不渝、信誓旦旦：

你是洁白雪峰，
矗立高山之顶；
我是洁白狮子，
绕着雪山转行。

有的表达了对自由爱情的向往与追求：

山间流水欢畅，
随心如意流淌；
可怜我等儿郎，
哪得自由所往。

　　这类情歌，从客观上反映了门巴族人民纯洁、朴实、忠诚的思想品质和道德原则。
　　也有些情歌，直接表达了人民群众对反动统治者们强娶豪夺的激愤和对等级婚姻制的不满，从客观上暴露了极不合理的社会现实。如：

虽然桃树枝旺，
却生垃圾堆上；
虽然桃子如蜜，
却落垃圾堆里。

这种诗歌，反映了等级婚姻与自由爱情的冲突所引起的内心的苦闷。还有些情歌，抒发了由于爱情的悲剧所引起的内心忧伤和怨恨。如：

因为思慕大湖，
野鸭来自北方；
大湖已结冰凌，
见景能不悲伤？

又如：

>人家竹筒里面，
>也能编成丝辫；
>为何我们结伴，
>比鸟筑窝还难？

尤其值得注意的是：门巴族民间情歌，虽以男女爱情为基本主题，但它所表现的思想意义则不局限于爱情方面。爱情观念，爱情与婚姻问题上的矛盾与纠葛，从来都是现实的社会矛盾、社会思潮、社会心理、社会风俗习惯的缩影、集中和典型表现。门巴族民间情歌亦是如此。门巴族人民把他们长期以来在社会实践中，对现实的观察、理解、感受和体验，对人与人之间关系的认识、态度和处理原则，以及一切喜怒哀乐之情，通过情歌创作形象地反映了出来；对不少情歌作品，已进行了思想的提炼和更高度的概括，反映了人生哲理，具有格言的性质。如：

>哈达并非要长，
>只要洁白就行；
>山势并不在高，
>景色美丽就行；
>朋友不需貌美，
>思想诚实就行。

又如：

>即使鹿角再长，
>难成顶天柱子；
>莫说兔子腿短，
>能翻重重高山。

又如：

> 东方吉祥的白云，
> 若能变成细羊毛，
> 我愿分给天下人，
> 都织一件新衣裳。

这些作品，简直可以看做是生活的教科书，人民的家庭教师。同时，也抒发了古代门巴族人民美好的大同理想、平等的愿望和人道的精神，反映了劳动群众要求改变黑暗现实而建立一个美好幸福世界的善良心怀。这种思想境界极其深刻与开阔。

门巴族民间情歌精深的思想内容是通过臻美的艺术形式表现的。

门巴族民间情歌具有统一固定的格式，每首诗都是六言三顿，绝大部分作品是四行一首。极个别的是六行或八行一首的。情歌的曲调也是固定的，是以填词而歌唱。或许由于适应情歌所具有的这种固定的曲调，形成了这种六言三顿四行体的格式。虽然每行六言，但有时一行诗句语义未完，则采用了两个诗行，或者说是用两个乐句完成一个完整的旨意。大部分情歌作品是押脚韵的。有的是押隔行韵；有的是前两句一韵，后两句换韵；有的是押通韵。但是，情歌的韵律主要不是靠脚韵，而是靠整齐而起伏的节奏形成强烈的音乐感。由于每行六个音节分作三顿，每顿两个音节，因此唱、读起来，简短有力，朗朗上口，跌宕起伏，铿锵悦耳，最适宜抒发浓烈的情感。

门巴族民间情歌大部分是运用比、兴的艺术手法进行创作。运用赋体的白描手法直抒胸臆的比较少。门巴族民间情歌善于运用比喻，有的是通过用借喻；有的是第一、二句以比喻起兴，第三、第四句直陈归结，点明题旨；也有的是第一、二句直陈，第三、四句采用比喻，以使感情强烈，意境深远。门巴族民间情歌所采用的喻体，都是取材于现实生活中人们最熟悉的事物，加以提炼，因而形象鲜明、贴切、逼真，容易引起听者的共鸣和震动，产生强烈的艺术感染力。

门巴族民间情歌是门巴族民间诗歌中的浪漫主义杰作。在短短的四行小诗里，向我们敞开了人民心灵的窗户，表现了人民的精神和品质，抒发了人民的理想和愿望，这一切又都在民间情歌的美的艺术中反映了出来。

门巴族民间情歌，养育了门巴族诗人仓央嘉措。

门巴族民间情歌与仓央嘉措

仓央嘉措生于1683年。根据我们调查，仓央嘉措是门巴族人①。他的父亲扎西丹增和母亲才旺拉姆原籍在门隅夏日错所属的派嘎，是贫苦的农民。仓央嘉措的父母家境本来贫寒，其舅父顿巴和姑母又贪财如狼，夺走了他们仅有的财产和房屋，致使他父母无法生活下去，便迁居到达旺附近的乌坚凌，住在乌坚凌寺旁边的一座小房子里。不久，诗人就在这里诞生了。据说，仓央嘉措被选为六世达赖以后，在派嘎地方塑有他的卧像一尊，乌坚凌寺旁边的那所小房子至今还在，人们络绎前往供奉。诗人的童年是在情歌之乡门隅度过的。六岁时，其父扎西丹增去世，诗人便随母亲才旺拉姆过活，做放牛娃，自小就和劳动人民广泛接触。在仓央嘉措出生的头一年，即1682年，五世达赖罗桑嘉措即已去世。当时，西藏地方的执政者第巴桑结嘉措，鉴于门隅地区易受外来势力的入侵，不好控制，为加强对门隅地区的实际管理，决定安排达赖六世在门巴族中转世，于是，便秘密选中仓央嘉措。当仓央嘉措稍长，桑结嘉措便派了6名知识高深的喇嘛做他的经师，在错那宗棒山口的巴桑寺学经。6年后，搬到错那宗的贡巴则寺学经。在错那期间，他常到"雪下"去，那里是屠夫居住的地方。诗人在少年时代就表现了蔑视格鲁派教规的大胆行为，常与雪下的屠夫和姑娘们来往、交友。其间，他也常回故乡，传说在米拉山口还留有他的一个脚印；为了表达对故乡的怀念，他亲手在乌坚凌植下一棵柏树，这棵柏树至今还在。15岁时，仓央嘉措从五世班禅罗桑益西在聂塘的诺尔布康处受戒。同年十月到达拉萨，身为六世达赖居住布达拉宫。他在布达拉宫不到8年，1706年即被废黜。同年，他被解送北京，途经青海，在他周围的护送人的帮助下，化装潜回西藏，又几经周折辗转，最后到达蒙古的阿拉夏寺，隐居不出，直至离开人世，年寿六十有余②。

由于仓央嘉措出身于门巴族，童年和少年时代又是在门隅度过的；他出身贫苦，广泛接触人民群众，又蔑视格鲁派教规，自然使他深受民间情歌的感染和熏陶，所以他能够吸收民间情歌的营养而创作了大量的情歌作品。

仓央嘉措的情歌，不仅在格律、艺术手法和风格方面保持了民间情歌的特色，反映了他的创作与民间创作的渊源关系；在取材和思想倾向方面，他也极力地吸收了民间情歌的营养，表现了他创作上的人民性。从现行的他的66首情

---

① 关于仓央嘉措的族属，我们"西藏民族学院门巴族民间文学调查组"调查结果与中国社会科学院民族研究所的调查结果相一致。（参见该所编《西藏门隅地区的若干资料》）

② 关于仓央嘉措的生平和卒年，一向众说纷纭。现将我们的调查所得，提出来以供参考。

歌作品①中，可以发现很多首情歌是脱胎于民间情歌，由此而进行了改造和再创作。他的作品在民间广泛流传，为人民群众所喜爱。

仓央嘉措的情歌创作，对西藏的歌体形式是个极大的丰富。在藏族古代作品中有过六言四行体，不过每句六言为顿，这种歌体也并未广泛流行。至于六言三顿的四行体，是在仓央嘉措之后才出现在藏族地区，并广为流行的，形成了所谓西藏的"谐体"民歌。这种现象是不难理解的。他身为六世达赖，以其宗教地位、政治影响和诗作本身的艺术感染力量，使得他的作品更容易广泛传播，并为人们效仿。

仓央嘉措的情歌所反映的思想内容，是与藏传佛教格鲁派教义相忤逆的，更与他的达赖身份相矛盾的。过去许多研究者多从他的个人性情、品质寻找原因，认为他放荡不羁、言行失度等等，形成他的诗作的倾向。这种解释没有真正说明他的诗作倾向产生的根本原因。仓央嘉措诗歌创作思想倾向的产生，一方面是由于他的出身、经历和接受民间情歌的影响，另一方面是与当时藏传佛教内部的斗争分不开。这两个方面，在他的创作过程中一致起来了。我们知道，仓央嘉措生于宁玛教派的世代名家，到他父亲这辈才贫穷了；诗人本人早年也是宁玛教喇嘛。在他当上六世达赖时，在西藏的宗教界内部，以桑结嘉措和仓央嘉措为首的一批人，想在格鲁派中恢复宁玛派的新老传统。而这种改革，是服从于桑结嘉措在西藏上层政治斗争的需要的②，所以，仓央嘉措便以自己的行为和情歌创作作为恢复宁玛派新老传统的舆论工具和武器。

仓央嘉措已是世界知名的古典诗人，他的名字已载入世界文学史册，他的作品已列入世界文学之林。综观仓央嘉措的生平和创作，我们可以说，没有门巴族民间情歌做基础，也就不会有诗人仓央嘉措。仓央嘉措的创作与民间情歌的联系，证明了民间诗歌是一切杰出诗人的伟大的母亲！

---

① 据资料分析，现有的 66 首情歌不全是仓央嘉措创作的，而他的作品又不止此数。
② 参见 [清] 魏源《圣武记》、霍夫曼的《西藏的宗教》(《THE PELIONS OF TIBET》)。

仓央嘉措和他的情歌*

王振华

　　西藏佛教格鲁巴教派（又称黄教）的首领之一第六世达赖喇嘛仓央嘉措，是一位深受藏族人民爱戴的著名诗人。他所作的情歌，是藏区普遍传唱、脍炙人口的歌谣之一，是藏族文学宝库中闪闪发光的一颗明珠。《仓央嘉措情歌》是一个宗教叛逆者追求人间自由的心声。情歌在藏族人民中影响巨大，流传极为深远，是我们中华民族文化宝库中不可多得的文化遗产之一。……近几十年来，中外学者十分注意研究仓央嘉措和他的情歌，这是因为《仓央嘉措情歌》在藏族诗歌中独具一格，别有风味，对藏族诗歌的发展有较深的影响。大多数学者认为第六世达赖喇嘛仓央嘉措是一位宗教的叛逆者。他所作的情歌是对佛法、戒律和格鲁派倡导的禁欲主义的反动。仓央嘉措在历代达赖喇嘛中之所以占有一个突出的位置，最主要之点也就在此。但是，这位年少聪慧、才知超人的诗人，由于他厌恶佛法，喜爱民间，被当时的统治者视为大逆不道，非真达赖而被废黜。所以，有关史料中对他的记载甚少，有的仅寥寥数语一笔带过，大多不作详述。为了进一步研究第六世达赖喇嘛仓央嘉措的思想和他的情歌，现根据中外有关史料记载，给这位爱情之歌的作者作一传略，供读者参考。

仓央嘉措的生平

　　仓央嘉措生于康熙二十二年（1683年，藏历第十一饶迥水猪年）正月十六日。他的出生地在西藏南部门域的夏日错乌金岭寺庙附近，属于门巴族。门巴

---

* 选自《青海湖》1980年第11期。

族多通晓藏语，用藏文命名，和藏族同样信仰黄教，用藏历。仓央嘉措（善慧宝梵音大海）的父亲扎西丹增（吉祥持教），母亲才旺拉姆（命自在天女）全家原本信奉宁玛教，俗称红教。

仓央嘉措出生的时候，正是第五世达赖喇嘛罗桑嘉措（善慧海）圆寂不久，在年幼之时就被第巴·桑结嘉措内定为第五世达赖喇嘛的转世灵童。但是，当时摄政的藏王第巴·桑结嘉措为了独揽大权，对五世达赖的死和六世达赖的选认都秘而不宣；同时，将内定的六世达赖仓央嘉措秘密地送往聂塘地方的诺尔布康，接受教育。第巴·桑结嘉措这样做是预防万一密谋败露，随时可以推出一个人来应付，有一个下台的阶梯。康熙三十五年（1696年），康熙帝御驾亲征，平定了准噶尔部的叛乱，第巴·桑结嘉措勾结准噶尔部族汗王的密谋最终暴露。这时鉴于清廷的威力，第巴·桑结嘉措不得不于第二年向康熙帝上书说明五世达赖已死，转世灵童已十五岁，并于康熙三十六年（1697年）十月二十五日，仓促奉仓央嘉措至拉萨布达拉宫出定坐床。

仓央嘉措在幼年就聪敏好学，13岁时又曾拜五世班禅罗桑益喜（善慧智）为师，在诺尔布康学经，剃发受戒，取法名为罗桑仁钦仓央嘉措。但这个被奉为"神明"进入布达拉宫的仓央嘉措，随着时间的推移，却成了一位多情善感、放荡不羁、不合僧律的少年。他厌恶佛法，不守清规，背叛戒律，经常变装易名，头戴假发微装夜出，来往于民间寻芳猎艳。这样的生活使他在达赖僧位仅有八年的时间当中，以自己的真情挚感，写出了大量的讴歌爱情生活的情歌。这些情歌以大无畏的精神，百倍的勇气冲破了宗教罗网，起来造了佛教的反，公开向佛教佞谈的什么出世禁欲、视人世为苦海的思想挑战。他的情歌中一再表示对正常人的生活的留恋，表白自己是一个宗教的叛逆者——是人不是神，即是布达拉宫的活佛，也是民间的荡子。

仓央嘉措所处的时代，正是西藏历史上风云变幻的多事之秋，是西藏统治阶级之间内外矛盾日趋尖锐的时代。第巴·桑结嘉措对内大权独揽，对外与准噶尔部族汗王勾结，反对清中央委任监理西藏继承和硕特汗王位的拉藏汗。最终，第巴·桑结嘉措被拉藏汗引兵杀害。

仓央嘉措任性妄为、放荡不羁的一个重要原因就是不满第巴·桑结嘉措独揽大权，不甘心充当第巴·桑结嘉措手中的工具，反过来他的任性妄为、放荡不羁又引起了一些人怀疑他非真达赖活佛转世。康熙四十年（1701年）和硕特首领拉藏汗同伊犁的厄鲁特王策妄阿喇布坦同时声明不承认他为真达赖。对此仓央嘉措毫不理睬，更无所顾忌地过起潜游民间的自在生活来了。

这时，拉藏汗以其不守清规，非真达赖为言，想以和平手段废黜他，并召集各大寺院喇嘛上层,研究他违犯戒律事宜。但在会上无人敢公然说仓央嘉措是假达赖的话,意见颇不一致。会议参加者大多数至多不过说他行为不轨是因"迷失菩提"之故,是"游戏三昧,未破戒体"而已,无一人公开表示愿意废黜新达赖之意,也更无一人以新达赖为伪。

和平方法既告失败,拉藏汗征得康熙帝的同意,决定以武力废黜新达赖喇嘛仓央嘉措。拉藏汗以皇帝诏,解仓央嘉措往北京,伴行的是蒙古卫兵及一心腹大臣。当拉藏汗以武力行废位之时,很多人为仓央嘉措鸣不平;当押解他途经哲蚌寺时,寺院僧众冒死抢他回寺。于是押解卫兵和寺院僧侣开战械斗,攻破寺院又将他夺回,据说于送往北京的途中他在青海患水肿病而死,也有人说是行至纳格楚格或青海湖边,被拉藏汗派人杀害,时为康熙四十五年(1706年),死时年仅24岁。他被废黜以后,康熙帝另外又立了一个名叫格桑嘉措的人为六世达赖,但西藏人始终未曾承认,只承认仓央嘉措为六世达赖,把清廷立的格桑嘉措称为七世达赖。这些事实都有力地证明,仓央嘉措是何等的博得人们的广泛同情!

关于仓央嘉措的情歌

仓央嘉措情歌在藏区广为流传,几乎是家喻户晓,妇孺皆知,是藏族人民特别喜爱的歌谣之一。在人民群众中间历数百年而不息,具有强大的生命力。凡是在西藏民间采风的人,只要提起个头,许多人都能唱几首仓央嘉措的情歌。他的诗歌之所以受到广大藏族人民的欢迎是因为它反映了藏族人民的心声与愿望,有一定的人民性。情歌思想健康、感情纯真,用语贴切自然,寓意深刻明了,情文并茂,唱起来悦耳动听,读来朗朗上口。情歌除去少数几首是六句六言三节外,大部分是四句六言三节。有人说仓央嘉措所作的情歌很多很多,甚至有人说它上千首。但根据他短暂的一生来看,恐怕写不了那么多。

《仓央嘉措情歌》的思想感情,明显地冲破了佛教罗网,道出了一个宗教叛逆者追求自由生活的心声。反映了宗教和爱情的深刻矛盾,表现了一个血肉之躯在宗教的清规戒律束缚下极端苦闷的心情,揭露了邪恶势力对爱情、对自由生活的摧残和破坏,无情鞭挞了那些丑恶的东西。佛教的思想是出世禁欲的,视人世为苦海的。而仓央嘉措的情歌则流连世间,流连人的生活。他认为爱情生活是人人所需要的。所以,他直言不讳地歌道:

> 不要说持明的仓央嘉措，
> 找情人去啦！
> 如同自己需要一样，
> 他人也同样需要。

这首歌简直像一把利剑刺中了佛教禁欲的要害。这真是对佛教侈谈的什么严守清规、提倡出世禁欲的莫大嘲弄。佛教的清规并未束缚住仓央嘉措向往自由、寻找爱情的强烈愿望。爱情的种子，终于在这位"神明"的心田里发芽并破土而出。他公然置佛法于不顾，勇敢地冲破了佛教禁欲主义的思想闸门，认为人间的生活感情应该是自由的，爱情生活是人人具有的，天经地义的，完全合乎情理的。仓央嘉措的这种入世的思想感情道出了当时处在封建农奴制下广大劳苦人民的共同心愿，是在为人的自由和爱情呐喊。所以，他又表白道：

> 面对德高喇嘛，
> 恳求指点明路，
> 可心儿怎能收回？
> 已跑到情人那里。

> 默想的喇嘛的面孔，
> 不显现在心上；
> 没想的情人的容颜，
> 却映在心中明明朗朗。

按宗教的教义来说，修行就不能破戒，破戒者也就不能成佛。若是违背这个宗旨，沾染女性过正常人的爱情生活，那永远也没有进天堂的希望。情歌中有很多首反映了仓央嘉措内心的深刻矛盾。佛教禁欲主义的精神枷锁，使他精神抑郁，满怀惆怅，青年男女的爱情生活和向往自由的激情，却深深打动了他的心。这里仓央嘉措用对比的手法，使情侣、爱情和佛法、戒律短兵相接，使至高无上的尊严佛法，在情侣爱情面前显得渺小无力！一语道破了他自己内心世界的真情实感，进而显示了他背叛佛法，破坏了戒律的难能可贵的造反精神。他的这一举动，由于他的教主地位更显得非同小可，在当时引起了强烈的共鸣。

佛教出世禁欲的桎梏破坏了仓央嘉措纯洁的爱情。爱情的悲欢离合，使他心中满怀惆怅，痛苦悲伤，使他意冷心灰。于是他又低沉地唱道：

珍宝在自己手里,
并不觉得稀奇,
珍宝归了人家,
却又满肚子是气。

热爱自己的情人,
被别人家娶去作妻,
心儿被相思折磨,
已经身瘦肉消了。

　　这两首歌逼真地揭示了仓央嘉措虽被奉为"神明",坐在达赖喇嘛的神圣宝座上,但他的心和世间是相通的。他毕竟是人不是神,他对森严的佛法和佛教的出世思想是有怀疑的,对情侣的被迫他适是感到深深的痛苦和愤懑的。他为着青年男女爱情受挫折,愤愤不平地唱道:

写出的黑黑小字,
水和雨滴冲消了;
没绘的内心图画,
要擦也擦它不掉!

盖上的黑色小印,
话儿是不会说的。
把知耻守信的小章,
盖在彼此的心坎上!

问问倾心爱慕的人儿:
愿否作亲密的伴侣?
答道:除非死别,
活着永不分离!

　　爱情并不是虚幻莫测,更不是写在纸上的小黑字,被水和雨滴一冲就不留痕迹;也不是盖在纸上无知无识的印章,连一句话也不会讲。真挚的爱情应该是坚贞不渝,就像刻在心上的知耻守信印章,永远也磨灭不了,扔不下,也丢不了。

佛教禁欲无情,佛法森严冰冷,清规戒律把情深深、意切切的一对恋人终究拆散了。眷恋的人儿只有分手告别了。临行前诗人唱道:

　　把帽子戴在头上,
　　将辫子撂在背后。
　　说:"请慢走",
　　说:"请留步",
　　说:"心里又难过啦",
　　说:"很快就能相会"。

深情脉脉的仓央嘉措盼望着和情人很快就能相会。

仓央嘉措生于一个信奉宁玛教派的家庭,宁玛教徒可以有配偶,比较接近人民群众。他不同其他达赖喇嘛灵童,在年幼之时被奉为"神明",远离故乡进入布达拉宫过贵族僧侣高高在上的生活。他15岁以前生活于民间。这种家庭的熏陶,父母的慈爱,男欢女爱的家庭幸福,在他幼小的心灵中留下深刻的印象。当他在1697年10月25日被奉迎坐床,进入布达拉宫时,犹如自由飞翔的小鸟被关进了笼子。鸟儿要飞出樊笼,人要追求自由,仓央嘉措的心像大海波涛,是多么的不平静啊!他要冲破思想牢笼,飞向人间。他又歌道:

　　皓齿人儿含笑,
　　向满座瞧了瞧,
　　眼珠娇滴滴一转,
　　斜瞅少年脸儿。

　　和那心爱人儿,
　　如果作终身伴侣,
　　就像从大海底下,
　　捞上来珍宝一样。

仓央嘉措在这里对爱情作了充分的肯定,把它视如从大海里捞取的珍宝那样可贵,可见他追求爱情的执着。他对爱情做了入木三分的描写,用了新颖贴切的比喻，这就难怪人们对《情歌》赞不绝口，爱不释手了。

一个具有追求自由，忠于爱情，厌恶佛法，喜爱民间情操的仓央嘉措，虽一再受到康熙帝、拉藏汗和蒙古王公贵族的警告和少数严守禁戒喇嘛僧侣的非议责难，而他却一概不予理睬。相反，他以非凡的胆识反对禁欲，对抗佛法的思想烈火，愈烧愈旺，他宁可玉碎不求瓦全，始终不作退让。他甚至在五世班禅罗桑益喜面前，顿足捶胸，呼天抢地，大声疾呼：你授予我的袈裟我给你，你加在我身上的教戒，我也还给你，我宁愿要自由，也不愿当教主。他以极大的勇气把自己从徘徊、低沉、抑郁、痛苦、缠绵悱恻中解放了出来，以坦荡的胸怀唱出了他对自由和爱情的向往。如：

    人家说我闲话，
    自认说的不差，
    少年轻盈的脚步，
    踏进了女店主家。

    夜里去会情人，
    早晨落了雪了；
    保不保密都一样，
    脚印已留在雪上。

    住在布达拉宫时，
    叫持明仓央嘉措；
    住山下拉萨时，
    叫浪子宕桑汪波。

这三首歌是仓央嘉措对责难的坦然自若的直言相答，毫不隐讳的真实写照，是对佛法公开反叛和严重挑战。

仓央嘉措毕竟是一位受时代局限的人物，他毕竟是第六世达赖喇嘛。他和任何一个历史人物一样，无不打上阶级的烙印。宗教佛法、来世因果报应的思想，并未从他思想上彻底根绝。有时他茫然迷乱而不能自拔，在少数几首情歌中有所表露。如：

工布①少年的心情，
像蜂儿圈在网里，
和情侣缠绵三日，
又想起终极佛法。

对于无常和死，
若不常常去想，
纵有盖世聪明，
实际和傻子一样。

这两首歌反映了他对出世的佛法并未完全否定，更没有一刀两断，他还在踌躇不决，徘徊不前。他的这种思想的两重性，并不为奇也不为怪，而正是历史的真实反映。

仓央嘉措情歌是一颗闪闪发光的明珠

仓央嘉措的情歌，具有反抗宗教、反抗封建统治和吃人礼教的社会意义。它强烈地表现了情歌作者追求自由的极大热忱和破釜沉舟的大无畏精神。情歌从侧面也揭露了当时西藏封建农奴制社会的时弊，进而也揭示了广大人民群众对现实的不满和反抗。因而情歌在某种意义上是唱出了人民的心声，具有一定的人民性，富有强大的生命力。仓央嘉措由于不同他辈达赖灵童，他的童年是在故乡门域度过，布达拉宫贵族僧侣环侍对他似乎影响不深。这与他的情歌丝毫未染上僧侣格律诗体的浮华习气，而崇尚民间语言和民谣风韵，洋溢着生活气息和真情挚感当有很大关系。情歌与民间作品息息相关，既有故乡的泥土味，又有强烈的民族色彩。很难区分他的情歌与民间作品的界限。情歌语言朴实，感情淳朴，豪情奔放，比喻生动，真是玉润珠圆，含蓄而不晦涩，热烈而不鄙俗，较之米拉日巴·推巴噶②的诗歌尤胜一筹。因此，仓因嘉措情歌为藏族人民普遍传唱，历二百多年而保持非凡的艺术魅力。情歌在藏族人民中影响巨大，是藏族文学宝库中一颗闪闪发光的明珠，也是中华民族文学宝库中难得的一颗明珠，是藏族文学中少有的佳作。

---

① 工布：西藏一地名。
② 米拉日巴·推巴噶（1040—1123年）：西藏佛学家兼诗人，著有《道歌集》。

仓央嘉措情歌艺术谈

杨恩洪

> 修习的喇嘛的面孔,
> 没有显现在心上,
> 未曾修习的情人容颜,
> 却映在心中明明朗朗。

这是西藏第六世达赖喇嘛仓央嘉措（1683—?）为后人留下的几十首爱情诗之一。身为西藏地区的黄教领袖，至少该是一位虔诚的教徒，忠勇的卫道士吧？然而他却写下了数十首讴歌爱情的诗歌向出世禁欲的宗教思想宣战。他没有凭地位、施淫威取得众生的敬畏，却以他那脍炙人口的诗句博得了人们的赞叹，在藏族人民中间成为一位颇负盛名的诗人。

仓央嘉措的诗歌主要是爱情诗，人们依据汇集成书的名字统称为《仓央嘉措情歌》。《情歌》至今仍广为传唱在藏族人民中间，它们之所以如此经古不衰，自然与这些诗歌道出了人民的心声，具有深刻的思想性密不可分；同时，更应该归功于他的诗所具有的巨大的艺术魅力。仓央嘉措坐床[①]的特定条件，使他得以在俗到十五岁，在他涉步空门，与僧侣为伍之前，世俗的喜怒哀乐早已深深地种入心间。寺庙的大门是关不住一颗年轻的心的。达赖的特殊身份给他带来了诸多不便，寺院之内，众僧面前，不免仍要"道貌岸然"。但与此同时，他那至高无上的地位又得来了微服出入寺院的许多方便。他经常出没于"茶馆酒肆""拈花惹草"，虽然沾染了许多浪荡的习气，却在与下层的百姓、艺人的接触交往中，陶冶了他的艺术才华。他的诗从语言、构思到表现手法，

---

① 坐床：指新达赖升座。

都酷似民歌。这是他来自民间、深入民间，向民歌学习的结果。

仓央嘉措的爱情诗语言通俗流畅，明快而含蓄，热烈奔放却不鄙俗。翻遍他的诗作，几乎每首诗都是通俗的白话。他娴熟地运用人民惯用的语汇，写出优美动人的诗篇。这与当时那种追求深奥、拘泥文字的诗风形成了鲜明的对照。

生机勃发的大理花，
如果去作供品的话，
把我这年轻的玉蜂，
也带到佛堂里去吧！

蜂儿恋花朵，少年爱姑娘，姑娘若是离去，少年也要形影不离地跟上，哪怕是到那些戒律森严的佛堂。朴实无华的诗句不仅抒发了诗人热恋情人的心怀，同时，意味深长地点出了"佛堂"圣地，发人深思。又如：

我那心爱的人儿，
如果作终身伴侣，
就像从大海底下，
捞上来珍宝一样。

诗人对心上人的一片痴情，通过"大海底下""捞珍宝"表现得那么真挚热烈，又那么庄重。再如：

初三的月儿弯，
银光洒满天；
请你答应我，
更像十五那样圆。

行云流水般的诗句，勾画出一幅情景交融的画面。诗作没有用华丽的辞藻取人，却以通俗的白话借景抒情，以情动人。读起来朗朗上口，无一丝矫揉造作之感。

巧施比兴。这是仓央嘉措情歌的又一特色。比兴之于民歌，原本是司空见惯的表现手法。但作为作家诗的《情歌》如此巧妙贴切、比比皆是地应用比兴手法还是不多见的。如抒发诗人思恋情怀的诗：

> 天鹅爱上芦苇，
> 心想停留一会，
> 可那湖面冰封，
> 叫我气丧心灰。

把爱恋的双方比作"天鹅"和"芦苇"，阻挠破坏的势力被比作"冰封"。这"冰封"所指的人和物是不言而喻的。作者通过生动贴切的比喻，把诗人的思想感情更饱满地表现了出来。再看一首诗人痛斥负情人的诗：

> 从小相爱的姑娘，
> 莫非是狼的后裔？
> 尽管相爱同居，
> 还想逃回山里。

心猿意马的姑娘着实激怒了诗人，此处竟以"狼崽"相比了。另一首：

> 背后的凶恶龙魔，
> 没有什么可怕；
> 前边的香甜苹果，
> 一定要摘到它！

这首诗以"香甜苹果"，"凶恶龙魔"分别比喻姑娘和形形色色的恶势力，把诗人那爱憎分明的情绪，刻划得淋漓尽致。仓央嘉措的坐床，乃至在位的近十年间，正是西藏上层派系间权力之争异常激烈的时候，他虽然是康熙皇帝承认的"法王"，但政治上没有权力，不过是个傀儡。生活上，他追求的是个性解放。他的"我行我素"，不免酿成许多"风流韵事"。这些又成为反对派攻击他是"假达赖"的口实。在这样的背景下，诗人把一腔愤懑凝聚于"凶恶龙魔"四字，倾泻而出。而对自己心爱的人则喻之为"香甜苹果"，哪怕有千难万险也"一定要摘到它"。这是诗人为获得爱情而下定的决心，也是诗人欲与"敌人"决战的宣言。在《情歌》中还有通篇用比的例子。如：

> 柳树爱上了小鸟，

> 小鸟爱上了柳树；
> 只要双双同心，
> 鹞鹰无隙可乘。

"柳树"和"小鸟"相爱，只要两者心相印，永相随，"鹞鹰"是无计可施的。诗人通过人们常见的自然界生存斗争的现象，寓意深长地喻托出人世间善与恶的矛盾斗争，深入浅出地揭示了其中的深奥哲理。

此外，由于诗人的身份、周围的环境，加之社会上的习惯势力，使他常常要在爱情与宗教，情人与师尊这样两相对立的矛盾间进行抉择。矛盾的外界事物，矛盾的心理活动，形成了诗人在创作中经常使用的对比手法。如：

> 面对德高喇嘛，
> 恳求指点明路，
> 可心儿怎能收回？
> 已跑到情人那边。

又如：

> 若随顺美女的心愿，
> 今生就和佛法绝缘；
> 若到深山幽谷修行，
> 又违背姑娘的心愿。

诗人把针尖麦芒般的矛盾摆在读者面前，紧紧地攫住读者的心。鲜明的对比倍增了诗作的艺术感染力。再如：

> 住在布达拉宫时，
> 叫持明[①]仓央嘉措，
> 住山下拉萨时，
> 叫浪子当桑旺波。

---

① 持明：修密法的佛教徒。

这首诗可以说是诗人的"自画像"。同样用了对比的手法。诗人以"浪子"与"持明"这样两个社会地位截然不同、相距悬殊的人物相比较，寥寥几笔便生动地勾画出仓央嘉措被迫充当"两面人"的境遇。诗人那自嘲的笔触，饱含着对宗教戒律的辛辣嘲讽。

此外，仓央嘉措借鉴了民歌的浪漫主义手法，写下了富于浪漫主义色彩的诗作：

> 洁白的仙鹤，
> 请把双羽借我；
> 不到远处去飞，
> 只到理塘就回。

诗人寄语仙鹤，欲借双翅大约是去看望情人，理塘有无情人？无法考证，完全可能是诗人虚拟远方地名而已。重要的是这首诗寄托了他深沉的身世感慨：诗人终日居于森严的庙宇，虽然不时外出，但终是"偷偷摸摸"（这在他的"夜里去会情人"一诗"脚印已留在雪上"句中已写得明明白白了），种种桎梏，令人窒息。诗人急欲冲出这牢笼般的僧界，超脱多事的世俗，渴望自由生活的心绪，由"借羽"而昭然。全诗意境优美，看来轻快浪漫的诗句，却又那么重重地叩击着读者的心扉。

仓央嘉措留给世人的诗篇总数，综合各类版本大约为六七十首之数。就其数目来看，不能算是多产的诗人。但其创作手法却是丰富多样的，充分显示出他杰出的才华。

仓央嘉措爱情诗的绝大部分是积极、深刻的思想内容与完美的艺术形式相统一的优秀诗篇。应该指出的是他的个别诗作还存在着不健康、不严肃的成分。如，

> 乌石般跟情人路遇，
> 那是酒家妈妈撮合。
> 如果欠下孽债，
> 请你关照养活。

又如：

> 路上遇见的意中人，
> 是肌体芳香的姑娘，
> 却像拾到的松耳石，①
> 又随手丢在路旁。

　　诗中流露出来的是浪荡和不负责任的感情。对这部分诗应视为糟粕而予以扬弃。尽管如此，他仍不失为一位杰出的诗人。我们应该予以历史的、全面的评价，充分肯定《情歌》的思想和艺术成就。取得这样的成就，首先是诗人丰富的生活实践。这是诗人写就充满生活气息的诗篇的坚实基础。其次是诗人向藏族"谐体"民歌学习的结果。从结构上看，他的爱情诗多数是"四句六言体"，极少数为六句或八句。每句六个音节（指藏文原文诗）两个音节一顿，每句分为三顿。这正是藏族"谐体"民歌的结构形式。表现手法亦别无二致。如果说它们有差别的话，那就是《情歌》依据内容的需要更加巧妙地吸收并运用了民歌的语言和各类表现手法，把民歌这种艺术形式推向了更加完美的高度。出现了由民歌而《情歌》、又由《情歌》而民歌的循环。二者之间难以划出一条明确的界限。藏族人民喜爱他的爱情诗，是为着他的诗唱出了人民的心声，也是为着他的诗具有人们喜闻乐见的艺术形式。人们不仅传唱他的诗，也把人们最喜爱的民间情歌，认定是他的诗作。足见诗人在人民中间的地位了。作家诗与民歌间形成如此紧密的血肉关系，还是罕见的。特别是在诗人所处的那个时代，宗教上层文人多推崇"典雅"，追求辞藻和韵律，鄙夷"俗言俚语"的民歌。仓央嘉措身为达赖却与"下里巴人"为伍，借民歌之风，抒抨击宗教之意，是极其难能可贵的。他的诗作当之无愧地载入藏族文学的史册，将永远闪烁着不灭的光辉。

---

① 松耳石：宝石。

从《仓央嘉措秘史》看仓央嘉措的生平[*]

李学琴

仓央嘉措是西藏第六世达赖喇嘛，又是一位出众的诗人，他在西藏的政治史、宗教史和文学史上都占有十分重要的地位。关于仓央嘉措的生平，阿旺伦珠达吉的《仓央嘉措秘史》（以下简称《秘史》）是一份值得注意的资料。

阿旺伦珠达吉，又名阿旺达吉，他是一位蒙古喇嘛，蒙古名叫罗米汉。《秘史》关于仓央嘉措的生平有着比较详细的记载，而且异于流传的说法。

《秘史》的作者和仓央嘉措的关系，以及《秘史》写作的情况，在《秘史》中都有记载。作者在前言和后记中说，这部《秘史》，是在仓央嘉措圆寂之后，他为了宏扬佛法，激励众生，针对当时社会上一些人对仓央嘉措的诬蔑和诽谤，于藏历火牛年[①]的九月二十二日，在蒙古阿拉夏[②]的彭德加措林寺写成的。作者说，火猴年（1716）仓央嘉措来到阿拉夏，就住在他的家里。当时他才两岁，仓央嘉措将他抱在怀里，他还给仓央嘉措撒了一身尿。对此，作者的父亲扎加台吉认为是一种吉祥之兆，于是就和仓央嘉措结成施主关系。阿旺达吉长大以后，就随仓央嘉措出家，除了一次受仓央嘉措派遣去西藏，暂时离开一段时间外，他都跟随在仓央嘉措身边，直到仓央嘉措圆寂。这部《秘史》就是他跟随仓央嘉措的所见所闻以及仓央嘉措生前的一些手稿撰写而成的。《秘史》对仓央嘉措生平的记载，大部分采用了由仓央嘉措口述，作者笔录的形式。后来的历史，则多是作者直接的描述，其中的一首道歌，作者还说明是录用了比丘扎西的原始记录，而《秘史》中的预言则是用仓央嘉措的原作。

---

[*] 选自《民族文学研究》1981 年 1、2 期合刊。
[①] 火牛午：仓央嘉措圆寂于火虎年（1746 年），那么，他圆寂后的第一个火牛年是 1747 年，据此，此书成书的最早时间，可能是 1757 年九月二十二日。
[②] 阿拉夏：据说在今蒙古西部，甘肃、宁夏北部的阿拉善旗。

《秘史》是诗文相间的韵文文体，全书共分三章。第一章写仓央嘉措的降生、出家和坐床；第二章写他为众生受苦受难；第三章写他如何在青海和蒙古一带宏法利生及最后圆寂。

仓央嘉措于水猪年（1683年）出生在藏南门隅纳拉山下的宇松地区，其父名叫仁增札喜敦赞，母名才旺拉莫，他的家庭是一个世代相续修持密宗的家庭，他父亲的曾祖父仁增白玛领巴就是一位有名的修持密宗的红教喇嘛。在他们的十二辈祖先中，曾经出现过一位有名望的内氏翻译大师，父系和母系的七辈之间，种姓纯正，品德高尚，聪明贤良，学识渊博，精通工巧明和哲学。特别是仓央嘉措的母亲，她温顺善良，聪明而又有胆识，具有做母亲的各种美德。仓央嘉措是她的长子，全家人爱如珍宝，出世一年多都不让人知道。后来被第巴桑杰嘉措选定为六世达赖的灵童，15岁时，即火牛年（1697年）九月十七日十五时三分，在今浪卡子县由班禅罗桑益西兼任教师和轨范师，剃发受戒，取法名为普惠罗桑仁钦仓央嘉措。当时参加受戒仪式的有比丘江央扎巴、色伦多吉、洛桑曲扎、江央曲培等人。同年十月二十五日五时三十分，在布达拉宫举行坐床典礼。以后就跟随班禅罗桑益西和他的根本师比丘江央扎巴、第巴·桑杰嘉措等学习佛教经典，每种经典他都要听三遍，一遍是在第巴·桑杰嘉措跟前听，一遍是在江央扎巴跟前听，另一遍是在德敦日丹跟前听。给他讲经说法的喇嘛，有信奉红教的，也有信奉黄教的。所以仓央嘉措从小就广泛地接触了西藏喇嘛教各派的教义，这可能是他长大之后叛逆黄教禁戒的一个原因。仓央嘉措从小就非常聪明，他除了学习佛教的经典外，还学习哲学、诗歌和历算。这可能为他后来成长为诗人打下了学识的基础。关于这段时间的生活，仓央嘉措有一次对作者说："那时我年幼无知，第司①强横，专门派比丘江央扎巴对我严加管束，在三年中，要我像长流不断的恒河水一样，一年四季无休止地听讲四卷帙经函，我如果稍站起来走动走动，我的根本师江央扎巴就手捧经书，追逐于后，苦苦地哀求我说：'求求您坐下来听我讲经吧！不然，第司知道了，怪罪下来，我可担当不起啊！'听了他的话，我只得坐下来继续听他讲经，于是他就高兴地给我叩头作揖"。仓央嘉措讲到这里，不禁潸然泪下，他一边用拳头猛击自己的头，一边说："真没想到，人世间的高低贵贱、欢乐悲伤全都集中到了我一个人的头上。"

第二章开头有这样一段记载：由于西藏众生福薄命浅，第巴·桑杰嘉措和

---

① 第司：义同第巴，即第巴·桑结嘉措。

拉藏汗被他化自在天魔的五支毒箭①击中,西藏发生了内乱,拉藏汗向清朝皇帝呈报,否认大师乃真达赖转世,皇帝遂派人赴藏辨识,钦使至拉萨将大师脱光衣服置于宝座之上,四面观之,曰:"是否真达赖转世,一时虽难断定,但观此人有圣者福相。"说完顶礼而去。之后,战火越烧越烈,皇帝复派恰纳喇嘛和阿难达卡赴藏调解,钦使尚在途中,拉藏汗已杀第巴·桑杰嘉措,钦使至藏,拉藏汗越加凶横,只得于火猪年(1707年)秋,将25岁的大师迎请到内地。行经羊八井至青海的堆如措拉时,皇帝圣旨至,责两钦使办事不周,内斥:"你等将大师迎至内地,安置何处?如何供养?"钦使担心自己性命不保,不知所措,遂对大师曰:"今有两条路可供你选择,一条路是死,一条路是弃位逃遁,不然我等将要人头落地。"大师曰:"你等当初与拉藏汗如何合谋,今已如似,如不将我解至皇宫,面见皇帝,誓不罢休。"众惊惧,欲害大师,大师有所闻,复对众人曰:"我出家人,绝无伤害你等之意,如若让你等受罪,不如我先死在前。不过先看看我的缘分如何。"于是插一帐篷杆于地下。第二天果真长出青枝绿叶。又叫当地老人,问其姓名,答曰:"森格",再问当地地名,答曰:"贡嘎乐"。把地名和人名联系起来,意思是众生热爱的宝贝狮子,遂以为吉祥,故于一个风雪之夜,只让他的知宾和司膳以及两名钦使知道,孑身遁去。从这段文字看来,仓央嘉措成了以第巴·桑杰嘉措为首的西藏统治集团和以拉藏汗为首的蒙古王公之间为争夺西藏政权而斗争的牺牲品。拉藏汗首先是借口仓央嘉措不是真达赖而向第巴·桑杰嘉措开刀的。第巴·桑杰嘉措被杀后,拉藏汗为了巩固自己的统治地位,必然要选择适合自己意愿的达赖喇嘛,因此要钦使将仓央嘉措带到内地。

仓央嘉措从贡嘎乐逃走后,遇见了一伙去安多的驮队,他先向他们讨了点东西吃,然后就和他们结伴同行,先到了安多一个名叫阿惹的地方,然后沿着安多去西康的路南下。于土鼠年(1708)七月,到了脱格,那时康区正流行天花,仓央嘉措不幸传染上了这种病,他的脸和全身发肿,眼睛也睁不开,身子也不能动弹,又没吃没喝,白天忍受烈日的蒸烤,晚上受着寒风的煎熬,又饥饿难忍,这时,一只乌鸦丢下一块肉,他拣起来吃下后,身体稍有好转,于是爬起来,依靠一根拐棍前进。后来他看见一棵树上结满了红色果子,摘了一些,吃下后又不幸中毒,差点身亡。最后他摘了一些野葡萄充饥,病势稍见好转。他又继续南下,到了康定,认识了一位名叫白巴娃的人,谈起峨眉山的秀丽风光,一下把仓央嘉措吸引住了,于是他放弃了立即回西藏的打算,决定和白巴

---

① 他化自在天魔的五支毒箭,指能醉、能受、能变、能缚等。

娃结伴去朝拜峨眉山。当他们到达峨眉山下的县城时，白巴娃走失了，他只得独自登上峨眉，参观了山上的泉眼和美景，朝拜了佛像、佛塔，受到了山上寺庙和尚的热情款待。他在那儿住了几天，又原路折回，经理塘和巴塘，来到康区和西藏的交界处，遇到了四个土匪，将他仅有的一点糌粑全部抢光，幸而没有受到伤害。土牛年（1709年）四月，经嘎玛如返回拉萨，先到色拉寺后山，当时在山上闭关修持的格勒嘉措知道他来到的消息后，立刻走出禅堂相迎。他见仓央嘉措孤身一人流落异乡受苦，心中无限悲伤，即劝仓央嘉措留住拉萨。为了遮人耳目，将他隐藏在禅堂深处，装着闭关的样子，杜绝一切会见，吃食全从一个小洞里递入。就这样住了一个多月，仓央嘉措感到长此下去，会把格勒嘉措年迈的身子累垮，因此谢绝了他的挽留，离开了拉萨，带着比丘吾珠向山南进发。在山南，他们朝拜了桑耶、昌珠、娥嘎、梅多塘等圣地。金虎年（1710年）到达扎日，跟噶举派得道喇嘛麻波修持密宗，比丘吾珠这时返回拉萨。他一个人身着布衣，断绝烟火，认真苦修了几个月，获得了一定成就。金兔年（1711年）七月，他到达桑丹林寺①，拉藏汗知道后，立即派人追捕，在达孜县将仓央嘉措围困数日。有一夜，天空出现了金刚大威德白色身像，接着寺庙门窗突然打开，他那时完全可以趁机逃走，但他没有逃走。过了15天，藏王谕旨至，令将仓央嘉措解送拉萨。于是捕快将他置于一牦牛上，由十二人押送起程，行至谷嘎拉丁，突然狂风大作，飞沙走石，押送的人个个冻僵。趁此机会，仓央嘉措逃出了虎口，直奔尼泊尔的方向逃去。途中遇到两条恶狗，仓央嘉措打死了它们，由此结识了狗的主人罗吉，罗吉邀请他到家里做客，并表示愿同他结伴去印度朝圣。他们同行数日，一天，来到一处密林，林边有条小河，当他们正在蹚水过河时，发现了两头像人一样的怪物，最初仓央嘉措以为是会吃人的罗刹，当他把自己的想法告诉罗吉时，罗吉立刻吓得昏死过去。仓央嘉措无法，只得背着罗吉逃跑。他们翻了几座山，还是摆脱不了怪兽的追踪，后来看清楚是两头人熊（亦称马熊），仓央嘉措将大石块推下山去，把大的一头人熊砸死，小的一头惊慌逃走，他们才算脱离了险境。水龙年（1712年）冬，他们到达了尼泊尔，得到了尼泊尔国王和王妃的布施。水蛇年（1713年）四月到达印度原释迦牟尼讲授《般若波多蜜多》的恰贵朋波山，朝拜了圣迹，然后经原路返回西藏。木马年（1714），先到聂拉木和定日，经过门隅、工布，到达了塔波寺②，在那里住了下来。在这期间，仓央嘉措一下由万人之上的达

---

① 桑丹林寺：据说在今山南吉隆县境内。
② 塔波寺：据说在今山南朗县境内。

赖喇嘛跌落为一个靠化缘乞讨度日的游方僧，历尽了人世间的千辛万苦，但他仍然十分乐观潇洒。他经常在塔波寺附近的河边洗澡，有时也和一些扎巴一起，半夜跑到附近的寺庙，敲击寺中所有的钹和铙取乐。

　　写到这里，可能有的读者要问：仓央嘉措写了那么多感情真挚的情歌，倾吐他对纯真的爱情的向往和追求，那么《秘史》中有没有写到他的情人，或者他恋爱的情节呢？遗憾的是，《秘史》没有直接给我们提供这方面的资料，即或是有这样的事情，为了维护仓央嘉措的声誉，作者也是不会写出来的。不过《秘史》中出现过妇女的形象，尽管作者把她们说成是仙女、度母空行母的化身，但客观上透露了仓央嘉措确实和女人接触过。一次是仓央嘉措从贡嘎乐逃走时，他孤身一人，不辨路径，大风雪肆虐，这时一个身穿牧装的妇女，走在他的前头，他就借助草原上的点点火光，跟在那个女人的后面，走出了茫茫草原，待天亮时一看，女人却无影无踪了。另一次是他朝拜了峨眉山返回西藏途中，在巴塘的嘎次寺附近，遇见了一位穿着丽服的年轻姑娘。姑娘问他："香客！你从哪里来？"仓央嘉措答："从康区来，现在去拉萨朝圣。"姑娘道："我刚从拉萨来，哪有这个时节去拉萨朝圣的？"仓央嘉措无言答对，十分尴尬，正打算走掉，姑娘又说道："如果你不急于起程，我可以给你借个宿处。"仓央嘉措道："如此甚好，你的家在哪里？"姑娘说："我的家不能住，翻过前面那座山，有一个山中小庙，那儿没有别人，你去那儿，我可以来侍候你。"于是仓央嘉措翻过嘎次山，来到了姑娘所指的地方。晚上，姑娘果然送来了水罐、柴火和糌粑，临走时对他说："在这儿多住几日，糌粑吃完了，我会随时送来。"果然如此，她经常晚上跑来给他背水送吃的，仓央嘉措在那儿住了一个多月，一直不知道那姑娘的名字，直到一天夜晚在睡梦中才知道她是仙女玉尊玛神变幻的化身。最后一次是他从拉萨出发西行，路经扎日时，他和一个扎巴一起，被一个妇女邀请去做法事，来到一个岩洞跟前。那妇女让扎巴留在洞外，只带仓央嘉措一人进入洞中，洞内的房屋、陈设，全是珍奇异宝，一群华服美丽的姑娘，请他上座，她们为他跳舞。他在那儿逗留了七天，才恋恋不舍地离去，这群姑娘，作者也把她们说成是度母和空行母的幻化身。

　　《秘史》第三章，主要是写仓央嘉措流落到青海、蒙古一带的经历。仓央嘉措于藏历木羊年（1715）秋，化装成乞丐再次返回拉萨，正遇到哲蚌寺作法会，他被扮神的巫师认出，巫师向他表示敬意。仓央嘉措怕被众人识破，赶快转过脸去，示意巫师不要泄露秘密。大概是仓央嘉措预感到在拉萨无法存身，因此带着十几名扎巴，离开了拉萨，于火猴年（1716年）秋，到达青海，先去西宁附近的色科寺①,同年到达蒙古的阿拉夏,通过作者的父亲扎加台吉,又结识了蒙古的阿娥王。火鸡年(1717年)他来到了阿娥王的衙门,与阿娥王结成施主关系。这年秋天,又随阿娥王的妃子到达北京,游览了北京的名胜,朝拜了以檀香木做成的佛像和各佛教圣地。当时,第巴·桑结嘉措的长子第巴阿旺仁青、次子第巴麻索次仁、幼子第巴阿旺增珠和女儿,连同近臣仆役共23人,被拉藏汗解送北京。一天仓央嘉措从安定门向一座城堡走去时,正遇到他们被解送去瑞西门。这时,他们从西藏带来的一只狗,远远地发现了仓央嘉措,便飞跑来,衔住仓央嘉措的衣服欢蹦乱跳,仓央嘉措见此情景,无限感慨。以后,第巴·桑结嘉措三个儿子的下落,他无从打听,只是第巴·桑结嘉措的女儿,曾托人将一枚戒指转交给他,请为她死后的亡灵超度。

在这期间,皇帝的近臣阿罗交给他一卷帙经函和一个宝瓶,说这是他供养的喇嘛——第穆呼图克图被流放到察隅时留下的。临走时说:"我走后,会有一个和我一样的喇嘛来到这里。他的名字叫仓央嘉措,将来你自会知道的。他来时烦将此交给他。"从上面这段文字,可以看到,拉藏汗杀死第巴·桑杰嘉措之后,不仅斩草除根,抓走他的儿女,废黜了他选定的达赖喇嘛,而且对不同政见的西藏上层喇嘛也进行了一次清洗,而清朝皇帝对此是支持的。但是尽管在这种情况下,西藏、蒙古、青海一带的上层喇嘛甚至清朝政府内部的官员也有些人是同情和敬仰仓央嘉措的。例如上面所说的阿罗就是其中的一个,他和仓央嘉措曾经有过一段对话:

阿罗:"喇嘛!我认识你,今天特地来,有两言奉告。"

大师:"你请讲,看我是否能办到。"

阿罗:"喇嘛的底细我全知道,如果您愿意做达赖喇嘛,我可以呈请皇帝,让您复位。不然,做法敕喇嘛②也行,现今法敕喇嘛已圆寂,正好缺额,如果您愿意,我也可以呈请皇帝,让他心中留意。"

大师:"这两个差事我看都不错,不过我一样也不能选择,我是个朝山拜佛的游方僧,不需要什么名位。"

阿罗:"皇帝要是降旨下来,不管您在天涯海角,都是可以把你招来的。"

大师:"皇帝和你扣留得了我的身,却拴不住我的心。"

听完仓央嘉措的果断回答,阿罗笑着站起来向他顶礼说道:"喇嘛!你真是一个直言的人,但今后可不能这样,如果您不愿要高位,那你明后天就离开这

---

① 色科寺:据说在距西宁市70公里的日月公社。
② 法敕喇嘛:由皇帝亲自任命并发给盖有玉玺执照的喇嘛。

儿为好，……倘若你还要暂住一段时间，也请您深居简出，我今后也只能晚上来看望您了。"

另一个是为皇帝看病的御医，西藏喇嘛贡桑，因为听说仓央嘉措在来北京的道上圆寂，长期忧郁成疾，仓央嘉措见到他时，已是奄奄一息。但当他听说来到他病榻前的就是仓央嘉措时，立刻翻身下榻，晕厥过去。苏醒后，他对仓央嘉措说："对俗人来说，像你这个样子来到这儿，还不如死去的好，可是你是圣人，圣人的德行是超乎凡夫的想象的，这一点你是深知的。"

还有一个是蒙古大突脱桑达吉林寺的劳加夏仲，最初听说仓央嘉措来到蒙古的消息，他还有些不相信，有一天，他在路上和仓央嘉措相遇，当他认出是他久已崇拜的第六世达赖喇嘛时，立刻滚鞍下马，像一棵树被砍倒一样晕倒在地，苏醒过来后，他在地上打滚，一边失声痛哭，一边顶礼来到仓央嘉措跟前。仓央嘉措见此情景，安慰他说："你不要悲伤，西藏众生命苦，不幸降临到我的头上，就让我一个人承受吧！你不要把这事看成是一件坏事，而应当把它看成是教化众生的好事，因此，你应该高兴才是。"

仓央嘉措是一位佛教徒，讲究牺牲自己，普度众生，在《秘史》中反映他帮助别人，救护别人的事迹比较多。例如他去峨眉山朝圣返回西藏，经过巴塘时，见一个12岁的女孩和一个9岁的小男孩正在出天花，他们的母亲因出天花已经死去多时了。他见此情景，不忍心离去，先帮他们把母亲的尸体背到远处，扔进山谷，回来后又熬糌粑粥一勺一勺地喂两个孩子吃，直到孩子的舅舅来了，他才离去。火猴年（1716年）秋天，他和15名扎巴仆役横渡黄河时，一个名叫陶克的扎巴被水冲走了，他立刻脱下衣服，舍身相救。结果，人是救起来了，而他最宝贵的舍利却被水冲走了，他心痛得欲举刀自杀，幸被众人劝住，才算平静下来。除此，他还从冰凉刺骨的河水里救出过落水的汉族兄弟。他去青海、蒙古后，和人民接触的机会更多了，他经常走家串户，为百姓祈福禳灾、求子、超度，所以在民间流传着这样一句谚语，说"格萨尔王的故事多，百姓嘴里念的佛语多，仓央嘉措跨过的门槛多"。青海、蒙古一带的藏、蒙古、汉、满等各族人民对他也非常信仰和崇敬。当他从色科寺到卡绒来时，寺庙的喇嘛和附近的部落的人都来迎接，人们用欢迎第五世达赖的礼仪欢迎他，请他住进当年为第五世达赖特制的帐篷。在欢迎他的会上，还举行了赛牛和摔跤比赛。在青海、蒙古一带，有的人送给他成千上万种东西作为供养，有的人几十头几十头牛羊地献给他作为布施。

藏历土狗年（1718年）春，仓央嘉措随阿娥王的妃子从北京回到阿拉夏，在作者的豁卡住了两年。于金鼠年（1720年）五月去色科寺，他预感到青海将要发生叛乱,当年就返回了阿拉夏。金牛年(1721年),再次去色科寺。水兔年(1723年)果然青海丹增王作乱,皇帝派兵平乱,并放火烧了色科寺和卡绒寺。那时仓央嘉措已经回到了阿拉夏。火羊年(1727),仓央嘉措开始修建恰如突桑塔吉林寺,该寺建成后取名察哥林寺,汉语叫石门寺。该寺从雍正五年修建至乾隆八年(1721—1743)竣工,共花了16年的时间。在修建过程中,遭到了当地官员的刁难,他们今天修好的殿堂,明天就被捣毁,甚至砖瓦也被扔掉了。看到这种情景,仓央嘉措十分痛心,他放声痛哭,为了寺庙能继续修建下去,只得给官吏跪下求情,又送去成百上千种东西作为贿赂,才算避免了这场灾祸。当寺庙修成时,清朝皇帝对宗教的政策有所改变,下旨说凡是被年总督毁坏的寺庙,均可按自己的意愿修复,同时派岳将军将已毁坏的寺庙全部修复。为此,西藏、康区比较安宁,佛教像后弘期那样昌盛,皇帝对恰如突桑塔吉林寺的250名喇嘛以及仓央嘉措本人,也按等级发给一定的布施。金狗年(1730年),岳将军邀请仓央嘉措为他率领的部队作法事,祈祷战神,保佑他们在战争中获胜。火龙年(1736年),阿拉夏人奉旨迁居青海湖。仓央嘉措也由阿拉夏迁居到撼尖勒。在那里住了9年,担任过13个寺庙的堪布。这13个寺庙是:大突、主骨、强仁、加册、色尼、加亚、娥尔、出、夏玛、嘉多尼、霍寺、干青、直贡等寺。

木牛年(1745年),他又奉旨返回阿拉夏,不久染病,于火虎年(1746年)五月八日,在阿拉夏的一个寺庙圆寂,这个寺庙,可能就是彭德加措林寺,终年64岁。

以上是根据藏文的仓央嘉措《秘史》,对仓央嘉措生平所作的初步探讨。关于仓央嘉措的生平,目前还有争论,一说他24岁时,在青海湖畔圆寂;一说是被解送内地后,死于五台山;一说他在青海湖畔出走后,游历了尼泊尔、印度后下落不明,那么到底哪一种说法接近于历史的真实呢?在这种情况下,把藏文的仓央嘉措《秘史》中关于他主要活动的时间、地点、史实翻译整理出来,提供给研究者们参考,我想不久的将来,我们终会得到一个统一的比较符合史实的结论的。

六世达赖喇嘛仓央嘉措的诗化人生

马丽华

仓央嘉措，一个闪光而又响亮的名字，身形隐入历史三百年之久，却正像所有不朽人物那样，其实又以另一种形式活在了今天。后世的人们提到他，无不顿生景仰赞叹之情，这种情感与被敬者所拥有的达赖喇嘛的身份不能说没有关系，但显然与虔诚啊敬信啊一类宗教情感大有距离。就其事迹和诗歌已成当今流行文化元素的情形看来，不由不让人感觉其实离宗教很远，离世俗更近。

且不说三百年来以藏语的民歌传唱下来，只说参与了当今流行文化，就有大量实例列队而来等候举证：你看首先是进入了文学艺术，入诗入画，成为小说、影视剧本（不过直到2008年的当下仍未开拍）的主人公；在21世纪，他的一系列情诗也被重新包装，一批大腕级的作曲家和一群顶尖歌手凝望着"东方的山顶"；而情诗中的某些人物意象，也成为经典，有仁增旺姆，比仁增旺姆更知名，是玛吉阿米，或译作"未嫁少女""未嫁娘"，作为一间藏餐吧的招牌、品牌、名牌，从拉萨八廓街的"黄房子"一直开办到北京等大城市，就连"玛吉阿米"店内的留言簿，也自成一书得以出版。所有这些传播内容，无不传达了一个永恒主题，以至于仓央嘉措几成爱之神，连带他所在的宗教似乎也危险地改变了质地。由此可以说，对于其人其诗的艺术再现方兴未艾，一旦艺术家们修炼成既合乎常情又不致冒犯宗教的圆融智慧，以其为主人公的更富有表现力的影视剧作就该问世了。

仓央嘉措人生短暂，只在世间生活了二十四年，由于身份的特别，确切说来，是由于身份和行为的极端错位，使他的人生丰度、所隐含的深度，以及总体说来的复杂程度，则胜于常人百年。这样的一部大长篇难以一一道来，不妨截取三几个镜头，表现人生经历中有代表性的大逆转。

镜头一：公元1697年，藏历第十二饶迥火牛年十月二十五日燃灯节，六世达赖喇嘛坐床典礼。时年十五的神王在第悉桑结嘉措等人的簇拥下，登上布达拉宫的制高点，在新近落成的红宫阳台上，俯瞰为典礼举行的盛大仪仗。桑结嘉措一一指点：前面穿僧装的，是三大寺、四大林和上下密院，以及前藏各教派二十多个寺庙的僧侣；随后是拉萨的僧俗官员，穿俗装的是名门世家的贵族，队伍中间的少年舞蹈者，是布达拉宫的卡尔舞队。而吉祥白伞盖的后面，一群头戴面具、奇装异服的人群是谁？桑结嘉措说，这些特别的服饰具有汉地风格，来自五世达赖喇嘛的梦境，他曾经向我详加描绘，此为再现。

那一天游行的队伍从八廓街出发，经过宇拓路到达布达拉宫下的跳神舞台，表演了金刚神舞，然后转到山后龙王潭。少年神王满怀欣喜，此前的十多年里，由于对前辈圆寂的隐匿不报，作为转世的认定也只好秘密进行，小灵童被从杜鹃鸟啼鸣和杜鹃花盛开的故乡门隅转移到错那宗。根据六世达赖喇嘛的传记《金穗》记载，从孩童到少年，仓央嘉措始终处于被（当地官员）虐待、被（不丹）劫持和被（舅父）谋害的威胁之中，身边只有父母姑姑陪伴，一家人被屏蔽在一处黑房中，形同囚禁。此刻，洁白祥云一朵又一朵，绽放在湛蓝的晴空，少年的心扉豁然开朗，笑容灿烂：从此可以尽情地享有阳光，可以自由欢畅地呼吸了吗？

镜头二：时隔五年，公元1702年，后藏扎什伦布寺，二十岁的仓央嘉措跪伏在五世班禅大师面前，怆然泪下。本来这次日喀则之行，是在第悉桑结嘉措的再三催促下，前来接受比丘戒的，但他却心生抵触。坐床以来到长大成人的五年里，虽然每天都在学习做功课，但在经书之外，他看到了在被佛家看空了的世界里，有美好的生活和美丽的姑娘，体会到写诗比习经更有灵感，"杜鹃从门隅飞来，大地已经苏醒"；美人比佛法更具魅力，"默想的佛祖不见踪影，没想的人儿不期而现"——如果接受了灌顶，意味着必须遵守戒行，意味着从此与自己的心仪之物一刀两断，这对于多情而敏感的心来说，是比性命的牺牲还要惨痛的抉择。所以，他跪伏在五世班禅大师面前，声泪俱下地说了这样的一番话：违背上师之命，实在感愧！我不仅不能再接受比丘戒，还请上师收回此前所授之戒；若是不能收回此前所授出家戒和沙弥戒，我将面向扎什伦布寺自杀，二者当中，请择其一！

踏上返程的仓央嘉措，已经决意自我放逐了。从此以后，夜晚的八廓街酒馆里，时常光临一位身穿便装、化名为宕桑旺波的英俊青年；从此以后，凌晨的布达拉宫下的雪地上，时常留下两行风雪夜归人的脚印，"守门的狗儿啊，你比人还机灵，别说我黄昏出去，别说我清晨才归"。

镜头三：又是时隔五年，蒙古汗王拉藏汗铲除了第悉桑结嘉措，失去了保护的仓央嘉措被废，遵旨将被解往北京。途经西郊，被敬爱他的哲蚌寺僧众

"劫持"。蒙古重兵包围了寺庙，与僧兵对峙，战事一触即发。此时的仓央嘉措只身走出寺庙，步履从容，无怨无尤。在这个冬季里，他永别了他还没能爱够的拉萨的诗情和痛苦多于欢乐的人生，消失于风雪漫弥的途程。史书上说他圆寂于现今的青海共和县一个名叫贡嘎瑙尔的地方，在民间传奇中，则说他遁形北上，传法于蒙古各地，终成一代大师，最后的归宿在内蒙的阿拉善旗，此说有第一人称的《仓央嘉措秘传》流行于世。

仓央嘉措身后的拉萨，依然是滚滚的风烟与红尘。十几年后，来自北方的准噶尔人横扫全藏，杀死了拉藏汗，废了汗王所立的另一达赖。不过三年，朝廷的官兵和颇罗鼐的藏兵联手驱逐了准噶尔……"天际洁白的仙鹤，请借双翼给我，不到远处去飞，只到理塘就回。"——按照诗中所指示的路径，人们从理塘迎回了他的转世。

对于仓央嘉措特立独行的品格，当时和后来的人们各有不同的理解，有人看作净相，有人视为邪见，有说诗歌所传达的纯属一己之情的，有说是深奥的佛法教义的，有说那是政治抒情诗的。而民间的看法很单纯，有一首歌归纳得很精辟，是从拉萨的囊玛厅里传唱开来的——

　　　　喇嘛仓央嘉措，
　　　　别怪他风流浪荡，
　　　　他所追寻的，
　　　　和我们没有两样。

附：仓央嘉措的遗产

某一天，偶然从文件资料堆里发现一张纸条，那上面有我的笔迹几句话。
第一句：到玛吉阿米做梦去！
第二句：如果你能来西藏，但愿你会看到我在玛吉阿米的留言。
第三句：为什么我会来这里？因为你来过。
第四句：玛吉阿米，关于爱情的……
第五句：坐在玛吉阿米的窗前，发呆的感觉真好。
我感到纳闷儿：这些疑似诗句，是在什么时候、因为什么而写？
拉萨的玛吉阿米我其实只去过一次，大约在五年前的夏秋之际。有朋友说，去八廓街看看黄房子。我们就坐在玛吉阿米喝茶，那一天我身穿藏装，拍下一批在玛吉阿米的留影。我们还翻看了留言簿，看那些天南地北的游人留下的手迹。一时激动，也很用心地写下一段话，大意是怀念和感谢，仓央嘉措留下的情歌三百年来传唱不衰。

——就想到纸条上的那几行字，也许就是当年对于留言簿的印象概括，从人家的留言中提炼模拟而随手写下的。

当我一眼望到这本印刷品的"留言簿"，一个念头升起：这是属于仓央嘉措名下的一份遗产，而我们，都是这份遗产的享有者；包括玛吉阿米，包括这本书和今天这个聚会，还有许许多多，无一不由这份遗产所派生。

六世达赖喇嘛仓央嘉措，是神王，是情圣，是诗人。他在人世间逗留过，虽然仅有短短二十四年。他在人世间短暂逗留，仿佛就为留下这些诗篇。"玛吉阿米"的名称正是从仓氏情诗中借用而来，在经典的拉萨藏文木刻版汇集的66首作为篇首的《在那东方的山顶》一诗中。据说八廓街的黄房子正是诗中这位未嫁少女居家之地，或说是微服出行的仓央嘉措以少年宕桑旺波的名义与情人幽会之处。这幢黄颜色的小楼骄傲地存在并成为某种象征，仓央嘉措的诗歌在西藏一直被广为唱诵。诗中有初识乍遇的羞怯，有两情相悦的欢欣，有失之交臂的惋惜，有山盟海誓的坚贞，也有对于负心背离的怨尤。由于作者特定的身份，所有的爱情经历，最终指向幻灭，所以神王比常人更多地体验到怨憎会、爱别离的人生苦难和求不得、恨不能的无奈。然而愈是如此，便愈加凸显出人间情爱的珍贵美好。

如今仓央嘉措的身世遭际已经广为人知，他的情诗被译成二十多种文字传遍了全世界，至今仍有新的译作出现。仅仅是近百年间的汉语翻译，我所见到的就不下七八个版本：有民歌体的，有五言、七言体的，有现代新诗的。由派生而影响，这些诗作同样给当代画家、音乐家提供着不竭的灵感和创作资源。特别是经由当代优秀作曲家和歌手倾情打造的仓氏情歌格外的具有魅力，经由仓央嘉措鼓励和加持的人间情爱，由此平添了神性光彩。

从前我能想到的，是仓央嘉措留下的精神财富，自从有了玛吉阿米，这份遗产清单里增添了物质内容——从餐饮文化到旅游文化的方方面面，玛吉阿米都参与着交流并且担当了前卫的角色。由此我们非常感谢玛吉阿米的创建者，为我们提供了这样的一个空间宝地，让我们从四面八方聚集而来，表达敬仰和缅怀之情，让我们有所感念和赞美，哪怕只是享用片刻的诗意、片刻的耽于梦想的时光、片刻的发呆感觉。

为什么我会来这里?因为你来过。
你来过,你爱过,你写过,苦难欢乐皆成歌。

写于 2004 年 7 月 25 日,
《玛吉阿米的留言簿》出版发行时

附 录

《仓央嘉措情歌及秘传》导言

庄 晶

六世达赖喇嘛仓央嘉措算得上西藏历史上一位特殊人物，引起了人们的很大兴趣。《仓央嘉措情歌》原来在藏族地区就脍炙人口，30 年代于道泉教授将它附以汉英译文[①]出版之后，更在国内外引起了进一步的反响。但是关于这位喇嘛的生平，一直是众说纷纭。坊间市廛，流传着不少有关他的轶事趣闻，在这位历史人物的身上，披上了一层神秘的薄纱。

一方面是神圣的喇嘛，执掌着西藏宗教和政治的最高权柄；一方面却又是寻芳猎艳、吟诗悖律的情种，这实在是一个奇特的形象。对他的身世、作品，特别是结局的探讨，则不仅是西藏文学研究的课题，而且对研究当时的政治、宗教、历史等各个领域，都有着一定的意义。

18 世纪的西藏，正是风云变幻的多事之秋。尤其在五世达赖喇嘛阿旺罗桑嘉措坐化之后，阶级和民族矛盾，发展到新的高峰。第巴·桑结嘉措与拉藏汗之间的斗争，不仅反映了统治阶级内部的矛盾，同时也交叉着中央与地方、西藏与外来势力之间的较量。处于政、教权力最高地位的年轻的仓央嘉措难免成为这种斗争中的牺牲品。他的不容于清廷，并非是"行为不检"或"触犯清规"，问题的症结在于他被看成了桑结嘉措势力的象征。"先是达赖喇嘛身故，第巴匿其事，……又立假达赖喇嘛以惑众人"[②]，是仓央嘉措的全部罪名。要害在于是第巴所立，至于风流与否，皇帝佬儿是不太关心的。

---

* 《仓央嘉措秘传》译文曾于 1981 年与数首仓央嘉措《情歌》等合篇，以《仓央嘉措情歌及秘传》面世。此为该书导言。为便于诗者了解《秘传》翻译之一二，故录于此。

① 于道泉注释并加汉英译文:《第六代达赖喇嘛仓央嘉措情歌》Love Songs of the Sixth Da Lai Lama》1930.《tshangs-dbyangs-rgya-mtshovi-mgul-glu-snyan-ugrags-kyis-bkod-pa-bzhugs-so》。

② 《清圣祖实录》卷二二七。

其实冤枉。仓央嘉措虽是桑结嘉措所立,但并不与他同心。他的风流倜傥、不守清规的生活是决然无疑的。第巴对此大为恼火,却也无可奈何。这位率性喇嘛为了争取身、心的自由,曾向亲教师班禅罗桑益西纳还自己的居士戒,大声呐喊,宣之于众;寻花问柳,无所忌惮。他也曾拿着一把刀、一条绳,向自己的摄政表示了"不自由,毋宁死"的决心。这些事在一本叫做《六世一切知者仁钦仓央嘉措秘密本生传记》①的书中有详细的记载。这书是第巴·桑结嘉措的作品,而且是原稿,未曾公开刊行,算得上是真正的秘传,是重要的第一手材料。因此,我们没有理由怀疑它的真实性。

但是也有一些人则认为这位喇嘛的风流韵事不过是游戏三昧,形似放荡不羁,实则清静无染。流传着"天天有娇娘做伴,从来未曾独眠。虽有女子做伴,从来没有沾染"的传说。从而对他的《情歌》,从密宗的角度出发,全都能做出宗教上的解释。典型的一首如:

> 在那东山顶上,
> 升起了皎洁的月亮。
> 娇娘的脸蛋儿,
> 浮现在我的心上。

被解释为修习过程中对本尊的观想。按照怛特罗的法门修习到极高的水平,若达到"真气自在"的境地时,与佛母共同双修,也是密宗师的需要;但在格鲁派中这并不是一个容易得到的借口。许多材料证明,仓央嘉措的放荡生涯是很难用宗教上的需要来解释的。

对于仓央嘉措的生地,材料比较一致。隆多喇嘛说他"生地为沃域松(vog-yul-gsum——三洼地),或以三湖著名之错那(mtsho-sna)"②。自称是他弟子的蒙古族喇嘛阿旺多尔济在《秘传》中说他生于"纳拉沃域松(sna-la-vog-yul-gsum)"。据西藏民院的调查③,他"原籍是门隅夏日错所属的派嘎"。错那现在是山南的县,从前建过宗,与不丹—印度接壤,居住着藏族和门巴族。调查材料说他是门巴族,而过去的文字资料中俱无记载。究竟出自何族,笔者因

---

① 《thams-cad-mkhyen-Pa-sku-phreng-drug-pa-blo-bzang-rin-chen-tshangs-dbyangs-rgya-mtsho-mchog-gi-thun-mong-ma-yin-bavi-gsang-ba-nges-don-gyi-rnam-par-thar-pa-sgrib-bral-gser-gyi-snye-ma》.
② 《隆多喇嘛全集》za 部《klung-rdol-bla-ma-ngag-dbang-blo-bzang-gi-gsung-vbum》za。
③ 于乐闻《门巴族民间文学概况》,西藏民族学院科研处编。

缺乏充足证据，不敢妄断是否。

关于他的家庭出身，《隆多全集》和《秘传》中的记载一致：父名扎西丹增，母名次旺拉姆。《秘传》中把他的家族捧得很高，在他父亲的名前冠以日增二字（即持明僧，密宗师），并说是日增白玛岭巴的曾孙；说他的母亲出于王室。不管真实与否，把他说成是宗教世家，宁玛传承，自然是合乎喇嘛教徒们的需要了。而据西藏民院的调查材料讲，仓央嘉措的"父母是贫苦农民。家境本来贫寒……舅父顿巴和姑母又贪财如狼，夺走了他家仅有的财产和房屋。六岁时父亲去世，他随母亲过活。做过放牛娃……"。这些材料无疑是十分宝贵的，但因缺乏详细的调查说明，是否有据可考，又有多少传说故事的佐料在内，则不得而知，只好暂时存疑了。

仓央嘉措生于清康熙二十二年（1683）。不久被第巴·桑结嘉措选为五世达赖的转世灵童，于康熙三十六年（1697）藏历九月七日在浪卡子从五世班禅罗桑益西剃度受戒。同年十月被迎至布达拉宫司喜平措大殿坐床。法王的冠冕没戴多久，到了康熙四十六年（1707），即他二十四岁时，桑结嘉措为拉藏汗执杀，仓央嘉措也随着被黜，解送北上。

相似的记载到此为止。关于这位达赖喇嘛以后的命运大致有两种说法：一种认为他于北上的途中死于青海湖边；一种认为那时他并没有死，戏还要继续唱。头一种说法以官方的记叙为代表。《清史稿》载："四十四年桑结以拉藏汗终为己害，谋毒之，未遂，欲以兵逐之。拉藏汗集众讨诛桑结。诏封为翊法恭顺拉藏汗。因奏废桑结所立达赖，诏送京师。行至青海道死，依其俗，行事悖乱者抛弃尸骸。卒年二十五。时康熙四十六年。"①（若按汉族用虚岁计年，则与前所引的二十四岁相符。）释妙舟所编《蒙藏佛教史》中也说"年至二十有五，敕入觐。于康熙四十六年行至青海工噶洛地方圆寂"②。这是属于对仓央崇信的一种说法。但不管是"圆寂"、"道死"还是"抛弃尸骸"，都是比较模糊的讲法，是所谓"活不见人，死不见尸"了。于道泉教授在《情歌》中讲得比较详细："拉藏汗乃取得皇帝之同意，决以武力废新达赖而置之死地。即以皇帝诏，使仓央嘉措往北京。而以蒙古卫兵及一心腹大臣伴行。路过哲蚌寺前，寺中喇嘛出卫兵之不意，将仓央嘉措劫去。卫兵遂与寺中喇嘛开战，攻破哲蚌寺，复将仓央嘉措夺回，带往纳革刍喀。康熙四十五年（1706）仓央嘉措二十五岁，在纳革刍喀被杀。而依照汉文的记载则说他到纳革刍喀与青海之间患水肿

---

① 《清史稿》列传三百十二，藩部（八）西藏。
② 释妙舟：《蒙藏佛教史》第4篇第3章第7节。

病而死。"① 病死和被害，在国外也有不同的看法。H·霍夫曼说仓央嘉措是"在青海湖附近去世，很可能是凶死。时在1706年"②。伯戴克的论述则较为周详，说六世达赖"于1706年11月14日死于公噶瑙湖附近。虽然按意大利传教士的说法，传闻他是被谋害的，但汉、藏的官方记载都说他死于疾病。而我以为没有什么充分的理由可以怀疑它的真实性"③。在这个问题上，伯戴克参阅了不少汉、藏文和外文资料，包括于道泉教授的《情歌》在内。其他如贝尔（C·Bell）、柔克义（W·W·Rockhill）等人则是很早就持这种看法的。

总之，道死的说法源于官方记载，而官方和公开的消息则囿于政治上的需要，是难以令人完全信服的。相反的说法，汉文资料见于法尊法师所著《西藏民族政教史》："次因藏王佛海与蒙古拉桑王不睦，佛海遇害。康熙命钦使到藏调解办理，拉桑复以种种杂言谤毁，钦使无可如何，乃迎大师进京请旨。行至青海地界时，皇上降旨责钦使办理不善，钦使进退维艰之时，大师乃弃舍名位决然遁去。周游印度、尼泊尔、康、藏、甘、青、蒙古等处。宏法利生，事业无边。尔时钦差只好呈报圆寂，一场公案，乃告结束。"④

牙含章同志在《达赖喇嘛传》中除了引录上面一段文字外还提出了新的看法："另据藏文十三世达赖传所载：'十三世达赖到山西五台山朝佛时，曾亲去参观六世达赖仓央嘉措闭关坐静的寺庙。'根据这一记载来看，六世达赖仓央嘉措被送到内地后，清帝即将其软禁在五台山，后来即死在那里，较为确实。"⑤

在历辈达赖喇嘛中，六辈达赖仓央嘉措虽然在位不久，但因正处于西藏政治冲突极其尖锐的时期，政权、民族、宗教种种矛盾犬牙交错，斗争剧烈。作为权力象征的这位喇嘛也就"在劫难逃"了。但是这段公案不能单凭几本史籍的记载来解决。关于他的民间传说固然很多，也不能把道听途说的轶闻传言作为解决问题的依据的。值得重视的是1957年民族社会历史调查中关于内蒙古自治区阿拉善旗的一份报告材料⑥。在这份材料中提供了在当地流行的有关六世达赖的身世的传说。从他坐床直到离藏，大致轮廓和一般文字所载没有很大出入，但对此以后的说法就不同了。传说行低衮噶瑙后，六世达赖于风雪夜中倏然遁去。先往青海，复返西藏，最后来到阿拉善旗班自尔扎布台吉家（在第一

---

① 见《仓央嘉措及其情歌研究》"译者小引"。
② Helmut Hoffmann：《The Religions of Tibet》Ⅷ P181（李有义教授曾译为中文）。
③ L. pitech《China and Tibet in the Early 18th Century》Ⅱ Lha-bzang-han (1973)。
④ 法尊编：《西藏民族政教史》卷六第六节（1940）。
⑤ 牙含章：《达赖喇嘛传》（内部资料）上编，第26页，（1963）三联书店。
⑥ 全国人代会民族委员会编：《内蒙古自治区巴彦淖尔盟阿拉善旗情况》(1957.5)。

苏木厢根达赖巴嘎），时为康熙五十五年（1716）。六世达赖仓央嘉措三十四岁以后收班自尔扎布台吉的儿子阿旺多尔济为徒，并在当地弘扬佛法。于乾隆十一年（1746），六十四岁时坐化。阿拉善旗有八大寺庙，据说其中著名的广宗寺（成于1757年，位于贺兰山中）即阿旺多尔济遵六世达赖的遗愿所建，内有六世达赖的遗体，供于庙中七宝装成的切尔拉（塔式金龛）内。尊仓央嘉措为该寺的第一代格根，名德顶格根（即上师）。阿旺多尔济任该寺第一代"喇嘛坦"。另传甘肃中卫的一个汉人，因敬奉六世达赖而得子，便替他修了一座庙。庙名朝克图库勒（藏语名班第扎木吉陵），即八大寺的昭化寺。六世达赖坐化后，遗体也曾浮厝于此庙。

贾敬颜先生当年曾在阿拉善旗进行过考察，他告诉笔者：直到"文革"前，广宗寺还保存着六世达赖的肉身塔。50年代，寺内主持僧尚出示六世达赖的遗物，内中有女人青丝等物。根据在阿拉善旗的调查情况看来，这里有关仓央嘉措后半生的种种说法，恐怕不是凭空捏造的。笔者认为他在衮噶瑙出走后，最后归宿于阿拉善旗的可能性极大。或者可以说这是一种到目前为止论据比较充分的看法。

对于仓央嘉措的身世和著作，多年来国内外都有述评。但无论持何种看法，尽量多掌握一些材料，多做些调查研究是十分必要的。过分大胆的推测，令人咋舌的想象，很难得出科学的结论。笔者曾见过一篇论文[①]。文中为仓央嘉措的一生做了详细的注解。从他的经历、遭遇和心理状态：诸如乡土风物、情海风波、欢乐痛苦，乃至冲破思想的禁锢，高举反抗的旗帜，云云，全都描绘得活灵活现，令人叹为观止。要写电影和小说，当然可以插上幻想的翅膀，任意在三维空间翱翔。但是要做科学的论述，就一定要严肃的史料支撑，只有在充分地研究各种资料的基础上，经过缜密论证，才能探寻历史的真谛。有鉴于此，笔者将《秘传》翻译出来，为读者多提供一些有关仓央嘉措的素材，以期抛砖引玉，使有关这方面的研究工作能得到深入的进行。

《仓央嘉措秘传》的藏文本，我最早是在上世纪50年代后期见到的，当时曾将其中主要内容信手翻译下来。可惜版本的出处没有记下。80年代据以翻译的原本是拉萨哲通厦（bkras-mthong-gshags）家刊印的木刻版。规式为46厘米×9厘米。共122页(p)，藏文全名为"thams-cad-mkhyen-pa-ngag-dbang-chos-grags-dpal-bzang-bovi-rnam-par-thar-pa-phul-du-byung-bavi-mdsad-pa-bzang-povi-gtam-snyan-lhavi-tamburavi-rgyud-kyi-sgra-dbyangs-zhes-bya-ba-bzhugs-so"（一切知语自在法称

[①] 《试谈仓央嘉措情歌》（青海民院学报1979年3期）。

祥妙本生记殊异圣行妙音天界琵琶音）。

藏文本每张背面竖眉俱印有"tshangs dbyangs rgya mtshovi gsang rnam"几个字，意即"仓央嘉措秘传"。但译者考虑到另外还有一本真正的"秘传"，即第巴桑结嘉措所记的有关仓央嘉措的一些闾里风流、离经叛道诸般行事。对佛法而言是有悖教律，不登大雅之堂的。这是出于桑结嘉措之手的第一手材料，应算是真正的"秘传"了（这份材料据说只有手稿，未曾刊印）。因此，称本书为《外传》，似乎较妥当一些。

《秘传》作者自称为六世达赖仓央嘉措的"微末弟子"，名额尔德尼诺门罕阿旺伦珠达吉，又名拉尊·阿旺多尔济（Ae-ti-ni-no-mi-han-ngag-dbang-lhun-grub-dar-gyas-lha-btsun-ngag-dbang-rdo-rje①）。此人为阿拉善旗当地蒙古族。出生于贵族家庭，生卒年月待考。他也就是阿拉善旗第一大寺广宗寺的第一代喇嘛坦。上述调查材料记载着有关的一段传说：阿旺多尔济从西藏修习回到阿拉善旗后，兼任大喇嘛，想以西藏之法炮制个政教合一的局面。因此不容于当地王爷。他被害死后，头颅埋在定远营南门的石坎下。直到1949年后，广宗寺的喇嘛们进出城门时尚不敢跨迈门槛，要从两边绕行。

作者的其他著作和生平详情也待查考。此书成于火牛年（1757年）藏历九月。由藏代本哲通·久美甲措（gtsang-mdav-bkras-mthong-vgyur-med-rgya-mtsho）刊印。

原文分三品，前面并有楔子。按照明清以后某些藏文著作的章法，书首书尾和每一段落之后，俱加上一段偈颂体的韵文（thsigs-bcad）。在译文中俱略去。《秘传》的结构基本上是作者以第一人称的口气进行叙述的。第一、二品则于叙事之后加一"gsung"字（"讲说"的敬语）②，以表明前面是六世达赖亲口所说的经历。本书的内容与《西藏民族政教史》中的讲法基本吻合，主要是讲仓央嘉措被黜以后在甘、青、康、川、卫、晋、藏，以及尼泊尔、印度，最后在阿拉善旗等处的经历。有许多内容则怪诞离奇，属于"子不语"③ 之类的东西，读者们自然也不会当真。发表出来，对于研究六世达赖及当时的宗教、政治、社会、历史等问题，或许会有一点参考的价值。译文中有需注原文者俱用拉丁符号转写与译者注释同放在括号里面。

---

① Ae-ti-ni-no-mi-han 译言额尔德尼法王，是蒙古语。
② 书中仍有"讲说"与作者叙述之人称代词相混处，在汉译文中不好表现。凡此，用圆括号内"编注"予以明确，以方便阅读。——编注
③ "子不语"：《论语·述而》："子不语怪力乱神。"后因以"子不语"指怪异的事物。

译文首译于 1980 年，当时在翻译过程中，于于道泉和李有义教授前受教甚多。有些疑难问题全赖东嘎·洛桑赤列老师帮助解决。又蒙贾敬颜先生授予材料，介绍情况。对诸位前辈的帮助指导，我感激由衷。

《秘传》译文曾与数首《情歌》等合篇，以《仓央嘉措情歌及秘传》面世。笔者对译文做了一些梳理和订正，但因译者水平有限，译文中舛讹处自属难免，尚祈读者指教。

1980 年 6 月 27 日于北京
中央民族学院

仓央嘉措秘传

阿旺伦珠达吉著　庄晶译

小　引

　　许美多吉协加衮钦别号阿旺却扎嘉措，实讳洛桑仁钦仓央嘉措。他在无数劫前即于色究竟天界证得了无上涅槃，又以无量光佛的首座弟子莲花手观世音菩萨等各界许多化身调伏众生。其圣行无边无际，广大博深，像我等孩童一般蒙昧的人实在难以叙述，难以想象；更难穷其究竟。

　　圣主上师的功德，都藏而不露，甚至对自己的生地、族裔等等也守口如瓶。种种行事，虽然是常随左右的侍者也难以揣度。圣心圆通深沉，外人每问及"大师诞生何处、是何族裔、高寿几何"时，总是答道："我自幼浪迹在外，年深日久，父母乡土都忘怀了。"若问尊讳大名，也说："我没有姓名。"间或有那么一等人，以知情者自诩，问一些似乎知情的话，尊者立即不悦，斥责道："自己尚且不自知，你知我是谁？"

　　在此间挂锡稍久之后，有一位密宗师从前藏来了。此人先前对尊者很熟悉，讲了"这位大师就是圣者某某"。尊者立即诅咒他："让遍入天罚你！"话一说完，那僧人当即中风失语，以后也始终未愈。

　　在有些人中，传说佛子大宝①的化身有两个，此其一也。又有些人说："五世达赖佛爷有许多化身转世，这位是其中之一！"对这种种说法，尊者总是劝阻道："休得如此说！对他们诞生的地方、目前的居处，是万万不能随便乱说的！"

---

① 即指达赖喇嘛。

有些来自前后藏或多麦地区①的高年僧人，先前曾亲眼见过尊者，对他们，也总是谆谆嘱咐："暂时对任何人也不要泄露！"就连护法处也加以托付。因此先前的事迹在一段时间里没有任何人敢于随便谈论。

尊者曾亲自说过："切莫将各色名号加到我的头上，显露太过，就会像水中的鱼儿一样了。其实，对那与神佛无异的圣僧上师，只要诚心祈愿，必能得到加持。你等但能以得到圣观音加持的上师敬事，祈祷祝愿，也就十分好了！"

但是对一些纯诚笃信的人，以及腹心侍从，偶而也讲述过些秘密游历康、卫藏及印度、尼泊尔等许多圣地的经过，谈些所行的修习、苦行，以及种种奇遇趣闻。对此，又再三嘱咐，严禁外传，对于寻常之辈则绝口不谈。

迨后，年寿已高。赛科②大师夏鲁瓦·洛桑般登与塘仁大师孔瓦夏仲等许多人都再三禀求："那些暂时必须保密的，固然有特殊的需要。但是其余的一些经历无论如何也应写成一部本生传记方好。"再三恳请，遂将奇妙的事迹大略地写下一些。

及至尊者脱缁之后，有许多虔诚的优异弟子对笔者提出希望。特别是金刚持甲纳座主大宝③言道："足下务必将所记忆的圣僧的平生经历记录下来。"并一再敦促道，"现在就写，决无妨碍！"金刚持祥巴大师也道："我对这位尊者笃信景仰，无限崇敬，请将他的本生传记写下来，惠赐于我。"

当时，门徒辈中有人为使他人对自己的上师产生净信，不惜大吹法螺，添枝加叶。又有一等人，借口为上师立传，实则招摇过市，混淆视听。而笔者虽得悉一些，但怯于讲述，又虑及自己缘浅根微，若像那样混说一气，定然无益，空惹具法眼的高人耻笑。再者，有多少知情知底的人士，无论尊卑，都不敢尝试，而尊者本人也因时机未至，曾加阻止。因此，按诸大德的吩咐早应写成的传记，一直拖延至今。此中道理，既非尊者有何瑕疵，又非存在于有悖于圣教之行止；更无丝毫忤于文殊大皇帝陛下之事端，其中原委，不过完全是为了利他而已。

笔者在此，凭天理报应为证，出自一片赤诚，谨修此上师尊者的本生传记。本文资料一部分来自尊者口授时的记录；一部分来自笔者的见闻经历。凡尊者言谈所及，笔者脑海所藏，俱加荟萃，著而成文。

传记共分三章：

---

① 指黄河上游南北广大地区，包括今青海、甘肃、四川交界一带。
② 今青海化隆回族自治县有赛什库一地。可能即指此处。
③ 名前冠以"金刚持"者，多指其于密宗有很高的造诣。

第一，神圣上师之诞生、剃度、坐床等情形；
第二，为利益众生而苦行、修持等情形；
第三，驾临多麦地区造福圣教众生及最后圆寂的情形。

第一章　神圣上师之诞生、剃度、坐床

《问道语录》载："吾现持戒比丘身"等语，指的是一切知根敦朱巴①。"吾乃通晓五明班智达"，指的是妙音喜根顿嘉措②。"吾之化身遍各方"，指的是三界众生之上师索南嘉措③。"吾之教法遭毁灭……"指大乐法王土朵云丹嘉措④。"吾之利乐根本宝……"指圣师佛祖阿旺洛桑嘉措⑤。历辈先圣，一位位依次点明。

其后又载："呜呼！大鹏凌空，麻鸡讥之于坶；吾遨游慧界，心存痞根者诋毁有加。"这就明指圣师佛祖本身了。

日增·戴达岭巴⑥于《霹雳岩无上甚深精义》中曾做如下授记：

秉此殊业者，
将于香拔雪山西南隅，
降生成为众生主，
执掌圣教护苍生。

这里把诞生的方位讲得十分清楚。
《神鬼遗教》⑦第二十四品载：

---

① 即一世达赖喇嘛（1391—1474）。
② 即二世达赖（1476—1542）。
③ 即三世达赖（1543—1588）。
④ 四世达赖（1589—1616）。
⑤ 五世达赖（1617—1682）。
⑥ 本名"久梅多吉"（？—1714），曾于1676年在山南扎囊县建敏珠林寺，是宁玛南派的根本道场，僧侣名前冠以"日增"（持明）者，俱为密宗师。
⑦ 是假托由莲花生大师所说的《五部遗教》之一。相传是乌金岭巴所发现的藏品。其他四部尚有《国王遗教》、《后妃遗教》、《大臣遗教》、《高僧遗教》。

骄慢所生战乱日，
心生厌离皈教法。
莲花大师幻化身，
有缘生于水界癸亥年，
教主乌金岭巴①将临世。

在此预示了生年为水猪②，父祖的名字也讲得十分明白。发藏师却吉坚赞在其古旧的秘籍箴言中道：

又至亥年及子年，
亥年生者将钧临，
乌金莲花大师子，
为护圣教显化身。
亥年子年未到时，
埋名隐姓为众生。

据此，诞生于亥年，并在一循十二年内为替芸芸众生造福而默默无闻等情形，指示得极其明晰。这预言中所说的十二载时光，虽可理解为第司时的一十二年，但也道出了尊者一生埋名隐姓，奉行清净律仪的情景。

说到诞生之地，原来是乌仗那第二佛祖③曾经加持过的宝地，那里遍布秘籍宝藏，与边地坎巴顶④相毗邻，年稔谷粮十三种，林木瑞草花果数不清，名为纳拉沃域松⑤。

降生的时日，是五世圣僧大宝⑥所应教化的众生已尽，而六世本身之菩提发心与宏愿实现的时刻已到，甘丹颇章之政教事业蒸蒸日上，自彩缎产地至豆

---

① 宁玛派的一位名僧的名字。
② 即康熙二十二年，1683。
③ 即莲花生大师。公元757年抵藏，助赤松德赞王建桑耶寺，推行佛教，是宁玛派所奉的鼻祖。
④ 即今不丹一带。
⑤ 即今之山南错那县。
⑥ 是对五世达赖的又一称呼。直译为"化为僧人的第五世大宝"。

蔻之乡①，两地间的芸芸众生悉归十善②之途。正是世间脱离了战乱、瘟疫、灾荒的太平时日。

说到尊者的家族，自天神临凡以来，迄于父祖、母祖七世之间，行止俱无弊端。父母的种姓纯正、贤能、聪慧、正直、坚毅，谦恭寡欲，精于工巧、察相，弃恶从善，明察因果之目光像天空般宽阔。父尊为日增·白玛岭巴之曾孙，讳日增·扎喜丹增，得无上密宗传续。其夫人即尊者之母，为人所共知，品德无瑕，她的父母先辈也都仪态端庄，容貌姣美。她声誉圆满，懿德昭著。未经临盆，知礼仪，乐捐施，笑容可掬。聪慧、谦恭、无畏、博闻、贤能。无妄诈，无恚怒，远离嫉妒悭吝。不桀骜，不懒惰，不喧嚣。忍让有信，守廉知耻。贪、嗔、痴之毒极少，妇人之弊端绝离。持家有方，谨守闺道。各种功德，堪称圆满。凡《普曜经》中所载诞育圣者之佛母应备的三十二种功德，毫无欠缺。圣母讳杰日·次旺拉姆③，诞尊者于水猪年。适符于前此之预言。是时，七日同升等等瑞兆多次出现，奇妙无比。

约十二年多的时间内，蛰居本土。

当时，第司·桑结嘉措正忙于新修布达拉宫及金身大浮图④，是以不得闲暇。而对五世佛祖坐化的年月时日等有关消息也严禁外泄。因此，直到一十五岁，火牛年⑤时，尊者方登上法王宝座。五世佛爷虽曾有过"须得守密十二年"的授记，但第司权重，超越了数年。因此，先前的大德们曾指出这缘起就十分不妙。

火牛年，藏历九月十七日十五时三分，时辰一过，在浪卡子，由无量光佛化身班禅一切知罗桑益喜兼任亲教、轨范二师，由持明师嘉木央扎巴计时，于却吉阿日巴司嫩多吉、达磨巴·洛桑曲扎以及密宗法师嘉木央群批等众位助手中间剃度受戒。进法号为一切知洛桑仁钦仓央嘉措。从而成为天、人等众生共同的福田。

同年藏历十月，正当诸空行如祥云般自行聚集、掌教法王宗喀巴·洛桑扎

---

① 彩缎产地指内地；豆蔻之乡指克什米尔一带。这两者之间，便是西藏地方。

② 佛经中称不犯十恶为十善。十善即不杀生、不偷盗、不邪淫、不妄语、不两言、不恶口、不绮语、不贪欲、不嗔恚、不邪见。

③ 是王室、王裔的意思。

④ 金身大浮图，即指布达拉宫内五世达赖的灵塔。塔上满饰奇珍异宝，堪称稀世之珍。至今保存完好。

⑤ 康熙三十六年，1697。

巴祖师①涅槃之吉日，即殊胜之二十五日五时三十分，在十方遍胜普陀山布达拉宫司喜平措②殿中登无畏狮子大宝法座，成为天、人众生的救主依怙。

以上为第一章。讲的是尊者降生、剃度、坐床诸事。

第二章 为利益众生而苦行、修持

这位神圣上师对一切有形全都加以佑护，而对于北方的生灵尤甚。如《问道语录》所载：

> 从布达拉山的顶峰上，
> 圣心所化光辉照四方。
> 我身所化一贤者，
> 离开藏北赴北方。
> 为度无怙苍生离孽障。

尊者对待北土的无依无怙的芸芸众生，犹如慈母之爱抚患病的独子一般，发深远精微之菩提心，立宏广之誓愿，披无上忍耐的坚甲，为激越的慈爱所推动。在位期间，直至二十五岁，以佛子的伟行、六波罗蜜多③、四摄事④等诸圣菩萨的净行作为美服装束起来。像先辈诸位佛爷在世时一样，对早先立下的政、教律规，全都继承遵循，加以维护。详情不赘，在此略述一二：

在班禅佛爷罗桑益西以及甘丹赤巴卓尼·次诚塔杰、阿里随驾格列嘉措等许多黄教大师座前领受密宗灌顶、随许及密诀。听取了"依靠经教"、怛特罗之讲授和所有生成次第及圆满次第之传授。其他显教方面的各种教诫，一切简、繁道次的传授和口授的经教并皆闻取。尤其是拜格隆嘉木央扎巴为根本上师，按四部《恒河水流》⑤中的规定在三年之内不分寒暑，勤奋攻习，孜孜不倦。

（以上是尊者亲口所讲。）

---

① 指格鲁派创始人宗喀巴（1357—1419）。他于藏历十月二十五日逝世，后世将这一天定为"燃灯节"。
② "司喜平措"系布达拉宫内一座大会堂的名字。
③ 即指布施、持戒、忍辱、精进、禅定、智慧等六度。
④ 即爱语、布施、利行、同事等四者。
⑤ 是五世达赖所著讲授密宗传习的书。

这段时期,那位权势显赫的第司,经常严谕格隆嘉木央扎巴,要他将一个活佛所应听习的随许等一切法,务必竭尽心力好好传授,否则,必将如何如何……戒饬甚严。

那时我正年幼,少不更事,讲法时常常坐不住,走来走去,不合听经的规矩。每当这种时候,我那皤发皓首的经师总是站起来,手执经卷,随在我的身后规劝道:"您圣明!劳驾!请别这样,请坐下来好好听。如果足下您不听的话,第司就该责骂我了。"每当他这样双手合十,规劝我的时候,我也就乖乖地坐了下来。师傅重又坐到我的面前,继续讲解未完的功课。……此情此景,今日还历历在目。我所经历的茹苦含辛真是各种各样,不一而足啊!(尊者每当述及这段往事时,常常以拳击首,潸然泪下。)

话归正传。《甘珠尔经》曾得第司讲授过一遍;根本师格隆嘉木央扎巴授过一遍;以后又由密籍师冉达岭巴授过一半,合起来听习过两遍半。总之,凡一切藏土所有的教派如萨迦、格鲁、宁玛等,其能熟之灌顶以及能解脱之传授、经教、密咒等等,无论显密,不分流派,全都加以闻习。

(编注:以上为作者转述六世达赖喇嘛之语。"我"即尊者。)

后来有一个冬日,天降瑞雪,尊者步出庭院当中,看到演习先前格鲁舞时,便如此这般地加以指导,并示范"一楞金刚"、"三楞金刚"、"五楞金刚"等各种金刚步法、舞姿。让大家照他留在雪地上的步痕演习。那时笔者年纪还小,仅仅以游戏对待,不知此中三昧,也没想到认真地学习。

又过了许久,有一年在普若寺的时候,尊者建大威德十三尊彩粉坛场,嘱咐我道:"日后你若能在这座寺庙中把格鲁的神舞重建起来就好了。"这话一直萦绕在我的心中。及至尊者圆寂之后,我到西藏去完成尊者的遗愿,曾对佛王①禀奏了建立格鲁舞的打算。佛王说道:"我也有意在朗杰扎仓建立格鲁舞,遍访擅格鲁舞法的人,但是直跑到阿里也没访到。现在只好打算引来夏鲁的传承,建立布派的舞法了。可惜如此殊妙的规式,如今跑遍了十三万户也找寻不到,以至湮灭了。如果到西康方向仔细查访,或许还能有些端倪也未可知。"惋惜之情,流于言表。对尊者的事迹也产生极其虔信之心,道:"今天如果健在该有多好!"言下,悲怆不已。但这也正如《入行论》②所说的那样:

---

① 对达赖喇嘛的尊称,此处当指七世达赖。
② "觉旧"是佛典《入菩萨行论》的略简。

设使无救治,
悲切复何益?

言归正传。以惹江巴·扎巴曲培①为首的格西们被请来担任侍读,广习《辩理初程》②等因明。

尊者的诗学造诣也为人们所推崇,但如何学习的情况则不得而知。据说历算方面的功底也是极其深厚的。

正如前述授记所预示的那样,摄受北方所应调伏的众生的时刻已到,受此影响,又因一些因素所支配,第司和拉藏有隙,欲天恶魔则乘机而入,加之藏宫的福德微薄,遂起祸端。

拉藏向内地寄去一信,对尊者是活佛与否表示怀疑。皇上便派了一位精于相术的人进藏。此人来后,请尊者赤身坐于座位上,他围绕圣体前后左右,从各个方面细察体相。然后说道:

"这位大德是否为五世佛祖的转世,我固然不知,但作为圣者的体征则完备无缺。"说罢之后顶礼膜拜,返回本土去了。

此后纷争愈演愈烈。皇上知道了,派遣恰纳喇嘛与安达卡来处理第司和拉藏间的纠纷。但他二人尚未到达之前,拉藏已将第司诛戮了。钦差抵藏之时,正逢战乱的浪潮汹涌之际,拉藏鬼迷心窍,在御使前巧言令色,使得二人十分为难。

因此,尊者二十五岁,时当火猪年③秋,被迎往内地。那时路经羊八井,走到念青唐古拉山前,山神恭迎如仪。

(编注:以下为作者转述六世达赖喇嘛之语。"我"即尊者。)

迤逦行来,经北路,走到冬给错纳湖畔,皇帝诏谕恰纳喇嘛与安达卡两使臣道:"尔等将此教主大驾迎来,将于何处驻锡?如何供养?实乃无用之辈。"申饬极严。圣旨一下,众人惶恐,但有性命之虞,更无万全之策,恳求道:"为今之计,唯望足下示状仙逝,或者伪做出奔,不见踪迹。若非如此,我等性命休矣!"异口同声,哀恳再三。

我道:"你们当初与拉藏王是如何策划的?照这样,我不达妙音皇帝的宫门金槛,不觐圣容,决不回返!"此言一出,那些人觫惧不安。随后就听到消息说

---

① 惹江巴是对精通佛教教义者的称谓。甘青寺院中也用做宗教上高级学位的称呼。
② 一本讲解佛教哲学的书籍。
③ 康熙四十六年,1707年。

是他们阴谋加害于我。于是我又说道:"虽则如此,我实在毫不坑害你们,贪求私利之心。不如我一死了之。但这也得容我先察察缘起如何再说。"如此一讲,他们皆大欢喜。

此后,有许多到湖边来朝拜的人。有一日,我让他们带一根木头到住宿的地方来。他们拿来一根支布帐的柏杆子,我插到地上,次日便成活了。

继续前进,到了一处,名叫更尕瑙尔。在帐篷门口和外围的布幔之间,有一个蒙古老汉在探头探脑地窥望。我让人把他叫了进来,令卓尼·毕都尔温布当翻译,问他:"这是什么地方?你叫什么名字?"答道:"此处名叫更尕瑙尔。小老儿我名叫阿尔巴朗。"

闻听此言,我思忖道:"这名字在蒙古语中是狮子的意思。这里有着共喜、财富及无畏的缘起。我就满足他们的心愿,施展一下神通法术便了!"又向三宝祝祷,结果征兆也都吉祥。尤其以吉祥天女的授记更为明显。

依照以上的授记,当天夜晚,除了毕都尔温布等索、卓二内侍及汉人首脑以外,更不使一人知晓,于初更时分登程上路。那天我里面穿着黄色氆氇衫,外罩红色氆氇大袍,头戴博朵帽,足登蒙古靴。随身携带的物品仅有未生怨王①的护身宝贝——一只大如鸡卵的舍利母②;一挂紫檀念珠;挂包内有一个镌有标记的图章;腰间有一日增·戴达岭巴所赐的古降魔橛。除了这些,别无他物。

登程之前,对索、卓二侍者叮咛嘱咐了一番。他们二人也是泪流满面,无限悲伤。

话别之后便遽然上路,朝着东南方向行去。刹那间,如天摇地动一般,狂飙骤起,一时间昏昏然方位不辨。忽然,见风暴中有火光闪烁,仔细一看,却原来是一位牧人打扮的妇人在前面行走,我尾随她而去,直到黎明时分,那妇人悄然隐去,风暴也停息下来,茫茫大地,只剩下了无垠的黄沙尘烟。

(从此后,尊者为造福众生,开始了苦行的生涯。)

平旦时分,来到了两座巍峨的青山之间。因为从前从未独行过这么远的路程,加之口中干渴,脚掌磨起了水泡,实在疲惫不堪,遂边憩边思念道:"高贵的终归衰微,聚集的终于离分;积攒的终会枯竭。今日果然!"由此无常之想,

---

① 未生怨,旧译折指,即印度阿阇世王。传说:未生时相师谓此儿生必害父。父母遂将他一生下就抛到楼下,但仅折一指。后吞并诸邦,建一统印度之基。因有害父之罪孽,遍体生疮,到佛前忏悔而愈。

② 喇嘛教称高僧去世火化后所结的珠状颗粒物为舍利。大的能生小的,故又名舍利母、子之说。本文所说的舍利母当指佛舍利而言。

生厌离心。转念又想:"而今能够脱离羁绊,乃是三宝的慈悲。作为一个遁世者,为涤荡孽障,应当做一名纯正的游方朝圣、修持禅定者才是。"想到这里又生欢喜。

动身之后,走上了一条大路。在那里和一队阿日①的商人相逢。他们从西宁上返,正在路上起灶打尖。我那时口渴难熬,一心想喝口茶水,但因从未向人讨过东西,讪讪地难于启齿,只得在他们附近干坐着。他们当中有一位老者发话道:"僧家,你是干什么的?可愿喝口茶?""愿意。不过我没有茶碗。"说完了又一声不响。有一个人将一只黑色海碗斟满了茶水递过来。我在这以前从未在他人碗里喝过水。初时还嫌它肮脏,可是一杯下肚,觉得甘甜醇美,那味道实在是无比的好。

这时商旅们聚在一起围观我,觉得新鲜、奇怪。窃窃议论道:"这人不是本地人。瞧他的服装和面貌!""这种体态与凡人可大不相同,倒是和天神差不多。"又问我:"你从哪里来?到哪里去?同伴在哪里?"我不知如何作答,因为实在羞于撒谎。又一想:只得如此这般说了。遂答复他道:"我们一行从西藏下来的出家人,在路上遭遇了作乱的强盗。大家失散之后,我一人流落到了这里。"这是我生平头一回妄语。这话引起众人的同情。那些商人的首领是一位老者,名叫潘代迦,他对我尤其慈祥。

一会儿,他们搭上了驮子,准备起程了。看到我,说:"你愿和我们搭伙一路走吗?"我道:"脚下疼痛,走不动了。"他们便在许多空载的牦牛当中挑了一头备有木鞍的让我骑行。谁知那鞍轿上的木梁磨股,滋味实在难熬,只得叫唤道:"我可行不得了!"那老丈听见,便把他的氆氇上衫脱下垫到牛鞍当中,又用绳子做成脚镫,让我乘行。经这么一整治,感到很舒服了。

一路上我帮他们驱赶牦牛。看了我那模样,定会令人忍笑不禁。他们也说:"此公从前哪里干过这种营生!"觉得我可笑又可怜。和他们倒是讲了不少话。但我说的,他们大多不懂。

行进中,碰到许多新来的商旅。那些人见了我都觉得奇怪。我便打定主意:若再碰见僧人,一定把自己的红呢大氅换件旧装束穿。后来,果然有一个身着黄色袈裟的沙门随着众商来了。问他:"足下这身黄色的氆氇袈裟能否和我这件衣服交换一下?"乍听这话,他不敢相信。及至我把自己的红色披氅脱下交给他之后,他喜出望外,高高兴兴地把他那件黄色袈裟送给我了。见此情景,众人咋舌。

---

① 今青海果洛地区。

由于受到他人的木碗和衣服秽气的熏染，许多天内我的颜面全肿了起来。又过了一些时候方才康复。

　　到他们的目的地有南北两路。要走南路只有渡过黄河才不致涉远，可是又不知黄河是否已经封冻，因此他们踌躇不决。问我会不会打卦。我按照卦中所示，告知他们黄河已经封冻。于是径取南路，行至黄河，果然河上结了坚冰。从此，对我越发敬重了。

　　到达阿日地方，潘代迦老人执礼极恭。他的老妻对我也十分慈蔼。经再三挽留，我在那里住了两月有余。唪诵了《八千颂》，为他们讲说了业果之道。由是生出了极大的虔诚，并立誓日后为我的来历守密。

　　我把黄色的氆氇上衣赠给他们作为纪念。为众人做了法事，又把腰带的绦穗分别打成线结分赠众人。那位老妪送我一双靴子，一件崭新的氆氇衣衫，以及其他物品。我仅收下了一点茶叶和酥油、奶渣，其余东西全都却而未受。

　　上路的时候，所有的人都非常伤心。老丈和他的儿子将我送出了一天的路程，我为他们做了祝祷，随后又踏上了新的旅程。这是我初次扮作乞丐的模样。要说施主中恩德重者莫过于潘代迦这家人了。

　　继续前行，到了阿秀部落拉岗①地方。在这里与一人结伴同行，数日后到了一个村子，有一座苯教寺庙。与那人分手后我独自走到一个主巴派②的小庙子里。恰好，那里也施放斋僧茶③。我在殿门前领了斋茶。喝完，正要离去时，有一位老年僧人把我叫去。他那僧舍十分阔气，对我的招待也极其周到。对我说："昨夜得一梦，启示我若有如此这般的一位云游者前来，就应善加供奉。这不就是足下吗？"说着，表现得极其虔敬。他还声称自己是空苏·却盈让卓④的弟子。赠我一钱黄金、一锭白银，全都拒而未受。仅收下他一口铁锅和少量的茶、油、糌粑等物。老僧送了我一程，临别时悲悲切切，很是难舍。

　　探询去羌⑤地的道路，但未能成行。改向嘉绒⑥方向走去。到了一座叫做噶甲的禅院。这庙属白若⑦派。附近有一个白若大师住过的岩洞，十分雅致，我

---

　① 大约在今青海省果洛藏族自治州内。
　② 是帕竹噶举的一个支系，又可分上、中、下三个主巴，其奠基人为藏巴甲惹益西多吉。
　③ 即打出许多酥油茶分施僧众。煮茶的大锅有能容水数十担者。
　④ 宁玛派大师，曾任五世达赖喇嘛的经师。
　⑤ "羌"，藏族历史上对南诏（其首府在今云南大理）的称谓，亦可指今云南迪庆藏族自治州维西至丽江一带地方的。
　⑥ 四川大小金川，今阿坝藏族自治州一带。
　⑦ 即指白若杂纳。8世纪西藏最初七个出家人之一，著名大译师，宁玛派大德。

便在那里住了几个月。在此期间功力很有长进,异兆也迭次出现。又赖三宝的恩典,山上山下布施饮食的人也从未间断。

此后又往擦瓦绒①地方走去。于土鼠年②七月到了一处荒僻的叫做道尔格的所在,此地林木葱郁,地旷人稀,野果繁多,是一块乐土。那时康区痘疫流行,死人甚多,不少村落阒无人迹。我也身体不适,连路也走不动了。自忖:"如今恐怕也染上这种恶疾了!"万般无奈,卧倒在一棵葡萄树下。全身漫肿,遍布水疮,疼痛剧烈,实在难以忍受。又因头面和身躯尽肿,连睁眼、翻身也不能够。加之不得饮食,受着饥渴的煎熬。白日烈日炙烤,入夜后寒风砭骨,种种磨难亚赛地狱恶趣。所受的苦楚实在难以忍受。有时昏厥不醒,连过了多少日日夜夜也懵然不知。

正在这奄奄一息、生机将绝之时,我奋力向上师三宝虔诚祈祷。一心只念着涤除先前的恶业,消弭这方的瘟疫。如此过了十几天,满身的痘疮熟透,化成浓液,又与衣衫粘连到一起,致使虫子肆虐,受的罪就更大了。

到手臂可以抬动的时候,便拾取些葡萄,吞吃少许,感觉十分有益。如此又捱过了二十多天,病情虽然稍有转机,但由于肚里空空,身体羸弱,仍然不能行动,心中不由得思忖:"这回纵然病不死,也得饿死!"正当这么琢磨的时候,突然有一只大乌鸦叼来一片兽肉,扔在附近。取食少许,体力稍得恢复。我想试试在这块肉没吃完之前能否找到个有人家的村落,便拄上一根棍子蹀躞挪行。可是步履维艰,蹒跚难行,终究也没能走远。在一大片树木上边结着些红色的果子,采来充饥,没想到引起了病毒复发,腹中绞痛,痛得我死去活来,只不过业缘未尽,留下了一口气罢了。而今每念及当时的苦难,心中尚有余悸。看看你们,现在稍感不适,就忍不住了!

过了片刻,病痛逐渐平息,便朦胧入睡。梦中有一位二十余岁的美少年,穿着黄衣,对我言道:"迎接足下来了!"同时,虚空中有一不见形体的声音道:"这果有毒,不能食用!"但另外一个声音又道:"对于能化毒为药的人决无损害。正是:

毒物乃自汝意出,
树头果实诚有毒。

---

① "察瓦绒"一般指西藏东南部,即怒江与雅鲁藏布江之间的低洼湿热地区。现察隅有一察瓦龙区。

② 戊子(康熙四十七年),1708年。

更如甘露珍馐味，
能使身体得康复。
喜庆前途速上路！"

听到这声音之后，我惊醒过来，觉得浑身舒泰，太阳也给人带来了温暖。

由此，翻越了高山深谷。正行之间，见到一个穿黄色上衫的人正靠在路旁一块磐石旁边。邂逅相遇，我很高兴。和他攀谈了一阵，他将道路、村落及居民分布等等情况做了详细的介绍，又告诉我："由此下行，在村首上方有一座灵验禅洞，就请足下住到那里。我现在不得空闲，实难奉陪。但是和足下的缘分未尽，后会有期！"说罢，隐入密林深处，不知所向了。

我照他指示的走去，到了一座很大的牛毛帐幕门首，那帐幕前面有许多家畜和野驴。见一位老叟从里面出来，我对他说："我是个患天花的人，不知府上是否忌讳。请施点饭食吧！"老丈道："我们不避讳，请进里面来吧！"进去后，为我斟满了一盏茶。谁知刚喝下去，我便晕厥了。过了许久方得苏醒过来。老翁夫妇和家人们全为我垂泪，深表怜悯。

在这里住了两天之后，向他们打听附近可有修行的岩窟。答道："在这里山上有两个叫做'灵验岩窟'的禅洞，一上一下，共有两处。"问他们先前何等人来洞里修炼过。答道："白若大师弟子宇扎宁布，曾在这山洞里住过。上面那座洞府，传说乌仗那大师①曾居临其中。"我请教老丈姓名，说是名叫噶曲迦。

随后我与噶曲迦一起前往禅洞，当夜就住在里面。那岩洞里仍然保留着许多手足的印迹和几尊古旧的佛像。老丈回家之后，翌日便和他的儿子一起用牦牛驮来了毡毯等物品，为我在下窟里面安排住处。又为我煮茶，陪我喝过以后方才回家。因为此前受过极大的苦难，如今的住处十分舒适，老人供应的饮食也很精美，故此过得很安乐。

那上、下两个禅洞，我一天一处，轮流在里面修持。有一天，路上遇见过的那人来了，对我说："在下是这方的土地，足下务必在这里住上一年，至少也请住几个月。一切日常需用，全包在我身上了。"说完就走了。

我在洞中，住了近三个月，在此期间，勤奋修善，昼夜无间，得了长足的进步。

此后，我重回老丈家中，盘桓了十几天，为他们讲说因果，劝其皈依，他们极为虔敬，赠给我酬金，被我谢绝，仅要了一些食物。老丈送出我一天的路

---

① 即指莲花生大师。

程,我又向察科方向走去了。

这位老丈噶曲迦,原来就是前面所说那位地祇的儿子。在此以前我对于烧茶煮粥全然外行,幸亏这位老者指教,才懂得了如何烧水做饭。

又走了二十余日,经过了一些农庄牧户,来到察科村。住了三天,又到察科寺。这处寺院乃是我圣祖师的上首弟子曲吉·阿旺扎巴的禅林,因此一切律仪唯格鲁派是从。我来到这里,心中生出极大的欢喜。

本寺神殿中有大威德本尊及众护法神像,主殿上首供有圣祖师徒和阿旺扎巴等灵应的神像。我一一朝拜之后,又在那里住了十来天。

以后又经萨噶,径赴打箭炉。在这里碰上许多西藏来的商人,正打算和他们结伙进藏时,恰恰又遇到一位叫班巴娃的香客。晤谈之间,他讲了许多有关朝圣进香的故事,并提到峨眉山的胜景。原来他不仅游历过那里,而且道路极熟。我表示很想前往朝圣,无奈不懂汉语。他道:"若是足下有意前往,我可以陪伴。"于是我便和他同行。经打箭炉右方,一路下去,有一条大江东流,上修石桥。渡河走去,一路上有许多汉家村舍。又往前行,见到那悬崖陡壁上面修着栈道,许多商贩背负竹兜,里面装着茶叶瓷器,由下而上,络绎不绝。

走了十天,来到峨眉前方的一座大城市。那里有一所汉族和尚的禅院,当夜就在那里投宿。班巴娃充任通事,与他们交谈。和尚道:"此去离峨眉山已不远了。那里的兰若、殿宇极多,泉水也不少。"又说到山势巍峨,高及日月。种种功德,不一而足。

当天夜间,我那位朝圣的同伴忽然失踪了。次日到处寻觅也不见踪影,我只得一人登程。登上了峨眉顶上的时候,有一位穿着新装的汉僧也到了山上。我便和他一起朝谒众殿宇和圣泉,大致花了十天的工夫。所幸和尚们都和蔼可亲,饮食也供应无缺。

离开峨眉之后,我重新上路。独自一人往西藏方向进发。渐渐地走到了理塘寺。谒拜过圣地以后本打算暂时停留几天,但因当时托尔果哈尔·果茫拉苏正担任理塘寺的堪布,恐怕他认将出来,因此只停留三天。

继续前行。有一日来到一户人家,这家有一个无头的人。向他的妻子等叩问原委,答道:"因颈生瘰疬,以致掉了脑袋。现已三年多了,仍然不死。"我心中生出无限怜悯,坐着看他。只见他以手捶胸。问他们这是何为?有人答道:"这是饿了。"于是往他脖子上的两个窟窿中的一个里用瓶子灌进去一点温热的糌粑糊。那管口翕翕开合,有气上逆,嘟嘟地冒起泡沫。又过片刻,面糊便全部进入肚里去了。

我不由得思念:"有情的业行,竟有如此不可思议者!"因此更悟到业果的

· 463 ·

真谛。《经》中说过：施舍之达彼岸者，如诸佛子为得涅槃，成千次将自己的头颅抛舍。又道：人首，是各种器官中之最胜者。首断，不复活矣！这种种说法原是指一般情形而言。而种种有情的种种业行，往往稀奇古怪，难以测度，令人不可思议。

　　从理塘到巴塘的路上，遥见一个村庄，遂去化缘。谁知到得跟前却阒无一人。走进一家屋里看时，见一个女孩，大约十二岁的模样，另一男孩约有九岁，因染上天花，已是奄奄一息。他们的母亲也因患天花已僵死于灶前了。见此光景，我发无限悲心，立即为那两个孩子升火熬粥，给他们灌服下去。几度昏厥之后，总算苏醒过来了。我又为死去的妇人超度追荐，回向祈愿。那尸体虽已腐烂不堪，恶臭难闻，但我振作精神，把它装进口袋，用绳子捆好背了起来。那具死尸又不太老实，在我的背上摇晃，摆来摆去，加之沉重异常，实在难以背负。我勉强支持，终于送到了一个偏远的荒谷里面。

　　此后，我担任这两个孩子的看护，停留了不少时日，直到有一天，一个自称是孩子舅父的人来了，我才将小孩交付与他。临行时，两个孩子号啕大哭，抓住我死死不放，我把吃的东西全部给他们留下，虽然心中难舍，但数日后终究在一个夜晚悄悄地离去了。

　　土牛年①四月，逐渐走到噶玛如②。碰到一名咒士，玄冠氅服，手里拿着一根人胫骨做的号筒。对我道："特意来恭迎足下！寒舍就在这山谷的高处，请务必光临！"

　　我暗想："这是个什么人物？他怎么会知道我呢？"一边犹豫，一边随他走去，走到一个山洞，里面十分宽敞，摆列着许多祭品，只住着他一个人。只见他吹响那个胫骨号，一瞬间，许多牧民装束的陌生男女便纷纷聚集起来，大家举行会供轮③。散福之后，那位咒士又把我送出一段路程，然后他才回去。

　　（这段经历是尊者亲自讲的。那时虽大略讲到他亲眼见到无上本尊胜乐轮④的奇迹，但未详加述说。）

　　又走到夏贡拉与鲁贡拉两山之间，碰上了四位劫路的好汉，身上虽没什么财宝，可是仅有的一点糌粑、茶叶都被他们收缴去了。还没踏上西藏的门口，就已备尝辛酸了。

---

① 康熙四十八年，1709年。
② 约在今四川甘孜藏族自治州西北部，一说为木雅贡嘎山附近。
③ "措扩"是喇嘛教的一种祭祀活动。做完仪式后，祭品由众人分食。
④ 即密宗所奉本尊呗鲁迦。

进入西藏境内之后,就盘算好了边化缘边朝圣奔赴拉萨。

走到嘎采寺的转经路上,遇见一个女子,正当妙龄,服饰华美。她将我仔细地打量了一番,问我:"这位香客从哪里来?"我道:"我来自康地,要去拉萨朝圣。"她说她也是刚从拉萨回来,香客们为何都去拉萨呢?说完,嫣然一笑。我心中嘀咕起来,不知她到底是何意思。正要继续赶路,她又表示若无要事,请在此间少住。她可以供给膳食。我应了下来,问她家在哪里。她说:"寒舍暂时不宜大驾光临,后山有一禅洞,十分僻静,没有杂人干扰,请足下前往,自有奴家供奉。"我见她一片热心,不便推托,就照她所说地找到了嘎采山上的禅洞,住了下来。

薄暮时候,这位女子送来一瓮清水及柴火、糌粑等物,并说:"请暂时在这禅洞内安居。柴粮用尽,一定随时送来。"说完就去了。

在洞里住了两天之后,正当过午时分,忽然来了一个年老的沙门,自称是寺院的执事,盘问我的来历。说话之间看见了水罐,遂叫道:"这是我的水罐,你怎么偷来了!"一边掐住我的脖子,一边给了我一记热辣辣的耳光。我又羞又愧,讷讷地说不出话来。他却余怒未息,骂不绝口,声言"给你点颜色看看!"说着,抱起坛子走了。我跟在他后面看着,只见这个头陀刚刚走到山下拉妥①旁边,忽然摔了一个筋斗,坛儿也碎了,水也泼了。他惘然四顾,爬起来匆匆地返回庙里去了。

当下,我自怨自艾起来:"不管走到哪里,怎么总要逢灾遭难?"正在戚惨惨独坐烦恼的时候,那个女子又来了。我斥责伊道:"你把别人的水罐偷来,刚才主人找来了。如此这般,实在糟糕透顶。原来不知你是什么人,所以住到这里来,现在我可要走了。"她道:"我是什么人,日后你自然会知道的。不妨事!现在你务必再休憩几天!"说毕,扬长去了。我想知道她的住处,就随后跟去。等到抬头一看,早已踪迹杳然了。我心中暗想:这恐怕不是凡人了。

入夜以后,门扉轧轧作响,自己打开了。那女子又来送水,我说:"今番我决然不要!"但她置若罔闻,把水放下,径自走去。当夜,在梦中得到了原来是神灯天母显示神变的启示。

翌日,天近晌午时分,嘎采寺的上师来访。这位大师傅颈后生着一个肉瘤,先前就和我相识。他手中摇着嘛呢轮,慢慢地跛将过来,先询问我的来历。这时我已能说一口不错的康区乡音了,遂答道:"俺是朝圣的香客,从康区来。"

---

① "拉妥"可译作神坛。是土石垒成的小型建筑物,作为神祇的依止处。类似内地旧社会的土地庙。

说完了就一声不吭。他再三地端详着我的脸，又拉住我的袍襟闻个不停。随后，长叹一声，止不住号啕大哭起来。我说："足下切莫如此，我实在是康区一个朝圣人，你莫非认错人了吧？"但他似乎从我的声音语调上认准了我。说："我全明白！"一面倒下身去顶礼叩拜。他又发誓决不向外人言讲。吾遂在这禅洞中坐关一月有余。那位上师服侍供养得极其周到。先前那个水罐的主人心里一直不安，犹犹豫豫地来到跟前，求我宽恕。

一天，应老师傅之请到了他的住处。他室内有一只母猴，见到我之后，一会儿露出欢喜的模样，一会儿发出悲哀的啼声。察其因缘，我知道：原来这就是我幼年在故乡时的姐姐曲珍。

（当笔者叩问此中原委时，尊者又讲了下面的经过。）

当我幼年在父母跟前的时候，我家村后有一座坐北向南的石山。一日，我去那里和几个小孩一起玩耍，忽然曲珍姐姐寻来了。她抓住我脖子上系的班禅大师所赐的护身结，把我拽到一块扁平的磐石上，翻来掉去，一顿狠揍。因我裸着身体，所以前胸后背的体形都印到岩石上了。她看到之后也懊悔不迭，但是终因殴打了菩萨，所以落得如此一个畜生的异熟之果。

此后，我不时地为阿姐做些功德，积攒些善根使其超生。又嘱咐嘎采大师："我走后，这猴子会因想念我而死去，它死之后，望你为它举行烧施①，广聚善根。"

从那里又到拉萨和色拉、哲蚌巡礼。最后到了色拉山上的禅寮里。杰·格列嘉措大师②察知之后，独自来到我坐禅的小屋门前与我会面。上师心伤神黯，我也十分悲戚。我请上师住到禅室深处，宣称大师要闭关静修，谒见戒备森严，一切供应都从穴孔中传进来③。纵然是索本等人也讳莫如深。

住在这圣祖宗喀巴大师曾居住过的地方，又能和一位大师共修妙法，确是善缘非浅。在这里共修持了一月有余。当时我本患有气血上逆的重症。杰·格列嘉措教我修宗喀上师的"本师瑜伽法"。坐禅哞诵之后不仅病体大瘥，更生出殊妙之证悟。此外还请教过许多甚深妙法。又遵照大师的要求，为他讲授了《文殊经教道次论》④。虽然挽留我多住些时日，但我虑及大师年事高迈，不堪劳苦，加之各色前来叩见的人也因为我的关系受到阻拦，所以决定辞去。大师

---

① "烧施"即火祭，喇嘛教密宗的一种焚物祭神禳灾求福的活动。可能是原始宗教的遗俗。
② 是当时知名的大德，出身于阿里王裔。
③ 喇嘛教徒在闭关期间，多用石块把自己的住处与外界隔离开来，饮食等都从一个小洞里传递。
④ 五世达赖喇嘛的著作。

与我畅谈，涉猎极广。我因为做了更多的打算，所以暂时先到甘丹寺去了。

甘丹山下，有一位叫做藏朵包巴的家长，为人十分虔诚。我借寓他家，日常到近处募化。

有一天，我去礼拜甘丹金身大宝，但遭到执事僧的阻拦。自叹：如今连拜睹一下圣祖上师的权力也没有了。从而生出无限的厌离心。正坐在大殿门前悲泣时，忽然证得了阎摩护法亲临之境。这时刚才与我作难的那个庙祝，拿着一把铜壶，出外倾泼祭水。那人刚登上梯顶，脚下忽然一滑，脸朝下摔了下来，把面皮全擦脱了。怕他迁怒于己，我赶紧溜掉。

过了几日，终于得到机会，混迹于几位朝圣者中间，参拜了金身大宝。又想能住在一个可以见到圣祖上师的地方修习，便来到了扎索寺。那寺中的住持从前对我极为崇敬，慢慢地察觉到我的身份，便请到他的室内去，关门闭户，撤掉木梯。先用了几个月的时间忏悔涤罪，然后就进行了极其严谨的坐关。共用了一年多的时间。

这段静修时间内的饮食，全由藏朵包巴供应。闭关侍者则由住持僧和本寺的一名沙门名格隆俄珠者二人担任。坐关期间，甚得裨益。

出关以后，我携格隆俄珠前往山南，巡礼了桑耶、昌珠、沃卡、墨脱塘等地。

铁虎年①，又去朝拜了匝日山②。那时，匝日吉加禅院有一位噶举派的得道高僧，名叫朱脱玛布，精于吐纳，已得气心之自在。我在他的台前受到胜乐中"鲁"与"支"二宗③的灌顶及传授修炼法。于纳若六法④，更加闻习验证⑤，解惑受教。

此后，把格隆俄珠打发回去，我一人留在匝日吉加独居。摒除人间烟火，只穿一件布衫，勤奋苦修，遂修到了脐轮真火⑥。有时也往上师跟前求教。

住了几个月后，一天，忽然有一个穿着布衣的中年妇女来说："我家女主人令我来邀请足下去赴供轮祭场。"我禀过上师，便偕上师座前一名僧人随那妇人去了。走到一个岩洞前面，洞门大开，妇人对随来的僧人道："你不能进去！"

---

① 为康熙四十九年，1710年。
② 是西藏有名的"圣山"。12世纪初开始成为喇嘛教密宗上乐金刚圣地。常有去巡礼者。每逢到申年，朝拜者更多，山在今山南朗县境内，北纬28.6°，东经93.3°。
③ 是密宗胜乐本尊修习三法中的两种。
④ 是11世纪印度佛学家纳若达巴所传的六种修习方法，噶举派祖师玛尔巴即其弟子。
⑤ 分阶段地传授，犹如现在的"实习"。
⑥ 肚脐中之大穴、中医中的"丹田"穴，实指脐下三寸的关元穴。肚脐应叫神阙。

把他撵了回去。我一进洞里，那洞门便自己闭上了。妇人在前引路，走了许久，到了一座大厅，那里金碧辉煌，全是奇珍异宝所造。厅内有许多空行母，其中有一位长着人间女子的面貌。我想：这位就是金刚瑜伽母了。随后，便开始了供轮的仪式。诸空行母歌金刚之曲，起金刚之舞，奇情异景，目不暇接。当时自己以为不过度过一天，等到归来，世上已过去七个昼夜了。

（那时尊者虽还讲了其他种种奇迹，但因饬令严厉，是以未敢命笔。）

从那里又到了圣祖上师宗喀巴在沃卡雪山上修行时的住处。在圣者修习的岩洞中，或者修炼采服芸香花精之辟谷术；或者从事吞服石丸的辟谷术，总计有十一个月的时间，修习从未间断。

一日，面前的空中出显五彩虹霓的光环，光环中心是圣师宗喀巴，心中有橙色文殊，圣师周围是结曹杰、克珠杰等宗喀祖师之八大弟子。见此妙景，生出无限的厌离心；精诚祝祷，又生起已得圣主加持的喜悦。

又一日，见到了胜乐本尊显化。圣者的脸面、手臂，看得十分清楚。右有圣者阿底峡，左有大师莲花生，前面是圣主上师宗喀巴，周围有许多空行母曼舞婆娑。这时米雨缤纷，落满禅洞。煮后服下，心中的欢悦更是难以描述。因为辟谷的功能，通体舒泰，身子变轻，随时可以入定，而且生出能记忆前生等各种神通。

如今因为久食人间烟火，特别是因享用了他人的施舍则不生证悟，故此先前一些法力也衰减了。

铁兔年①七月，我欲去桑旦林，绕经山脚前去，路途太远，若能翻山过去，不仅省路，而且还可以在山上烧一次香。主意打定，就拾了一怀兜烧香用的香木，爬上了沃代贡结②雪山。那日正是风和日丽，万里无云。在山顶大大地燃起了神香以后，便朝桑旦林方向走下去。行走之间，看到雪地上有像犬爪的痕迹，不知是什么物事，跟踪而去。过了一会儿，远远地看到有一只像青色公山羊似的兽，近前一看，原来是一只青鬃狮子。先前从未有过亲眼见狮子的眼福，这次见了着实惊奇。

在雪峰上行走十分艰险，裂罅断谷，黑沉沉深不可测，一旦失足就休想再出来了。我慢慢下得山下，到了雪路与山林交界的地方，逢到从桑旦林来的高僧带领一个小沙弥迎了上来。道是："今日雪山上面红光熠熠，有人行走。这座雪峰从来是阒无人迹的。正欲上前来看个究竟，却原来是师傅您足下。不知足

---

① 康熙五十年，1711年。
② 西藏有名的雪山，也是藏族祖神的名字，在今桑日县。

下是怎么走过来的!"说着,诧异不已。

原来,来的长老正是大贤者云登达杰①大师。他虽邀我去他的住处,但我谢绝了。当晚我就在那地方圣祖上师曾经住过的一个岩洞中住了下来。大师打发那小沙弥前来送茶。因恐被他们看出了行藏,所以很快离开了那里。

据传,那天,沃代贡结山上的香烟不仅被众人看到,而且作为祥瑞,被写到塘报上面禀告了官府。

次日抵桑旦林,住了不少时日,我的行踪被拉藏王所察觉,派出了探子打探,逐渐被他们探明,将我拦在沃卡达孜宗山头上一所房屋里,四周派有许多监守人员,日夜巡视。

地方的两名宗本,一个是济桑官品的蒙古人,一个是与我相识的仲科官阶的藏人。那藏人对我很恭敬,蒙古人就有些骄横了。在那时,我日夜无间地只是一味地持法修炼。一夜,忽望满室生辉,布满了皎月般的白光。心中纳闷,举目一望,却原来在前面空中有大威德本尊显圣。那圣者身呈银白的光辉,颜面手足,纤毫可见。形影消逝后不久,所有的门窗全部豁然洞开。此时我若走出是极其便当的,但我没走,而是把那些酣然高卧的监守人员摇醒:"诸位是怎么守卫的!门扉窗户可是大敞大开呢!"守护人员爬将起来,忙不迭地关门闭户,有的边哭边说:"方才要走不早走了吗?"

在那里住了大约十五天,又听说是有了藏王的旨意,令我骑上一头牦牛,由十二名监守押送,直赴拉萨。行走之间,来到了果喀拉山口下面,忽然间刮起了一阵红色的风沙,里面有一位神女亲临,喝道:"速行!"那一帮人众则已全部僵卧地上,人事不知了。我随着那红色风头走去,终于翻过了果喀拉山口。心中想道:"如今拉藏王已经知晓了,人们也极易生疑,还是远走高飞的好。"主意拿定,便日夜蹽行,到达了工布地区。

在下工布叫做甲拉僧栋的地方,有一座乌仗那大师修行的岩室。当初岭王格萨尔追赶妖魔曾来到此间。那魔隐身钻入一棵大树当中,大王用箭射去,降了妖魔,树也枯死。至今那支箭仍贯穿在枯树干上。莲花大师镇压罗刹女所用的三层磐石上有圣者的手印。磐石下面罗刹女枯干的肋骨尖端,也还赫然在目。我在那岩室中一住数月,进行忏悔,闭关修持,心中生大安乐。

此后重又上路,独身蹽行。工布人的风俗,于秋季制取酥油时忌讳妇女。每当这季节,将妇人和老人留在山下,男子们都带上帐篷到草山高处制取酥油、奶酪等物。有一户富室,家里养着母犏牛两千余头,役工一百零八名,占着一

---

① 是当时有名的僧人,精于时轮法。

处高山牧场。那里地势广阔,绿草如茵,林木茂盛,地方也极其僻静。我见有这等所在,便踏着一条林间小径走向前去。正行间,在对面远方的林中有一青年高声喊叫:"獒犬跑了!前面那人小心!"随着话音,两条工布獒犬猛然冲了上来。那畜牲的身量宛如三岁的牦牛犊儿,毛色赭红,一边一条,咬住我左右大胯不放。我这时一无棍棒,二无石块,无奈何随手抓起两把泥土,朝那两条恶犬各撒了一把,那两犬立即倒毙,重新投生去了。

  随后,几个人奔上前来,道是我杀死了他们的狗。口吐不逊,气势汹汹。我那时已被啮伤,血流狼藉,难以行走,且又疼痛难忍,只有对那伙人分辩道:"对你们的这两条狗,我既没用棍子打,又没拿石头砸,我手无寸铁,不过撒了两把土,它们就呜呼了。这是人犬之间被前世的业因所定。"有个人说:"你有两个伙伴,手持宝剑把狗砍死了。这两个人哪里去了?"又有的说:"他说他独身无伴,完全是一派胡言,和我们亲眼见的全然不符。"我对他们道:"狗若被剑砍死,身上必有伤痕。如今无伤无痕,岂不是命中注定!"虽是如此申辩,那伙人还是一味地不肯相信。

  说话间,那个在远处喊叫的青年来到跟前,因前生有缘,他对我极其怜悯。揩净血迹,用腰带将我的伤口扎裹停当,又一直把我背到家里。家长是一位蟠须皓发的老者。这位老者对我也十分慈蔼,飨以茶、酪等饮料,又言道:"杀掉那狗不足惜,没把这位咬死就好。"那老者和青年两个逐日为我清洗创口,照料周到。过了一月有余,伤口遂得平复。那青年名叫罗甲,两位持剑屠犬的原来是吉祥依怙神与大红司命主①。

  看看又该上路了,遂做些准备。罗甲问我要去哪里。我说要去印度,他表示要随我同去。我说:"这事须得你和家中的老人商议妥当才行。"于是他便禀告老者,老者首肯之后,我们便启程了。

  和罗甲一起走了多日,来到一地。这里地势宽阔,林木蓊郁,一条大河滔滔流去。我们沿河而行,看看天色将晚,已是日薄西山的时候了,忽然见到从河对岸的远处走来了两个东西。身量较常人大,形状与人相仿,浑身是毛。罗甲问我:"这两个是什么东西?"我因为先前听说过一些西藏有罗刹出现的掌故,心想这大概就是罗刹了,于是对罗甲说:"这两个大概就是罗刹。"他虽然是个勇武的青年,但毕竟年轻,被我这话一吓,突然晕过去了。我再看时,那两个东西已渡过河去,在对岸树林里撅折两棵中等柱子一般粗细的松树,捋光枝叶,扛在肩上,又渡过河奔向这里来了。我背起罗甲,接连翻过三座大山,

---

① 俱为护法神的名字。

逃到一条河边，给他洒了些凉水，看看苏醒过来了，不料那两个畜牲却又追了上来，罗甲一见，又昏了过去。我背上他继续翻山越岭，仓皇逃命。好歹来到了一个很坚固的洞里，里面住着几位修行人。我把情由讲述一遍，有位苦修人道："此非罗刹，必是人黑。快些把洞门关死。此物一旦动怒，不肯干休，必然紧追不舍，无疑要追到这里来的。"于是用许多石块把洞门堵死，又用凉水把罗甲喷醒。正当与几位修行人一起饮茶时，那两个人黑果然追上来了。它们从岩室外的门槛下面挖了起来，很快就掏成一个窟窿，伸进了爪子乱抓乱挠。罗甲此刻知道了这玩意儿乃是人黑，胆子也就壮了起来，取来刀子照窟窿口上的爪子狠剁几下，那人黑当即逃掉，回到森林去了。

次日，太阳刚刚露头，我们立刻上路。谁想那两个畜牲又追了上来，看看追到了跟前，我们只得爬上一座陡峭的山峰顶上，从峰顶推下许多礌石，那只大人黑被打死，小的就翻山逃跑了。

迤逦行来，有一天，快到门域的时候，干粮尽了，只得向有人家的所在走去。有一座小山，垭口处有一石堆。看看来到垭口前了，这时从山上下来一位印度的游方僧。正在这时，由山上几户人家里跑出来两条狗。游方僧从石堆上拣起两块石头向狗扔去，把狗打了回去。我仔细一看那两块石头，哪里是什么石头？原来是两锭内地的银元宝。我惑然不解，把两锭元宝拾起来交与罗甲，嘱咐他说："你把这交与那位云游师傅，问他不要此物了吗？"罗甲拿着元宝送还那云游僧，谁知他却不要，说："我要这两块石头做什么？"我想这很可能是神佛空行的神通。我俩带着这两锭元宝，游历了门域等地，一路的盘缠宽绰有余。

逐渐行去，来到尼泊尔的一座大城，那城在印度及尼泊尔话中叫做噶玛绒，也称甘达堡。水龙年初冬十月初四日，尼泊尔国王携后妃百官往印度一圣地朝拜。我与罗甲二人先去很好地朝拜了恰绒卡肖宝塔①等著名的圣地，又瞻仰了天成的自在天的男根，并依尼泊尔的习俗用乳汁献祭。这里是从前庞廷巴贤昆仲诞生得道之地，彩铜观音被供养在此地，西藏的玛尔巴大译师和曲吉罗卓等译师都曾在这里挂锡。阿底峡尊者、帕当巴、达尔玛菩提等诸印度的得道圣僧都对这地方行过加持。尤其是天然生成的自在天的征表男根，是二十四处空行母仙居之一。《续》②中载道："于自在天男根自然生成之所在，瑜伽师若善加修持可以速成。"我若能在这圣地进行吉祥轮护的修习该有多妙！想到此，便做

---

① 恰绒卡肖是加德满都西面一座宝塔的名字，有名的佛教圣地。
② 此处指密宗经典《圣乐续》。

了虔诚的祝愿。

尼泊尔国君及眷属随众启程朝拜印度圣地,我二人也跟随他们同行。一个月以后,尼泊尔王赐我俩一些金银,他们登上朝北的路途去了。我俩循一条南向的道路走去,经过了许多印度的大小村镇。有一日来至一个大镇子上,镇中许多男女聚拢来将我仔细打量,他们叽叽咕咕互相说了许多话,有几个人走开去,不久唤来了一个老妪。原来这老妪是位精通相法的人。她把我引到一所房舍里面,又把我的衣衫全部脱去,前后左右上上下下全看了个遍,然后就对我崇敬得不得了。她把镇中所有的男女都召集起来,向我顶礼参拜,供奉有加。当时因为我们对印度方言一窍不通,不能交谈,只得在那一天内默发菩提心,以虔诚之心为他们祈祷祝愿,而后方才离去。

那印度地方大多的荒原旷野,遍地古莎草①,处处有孔雀。有时看起来是一条大路,走向前去却会失迷于古莎丛中,难寻出路。原来那些大路都是孔雀饮水觅食时踏出来的。其他如大象、水牛、犀牛、猿猴、蟒蛇等等动物也很多。有各色各样的飞禽;还有松林巨竹,槟榔、柯子、豆蔻诸般药材;菜蔬果木,各种各样,全都生得葱葱茏茏,十分茂盛。即使在冬季,也打雷下雨,奇故异事,不一而足。

一日。正行走间,遇到几个西藏来的朝圣僧众。与他们结伙,又走了数日,来到了一个破败的村庄,阒无人迹。村子中央有一所像神殿似的房子,甚是宏敞。一行人众全都进入那殿外的廊下去宿夜。到了初更时分,那大殿的门原是从里面扃死的,这时突然打开了。两具诈尸,一男一女,手舞足蹈连蹦带跳地直奔过来。我那些伙伴一个个没命地四散逃走。那两具诈尸却恰似鹞入鸡群一般,东追西赶,全无阻拦。除我之外给每人俱奉送一记火辣辣的大耳光子。它俩一边哈哈大笑,一边做出各种喜怒哀乐的嘴脸来。那时我紧随在诈尸的后面,看看追上了,一把抓住两个诈尸的头发,将它们掼倒在地,一个摞一个地踩住,从腰中抽出除魔宝橛,打将下去,那两个诈尸便动弹不得了。我呼叫同伴们快拿石头来,可是那些人都吓破了胆,顾不上听我的话,都跑得远远的。我一个人拿起石头又砸又打,直到把两具诈尸打得稀烂,然后呼叫同伴,说明情形,让他们休得害怕。这时候他们才一个个聚拢过来,看到这般情景,惊奇万分,互相说道:"这位朝圣者必定是一位遁世的得道高僧。"其中有一个年老的僧人对我说:"尊者上师,今天若非您老在此,我们必然会被这两个诈尸弄死,此时此刻,灵魂儿怕早已去叩鬼门关了,足下的大恩大德,实在是永世难偿啊!"这

---

① 又名吉祥草,叶细长,有用做瓶饰者。

时工布的罗甲和那一伙朝圣人一个个全都感激涕零,五体投地,又用头碰我的脚领受护施。

我对他们道:"适才这诈尸凶险得可怕,说来还是最不足道的。那轮回,特别是三恶趣①的畏怖,才是最厉害的呢!它时间久远,昼夜无间,时刻将你纠缠。若能永远脱离轮回,固然是上乘,其次若想脱离恶趣,则应生善恶业果的信念,对善行恶业的取舍必须依法施为。如果舍此正途,眼中一见美色就贪恋;碰到不合心意的惊恐逃窜,如此下去,是得不到任何正果的。圣者米拉日巴有言:'心不逃离,体奔何益?'这话你们没听到过吗?……"如此这般,说了许多利益今生来世的教法。但当时说的许多言语,如今已大多忘记了。那两具诈尸,一具是筋连着骷髅;一具是皮肉毛发俱全,形如罗刹,令人悚然。其中那具没有皮肉的干骷髅更难降伏。从前曾听先贤们亲口说过:"尸变之入筋者②,难降伏。"这种说法不假!

当天夜间,大家的惧意全消,就在先前房屋的廊下整治饮食,无忧无虑,安然就寝。翌晨早起,众人一同登程。渐次行来,五日后走到一个大镇子,有几个人来到我们跟前问道:"你们是怎么来的?先前我们的父母下世,成了诈尸,村舍为之一空,我们也逃到这方来了。从那时到现在,没有一个到那一带去的人。"说着,表现着惊奇的神态。有位门地的香客,善操印地语,由他翻译,把先前降伏尸变的经过细说了一遍。那几个人听了,惊讶、赞叹不已。

依照常情,诈尸若把手放到人的头上,此人在一天之内必死无疑。这次出于业力,那诈尸未能如此,仅仅批了众人的面颊,所以他们虽说受到我的庇护,其实还多亏挨了死尸的耳光,方免祸殃。

水蛇年③藏历四月望日,我们抵达殊圣的灵鹫宝山,这里是释迦佛尊亲自宣说《般若经》的圣地。当时来自印度各地及尼泊尔、锡克④及西藏等地的朝圣者形形色色,人数很多。在我看来,那灵鹫宝山并非一般的土石所成,全是由兰扎经卷堆起来的。山巅有佛祖的宝座,本想上去朝拜,又恐践踏了经卷,所以未曾登攀。那些其余的朝圣人,看来肆无忌惮,足踏经卷,直诣宝座所在巡礼叩拜。我独自一人守在山脚下,默思我佛身语意诸般无上功德,悲怆欢喜,思绪万千。即时唱了一首道歌,抒发自己的心怀。

---

① 指畜生、饿鬼、地狱三途。
② 藏族传说诈尸有"入筋"、"入肌"之说。入筋的死尸只有筋连着骨头,较之"入肌"即毛发皮肉俱在的,更难降伏。
③ 康熙五十二年,1713年。
④ 系尼泊尔锡克族人住地。

此后，罗甲随他的几个熟人到别处朝拜去了。我一人独行，到了卜拉哈日寺。这时，因为我修炼气功，颇有经验，常人需行七天的路程，我一日之内就能到达。我到卜拉哈日时，五百名班智达全都会聚在那里。我便供献出数两黄金，发放了一次斋茶。在所有的神殿里，全都巡拜了多次。随后又借居在一位住持的僧舍中，用六个月的时间，体验修持"上乐铃五尊法"。夜以继日，锲而不舍，终于取得各种证悟。应该说，这印度确是得到许多佛祖加持的圣地。在藏土需修一年的法，来到卜拉哈日后只修得一昼夜便超越多了。

（此外，那时尚有各种尊者亲睹及证悟的无数奇迹，只因尊者严禁外传，故此未加录述。）

（现在讲讲见到伊罗婆那象王①的经过。这事发生在印度何地，因为当时没有记录下来，所以以后便遗忘了。但这事实在奇妙，谨将笔者记忆所及书写下来，伏乞神佛空行恩准。）

时间大约是某月初八日，在茫茫无垠长满古莎草的荒野上，我孑然一身，踽踽而行。那天正逢初八，忽然见到远方似乎有一座雪山在滑动。我心里思忖道："俗语说：雪山也能滑行。莫非这就是了？"遂坐下观看。逐渐来近，方知是个动物。又越来越近，到了近前，原来是一匹大象。只见它浑身雪白，口生六齿，体态美妙，光彩夺目，香气氤氲。背上生出五色霞光直射空中。它用鼻子卷起各方的古莎草，边吃边行，徐徐走了过来。心想："这大概就是《甘珠尔经》中所说的那匹由世尊福德所成的宝象了。"面对宝象，心中忆念释迦佛祖的功德，不由得心生厌离。我泪水盈眶，顶礼再拜，在大象跟前丝毫不动地长久地注视着它。最后，那象绕我右旋一圈，我又得以从四面对它仔细地观看一遍。绕完圈，又在我面前遗下一堆硕大的粪便，然后冉冉地远去了。

此后，我重新登上了返藏的归程。走了多日，来到一座城市。我那时印度的语言已说得不错了，遂向一位服饰华丽、仪态端庄的老太太详述了见到大象的经过。她说："据我们八九十高龄的老前辈们说，这匹大象每过百年方能在印度出现一次。阁下有此善缘，真是福分不浅啊！我们也不过是听听而已，哪能够亲眼见到呢？这象也就是当佛祖在俗为转轮王时，江山七宝中的白象宝。妙呀！苏卡②，哈哈，阿难达③哈！"那位老夫人讲着，欢喜不尽。

又继续往回走了几个月，在一个大镇子里，罗甲和几个朝圣的同伴也到了。

---

① 佛教传说中帝释天的坐骑。
② "苏卡"为印语"安好"之意。
③ "阿难达"为印语"共喜"之意。

大家同行，走到尼泊尔。在那里又闭关修习了几个月，生极大的安乐。闭关期间由工布罗甲侍奉照料，关怀勤谨，受益匪浅。可怜的人，如今若是健存该有多好啊！

木马年，经聂拉木、定日等地，又横穿我的生地门域，最后经过工布地区，到达塔布扎仓①。我在那里秘密地住了多时。当时人们俱以"塔布夏仲"②呼我。直到现在人们还因这个缘故称我为"塔布夏仲"或"塔布大师"。

（编注：以下为作者叙述其事迹。）

在塔布沃尔下游，尊者行沐浴礼时，到了雅鲁藏布江岸。在江岸羌木纳地方的一块大岩石上，留下了十分清晰的全身的印迹。

有一次，在庞仁木却代寺，尊者带领阿乌乃登等几名随从于夜间悄悄地进入"赞堂"③。尊者向护法神进行了委派，然后戏将赞堂内的所有乐器同时大声敲奏起来，历时很久。随从们着了慌，怕的是被外面的人们听见。于是尊者又施展法力，使得室外没有一个人能够听见。

在塔布扎仓的神殿里，有个罗睺魔君的像。这魔君十分凶厉，为害僧众。降神的人请来了白哈神附体，用矛刺入罗睺像腹中。谁知从伤口处不断流出血来，反倒为祟更烈了。塔布扎仓的大师阿里乌呷娃只得来向尊者求助。尊者于夜间携带数名随从前往，结手印④戟指神像，那像便簌簌地发起抖来。在场的人们全看得非常真切。然后，用丝帛将神像腹上孔洞的血流止住。在神像口内，满是魔害人的名册和人形等物品，尊者全把它们取出来了。又对那恶煞神像加以呵责约束，使其降服。从此以后，祸害变小，地方首领间的争端也消弭了。

到沃尔上方的寺院以后，有一天，在举行了胜乐本尊的会供轮后，天上降下来米雨，落在室内，恰好可以扫得起来。仆从们把米收集后熬成米粥，主仆分享，皆大欢喜。

在沃尔时，正因为做法事的财物不足而发愁的时候，忽然从空中扔来了一包银子，约有一捧之数。不见投银的人，看来是护法神所赐。

在艾地时，将绒恰噶等各处禅林全部朝拜了一遍。

到拉卜后，在玛吉拉准自然天成的岩像脚下进行了一个月的"断我执"的修持。

---

① 三世达赖时所修的寺庙，以持戒严谨著名。在现加查县境内，原有僧众五百人。
② 是一种尊称。
③ 降神用的殿堂。
④ 佛教认为"结手印"是一种具有法力的手势。

此后，逐渐走到了曲科杰。朝拜拉姆拉错圣湖。当时的预示非常清楚，详细后文再讲。

然后，与罗甲一起回到拉萨。在那里深居简出，秘密地住了好几个月。

（编注：以下为作者转述六世达赖喇嘛之语。）

木羊年①仲冬初二日祭神节，我乞丐打扮，到了拜哈交②，混迹于哲蚌大经堂之中，远远地躲在最边上。忽然，下神人手执宝剑，分开众人，来到我的跟前，对着我跳起了"稽首舞"③。把我弄得窘迫不堪，手足无措，狠瞪了那降神的一眼。于是他便面向四方，照样表演了一番，然后走去，总算是遮掩过去了。

（以上是一切知阿旺却扎嘉措本生传记之第二章——为众生而苦行、修习的情形。）

第三章　驾临多麦造福圣教众生及最后圆寂

正如先贤所言：

你奇妙的圣行无边无涯，
虽是神佛也难以到达。
但只要有一片笃信虔诚，
总能够写下来一鳞半爪。

尊者的圣行如同浩瀚的汪洋，笔者在此所写的尊者到多麦为圣教及众生谋福的经历，不过是沧海一粟而已。下面从头说来。

一夜，五世佛祖④梦见在布达拉宫门里面似乎有士兵出现。心中惶恐，便从布达拉后门遁出。光头跣足，翻过果拉山，向着北方茫然走去。醒后便做了明确的授记："有朝一日，或许会发生这种情景的。"

再如前文所引《问道语录》中的授记，也讲得十分清楚：

---

① 康熙五十四年，1715年。
② 即哲蚌寺。
③ 是一种跳神舞姿，跳一下，俯首一次。
④ 指五世达赖喇嘛。

从普陀山的顶上，
....
从蕃地的北方向北方，
为拯救无怙的苍生走一趟。

此中的禅机非常明白：蕃地就是指西藏十三万户；第一个北方指多麦地方；第二个北方指蒙古区域；再就是指救度无依怙的芸芸众生去了。

火猴年①春季，尊者与十五个木鹿寺的募化僧人一起，加上工布罗甲共十七人，从拉萨秘密地起程。一路上，尊者作为上师，众人按照门徒的规矩，侍奉得十分周到。大家都称呼尊者为"夏仲仓"，毕恭毕敬。行经黄河时，有一个僧人被河水冲走。其余的人于秋季抵达青海。

在青海挂锡一月左右。那些僧众中有几个返回前藏去了。罗甲也因为没有发过痘症，请求不再北下，从而留在青海湖边。另外几名僧人服侍着尊者继续赶路。临别时，对罗甲道：你对我可算得恩深义重了。为了常把你记在心头，请把你这把刀和火具留给我做纪念吧！罗甲便遵命奉献了。直到后来，尊者还时常带着这刀和火镰两样东西，不时地念叨着说："我那罗甲对我可是恩重啊！"

尊者把同伴们留在西宁，然后独身一人，扮作游方僧的模样往赛科走去。夜晚在一所兰若中的僧人室内借宿。当天晚上，护法神对麦喇嘛珠钦仓预示道："明晨仓央嘉措佛爷将要驾临你家门前，必须好生迎接款待，休得有误。"那位大喇嘛虽然年事高迈，又有足疾，但是仍按护法的预示做了准备，毫不息慢。他起了个绝早，安排众僧，打扫房舍，安设法座，一应供器祭品排列得井然有序。

翌日天刚破晓，尊者便来到赛科寺大殿，进行绕行礼拜。由于昨日晚上杰·罗桑班丹也得到了护法的预示，为迎接尊者他隐身在大殿背后右边的角落里。尊者绕殿巡礼。恰好在殿角前与这位大喇嘛相遇。杰·罗桑班丹立即倒身下拜。尊者道："霞鲁巴·列巴坚参足下也来了吗？"据说自此以后，杰·罗桑班丹便以霞鲁巴的名号闻于遐迩。

大约到辰时光景，尊者驾临麦喇嘛珠钦仓的方丈门前。珠钦在里面得知，吩咐手下的索本道："仓央嘉措佛爷已驾临我们门首了。你快快迎请进来！"索本暗想：大概是上师年事太高，风气犯心，迷了心窍，所以才这么乱说。但是

---

① 康熙五十五年，1716年。

又不敢抗命不遵，只得走出门外观看。抬头看时，除了一名云游的沙门并没有别人，他一丝儿也没想到这就是尊者。回转身去，禀报了珠钦。珠钦闻言，连忙道："正是，正是！除了这一位还会是谁？马上有请！"他虽因足疾难以起行，但仍然勉强扶住两个僧徒，挪到门口，手捧神香迎接尊者。索本这时也急忙迎上前来。尊者毫不踌躇，径直走了进去，坐到铺设整齐的法座上面。珠钦上来参拜，请求摩顶赐福。底下所有的僧众全部都吓傻了眼，懵懵懂懂不知是怎么回事。又看到和听到尊者与珠钦二人长时间的晤谈，僧众不仅解开了心中的疑团，而且变得无比虔诚。据说从此以后，全体赛科寺的出家人就在私下里谈论尊者的来历，惊异得不得了。

随后，尊者到赛科寺的大殿上去礼拜。那天正逢殿中举行辩经大会。尊者在前排座位前走过，叩拜了佛像圣物，之后又经过执净瓶①者的行列走了下来。这时，在座次的末尾，有一个离席进行辩论的僧人，他从前在寺庙里曾多次见过尊者，因此一见之下，马上便认出来了。他从座列中出来，请求摩顶。尊者便为他摩顶赐福，然后离去。那一日，这位请求摩顶的僧人在辩经会上大获全胜。若在从前，他的对手是被置于高手之列的。据说全体僧众一致认为他今日的胜利完全是受尊者摩顶的福泽所致。

在此以后，尊者率领着随从们自西宁直赴阿拉善。当时我父巴匝加布台吉、祖父洛桑金巴及我母娜木宗等四位长辈俱还健在。藏历孟冬十二日，那位贵人骑一匹雕鞍雪白骏马，鞍轿的前后俱安着鞍架，身着崭新的精美的僧衣僧裙，外罩袈裟，配着披单，披单上系着固定用的绦带。头戴新制的"贡"帽②，足登卫地出产的花饰缎靴，一十二位僧徒，状若弟子随侍左右，法驾降临到匝卜尔沃苏地方。那时，有一叫做格隆扎西的，是我们地方众人的福田，受到托尔果阿佑可汗的供养。此公神通很大，远远地就看到了怙主尊者莅临。他匆匆奔了进来，郑重地嘱咐道："从西方有一位上师连同随员约十余骑驾临我们这里了。诸位大人、夫人快快去以大礼迎接。室内要铺设高座，大家都要参拜，要全力款待，虔诚祝祷。我可以断言，这位大师决非等闲之辈。"我家长辈谨受其教，把尊者迎回家中，虔诚供奉，优礼有加，茶水饮食等等，也都按我家的门第规仪，尽力备办。那日夜晚，尊者重回自己的行帐中歇了。

当时，笔者年方两岁，腿脚无力，走不得路，只能匍匐而行。我坐到尊者怀中，尊者对我十分慈爱，摩挲着我的头，说着怜恤我的话，显得非常高兴。

---

① 聚会中有些僧徒手持圆形小瓶依律为众僧饭后斟漱口水者谓之。
② 一种平顶帽子，传为四世班禅所创。达赖喇嘛一般不戴这种帽子。

可是我却在尊者怀中撒尿一泡。尊者把这说成是极其良好的兆端。

次日，请尊者来家举行祈寿灌顶。尊者十分高兴，做了佛事。最后在复诵"世尊降旨，我俱遵奉"这两句时，我父亲巴匝加布台吉双手合十禀求道："务祈足下驻锡在这里，做我们供养的福田吧！"尊者随口答道："行！行！"等法事结束用茶的时候，我父巴匝加布又求道："万望按刚才应允的那样，留在这里！""刚才我说什么了？"家君道："适才开许①之际，我恳求上师驻锡此地，当时已蒙上师您亲口答应，还望多多慈悲！"

尊者道："刚才我是心不在焉。若是恍惚间说了可以，那么一言既出，自无反顾。有朝一日我在这里安身时，必将在你家门口落脚。我本有愿遍访五台、京师、珞伽山②等地，然后还打算去北方香跋拉③。先前当我在本土朝拜梅朵塘拉姆拉错圣湖时，玛索麻神在湖中清清楚楚地显示出汉、藏、蒙古等一切地方，显示出你们阿拉善的山川地理和你们居家情形、人口数目等等。就连你这小儿子在他母亲怀抱之中，也显现得一清二楚，这孩子也是个有福分的。不过我说的这一切，暂时不要宣扬出去，尤其要紧的是对谁也不要说起有我这么一个从西藏来的夏仲喇嘛。为了圣教和众生的利益，眼下我仍需用这套游方僧的打扮走走。你们不要妨碍我。有朝一日，我的身世必将大白于天下，我终将为众人所称羡道奇，终将被大家所崇敬。这个时刻一定会到来，但是不能急躁。"

二十五日那天，尊者主持胜乐的会供轮。座中有我的祖父及父母等诸檀越；有侍从僧人扎西格隆等十余人，还有藏、蒙僧徒等多人。尊者在会上亲自唱了道歌一阕。

歌罢之后，在座诸人无限伤感，心生无比的笃信。那些通晓藏语的西藏僧人更是说不出的悲伤，泪流沾襟。大家异口同声一致祈愿生生世世追随尊者，永不离分。

那一天，尊者自己开初虽曾显示出些微悲怆之色，但随即展露笑容，说道："有道是瑜伽师的一切感念，俱应归于阿赖耶之中。我的过去如同梦境，全似幻象，既然如此，除了一心为教法众生谋利，岂有他求！"

当时尊者口占的道情歌，格隆扎西曾有记录，后来是否又做过校对则不得而知了。

---

① 指允许念诵、修习某一本尊法门。

② 一指印度南方的普陀洛伽山；一指西藏拉萨布达拉宫；一指浙江东海中的普陀山。此处当指后者。

③ 意译持乐园。佛家传说中印度北方一安乐土的名字。

此后为各户官宦人家等大小施主俱做了许多法事。像经忏、回向、祈祷祝愿、超度亡灵等等，一如各家所请，直住到新年。在超度时，曾发生过亡者囟门破裂脑浆迸裂的神迹。

酉年元旦，在我家神帐中尊者抛了盛大的"祛魔朵玛"仪式。初二至十五日，隆重地供祭护法。诚心祈祷，每日不离神前。安排丰盛的祭品，献浴①祝愿，功德无量。至于那些随从的僧徒，把木鹿寺的募化者遣至下面蒙古地方，其他人员则打发他们到五台山朝圣去了。

我们地方的温都尔格隆、阿旺伦珠、夏尔潘代、喜饶嘉措等人全都参谒服侍过尊者。有时尊者外出时仍旧像从前那样，单人匹马，和独行僧一样。

仲春二月，尊者独身单乘向阿宝王衙门的方向走去。走到霍秀匝喀如格旗一名叫拉杰的门首。那名老者因上一辈子里发下过见佛的心愿，所以一见尊者就紧握着手不放，毕恭毕敬，侍奉得极周到。白日里饮食起居在老汉的大帐幕中，夜晚便回到供神的帐篷里坐禅静修。

据说，某一个夜晚，尊者和檀越夫妇老人等同在大帐幕里饮粥，饮完之后尊者便返回神帐去了。这时施主家有一名叫拉吉的女仆，走出帐外拿取柴火，忽然看到大帐与神帐之间大火腾冲，于是高呼失火，来往奔跑，边跑边叫。这么一闹，家人们都闻声赶来。尊者听到呼叫忙问哪里失火，随着赶出帐幕来察看。他在火中拣起一领披单。道："是我的披单遗落在这里了。"随手把披单缠到腰上，那火光也就像虹霓一样地消失了。众人无不咋舌。天明了仔细察看，却没有丝毫火烧的痕迹。

还有一回，尊者把自己的坐骑交与施主家一名马夫饲放。那马夫把马牵走后，有一天备上鞍辔，骑着去寻找野地里的马匹。正行间，突然飞来两只大乌鸦，在马夫的左右不住盘旋，作势搏击，飞来飞去。这人大惧，赶忙从马上爬下来，卸了鞍鞯。又撒一把土到马背上抚摩一番，把马儿放走了。

次日，马夫回到家里。尊者正与施主等人在一起喝茶。见了马夫，问道："昨天我从这里看见你偷骑我的马。匝喀如格旗有良驹三百，难道其中就没有一匹能供你骑的？你可是骑了我那匹马？"马夫道："这一定是什么人向您老胡说，把您骗了。"尊者鞭然一笑："你休得如此说谎，昨天你骑着那匹马走到河边的时候，我的两个护法化作乌鸦，在你左肩上面扑一下，又在你右肩上面扑一下，这里我看得一清二楚。只因对你这小小的生灵大发慈悲，所以我才嘱咐两个护法，禁止伤害于你，若非如此，你怎能逃得过去？"

---

① 献浴、献沐，是一种敬神的仪式。并非拿水来洗或者淋洒佛像，而是用水洒镜子里的影像。

· 480 ·

一听此言，那马夫顿时生出厌离心。痛哭流涕，合掌顶礼，说道："上师您老人家果然是法力无边，遍知一切！多蒙您老保佑护救，实在是恩德无量，小人我忏悔自己的罪孽！"说罢礼拜，崩角①在地。施主和所有的家属都谈论这件事，对尊者无不敬佩，更加信奉。

　　次日，匝咯如格旗的主人去谒见王爷，把他亲眼所见的尊者的异行奇迹，滔滔不绝，尽情宣述一番。王爷听了大为叹赏，说道："若当真如此，我就要供养他。"欢喜不尽。第二日，阿宝王便打发以匝咯如格旗主人为首的数名长者去迎接尊者。把王爷自己乘坐的一匹白玉宝骧，备齐鞍辔，交付给众人带去，恳求尊者务必驾临。尊者按其所请，莅临阿宝王府中。那王爷因前世善业的福力，一见尊者便生出无限的欢喜信仰。随即向尊者顶礼叩拜，奉献哈达，领受摩顶。然后把尊者请到高座之上，献上了香茗及精馔美肴，荤素俱备。又将尊者乘来的白玉宝骧赠与尊者。

　　王爷开口讲道："在我与格格②的这块邑地上，要请你任我们全体的上师。今生今世不要离开，更要请你保佑犬子长寿。"尊者知道，王爷这片领地上的一切众生，无论僧俗，不分贵贱，全是自己前生已经心许的有缘的所化。故此应允道："我既在蒙古地方居住，自然要做你们的法师。为了替你们一切人谋今生后世的利益，特别是保佑这位公子，更是责无旁贷了。"

　　那时请尊者居住的地方，是王爷家一所宽敞精美的帐篷，里面的铺设，洁净雅致，无一处不是停停当当。

　　却说那位命妇格格，全不把尊者放到眼里。一日早上，尊者正在趺坐诵经时，格格带着太监、丫环等众多随从突然光临了。把锦裀绣垫铺叠了七层，傲然踞坐，气势凌人。格格启齿："我来瞧你大喇嘛来了。虽说大伙儿都称道你大喇嘛有两下子，可我不能把这话当成金科玉律呀！要是你能在我跟前显显神通法术，我发誓甘当你的施主；要是你露不出什么真本事来，那么这条通衢大路上跟你一样的行脚僧有老有少，那可就多了，有什么稀罕！"说罢，捧起一根老长老长的烟袋，一边吸着，一边瞧着。

　　这时，尊者默然不语。紧闭双目，诵经不辍。正好，王爷收留的一名僧人上来献茶。他把茶斟到一只长柄瓷杯里面，捧到尊者手中。尊者接过瓷杯，如同揉捏稀泥一样，把杯子弄做一个鸡蛋般的圆球，又用双手往左右一扯，像抻

---

① 崩角：即叩头。
② 清制，亲王以下皇族或外藩之女皆称格格。亲王女曰郡主，称和硕格格。郡王女曰县主，贝勒女曰郡君，皆称多罗格格。见《清会典》。

面一般拉做一尺上下的长条。然后又捏成一个圆球，扔到空中。那球儿先是从帐篷上方的窟窿里飞出约一箭之程，回来后正好又落回到帐幕中央。这时依然是原先那只瓷杯，不破不裂，端端正正，还满装着一泓清茶。众人见到全都惊呆了。

正像《经》中所说的那样："凡夫俗子一见神变法术立即折服。"那时王妃格格见到尊者大显神通，忙不迭地从垫子上下来，双膝跪地，一面哭着，一面按汉族的规矩磕下头去。她把所有头上戴的、颈上系的珍宝首饰都卸了下来献到尊者手中。尊者辞道："我一个行脚僧要女人的饰物干什么！何况你格格公主的宝饰我更不能受！"虽是如此，那一位却执意要送，说是为了表白一片诚心，务必笑纳。尊者却不过情面，也只得收下来了。此后，暂时应王爷、王妃和地方上人们的邀请，做了各种佛事。用了约两个月的时间，尊者满足了施主们的心愿。

那位格格这时也变得非常虔诚，她将自己的发丝积攒起来，做成一只精美的顶髻。嵌上了各种珍宝。又因为尚缺少些许发丝，遂私下把头上的发辫剪下来一绺补足，制作得如同天神的顶髻一般。与此相匹配的还有五佛冠①、上下衣裳等全套服饰，有貂绒大袍一件；香木折扇一对；库缎锦褥一双；裀垫数只；大小靠枕几种，上面俱饰以流苏彩绣，花团簇锦。此外还有各式银制器皿、四季服装、一串价值纹银数千两的珠串、金色锦缎、貉皮风帽以及靴鞋等物。总之，凡是高僧大德所应配备的日需用品应有尽有，全部贡献，从而成为阿拉善全境无与伦比的首席施主。

前面所写的，全是我等有缘分的人所亲眼见到的。说到尊者的相貌体态，则是不高不矮。无论是混迹于市井之中，或者跻身于各种显贵中间，总是丰采超俗，气度不凡。纵令鹑衣百结，也胜过他人的锦衣华服。有些从未见过尊者的达官贵人，原来全都倨傲不恭，一旦来到台前，都变得股栗舌结，惶恐不安，甚至不敢抬头仰视，连回话也答复不上。有那么几个人私下里原本做好打算，不准备大礼参见。但等到一见尊者的颜面，敬佩之心油然而生，不由得泪水盈眶，五体投地，将尊者的脚奉于自己头上。

尊者面容俊美，齿白唇红，光彩照人。虽然年逾六十，但相貌常如三十余岁的人，偶而也显示高寿的面容。头发油亮鬈曲，有时每月需剃一次，有时四五个月不剃也不见更长。双手过膝，手足掌心俱红润，指趾间不生空隙。关节

---

① 五佛冠为喇嘛所戴，象征五部佛（不动佛、宝生佛、无量光佛、不空成就佛、毗卢佛）的一种莲瓣状的冠冕。

不显，齿如编贝，共四十颗整。其中下边的右门齿恰似一颗尖端折断的松耳宝石，颜色碧绿。尊者讲过："当我年幼时，逢大愿法会。有一夜戏做跳神舞，从高屋顶上坠下，摔到石板上面，将这牙齐根磕掉。当时颊颐皆肿，疼痛难忍，向三宝奋力祈祷之后，到了天明，肿胀全消，居然痊愈。如今这里不是缺一颗吗？"那牙根还常常露在外面，有时恐怕在众人面前发笑时被人看到，所以常常不使人见到这颗断牙。尊者生就一双丹凤眼，细看眼眸似乎有彩虹闪耀。双耳迤长，耳垂有孔。鼻准隆直，唇形美，令人一见之下便生崇敬之心，不敢仰视。虽有痘痕，但往往一点儿也不显。到年岁很高时手足也没有青筋暴起。腰身挺拔，毫无龙钟老态。左掌中有目形纹，右手食指稍偏左方有一金刚手佛像凸现——眼目须发清晰可见。无名指尖右侧有"唵阿吽"叠字，用来指验舍利子神效无比。当进行熏药或沐浴时，可运气使男根缩至腹中。在裸体做金刚跏趺及双手等引行导引术时，神采美妙，令人倾倒。

持戒的香气浓烈，甚至尊者用过的卧具、筹子、木箸等物也都香气氤氲。尊者曾讲过："即使混在乞丐群中，我身上这股香气也使他人生疑。"每食蒜薤，口中呼气全无蒜臭。吐气如药香。吸烟时，喷出的烟气与供神的异香一样。……种种功德奇妙非凡，令人不可思议，所有的随侍仆从，有目共睹。

尊者性本慈悲，对他人的死、病、痛苦，无论目睹耳闻，一旦知道了便心中难忍，为之流泪，为之除障消灾，祈祷祝愿。对此十分认真，从不马虎。尊者为他人利益身受磨难，甚至不顾自家性命，种种事迹不胜枚举。另外，无论远近、明暗，全能洞悉无余，谈人心思分毫不差。复述人们私下的言论及远处的声音准确无误。

尊者将手足的印迹留在石上，犹如印在泥上一般。类似的神通广大无边。其证悟的智慧登峰造极，像能召集男女空行、胜乐本尊等神佛的印度的十位得道高僧及西藏的米拉日巴尊者一般，远离红尘，一心修炼。

后来，又回到了我的家乡，用了数月的时间，满足了远近各处施主们的要求。

当年仲秋，携带几名侍从与格格同往京师，挂锡王爷府中。此间除参拜了旃檀佛等各位佛像外，又巡礼和瞻仰了如三十三天神阙降临人间一般的皇宫。

一天晚上，尊者以神通力未卜先知，吩咐阿旺伦珠和夏尔潘尔二人："你二人今夜不要睡，在我跟前铺设一副褥垫。"他二人便遵命坐守。到了夜半时分，阿老爷主仆数人来了。他摆出王爷的架势，端坐在座位上面说："咱家瞧你来了。你的底细，咱全明白。现在有两条道儿由你选，得问问你的主意，你就痛痛快快地说吧。"

尊者道："我先须听你说些什么，然后才能看看是否办得到。"

他道："上人！您的根底儿，咱家一清二楚。我能启奏皇上，让你重登教主的宝座，若其不然，日下掌玺大法师已经圆寂了，如今正有空缺，我启明圣上，总能让你称心合意。"

尊者道："这两件职事实在太高，我担当不起。我一个游方僧人萍踪不定，远离红尘，这些显赫的封诰和官衔根本就用不着。"

阿老爷稍微露出不悦之色，说："只要皇上一道圣旨，不管你上人走到哪儿去，不由你不来。"此言一出，尊者似乎有些按捺不住了，道："皇帝和殿下召得我的身，可是召不到我的心！"

阿老爷莞尔一笑，站起来行了一礼："上师！虽说你为人刚正，有啥说啥，可是往后千万别这么讲话了。你若是一定不干高阶位的差事，那么还是明后天快点离开这儿好。德木呼图克图是咱家的师傅。他刚给贬到察域去时候还不长。那位活佛可是神通广大，在临去察域以前给我留下了一函经卷和一只宝瓶，他嘱咐过'我走之后，有一位法力和我相仿的大师要来到这儿，这就是仓央佛爷。你暗中察访，准能察到。他驾临这儿以后，请你把这些东西替我奉献给他，就说是我老衲的一点心意'。"说着，把一函《莲花遗教》和一只瓶子献给了尊者。"如果需要在这儿暂时住些天，也希望你别在大白天里走动。有机会的话，我尽量在夜里来拜望你。"说完，当夜就回去了。

翌日起，尊者就照他所说的深居简出，阿老爷也不时地黉夜前往，请教各种教法经典。如此住了大约一个来月。这期间额驸贡布加与土观呼图克图也来就教，学了许多法。但详情不明。

那时第司·桑结嘉措的公子第巴·阿旺仁钦、第巴·玛索次仁、第巴·阿旺尊珠及另一名女公子，连同数名仲科尔和家仆共二三十人都被拉藏王送到了内地。有一日尊者经安定门进城时，他们正被押行在德胜门的路上。尊者正驻足观看时，他们从西藏带来的一条獒犬远远地看到了尊者，便跑到驾前，舔着尊者的衣襟，摇头摆尾，显得极其欢喜。尊者感慨万分，思念道："噫！这轮回之中是何等虚妄！人间沧桑，有始无终又是如此光景，我到这个年纪，背井离乡，孑然一身，连一个故乡的亲人也难见到。倒是这个哑巴畜生对我十分眷恋，岂非它有灵性！可怜哪，可怜！"想到此处，心中凄惶。从此以后，这条狗就跟定了尊者，不离左右，一直陪伴他回到蒙古地方。后来这狗死的时候，尊者还为它认真地做了追荐超度诸种法事。

再说当时的情景。因第巴·阿旺仁钦等人不能会见尊者，那位女公子便把自己的指环卸下来请尊者收纳作为回向①的礼物,经一人转递,送到尊者手中。

此时,医学大师衮桑在太医院供职,患病不起,病势沉重。他的一位同伴也是藏人,听说阿拉善格格的师傅甚为了得,就向医师衮桑说了。觉得如能请到这位大法师或者会有所神益。尊者被请来之后,见那衮桑已被疾病折磨得形销骨立,不成模样,连尊者的面貌也认不出来了。

尊者见到这般光景,不由得伤感起来,思想:"如今连他也全然不认得我了。"立刻吩咐家下的仆役:"你们全退到门外听不到我念经的地方去等着!我在这里要做祛病祓魔的法术。"下人们退出之后,稍停,高声道:"衮桑医师,你不认识我了!"他原来躺卧在榻上,一下子辨出了尊者的话音,倏地爬了起来,端详了一会儿尊者的面庞,然后像砍断根的树干一般,俯面倒了下去,一时间人事不省。尊者慌忙把祭神的圣水洒到他脸上,一口气好歹算舒出来了。

"我怎么也想不到您会变成这般光景。以为您当真是在来内地的途中仙逝了。白日黑夜我一直为您祈祷。这实在是因为悲伤思虑过度,所以才得了这么个心包积水的症候。照那些凡夫俗子看来,您与其这种模样不如下世的好。可是圣人贤者的所作所为庸人岂能参悟?这些您都洞悉无遗!"说着,悲从中来,又号啕大哭。最后总算清醒过来,重请尊者为他今生后世予以佑护并为他祛病禳灾。最后献了十两黄金,一具中原出土的香炉和哈达等物。

狗年②春季,偕格格返阿拉善后,在我的家乡驻锡两年左右。

鼠年③五月,带了随从数人去赛科寺。以曲桑活佛为首,各禅院全都进行了无与伦比的盛大的供养。随后请求尊者出席大经堂的全体大会。尊者对曲桑活佛道:"我的帽子没带来。"于是他便将自己所戴的一顶精致的新尖帽送给尊者。尊者头戴这顶法冠驾临大会时,正遇到一位檀越施发斋僧茶,请做回向法事。当进行到第司的《六般若》盛大回向时,尊者在唪诵中发出了真正美妙的梵音。全体僧众闻声泪下,无不折服,生出厌离、笃信之心。又请求结法缘④,尊者便讲解了《道次精义》。于是僧人间相互议论,诸如尊者的容颜体态、言语声音等等功德,全都赞不绝口,颂扬这位师尊来到这边荒僻壤,实在是我们的福分,是我们的荣耀!从此以后,尊者受到了赛科全寺活佛、僧众的供奉。以曲桑活佛、麦珠钦仓大师为首的高僧喇嘛,都来请教各种教法,相互间以赤

---

① 回向,用俗话解释,即功德转让的意思。请僧人做佛事时,常需送些请为回向的财物,藏语称"恶哲"。
② 康熙五十七年,1718 年。
③ 康熙五十九年,1720 年。
④ 指请求结下讲授和听取佛法的关系,即求其传法。

诚相见。笃信虔纯的情谊使他们在黄金的仙途上结成金刚伙伴的关系。尊者在金刚座上将不断地永转法轮,而此种伟业也将永无休止。

到法驾该北返的时候,曲桑活佛等人恳求尊者延到来年再走。当时夏鲁瓦·洛桑般登从尊者习金刚密乘,成为首座弟子。这与尊者米拉·协白多吉和热穹多尔扎师徒大可媲美。

那时,在赛科寺内有一尊观世音佛像,此像的加持力极为广大。有一天尊者为其献浴时,这尊像却大汗淋漓,索索抖动。曲桑活佛请教此中的原因,尊者道,"似乎是劳累过度了。"众僧全都惊讶、纳闷。原来是尊者已想到了兔年①的动乱。

冬初,驾返阿拉善,各种活动一如既往。当时,喀尔喀与鄂尔多斯的边民大都闻其名,所以从蒙古地区来朝拜的人也日渐增多起来了。

次年,即牛年仲夏,重返赛科。全寺僧众手执仪仗,整队相迎。护法和随从鹄立在欢迎的行列前头。这番的礼遇比以前更不相同。而尊者则除了一心为圣教苍生谋利之外,别无他顾。

那时,嘉格隆旧寺是赛科寺的子庙,所以庙中的住持俱由赛科寺委任。经过嘉格隆仲日庙的长老们协商,取得一致意见,到赛科寺去向各大喇嘛、上师央告,要请尊者担任他们的上师。曲桑活佛和其他执事们道:"这位大师可是与众不同,你们向尊者本人去请求吧!"此后曲桑活佛自己也直接去劝尊者,请他担任座主之职。但尊者不允。嘉格隆人又来再三恳求,恰恰这时尊者的视觉中忽然出现了嘉格隆大殿的景象。原来那里有一尊玛索玛护法神像。这画像本是朱古·曲央嘉措②亲手绘成的,从扎什伦布寺的圣器中偷来此处。当时尊者忽然见到那画中天女手上所执宝剑的蝎子剑柄,蝎足在簌簌跳动,因而心不在焉,漫声应道:"做你们的寺主自然不在话下!"俄顷,又问他们:"我刚才对你们说了些什么?"众人禀道:"已答应担任我们的座主了。""那么,你们大殿上有一幅天女画像吗?她手中拿的什么?"

那些人对自己供奉的神像未曾留意,张口结舌答不上来。大多数人说:"大概是棍子。"尊者笑了:"对自己依止的神像不仔细瞻仰,如此胡说。哪里是什么棍子,是一把用蝎子做柄的宝剑么!我因为被那蝎子腿簌簌爬动所吸引,走了心神,所以顺口答应下来了。既然如此,你们先回去!我将在仲秋上旬动身去那里。"众人欢喜不尽,顶礼而去。

---

① 清雍正元年,1723年。即指青海蒙古贵族罗卜藏丹津叛乱之时日。
② 西藏著名画师,四世班禅之弟子,布达拉宫内的许多壁画及一些神像俱出自他的手中。

在赛科住了一段不长的时间后，于仲秋七月初三日，驾往嘉格隆寺。离寺数日的路上，嘉格隆的接迎仪仗便到了。行列中以赛科寺的喇嘛、长者为首，还有扎弟囊梭、止贡囊梭、塘仁格公活佛共代表着六部及十三处禅院。共有一千五百余名骑士，浩浩荡荡一齐前来接迎。

先前，囊梭桑布坚参为迎接五世大驾时曾造过一顶硕大的布帐篷，在安多地区算得上是宝贵的东西。这时也支设起来，把尊者迎进里面，设下了美馔盛筵。众人操安多土语对尊者致祝词："想当年嘉格隆六部十三院俱在时，五世佛祖驾赴中原。那时我们的囊梭桑布坚参特为五世大宝缝制了这顶大布帐篷。我佛大宝，驾临此中，泽遍乡里，无论是教法还是世俗，各方面都使人们心满意足。当时我们觐见的礼物，有囊梭桑布坚参贡献的三百对骏马。那些马匹全都有骆驼般大小，浑身雪白，只有耳朵的毛色是两样，一对对配备得煞是整齐。在当时，汉、蒙、藏三家无不惊奇，传为美谈。那时也正是在这顶帐幕里进行的供奉。那时候的老佛祖也和尊驾今天一样。磐石般的黄金降到了我们门前，我们实在是福分不浅啊！正如俗话所说：木桨受累，木杓受惠。虽然西藏十三万户遭厄难，但是太阳在安多地方升起来了。"如此这般，讲了很多。

尊者道："你们休得说短道长。只要按照我的吩咐，不管是教法还是世俗，各方面的事情尽力去做，我也一定会给你们带来好处的。"

随后，老老少少，全都参加赛马、角力。兴高采烈，直把尊者迎到寺庙里面。

十三日登寺主法座时，彩虹出现，天鼓声响，种种瑞兆不一而足。安多各地都议论纷纷，惊奇不已。正在当地的汉人商贾们也说，"这个真正大佛爷，天鼓打了。"赞叹不止。

尊者当即走到天女神像前面，对众人道，"你们说天女手中有棍棒，在哪里呢？这不是一把用蝎子做柄的宝剑吗！"说完，端起一满盏长柄茶杯的茶新①倒进神女口中，结果一滴也没洒到地上，全部进了神女口内。众人眼见这种情景，对尊者的无边神通，越发景仰崇信，佩服得五体投地。

有一位法师名叫邱仔仓，年事甚高，具教证的功德，是上一辈的章嘉活佛阿旺曲登的亲炙弟子。尊者将他任命为副轨范师。并对他说："今岁你我二人还得去蒙古地方走一遭。将来虽然可以在这里居住，可是要等到后年看看再说了。"讲是如此讲了，众人并未在意。

在那里直住到冬末，北返时有大批马队护送。走到扎噶地方，尊者收缰勒

---

① 未经饮用的最新饮料，首先用以敬神。

马，向各处瞭望。最后嘱咐道："日后就在这里营建禅林。这里建拉让和大殿。你们的宿舍也可在这些地方建造。"手下的人们心想："已经有了现成的寺院，还要修什么新庙呢？不知这里有什么奥妙。"虽然这么思量，但嘴里却只好诺诺连声。其实，对尊者的预见当时一无所知。

尊者曾对甲莫呷久说过："明年将有大难临头，尤其是你更将遭遇凶险。那时我会到你的跟前。到那时你不要忘记祈祷！"呷久谨受教谕。

此后由邱仔仓等长老伴侍，驻锡于阿拉善。

兔年①，青海湖畔丹增王②因鬼迷心窍，与大皇帝抗衡，因此以赛科、衮隆等为首的大小寺院，均遭中原军士焚烧。曲桑活佛等很多上人大师俱遭不测。大批的僧众被戮。这场灾祸波及嘉格隆寺，于秋季遭到兵燹。

甲莫呷久在当时骑着一匹马，逃到寺后的一座山上。他把马匹在树上拴好，自己正打算跳崖自戕。忽然尊者的声音在耳畔朗朗作响："甲莫呷久，快逃，快逃！"他四处张望，只见背后一座磐石上有一只大乌鸦，呱呱叫了几声飞去了。他猛然忆起了尊者从前的授记，知道是上师化作乌鸦驾临此处。再向山下一望，那中原的军队恰似蒙蒙雾气，铺天盖地而来。于是他遵从尊者的指示，急急逃奔，终于逃出来了。

原来，这个甲莫呷久有过一段因缘；从前他在西藏的时候，曾担任过甘丹寺的乃登③。尊者赴甘丹大寺时，曾去参谒圣祖师宗喀巴的金身灵塔。由于年幼，这位呷久将尊者托起，使得尊者能够用头触及灵塔。后来他又有亲见文殊怙主上师肉身的善缘，是以得此善报。

同年夏季，喀尔喀地方圣教的明灯、达惹纳塔圣者的化身、上一世的哲布尊丹巴特意派遣一位印度的游方僧来谒尊者，馈赠礼品数色，并呈上亲笔信函。信中写的和那游方僧带的口信完全一致。大意是："方今余年事日高，老朽不堪，为利教法众生，竭尽驽钝。伏乞尊驾于老衲有生之年光临此间，凡吾之一应政教事宜将尽数托付尊驾之手。吾于喀尔喀之七部大小首领处俱嘱咐妥当，亦有奏章达于文殊大皇帝驾前，举尊者任喀尔喀全境之怙主、苍生之教亲。此前虽可遣吾蒙人使者往谒，但因事关非常，此间人恒寡信义，难委心腹，是以遣此印度僧人致意。"

---

① 雍正元年，1723年。

② 丹增王即罗卜藏丹津，为固始汗之孙，曾受亲王封，带头叛清，于1724年为年羹尧、岳钟琪讨平。他逃到新疆准噶尔部，1755年清军攻占伊犁时被俘获，但未受戮，软禁在北京。

③ 一般用于对持戒水平较高的比丘的尊称，也指担任守护灵塔佛像执事的僧人。从前后文看，此处当指后者。

尊者对哲布尊丹巴大师神交已久,因此接到手书之后十分同情。他把哲布尊大师的身世、经历等极其隐秘的情况讲得极其详细,同时又泪流满面,双手合十,言道:"今番怙主哲布尊丹巴上人的法旨虽然大有深意,但我自幼即抛乡离井,一切政教事务荒疏甚久。萍迹天涯,无牵无挂。他人的法座及政教重任更难担承。"因尊者精于印度乡音,为了免得跟前众人听悉,遂用印地语与那天竺沙门进行长时间的交谈。最后封好了献与哲布尊丹巴大师的贺仪,又修了一封书信,内容如前所述。末了,厚赠了那位天竺僧人。

此后不久便听到了哲布尊丹巴大师圆寂的消息。尊者表现得十分悲恸,涕泪纵横,哀悼不已。

不久,阿宝王起驾离开府邸,到了我们地方。他拜见了尊者。说:"年前我去京都时,哈希车臣王也到了阙下。曾与他一起盘桓。有一次谈话间,他曾许下他们的一位公主与我们的公布加缔结姻缘。今年我要去把这件事办了。特此向上师你讲一下。此外,当时车臣王对上师您的经历早有耳闻,对您是十分笃信崇敬的。这次也一再地叮咛:足下这次光临敝邑,务必将那位上师邀来。无论如何,一定要请我们施主与福田两位大驾双双莅临。"

尊者道:"借这次机会,顺便向哲布尊丹巴大师报答一下他的恩情,也应去祭奠一下他的灵骨。"遂于龙年孟夏上旬①与施主福田一同朝喀尔喀进发。到达大库伦时,以那里强佐为首的驾前头脑人物全部出城远迎。对尊者的尊敬供养无以复加。迎入库伦寺中之后,数千僧人排列得整整齐齐。尊者向哲布尊丹巴的遗体行了隆重的献沐礼,献了"千供"②及"奠礼"③,极其丰盛。

将尊者请到一顶极大的帐幕里之后,全体僧众又集合起来,举行祈福法事。那时原赛科寺的惹甲翁则④正在这里担任翁则职务。此人原先就是尊者的出色的弟子,尤其是他来到这边远地方,哲布尊丹巴大师却又很快下世,因此心中无限悲伤。特别是拜见尊者之后,心中悲喜交集,泪流满面,他用那雷鸣般的无与伦比的嗓音诵起了《圣者遍主颂》。到献曼扎时,由于他的声音訇响,居然把曼扎上的堆物震得散落下来,最后,好不容易在曼扎中间放好了一部分堆物,献到尊者手中。尊者对此也显示出悲喜交集的心情。随之向全体僧徒诵传了《兜率百天经》,并为彼等摩顶赐福。翌日,便到车臣王的采邑住下了。

---

① 指雍正二年,藏历五月。
② 指用香、灯火、花、圣水、食品等五种内容组成的供品,其中每一种都要凑满千数。
③ 指专为死者供祀的祭品。
④ 一译领经师,也有译"悦众"者。担任这种职务的人必须熟记经籍,嗓音浑厚。

到达车臣王邑地时，以王爷为首，大小许多官员远远地迎了出来，将尊者及阿宝王二人延请到一座宏敞的神帐里面，荤肴素食精馔美味陈列上来，举行了盛大的喜宴。对尊者的虔诚礼敬更是难以尽述。在一个月的时间内，完成了好几位本尊的随许，并应主人之请，做了他们所需要的佛事。各位施主皆大欢喜，感戴及笃信之心更为增长。

这时，卫将军与巴图尔王等人年纪还小，所以未曾听说尊者为他们做过什么事情。只是由车臣王为这几位世子的今生来世竭诚地请求佑护，请求专门为他们做些法事。尊者也是关怀备至，克尽厥责，将佛事做得尽善尽美。檀越们向尊者献了寿仪，十分丰厚。因为没有必要把礼单抄录下来，这样将徒使文章冗长，所以付之阙如。

正如那明明白白的授记所表示的一样，为了在扎噶地方建造新寺，尊者披挂起无上慈悲的坚忍的甲胄，以无上精进的力量肩负起利益圣教和众生的神圣职责。虽然从龙年①开始破土，但因兵燹之余烟未息，又延到羊年②重新动工。

因为扎噶河这岸的庙址属汉地，便花了数百两银子买了下来。在那块地上把殿堂、拉让、僧舍等各种基址亲自规划妥当，又给各个殿堂、拉让、精舍等取了名字。先盖起大小相当的一些石瓦房屋，收容了四处流荡的一些零散僧人约五百余人。但是这时候只因萨果的地方官权高势重，不许建寺，今天砌好的石屋，明日便责令拆毁；明天砌成的，后日又拆了。真像古谚所说的一样："白日盖殿夜间摧，山上石头下平川。"

不久，这位图尔钦堡的不信教法的汉家官员离堡他往，代行执事的是一位笃信佛法的汉官。尊者便备得良马数匹、白银数秤③赠与此公，并且说明了情由。此公言道："我在此地大约能住三个来月。不知在这期间能否将神殿建造起来。如果超过限期，旧长官仍将归来摄职，我也要调离他处，他如何处理此事就不得而知了。"因此，鸠聚工匠建造大殿，所有汉藏人役不分昼夜地赶修。在殿内特为大皇帝陛下的福寿以及圣教、众生的利益建起了至尊弥勒佛的塑像。高约一层楼，周围有马头明王、金刚手、八大佛子的神像。高度略胜人身。周围雕以岩山等景致，衬托美化，绘彩镏金，安放藏物，一应事项无不完备。诸事停当之后即举行开光轨仪。

正当名叫嘉玛莱的大殿刚刚建成，整个寺院也粗具规模的时候，那位旧官

---

① 甲辰，雍正三年，1724年。
② 丁未，雍正五年，1727。
③ 旧藏币制，每秤折银五十两。

员又来了。他率领许多汉兵，把弥勒殿上的瓦也揭下来扔掉了。尊者一见，双膝落地，跪到那官员面前，把那千百种功德修来的高贵的头颅抵到地上，俯首礼拜，口放悲声，恳求至再，总算求得那汉官留下了佛殿，免遭拆毁。

那一天，所有的僧众一个个无限戚楚，说道："若不是这位圣人如此关顾，驾临北方，那么我们为圣法和众生所负的重任真不知如何了却？"那个汉官当天返回塞堡之后，立即九窍流血，猝然死去。人们都说这是他担不起尊者跪拜的缘故。

这时，妙音大皇帝传下了圣旨：从前被年总督①所毁的大小寺院一律归复原主。诏书一到，岳将军②便将一切伽兰重新修复。仰仗大皇帝的慈悲，佛法得以重见天日，如同后弘③重现一样，这时西藏全境又是一片升平景象。旨意下来，准许在嘉格隆重修禅院，各处的寺庙也都努力营建。

狗年，大军征准噶尔时，岳将军邀请尊者到兰州堡为全体汉满军卒诵经祈福。为预祝全歼敌军，数百名骑兵手持兵器分列左右，杀气腾腾，军仪威严。尊者在当中作法七日，唪颂战神并向敌方抛掷法王朵玛④。将军和众军士馈献的银两等物十分丰厚。

由此开始，又筹建大经堂，数年后竣工。乾隆大皇帝八年时，举凡僧舍、灵塔，以至崩康等等全部修建成功。用五千两银子将大内所藏的《甘珠尔》与《丹珠尔》迎来寺中。建大经堂耗银七千两。其他像僧人们列坐的长垫、宝盖、幡幢等一切物件，俱由尊者本人出资置办。

以尊者为首的二百零五名上下僧众的度牒，也全部颁发下来。原先旧庙存在的时期康熙皇帝赐予尊者为首的六十八人的顶戴和二百零五人的钱粮俸给等等也重新恢复了。尊者本人份银三两；其他僧众每人二两五。尊者的俸给为三"甲"⑤净青稞，他人为两"甲"，因为当初建寺者的名字用的是"塔布喇嘛"，所以在度牒中也将寺名称为"塔布寺"。

这位尊者上师完全是为着佛法众生，为着文殊怙主宗喀巴圣者的教法得以弘扬光大，更为着妙音大皇帝政教一统的江山社稷福祚绵长，并因此而使汉蒙藏等一切百姓安乐幸福，修起了这座大禅林。

---

① 即年羹尧，1723 年时任川陕总督。
② 即岳钟琪，当时任四川提督。
③ 佛教的发展在西藏分前弘、后弘两个时期，前弘指朗达玛灭法前的吐蕃时期。10 世纪以后佛教再度兴起则称为后弘。
④ 用糌粑等物制成，用以"驱魔逐邪"。
⑤ "甲"是安多地区的衡量单位，大约相当于西藏的"克"。

从此后，四季的法会，院中的戒规等等都依照扎喜郭芒的成规执行。密乘方面则宗法下密院，歌舞藏戏等，有些宗法曲科杰寺的传统。除制定了以上各种规定而外，更对佛法的根本，与戒律有关的清规做了详细的规定。后来，派遣我进藏时，尊者曾修书一封，呈与班禅一切知罗桑益西大宝台前，同时还附了贡礼。班禅大师制定了大法规之后，又复函尊者并有回礼赠送。

总计，嘉格隆托桑达尔杰林自雍正帝五年即羊年开始营建，至乾隆八年即猪年至，全部建讫。

又一年，从一个叫做苏米图自勺地方得到一尊普陀观音像。这像是中原古时响铜所铸，稍大于人身，十分沉重，许多壮汉也搬挪不动。尊者听到以后，派去了几个人迎请。那神像忽然变得极轻，放到骆驼上面迎回寺里来了。尊者为之拭去锈斑，装入充足的藏物，奉做嘉格隆托桑达尔杰林大殿内的主像。直到如今，那座神像仍然光彩闪烁，云蒸霞蔚，表现出各种奇妙的征兆，具有明显的非凡的加持力。

二年，即龙年，皇帝降旨以王爷为首的全体阿拉善人徙往青海居住。这时尊者也暂时住在包若曲嘎。据额齐纳之后，于九年，又奉皇帝旨意迁返阿拉善。尊者有时也住在夏惹。同时担任着代脱、朱古、羌仁、甲丹、色木尼、甲亚、沃尔错、夏麻、二甲多、霍尔衮巴、甘钦、止贡等十三所寺院的堪布。玛洋寺则是按照尊者的指示，于乾隆五年在帕萨却吉阿旺伦珠下世后，由我重新修建的。

赴代脱寺的经历如下：尊者应色楚地方一户人家的邀请前去赴约。这事被代脱托桑达吉林的大喇嘛劳乌甲夏仲听到了。当时正是对尊者的声誉有怀疑的时候，这位大喇嘛便对他的亲戚、一位土司大人和寺内的僧众说："听说明天那位塔布喇嘛应一位藏人施主所请，法驾将莅临这里。虽然纷纷传说这位大师就是仓央佛爷，可实在令人难以相信。从前我在西藏的时候时常在驾前侍奉，圣者也曾赏过我特殊的赐品。所以这一位大概不会是真的仓央佛爷。万一是他，我也决不会认错。有位施主也请我明天去那一带地方，我要设法与那位高僧见一面。如果不是仓央佛爷，我就不加理睬，径自赶路，众僧徒也无须下马；如果是真的，我定要头一个跳下马来，你们也必须照样行事。"

到了那天，尊者如期前往。那劳乌甲夏仲也有意在途中相会，并且携带了五十余名僧徒相随，迤逦行来，两队人马会于途中。那喇嘛离尊者约七、八庹的距离时马上便认出了尊者的面容。他立即滚鞍下马，像一棵断了根的大树似地倒身下拜，无限悲伤，痛哭流泪，五体投地。尊者来到他的身旁，安慰他说："你休要难过，这全因雪域的人们缘分已尽，也是我自己的业因所造成的结果，一点也用不着悲伤。我虽是这般光景，但对应调伏的生灵而言是具有不可思议的好处的。你应无限欢喜才对啊！"那喇嘛苏醒过来之后，向尊者献了哈达，请求摩顶。其他的僧徒也上来参谒并请求摩顶。

劳乌甲喇嘛回去以后便向他的亲戚土司大人和所有的大小寺院广为宣传，说那一位肯定是达赖佛爷无疑，又再三吩咐劳乌西潘的全体人员，应把尊者当作上师喇嘛来供养。这位劳乌甲喇嘛还自己率领着很多随从人员到嘉格隆去迎请尊者。尊者慈悲为怀，慨然成行。凡是具有加持力的神像的所在，诸如"衮钦"、"扎衮"、"多古强古衮"等处，全去进行了朝拜，行了浴佛礼，举行了盛大的祈愿法会，并接见了各院的僧人。

尊者法驾驻在衮钦寺时，被那位号称西藏老龙护的土司迎往一座叫做循巴化寺的兰若，时在秋初。那位官长设汉宴款待。席上尊者却双眼望着空中，久坐不动，也不用膳。官长道："上师，您对供奉的馔肴全然不理，只管望着空中，是何缘故？莫非不爱吃这些东西？"

尊者道："适才我不得空。"

"您并没干事呀！"

"刚才有一个卖烧饼的汉人掉进久拉河里，被水冲走，奄奄一息。我为了救他一命，所以花费不少时间。那个汉人为了答报救命之恩，要把一筐点心全送给我，我没接受，送我数枚，我也没要，又送我一个，我还是推辞了，最后用刀切下一半送我，我接受了。"说着，怀里掏出来半个烧饼给众人观看。那长官和手下人役惊讶万分，半信半疑。官长遂派了几名得力的人员到河上寻访。果然看见一个汉族后生在河畔晾晒被水打湿的衣物和一筐烧饼。一问情由，那汉人说的与尊者所谈的竟分毫不差。众人越发惊奇，命那汉人穿好衣服，连同筐子一起带回府中。官长问他："你看看搭救你的那位活佛在吗？"那汉人里里外外上上下下到处打量，一下子看到了尊者，忙用手指道，"把我从河里救出来的正是这一位。"众人咋舌。尊者从怀里掏出半块烧饼，那汉人也从筐中拣出另外半块，往起一对，恰好凑成一个。这一日，以龙护官长为首的僧俗人员，不分贵贱无不对尊者生起了坚固不移的信仰，所有劳乌西潘的人都成了尊者的特殊施主。

寺中的大殿内有三座坛城。尊者从中间一座的东门进去，从南门出来，又进南门，出西门、北门。他人连头也难伸的地方，尊者通行无阻。所以那些人们更是敬信钦佩得无以复加了。

以后，应他们大众的一致请求，尊者登了大同寺的寺主法座。在金刚持祭祀法会期间，按拉萨传大召的传统，制定了讲经祈愿跳神打鬼等全套仪式。当时劳乌土司大人亲任施主，聚集僧众一千五百人。从那时起，传召法会如大河流水，年复一年，迄今不断。当时有一种黑冠神舞，便是尊者亲自传授的。他又将假面舞教与嘉格隆托桑达尔杰寺，并订下规矩全部按古夏扎仓的传统行事。

雍正十三年，打发我脱云阿旺伦珠达吉去求学时，亲口嘱咐我说："此去西藏要好生学习。在班禅佛爷台前领受沙弥戒，比丘戒也应成就，但可按你的实际情况决定。你要把下列物品设法带回来：有一尊弥勒佛的金像造得精美绝伦，有三肘大小，狮座靠幔俱全，并饰以许多瑰宝。此外还有三十卷《如意宝树》的画像；纳塘版《甘珠尔经》一套；教主宗喀巴本生画卷十三帧；尼泊尔产响铜大供盏一百只；翁则与格贵所穿的斗篷，以及尖帽百余顶。这些东西将来都有用场。"行前又赐我纹银一万两、马匹、骆驼等等，凡行旅中所需用的各种装备器具，无所不备。

龙年，应准噶尔斯斯纳木杰多尔吉之请，驾临鄂尔多斯扎喜曲林禅院。尊者道："此地以前缺少三事的传统，如今应建立起来才好。"遂在那里进行了坐夏。从此，鄂尔多斯阻尔坎札萨也建立了三事的传统。

当时扎喜曲林寺的护法神非常凶悍，众沙门常受其荼毒。尊者为之系了一个咒结，并加以教训，凶焰因之平息下来，僧众的听经说法等等活动也大大地盛隆发达起来了。

扎喜曲林寺在那时约有出家人三千多名。马年①，我从西藏回来，按照尊者的嘱咐完成了各项事务。我把物品呈献到尊者台前。当下便将弥勒佛像和《甘珠尔》等圣物迎请到神帐里去，并立刻献上了一系列的祭品，举行了隆重的浴佛礼。尊者心中喜之不尽，特别是对那尊弥勒像尤其珍爱，发话道："如今好了！在我这里也已经完成了一座菩提宝塔，是纯银造的，有人身大小；另外有一对嵌金的白螺。幡、伞、胜幢等物有些来自京师，有些就地置办，已全部齐备了。现在在这蒙古地方一定要把大愿法会建起来。"随即装献上宝贵的藏物，举行了开光轨仪，奉献盛大的祭祀，功德浩瀚，如同汪洋大海。

从阴土羊年②在阿拉善建立了和拉萨一样的传大召法会以来，直到现在沿袭不变。后来又建立了跳面具神舞的成规。时常举行胜乐、金刚手、大威怖三位本尊的彩粉修祭。后来尊者又定期举行大法会奉祀胜乐遍明、金刚手大轮、观世音以及大威德等彩粉所成的盛大修祭。这也就是现今所称的夏季大愿法会了。

---

① 乾隆三年，1738。
② 乾隆四年，1739。

鸡年①，以鄂尔克却吉为首的众檀越延请尊者。当时鄂尔多斯阻尔坎札萨②所有的人家全来邀请，凡是所求的种种佛事，尊者大都做了，满足了施主们的心愿。

喀尔喀方面的墨尔根白化王、曲培札萨、同莫公、旺钦加卜公以及下世的霍尔果尔扎萨等贵人，俱成为尊者的施主。托尔贡丹迥司里，也成了施主。

尊者到多麦地区后，为了佛法及生灵，比任何一位圣者施展出来的神通都多。针对不同的救度对象，用不同的方法加以调伏，圣行极多，如将手足印迹留在石头上面；以神通力渡过大江以及隐身之法等等，不胜枚举。

以后，每年都在扎衮山的禅寮中闭关两三次，每次一月。有一天，出关之后在普贤菩萨神殿的山岩上面，尊者对古仁巴·果噶与甲莫呷久等许多老少随从们道："今天我从这个山顶上用袈裟做翅膀飞翔给你们看，你们可愿意瞧个热闹？"那些年轻人喜欢热闹，一致赞同。但是古仁巴和甲莫呷久却敬礼启奏道："现在还不要您这么做。尊者纵使不飞，但我们对您凌空飞行的法力毫不怀疑。从前尊者化做大乌鸦，从蒙古地方到了嘉格隆寺搭救我的性命，那时就显示得非常清楚了。"呷久说完，尊者莞尔一笑，应道："好，好。"随后，古仁巴·果噶与甲莫呷久埋怨那些年轻的僧徒说："你们只知说好，倘若尊者凌空飞去，到另一个世界住下，那可如何是好？"类似的事迹很多，在此只能略记大概。

至于有关檀越们捐献的情形，虽然也能像其他圣者传记中那样，可以大书特书，但尊者曾经谆谆教导过："近来有些传记在记述高僧的事迹时，像是在开列捐赠的清单，这类内容往往占去一半篇幅。如果在大师全集中有一半都是些香火簿子之类的东西也实在太不雅了。"由于尊者有言在先，所以在这里就没有详书捐献清单。

最近有些书中，居然说舍利母目前似乎在西藏。这种论调犹如说兔子长角一样奇怪。正如《金鬘格言》所说："纵然是高人的言谈，不见得就是高见。"如何见得呢？——原先尊者在猪年赴内地时，曾将那舍利藏于金、银、铜、铁四层护身宝匣之内，挂到项间，随身携带。在巡历了印度、尼泊尔，以及扎日、前后藏、康区等地之后又抵达多麦。火猴年秋，与木鹿寺的十五名募化僧结伴行到黄河边时，有一个叫特凯的僧人被水冲走。尊者素识水性，当即脱衣下水，追了极长一段水程方才抓住那个僧人把他救起。但当时尊者一时大意，未把护身盒解下来，而那系盒绳索已然陈旧，因此断落水中。尊者当时懊恼已极，无

---

① 辛酉，乾隆六年，1741年。
② 此处的"札萨"是旗，即鄂尔多斯下面的一个旗。

限悲伤，用刀向自己的胸部刺去，刚刚刺伤一点，那些僧人忙不迭地把尊者的手抓住，有的人则崩角在地，大礼叩拜，安慰尊者。后来尊者曾亲口讲过："那只舍利大小如一只鸡蛋，有时能生出拇指大的舍利子来。现在用于做佛像、佛塔等内部藏物的舍利，都是它生出来的。总因西藏雪域、特别是这北土的众生福浅德薄，所以那圣物才从我的手中失落了，它如今正在龙的国度里受到龙的供奉呢！其实，我本来打算有朝一日向大皇帝陛下进贡的。"讲起此事时，尊者还流露出十分懊丧的心情。

类似的事迹，虽然也可以不写，但对那些对圣僧大德的本生传记不存任何邪见的人们而言，没有任何事情需要保密，因为尊者对一切有情俱发大乘菩提心，其一切行为完全是为了造福生灵的。正如克珠一切知①所说："怙主口中气，众生救苦药。二种资粮毋庸言，祈祷直上三界尊②。"同样，我佛曾显示其清净生相五百种及不净生相五百种。此中有应匿而不宣者，而有些则毫无守密的必要。需守密者，如投生为巨贼大盗，杀人越货，沦为畜生。如此种种自应隐瞒。但对这些视为殊圣之功德不加宣扬则属悖谬了。

以上为驾临多麦，为圣教众生造福的情形。

现将显示第十二种缘起的情形叙述如下。

有道是："病痛与老、死，圣者离此苦。"

又道是："佛陀无忧苦，教法永为衰。"

照此，若真修得金刚不坏之体，则不生不灭。但又如经中所说："只为救度众有情，示现完全涅槃相。"

为了促使所调伏的对象，即那些持常见者能生厌离心，信奉佛法，因此佛祖以及各位得生死自由的大圣们俱做出此种奇妙的显示。

为了给观音化身殊胜怙主尊者禳解命中之厄障，逐年来经忏法事未曾间断。特别是狗年到赛科寺时，护法大神曾预示当年应做消灾的法事。依此，各伽兰念了亿遍"延寿咒"，百遍《甘珠尔经》。所有应做的诵经法事全都办了。

猪年③，不仅尊者的流年不利，从他的言谈看来似乎也另有所思。因此在多麦地区的大多数寺院里都按我的想法做了佛事，唪诵了各种经咒。尊者道："今岁虽然是最凶险的一关，但是有经忏佛事顶着，几年内是不用怕死的了。"

---

① 是宗喀巴的弟子，后被追封为第一世班禅额尔德尼。
② 直译为天上、地上和地下三界众生的亲者，即救度者。
③ 癸亥，乾隆八年，1743年。

牛年①，尊者巡视各寺院时，曾经对那来祈福的老人们道："这次要仔细看看我，好好记在心里，人寿无定，以后难相会啊！"虽然尊者是这么讲了，但人们只理解为指那些前来晋见的老人们寿命不长，而没想到尊者说的是自己。

大同寺院主的职务，经再三坚辞，终于易位，因之尊者道："现在我的心才安定了！"至于嘉格隆寺院主的职位，虽经坚辞，但仍未能交卸。尊者又到庙里，说："我任院主已二十五年了，如今年事已高，无能为力，若死于任上，很是不好。"如此这般，申说了辞职的理由。但是大家心里只想到尊者不愿，而没想到寿限将至。尊者为禅林及神殿行了安住仪式，把一只咒结赐予管事长老曲吉，降法旨道："我俩的事，在此一言为定了。"

至牛年孟冬二十日，回到蒙古地区营帐中。刚一落座，便道："我心安了！"表现出欣慰的心情。

五供节②期间，从二十六日起，稍露病容。我因想到今年尊者的言谈和对各寺院的作法，总觉得有些不妙，便立即传书各地庙宇，并派出信使。又聚起众沙门日夜不休地诵经禳解，大做法事。

如此一月有余，病程绵延。到十二月初，乃道："我不能就此病卧不起，该完成铁堡伏魔等旧年的法事和祈愿了。"说过之后便进行坐关，极其严谨。新年期间的抛朵玛，也比以往都要盛大。吩咐我道："今年的传召大愿法会，要办得比往年更要排场才好。"

传召期间，四面八方，人众荟萃，聚市如云。尊者天天接见朝拜者。讲经说法，祈愿赐福，尽日里席不暇暖。我们在驾前伺候的人全都劝禀道："今年天气异常寒冷，加以贵体欠安，是否可以免去接见、讲经诸项活动？"

尊者道："话虽如此，来聚会的人们一心思念于我，专程前来，还是不要阻止他们晋见的好。每一坐法，③每一祈愿，这次都要做到毫不挂碍才好。"

从前传召时，初八日的祭礼全由内侍官担任，十五日的祭奉由我供献。对此，尊者又格外嘱咐道："今年的缘起特殊，其一，初八日正是上弦月日渐充盈之时，尤其重要的是佛祖降伏外道的吉期，因此由你担任献祭。十五日是月亮满盈之时，由我主持。"我暗想，这种说法大为不妙，遂请尊者："按从前老规矩办事不好吗？"但尊者不从，只得遵旨行事。这表现了圆寂的征兆。

此后，病体稍瘥。说话就要到阴历新年了。尊者吩咐："这次阴历新年要过

---

① 乾隆十年，1745年。
② 五供节即燃灯节，每年藏历十月二十五日是宗喀巴的忌日，成为较普遍的纪念日。
③ 指进行一段说法或修行的时间。

得高兴。"遵嘱,我做了初一日迎接新春的准备。在二十九与除夕两天,尊者多少有些劳累,显示不适的样子。

初一那日,尊者说道:"为了图个吉庆,今天要换换样儿。"说着,显示出十分健康的样子,走到了庆贺新年的席位上去。又令众人讲格言,说故事,玩耍游戏,显得非常高兴快活。

自初二日起,病邪转盛,时而昏迷,时而寒热交作。为他涂擦油膏。尊者又让我为他轻轻地按摩、捏拿之后,稍感安适。

自初五日起,由传承法师和我领衔共二十一位僧人举行了为怙主消灾解厄的施食法事。全寺僧众也做了各种应做的祈寿法事。就这样日夜不辍,大办佛事,足足有一个半月。

为了向"多卫"① 所有的寺院发布施茶,便先给多麦方向的一百三十余所寺庙发函。这信是惹江巴·洛桑次诚、领经师惹江巴·索朗、惹江巴·次诚桑布和我四人的主张,由我执笔写成。尊者道:"不知能否马上发出去。为满足我的心愿,应向各寺院如何修书!"于是讲了有关政教二规的教诫,还讲了务须潜心于讲经学法的训诲,以此作为信函的主旨。对一百三十余所寺院发放了布施茶,对有些庙子还赏了衣物之类。赐给二十五座禅院以供祭基金。当时便派出专使携信出发。由此,蒙古、西藏及赛科各方,都为尊者做起了祈寿的法事。

四月初六,正当鬼宿与木曜交会之时,把以弥勒佛殿为首的三座殿内的神像全聚到一起,进行了开光仪轨。尊者嘱咐我们对这灵验非凡的弥勒佛像更要勤奋供奉。赐我红色咒结一条。送家母及管事白咒结各一条。复吩咐我与惹江巴·洛桑次诚二人务必把所有神殿中的神像、经籍、供器等等全部造出清册。有些像中的藏物已朽,有些缺少藏物,俱应重新装好。要对全部神像进行献浴、涂金、开眼等事项。我们全部一一照办,而有些事则是他老人家亲自做的。

四月的最后一日,土曜与牛宿交会。在这天为一些新安放藏物的佛像举行了中等规模的开光仪式。尊者令我将他自己亲用的金刚杵铃②和长耳帽等物品送与夏鲁仓大师,请他要按先前许诺的那样为教法和众生造福。又把另外一只金刚杵铃献与上师甘丹赤巴。尊者道:"吉事一毕,我今生的事业也就功德完满了。"我等虽再三恳求,请尊者在此教法衰微之际务必发大愿心,但也是于事无补,只有诵经祈愿,做了些法事,又请神问卜,却都不甚灵验。

那日下午,驾前只我一人。尊者便吩咐我进藏后应办的事项,安排得十分

---

① 指安多和卫藏地区。
② 是密宗常用的法器,一端为金刚杵,一端为铃。

详尽。

初七日,病情稍缓,与前一日无甚差异。开经祈寿,大家一齐祝祷。做过法事之后,尊者即面露笑容。虽能应声,但有怔忡之相。随后打发人到衙门和庙里送信。这边则仍然努力作法祈寿,坚持不辍。

那夜我独自在驾前陪住。病情略安,对我道:"这回不妙,但关系不太大。"并伸出腿来命我按摩。按摩时尊者吻我并抚摩我的头,讲道:"先前我对你的恩深,如今你对我的恩重,真舍不得你啊!"言罢悲戚不已。

过后,医生曲吉和次诚桑布来了。黎明时自己说感觉很安适。为他洗了手和头,觉得凉爽。两眼频视空中,似乎有什么人到了尊者跟前一样。有顷,对曲吉医生说:"天上降下哈达来了!"又问:"你刚才说什么?"道:"我说下雨了吧!"然后便默然不语了。

等我去了以后,对我说:"今天到日子了!"我心中疑惧,故意答道:"是,今天是六号了。"尊者辗然一笑。其实是预示八日即将脱缁,诸天空行都来接引了。

有一颗佛舍利是尊者日常随身携带的,我想请尊者拿着它或许有效验。但尊者不受,让我留着,再三坚请,方才含笑收下,说了最后的话:"休要这样,不会有妨碍的!"

我为祝尊者得无量寿,奋力念起了长生咒,尊者也跟着念诵,念得比我们更响亮,更流畅。

正当喥诵长生咒时,尊者的身躯忽然伸直了,金刚跏趺①散开,变做菩萨跏趺②,右手放在右髋,左手执杵铃置左髀之上,以观音休养心性或金刚萨埵之姿态,一道元神敛入法界去了。

我等众人既怀着害怕失去依怙的痛苦,又心存复活的期望,一时间乱作一团。喊叫了半日,终于明白尊者已赴光净天法身三摩地之圣境了。

圆寂不久,过了两天却吉古仁巴便来了。六日后有居巴喇嘛、帕萨却吉以及其他一些住在近处的敬信弟子不约而同一齐聚拢来了。阿拉善所有地方的僧众、大小官员、善男信女、诸家檀越、多麦地区许多寺院的祭灵人员以及鄂尔多斯的各级官员等大施主们,也全带着祭灵的供品汇聚了。众人一致地做了祈祷,很多人领受了近元、沙弥及剃度等戒规。在家的居士们大多奉守居士戒和禁食斋的戒律,不分昼夜,刻苦修持十善。

---

① 盘腿打坐,左腿在内,右脚在外。
② 是一种半盘腿的打坐姿式。

关于遗体的安置，尊者生前曾有过谈论。某次，他看到一座塔，中有灵骨，便对我说："他们都是功德地位甚高的人，若将遗体完整地保存起来好处就大了。"又有一回，曲吉医生在尊者跟前谈及恰穹的顿珠活佛的遗体流出甘露之事，尊者道："流出水来自然奇妙，还有流出油的，那才是真的甘露呢！"

对这些话，当时都没留意。如今想起来，既然讲过这些话，就应按遗言安置遗体。我与居巴喇嘛洛桑平措、曲吉等三人，又加上各位惹江巴等里里外外许多人一起商议，一致认为应将遗体完整地保存下来才好。

以上为一切知阿旺却扎嘉措白桑布至高无上之圣行、本生传记之第三品——驾临多麦地区造福圣教众生及最后示寂的情形。

尊者昔日在藏时身居大寺，执掌教主宗喀巴所传黄冠教法，是以在西藏雪域境内以无量光佛之化身班禅一切知大师为首的诸圣高贤，无不师事尊者。其后，尊者秘赴前后藏及多麦、蒙古等地时所收弟子有下述诸人。

在西藏有阿底峡尊者的化身杰·格列嘉措与尊者互为师徒。此为首要第一人。

普布交之法王阿旺强巴活佛乃弟子中最幼者。在普布交寺修建禅洞及宣讲《道次》等事项时，尊者曾做过清楚的授记①。这是笔者从堪布强巴活佛处听到的。

到多麦后，弟子中之重要者有前世曲桑活佛、前世土观活佛，赛科寺住持夏鲁瓦·洛桑班登、班交巴呼图克图，旦玛活佛阿旺凯珠、噶久喇嘛等人。

此中的旦玛活佛，尊者亲自为之授居士戒，赐法名阿旺凯珠。又赐以全套行装，派往西藏学经。

在蒙古地区的首座弟子为喀尔喀的参钦诺门汗②。那若班禅也是尊者弟子。

以上所列，大概而已。此外的弟子极多，难以尽录。

尊者弟子中曾任文殊大皇帝之御前法师者为班觉呼图克图。

本书是应以下大德们之命而成的：
宗喀巴教主之化身赤甲纳巴·洛桑旦白尼玛；
堪布阿旺强巴活佛；
赛科寺座主夏鲁瓦·洛桑班登等人。

---

① 意即示寂、脱缁。
② 参钦诺门汗系蒙古语"法王"之意。译言释迦信徒比丘僧额尔德尼法王语自在天成昌隆。

　　笔者亦缘于对尊者的笃信崇敬，念及大恩，更加铭感，又因心存弘扬教法、利益众生之愿，以此命笔。

　　尊者之卑末弟子，边荒鄙夫，释迦信徒，额尔德尼诺门罕阿旺伦珠达吉，别名拉尊·阿旺多尔济于火牛年①季秋九月善神降临之吉日，月轮盈满之时分书于甲纳朗日②山下，阿拉善之潘代嘉措林③。

---

① 可能为乾隆二十二年，1757。
② "甲纳朗日"即贺兰山。
③ "潘代嘉措林"系藏语音译，意译为利乐海寺。

《隆德喇嘛著作集》中关于仓央嘉措之记载[*]

于道泉

《隆德喇嘛著作集》藏文名为 klong rdol bla ma ngag dbang blo bzang gi gsung hbum，直译当作《隆德喇嘛声自在善意十万语》。国立北平图书馆藏有此书一部，系北平嵩祝寺天清番经局版。本所（即作者供职的北平国立中央研究院历史语言研究所——编注）近日亦自拉萨购得一部。按：隆德喇嘛乃康熙、乾隆年间人，和仓央嘉措同时，他的书中关于仓央嘉措的记载大半是可靠的；而且他的书中所载的几件事都是西文书中所未有，所以我译了出来作参考。因为北平版中的错字非常多，下边是以拉萨版为主，而将北平版中不同的字句注出。

一

在"za"字卷《印度西藏所出护持教法者人名录》第 20 页下自第 6 行起（北平版系第 19 页下自第 2 行起），有下列一段：

"第五十六代①胜者②仓央嘉措，生地为三洼地（hogyul-gsum），或以三湖著名之寞湖地（Mon-mtsho-sna 北平版此处缺一 Mon 字）。父名吉祥持教（北平版为吉祥妙坚），母名命自在天女，于癸亥年制呾罗③月之初一日生。蒙古历十月十日死于蒙古之普喜湖④（Kun dgah nor）时年二十五岁。"

①上文中以仓央嘉措为第五十六代者，乃以观自在菩萨为第一代，复将印度西藏神话中和历史上许多认为观自在化身者都算在内；如此则第一代达赖乃

---

[*] 辑自于道泉：《第六代达赖喇嘛仓央嘉措情歌》附录。

观自在底第五十代化身，故仓央嘉措乃第五十六代。

②胜者乃佛菩萨尊号之一，在西藏多用以称达赖喇嘛。

③制呾罗，藏文为 nag pa 乃译自梵文 caitra 一字。汉文佛经中多译音作制呾罗或质多罗。按：caitra 乃印度之第一月，与汉族阴历正月十六至二月十六之三十日相当（见日本龙谷大学出版之《佛学大辞汇》第二卷2941页，上）

④普喜湖，藏文为 Kun-dgah-nor，kun-dgah 意为普喜，nor 乃蒙古语，意为湖；此湖究在何处无从考证。达斯氏《藏英字典》第22页谓或即鸡蛋湖（sgo-nga-nor），但亦未言鸡蛋湖在何处。按：青海之蒙文名为 kueke-nor；kun-dgah-nor 或即 ueke-nor 之转音亦未可知。

二

在"ra"字卷《嘎达木与盖鲁革两派重要喇嘛著作集目录》第39页，下，自第3行起（北平版系第37页，上，自第7行起）为仓央嘉措著作之目录。惟其中有数处极觉费解，今只将大意勉强译出如下：

胜者仓央嘉措著作：(1) 依《法华经》所作色拉寺①大法会中献茶时所诵之赞根本及释文。(2) 色拉遮院马头观音②供养法及成就诀。(3) 答南方西藏人 A-gon-mgo（北平版作 Arkon-mgo）所问之马头观音供养法。(4) 无生之纈喇③法 (5) 信札歌曲等。(6) Sangs-rgyam-pa 所辑故事黄金穗（北平版作《趣闻选》）。

①色拉遮院乃色拉寺之一院。

②马头观音乃六观音之一（《佛学大辞典》1732页中）。

③纈喇乃阿弥陀如来之种子咒，据云能灭贪嗔痴三毒（见《佛教大辞汇》第一卷779页上）。

三

在同卷第59页，第4行后（北平版系54页下自第4行起）第巴桑结著作目录中，有下列各书：

（1）第五代胜者转生为第六代之要闻选计 110 页。（2）胜者仓央嘉措传《黄金穗》，第 19 与第 503。① （3）仓央嘉措侍者说法方式述闻《诸天鼓》计 201 页。

---

① 上文中第 19 与第 503 一语不可解，疑原文中有错误。

布达拉宫辞 并序

曾 缄

《布达拉宫辞》者，为先父戊寅（一九三八年）之所作也。一自问世，脍炙人口，迭经删削，此为定稿，今兹录出，俾爱先父诗者，得读此稿，亦足欣慰。原叙未曾标点，今我加之，或有不当，恭祈是正！

一九八二年二月二十四日
1982年2月24日曾令筠记于四川大学之老绿扬村寓所。

叙曰：

六世达赖喇嘛，罗桑瑞晋·仓央嘉措，西藏窦湖人也。其父名吉祥持教，母号自在天女。五世达赖阿旺罗桑薨，而仓央嘉措适生，岐嶷①出众，见者目为圣童。当五世达赖之薨也，大臣第巴桑吉专政，匿其丧不报，阴立仓央嘉措布达拉宫中为储君，其教令仍假五世达赖之名行之，如是者有年。后清康熙帝微有听闻，传诏责问，始以实对。康熙三十五年，乃从班禅额尔德尼受戒，奉敕坐床，即六世达赖。正位时，年十五，威仪焕发，色相壮严，四众瞻仰，以为如来三十二妙相，八十种随形，不是过也。正位之后，法轮常转，王烛时调②，三藏之民，罔不爱戴。黄教之制，达赖住持正法，不得亲近女人。而仓央嘉措，情之所冲，雅好佳丽，粉白黛绿者，往往混迹后宫，侍其左右，意犹未足，自于后宫辟一篱门，夜中易服，挟一亲信侍者，从此门出，更名荡桑汪波，微行拉萨街衢，偶入一酒家，觌当垆女郎殊色也，悦之，女郎亦震其仪表而委心焉。自是昏而往，晓而归，俾夜作昼，周旋酒家者累月，其事甚秘，外

---

① 岐嶷：幼年聪慧之意。——编注，以下同。
② 调烛：意为举用贤人。

人无知之者。一夕值大雪,归时遗履迹雪上,为人发觉,事以败露。有拉藏汗者,亦执政大臣,故与第巴桑吉争权,至是借为口实,言其所立,非真达赖,驰奏清廷,以皇帝诏废之。仓央嘉措被废,反自以为得计,谓今后将无复以达赖绳我,可为所欲为也,与当垆女郎过从益密。拉藏汗会三大寺大喇嘛杂治①之,诸喇嘛唯言其迷失菩提本真而已,无议罪意。拉藏汗无可如何,乃槛而送之北京,道经哲蚌寺,众僧出其不意,夺而藏诸寺中,拉藏汗以兵攻破寺,复获之。命心腹将率兵监其行,至青海以病死闻。或曰其将鸩杀之。

寿止二十六岁,时则康熙四十六年也。仓央嘉措既走死②,藏之人,皆怜其无辜,不直拉藏汗所为,拉藏汗别立伊喜嘉措为新达赖,而众不之服也,闻七世达赖诞生里塘则大喜。先是仓央嘉措有诗云:"他年化鹤归何处?不在天涯在里塘。"故众谓七世达赖是其复出身,咸向往之。事闻于朝,于是清帝又诏废新达赖,而立七世达赖以嗣仓央嘉措。迎立之日,侍从甚盛,幡幢伞盖,不绝于途,拉萨欢声雷动,望尘遥拜者,不知其数也。仓央嘉措积学能文工诗,所著有《无生缅利法》、《黄金穗故事》、《答南方人问马头观音法》等书。及《达赖情歌》,流水落花,美人香草,哀感顽艳,绝世销魂,为时人所称,然亦以此,见讥于礼法之士。故仓央嘉措者,观其身遭挫辱,仍为众望所归,《甘棠》之思,再世笃弥,可谓贤矣。乃权臣窃柄,废立纷纭,遂令斯人,行非昌邑,而祸烈淮南,悲夫!戊寅之岁,余重至西藏,网罗康藏文献,得其行事,并求其所谓情歌者,译而诵之,既叹其才,复悲其遇,慨然命笔,摭其事为《布达拉宫辞》,广法苑之逸闻,存西藩之故实,虽迹异《连昌》而情符《长恨》,冀世之好事者,或有取焉。

拉萨高峙西极天,　布拉宫内多金仙。
黄教一花开五叶,　第六僧王最少年。
僧王生长寞湖里,　父名吉祥母天女。
云是先王转世来,　壮严色相真无比。
玉雪肌肤褟褓中,　侍臣迎养入深宫。
峨冠五佛金银烂,(藏中活佛戴五佛冠,以金银为藻饰——作者原注),
窣地③袈裟毾㲪红。

---

① 杂治:意会审。杂,共同;谓以他官共治之。——编注,下同。
② 走死:谓逃亡他乡而死。
③ 窣地:拂地。

布达拉宫辞

高僧额尔①传金戒，十五坐床称达赖。
诸天为雨曼陀罗，万人合掌争膜拜。
花开结果自然成，佛说无情种不生。
只说出家堪悟道，谁知成佛更多情。
浮屠恩爱生三宿，肯向寒崖倚枯木。
偶逢天上散花人，有时邀入维摩屋。
禅参欢喜日忘忧，秘戏宫中乐事稠。
僧院木鱼常比目，佛国莲花多并头，
犹嫌少小居深殿，人间佳丽无由见。
自辟篱门出后宫，微行夜绕拉萨遍。
行到拉萨卖酒家，当垆有女颜如花。
远山眉黛销魂极，不遇相如②岂自嗟。
此际小姑方独处，何来公子甚豪华。
留髡③一石④莫辞醉，长夜欲阑星斗斜。
银河相望无多路，从今便许双星度。
浪作寻常侠少看，岂知身受君王顾。
柳梢月上订佳期，去时破晓来昏暮。
今日黄衣殿上人，昨宵有梦花间住。
花间梦醒眼朦胧，一路归来逐晓风。
悔不行空似天马，翻教踏雪比飞鸿⑤。
踪迹分明留雪上，何人疑破秘窟藏？
哗言昌邑⑥果无行，上书请废劳丞相。
由来尊位等轻尘，懒坐莲台转法轮。
还我本来真面目，依然天下有情人。
人言活佛须长活，谁遣能仁遇不仁！

---

① 额尔：额尔德尼。指第五世班禅。——编注，下同。
② 相如：典出《史记·司马相如传》，以卓文君与司马相如私奔后当垆卖酒轶事相喻。
③ 髡（kūn）：见《滑稽列传》淳于髡事。此处髡为剃发僧人。
④ 一石：量词，"石"今读 dàn。一石，重量为120斤，容量为10斗。
⑤ "踏雪比飞鸿"出自苏轼诗《和子由渑池怀旧》中"应似飞鸿踏雪泥"，成语"雪泥鸿爪"亦由此而来。比喻往事留下的痕迹。
⑥ 昌邑：典出《汉书·霍光传》。西汉大将霍光辅政，因昌邑王刘贺荒唐无度而将其废掉。此处用昌邑王喻仓央嘉措，丞相喻拉藏汗。

十载风流悲教主，　　一生恩怨误权臣。
剩有情歌六十章，　　可怜字字吐光芒。
写来旧日兜绵①手，　　断尽拉萨士女肠。
国内伤心思故主，　　宫中何意立新王！
求君别自熏丹穴，　　觅佛居然在里塘。
相传幼主回銮日，　　侍从如云森警跸。
俱道法王自有真，　　今时达赖当年佛。
始知圣主多遗爱，　　能使人心为向背。
罗什②吞针岂诲淫，　　阿难③戒体知无碍。
只今有客过拉萨，　　宫殿曾瞻布达拉。
遗像百年犹挂壁，　　像前拜倒拉萨娃。
买丝不绣阿底霞④，　　有酒不酹⑤宗喀巴。
愿君折取花千万，　　供养情天一喇嘛。

此二十余年前旧作，屡经删改，先后为人书三通，其辞皆有出入，雨窗无事，重加点定，此为最后定稿。一千九百六十二年七月二日七十翁曾缄自记于蜀雍铮楼。

---

① 兜绵：兜罗绵，梵语棉。亦为草木花絮总称。比喻细软。赵朴初《访云冈石窟及华严寺诗》："凿岩造佛高数丈，示现手如兜罗绵。"——编注，下同。

② 罗什：后秦高僧，龟兹人，佛教著名翻译家。罗什吞针，典见《晋书》卷九五"罗什传"。传罗什僧"被逼"三次娶妻，诸僧多效之。罗什当众表演吞针绝技，言能吞针者可有妻，以此吓退想学样的诸僧。

③ 阿难：释迦十大弟子之一。此句典出《维摩诘经》。言维摩说法时有一天女现身以花雨散诸菩萨、大弟子，花至诸菩萨皆坠落不沾身，至众大弟子如阿难者粘着不坠。花沾身是犯戒。经中说"结习未尽"，即不如菩萨已修到根本解脱，不动念了。

④ 阿底霞：阿底峡。古印度佛学大师，藏传佛教噶当派祖师。

⑤ 酹（lèi）：把酒洒在地上表示祭奠。

仓央嘉措雪夜行（套数）有序

卢 前

复兴关下，夜共喜饶（嘉措）大师谈。康熙间仓央嘉措，继阿旺罗桑坐床受位，是为第六世达赖。仪容俊美，文采秀发，天生多情，不谨戒律。所作歌曲，多言男女，间及佛法，传诵遐迩。说者谓其后宫深苑，时具幽欢。又尝猎艳拉萨城中，于是布达拉宫秘启便门，躬司锁钥。微服宵出，变名荡桑汪波。趋酒家与当垆人会，未晓潜归，无能知者。一夕大雪，遗履痕雪上，事以败洩，坐废。清圣祖诏槛送京师，走青海发病死。藏之人怜而怀之，至今大雪山中，未有不能歌六世达赖情辞者。呜呼！南唐后主，北宋道君，得仓央嘉措而三矣。于是赋《雪夜行》。

〔黄钟侍香金童〕垆边浅笑，有个人如月。何以投之只一瞥。从兹绕花迷粉蝶。拉萨王城，愿无虚夜。

〔么〕① 黄衫白皙。成温文欢爱绝。不是浪子寻春游狭邪。道汪波荡桑名字别。早誓海盟山，并头香热。

〔降黄龙衮〕把百年恩爱，两心相结。暗中来，更尽去，不肯将春光偷泄。在布宫深处，便门初设。着意安排，十分宁贴。

〔么〕谁料的彼苍搬弄，漫天狂雪。屐齿儿呵印泥涂，留鸿爪，好事一时决撒。受刀唇剑指，万千言说，竟道是错失菩提，遇下了这般冤孽。

〔出队子〕比个李重光②销魂时节。画堂东畔些。手提金缕下阶叠。夜半摇

---

① 戏曲术语。北曲中连续使用同一曲牌时，后面各曲不再标出曲牌名，而写作"么篇"或"么"。——编注，下同。

② 李重光：李煜，字重光，南唐国君，史称李后主。才华横溢，尤工于诗文。此曲见于李煜《菩萨蛮》词句："刬袜步香阶，手提金缕鞋，画堂南畔见，一向偎人颤。"

红烛影斜。香馥郁的艳词还自写。

〔幺〕更比个道君皇帝①金钗谒。对炉烟锦幄遮。调笙私语声相协。纤手新橙装甫卸。劝马滑霜浓还驻车。

〔神信儿煞〕是三生圣哲。历诸天浩劫。能几个为着情殉？传留下莲花妙舌。算帝王计劣。论文章不拙。唱仓央这回行雪。莫笑是痴呆，普天下不痴呆的哪里有情种也。

《仓央嘉措雪夜行》，是一九四一年，金陵卢前冀野在重庆复兴关下寓所。听活佛喜饶嘉措大师言六世达赖仓央嘉措，因情破戒，坐废而死一事，所度的散曲套数。后收入《卢冀野散曲钞》和《饮虹乐府》中。

卢前为近代曲学大师吴梅瞿安先生之高弟，曾任教于四川大学、暨南大学和中央大学等。抗日战争时期，随中央大学避地重庆。一九五三年病逝于南京。

这套曲子，渲染仓央情事，一无劝戒之意，护法神王，不悟空即是色而浪为狭邪，故玄晔槛之。序言比之李后主、宋道君，均为不伦。普天下情种皆痴，指在社会道德范围内之事，过此以往，不足言矣！

仓央情事，多形诗词，以套数为仅见，故过而存之。

一九八二年一月二十六日　峨眉彭静中跋

---

① 道君皇帝：即宋徽宗。此曲来自传说宋徽宗私会名妓李师师一事。北宋周邦彦《少年游》有"纤手破新橙。锦幄初温，兽香不断，相对坐调笙"句词。南宋词人附会为宋徽宗艳闻，写入笔记。王国维在《清真先生遗事》中已考证此附会传说之谬妄。该曲与上曲李后主皆喻仓央嘉措轶事。——编注

南怀瑾先生论六世达赖喇嘛仓央嘉措

健一　摘编

怀师论六世达赖仓央嘉措之语录，散见于其著述之中，较为集中的是《金粟轩诗话八讲》，兹摘编于下：

现代语称人为感情的动物，确甚恰当。忘情方为太上，足见性情之际，最难调服。善于用情者，其唯圣人乎！古人云："不俗即仙骨，多情乃佛心。"此为大乘境界，非常人可知。然情之为用，非专指男女间事，如扩而充之，济物利人，方见情之大机大用也。人谓苏曼殊为出家菩萨，意其出家而又沉湎于男女爱情。实则曼殊非出家比丘，只是失意世途，窃方外戒条，冒名为游戏耳，且其诗文，据闻多经章太炎与柳亚子等改正而成今日之面目。然其意境仍只限于儿女痴情之小范围，不及西藏法王第六代达赖远矣！达赖六世，名仓央嘉措，自幼以转身灵童迎养入宫，掌藏中政教大权，以法王而兼人王，可谓备极人间荣显矣。然其才华智慧，尤为历世达赖之冠，故其行径亦大有异于众者。曾因私出后宫，微服夜游拉萨酒家，结识一当垆女子，两情缱绻，韵事外传，事为权臣所悉，即引为废立奸谋之藉口。时适清廷入关称帝之初，据奏即召其入京觐见，以便面质。仓央嘉措，即于被裹胁来京。讵知行至青海裹瑙时，不愿入京受辱，一笑入寂，时年方二十余岁也。或谓其私德有瑕疵之毁，但于法于政，皆无大过。观其从容解脱，又岂可以俗见论其道力哉！遗著有情歌六十六首，流传至今，为藏中文学之名作。藏中青年男女，每当朝昏夕阴，高歌一曲，可化高山之积雪，回大地春光矣。抗战时，国民政府蒙藏委员会委员曾缄，字子固，为译成中文七绝六十六首，载于民国二十八、九年间西康建设月刊。曾氏并仿长恨歌体，附有布达拉宫词古风一篇。

师谓昔日皆可记诵，今则不能全忆，屡欲觅其原什而不得，仅得数首，为余辈诵之，以作谈助。

仓央嘉措情歌诗云：

曾虑多情损梵行。入山又恐别倾城。
世间安得双全法。不负如来不负卿①。

又：

入定修观法眼开。启求二宝降灵台。
观中诸圣何曾见。不请情人却自来②。

又：

静时修止动修观。历历情人挂眼前。
肯把此心移学道。即生成佛有何难。

又：

但曾相见便相知。相见何如不见时。
安得与君相诀绝。免教辛苦作相思。

又：

郁郁南山树草繁，还从幽处会婵娟，
知情只有闲鹦鹉，莫向三叉路口言③。

又：

别后行踪费我猜，可曾非议赴阳台，
同行只有钗头凤，不解人前告密来。

又：

羽毛零乱不成衣，深悔苍鹰一怒非，
我为忧思自憔悴，那能无损旧腰围。

又：

山头野马性难驯，机陷犹堪制彼身，
自叹神通空具足，不能调伏枕边人。

---

① 原作："只恐多情损梵行，入山又恐负倾城。世间哪得双全法，不负如来不负卿。"据《康导月刊》1939 年 8 期曾缄原本校正。
② 原作"动时修止静修观"，据曾缄原本订正。
③ 以下四首诗原作为怀师记忆不全之断句，今据原本补全。

又记曾缄《布达拉宫词》与白居易《长恨歌》、吴梅村的《圆圆曲》应并称中国天大情歌，其宫词云：

拉萨高峙西极天，布拉宫内多金仙，
黄教一花开五叶，第六僧王最少年。
僧王生长窦湖里，父名吉祥母天女，
云是先王转世来，庄严色相娇无比。
玉雪肌肤襁褓中，侍臣迎养入深宫，
当头玉佛金冠丽，窣地袈裟氆氇红。
高僧额尔传经戒，十五坐床称达赖，
诸天时雨曼陀罗，万人伏地争膜拜。
花开结果自然成，佛说无情种不生，
只说出家堪悟道，谁知成佛更多情？
浮屠恩爱生三宿，肯向寒崖倚枯木，
偶逢天上散花人，有时邀入维摩屋。
禅修欢喜日忘忧，秘戏宫中乐事稠，
僧院木鱼常比目，佛国莲花多并头。
犹嫌生小居深殿，人间佳丽无由见，
自辟篱门出后宫，微行夜绕拉萨遍。
行到拉萨卖酒家，当炉女子颜如花，
远山眉黛消魂极，不遇相如深自嗟。
此际小姑方独处，何来公子甚豪华？
留髡一石莫辞醉，长夜欲阑星斗斜。
银河相望无多路，从今便许双星度，
浪作寻常侠少看，岂知身受君王顾。
柳梢月上订佳期，去时破晓来昏暮，
今日黄衣殿上人，昨宵有梦花间住。
花间梦醒眼朦胧，一路归来逐晓风，
悔不行空学天马，翻教踏雪比飞鸿。
指爪分明留雪上，有人窥破秘密藏，
共言昌邑果无行，上书请废劳丞相。

> 由来尊位等轻尘，懒著田衣①转法轮，
> 还我本来真面目，依然天下有情人。
> 生时凤举雪山下，死复龙归青海滨，
> 十载风流悲教主，一生恩怨误权臣。
> 剩有情歌六十章，可怜字字吐光芒，
> 写来昔日兜绵手，断尽拉萨士女肠。
> 国内伤心思故主，宫中何意立新王，
> 求君别自薰丹穴，访旧居然到里塘。
> 相传幼主回銮日，耆旧僧伽同警跸，
> 俱道法王自有真，今时达赖当年佛。
> 始知圣主多遗爱，能使人心为向背，
> 罗什吞针不讳淫，阿难戒体终无碍。
> 只今有客过拉萨，宫殿曾瞻布达拉，
> 遗像百年犹挂壁，像前拜倒拉萨娃。
> 买丝不绣阿底峡，有酒不酹宗喀巴，
> 尽回大地花千万，供养情天一喇嘛。②

曾氏拉萨宫词与译词之格调，均甚典雅，惜皆记忆不全，难得原诗而考订之。然较其他译藏文译经之词，优劣何啻天壤。即仓央嘉措之情诗，寓意亦往往超越普通情歌，不能作寻常香艳韵事视之。其自云：暗中私说与情人。落花比汝尚多情。及深悔苍鹰一怒非。等句。指泄漏其事之秘密者，乃出彼妹之口，故有此云云。藏俗民间传其故事，亦同此说也。

师云：

如仓央嘉措者，应是菩萨化身，所谓应以爱情身得度者，即现爱情身而为说法也耶？一笑！且曰：小子识之！应作如是观。是耶？非耶？

怀师又云：

如果讲见桃花悟道，那么达赖六世当然也悟了道，他的情诗便有：美人不

---

① 田衣：袈裟的别名，亦名"田相衣"。袈裟多方格形图案，类水田畦畔纵横。——编注，下同。
② "《布达拉宫词》乃怀师凭记忆补录，后经核对曾缄原文，竟一字不差。"以上为作者原注。曾缄《布达拉宫词》有几个版本，南怀瑾所记为其中之一，因与本书曾氏之作不同，故全文录此。

是母胎生。应是桃花树长成。已恨桃花容易落。落花比汝尚多情。如果在这些文字上凑，一辈子也搞不清楚，人都搞疯了，变成一个疯狂的人。灵云禅师见桃花而悟道，与释迦牟尼佛睹明星而悟道，是同一个道理，同虚云和尚打破茶杯，也是同一个道理。灵云禅师用功三十年一直在找，找不到。至于三脉七轮，奇经八脉，在他则已经不在话下了。有一天，忽然放松一下，站起来，要松弛松弛，一看花，花还是花，我还是我，眼睛看到花的时候，心念已经不在花上了，那个视力的功能回转来，视而不见，眼里没有桃花，心里也没有桃花，这时正在用功吃紧之际，心里很紧张，抬头一看这个东西，眼睛对着它，马上一返照，心念顿时一空，如此而已，没什么希奇。岂止看桃花而悟道！看什么都一样。

摘自南怀瑾讲述《如何修证佛法》，老古文化事业公司1989年10月出版，273—274页。

六世达赖仓央嘉措

六世达赖法名仓央嘉措,系藏南门隅之宇松地方人,生于公元一六八三年(清康熙二十二年,藏历十一甲子之水猪年),父名札喜敦赞,母名才旺拉莫。一六九七年(康熙三十六年),第巴桑结嘉措选定仓央嘉措为六世达赖的灵童,是年九月,自藏南迎到拉萨,途经南噶则宗时,事先约好五世班禅罗桑益喜(一六六三——一七三七)在此会晤,拜班禅为师,剃发受戒,并取法名为罗桑仁钦仓央嘉措。十月二十五日,仓央嘉措被迎至布达拉宫,举行了坐床典礼。

一七○一年(清康熙四十年),固始汗之孙达赖汗逝世,其子拉藏汗继承汗位。拉藏汗即位后,与第巴桑结嘉措的关系日益恶化。一七○五年(清康熙四十四年),第巴桑结嘉措买通汗府内侍,向拉藏汗饮食中下毒,被拉藏汗发觉,第巴桑结乃仓促集合卫藏兵民,准备武力驱逐,而拉藏汗也秘密调集藏北和青海的蒙古骑兵。是年七月藏军与蒙古军队爆发了战争,结果藏军被蒙古军队击溃,第巴桑结嘉措被俘,拉藏汗将他处死。

事变发生后,拉藏汗另委隆素为第巴,代替了桑结嘉措;一面派人赴北京向康熙帝报告桑结嘉措"谋反"的经过,并奏桑结嘉措所立的仓央嘉措不是真达赖灵童,平日耽于酒色,不守清规,请予"废立"。康熙帝派待郎赫寿等人来藏进行"安抚",并敕封拉藏汗为"翊法恭顺汗",赐金印一颗,仓央嘉措"诏执献京师"。

一七○六年(清康熙四十五年),仓央嘉措被"解送"北京,据说行至青海海滨逝世,时年二十四岁。(按:关于仓央嘉措的下落,《西藏民族政教史》有如下的不同记载:"嗣因藏王桑结嘉措与蒙古拉藏汗不睦,桑结嘉措遇害,康熙命钦使到藏调解办理,拉藏复以种种杂言谤毁,钦使无可如何,乃迎大师晋京请旨,行至青海地界时,皇上降旨责钦使办理不善,钦使进退维难,大师乃

---

* 摘自牙含章《达赖喇嘛传》25—27页。

舍弃名位，决然遁去，周游印度、尼泊尔、康、藏、甘、青、蒙古等处，宏法利生，事业无边。"另据藏文十三世达赖传所载："十三世达赖到山西五台山朝佛时，曾亲去参观六世达赖仓央嘉措闭关坐静的寺庙。"根据这一记载来看，六世达赖仓央嘉措送到内地后，清帝即将其软禁在五台山，后来即死在那里，较为确实。但西藏人民却一直认为是死在青海海滨。)

仓央嘉措解往北京以后，拉藏汗与第巴隆素商议，于一七〇七年（清康熙四十六年）另立巴噶曾巴·伊喜嘉措为六世达赖，迎至布达拉宫坐床，前后达十一年之久。但西藏人民认为伊喜嘉措是假达赖，始终未予承认。

当时康熙帝看到西藏情况很乱，乃于一七一三年（康熙五十二年）册封五世班禅罗桑益喜为"班禅额尔德尼"，赐给金册金印，要他协助拉藏汗管好西藏地方事务。"班禅额尔德尼"的封号从此始。

拉藏汗消灭第巴桑结嘉措之后，桑结嘉措部下有逃往新疆准噶尔蒙古部落者，向策旺那布坦搬兵报仇。策旺那布坦是噶尔丹之兄子，噶尔丹率部进犯外蒙古，被清军消灭以后，策旺那布坦在伊犁收集旧部，自立为汗，不服从清朝统治。准噶尔蒙古与青海厄鲁特蒙古，过去就有仇恨，至是乃阴谋派遣精兵袭击西藏。一七一六年（清康熙五十五年），策旺那布坦派其大将台吉才仁同柱（汉书称策零敦多布）率精兵六千，"绕戈壁，逾和田大山，涉险冒瘴，昼伏夜行，次年（一七一七年，清康熙五十六年）由藏北腾格里海突入，败唐古忒（西藏）兵，围攻布达拉，诱其众内应开门，杀拉藏汗，并虏其妻子，搜各庙重器送往伊犁，禁锢新达赖喇嘛于札克布里庙"（《西藏通览》）。

根据藏史记载：才仁同柱占领西藏，杀了拉藏汗之后，即将拉藏汗所立之六世达赖伊喜嘉措囚于吉颇热（札克布里）山上（该山与布达拉宫相连，汉人叫作药王山），另派达仔娃（《卫藏通志》为达克咱）为第巴，管理全藏政务。至是固始汗子孙控制西藏的时代宣告结束。总计自固始汗于一六四二年侵入西藏，至一七一七年拉藏汗被杀，前后控制西藏达七十五年之久。

....

编者按：本书很多论文引用牙含章《达赖喇嘛传》（1963年内部发行本），故将该书有关六世达赖仓央嘉措章节附录于此，俾兹参阅。

图书在版编目(CIP)数据

六世达赖喇嘛仓央嘉措诗意三百年/中国藏学出版社编.—北京：中国藏学出版社,2010.4
ISBN 978-7-80253-252-6

Ⅰ.①六… Ⅱ.①中… Ⅲ.①藏族–情歌–文学研究–中国–清代 Ⅳ.①I207.22

中国版本图书馆 CIP 数据核字(2010)第 065212 号

六世达赖喇嘛仓央嘉措诗意三百年

作　者	中国藏学出版社
出版发行	中国藏学出版社
印　刷	北京隆昌伟业印刷有限公司
开　本	787×1092 毫米　　1/16
印　张	34.25
字　数	578 千
印　数	12001—15000 册
印　次	2019 年 7 月第 2 版第 4 次印刷
书　号	ISBN 978-7-80253-252-6/I·99
定　价	68.00 元

图书若有质量问题，请与本社联系
E-mail:dfhw64892902@126.com　　电话:010-64892902
版权所有　侵权必究